Aishling Morgan

Im Bann der blauen Begierde

Passion Publishing

Impressum

Passion Publishing Ltd.
Postfach 11 28
D-53621 Königswinter

Dieses Werk wurde vermittelt durch die Literarische Agentur Thomas Schlück GmbH, 30827 Garbsen.

Satz: Hilga Pauli

Übersetzung: Rose Wilder

Umschlagentwurf: Grafikbüro Olaf Schumacher

Titelbild: © Roman Kasperski www.RomanKasperski.de

Printed in Germany

Vertrieb: VSB, Georg-Westermann-Allee 66, 38104 Braunschweig

ISBN: 978-3-939907-18-3

VSB-Titelnummer: 3000227

Bestellhotline: 01805/708709

Bestellfax: 0531/795939

www.passion-publishing.de

Aishling Morgan

Im Bann der blauen Begierde

Dieses Buch ist James Marriott gewidmet, weil er mich dazu inspiriert hat; Hilary Wade, weil sie mir gestattete, ihre Figur Nich Mordaunt zu verwenden, und Sigodin-Yth/Txcalin, nur um sicherzugehen.

Kapitel Eins

Ihr Bikini sah aus, als würde er ihrer zehnjährigen Schwester gehören; er war jedenfalls nicht geeignet, zu halten, was sie zu bieten hatte, und das war reichlich. Brüste etwa, große, runde Globen cremigen Mädchenfleisches, eingequetscht hinter zwei extrem kleinen Dreiecken aus dunkelblauem Stoff. Noch dazu waren sie echt, sie wabbelten etwas beim Gehen. Die Nippel waren zu sehen, sie waren hart unter dem lächerlich kleinen Bikini.

Joe verlagerte sein Gewicht im Gras und machte eine kleine Korrektur an seinem Fernglas. Das Mädchen ging den Strand entlang, sie war heiter und entspannt; die unanständige Entblößung ihres Körpers war ihr sichtlich gleichgültig. Der Großteil ihrer Brüste war zu sehen; und das winzige Höschen schnitt tief in die Spalte ihrer Muschi. Dazu kamen lange Haare von tiefstem Schwarz, ein kesses Gesicht mit einem ungezwungenen Lächeln, ein fester, leicht gerundeter Bauch, volle Hüften und extrem lange Beine – bei weitem das attraktivste Mädchen, das er während seiner heimlichen Strandbeobachtung gesehen hatte.

Es gab da auch noch andere: junge Geschäftsfrauen, die sich die teuren Ferienhäuser der Insel leisten konnten, ältere Frauen, die entweder selbst reich waren oder wohlhabende Ehemänner hatten, eine oder zwei, die vielleicht Kindermädchen waren oder Tagesausflügler, wie er selbst. Keine kam an das Mädchen in dem blauen Bikini heran, die selbst die besten von ihnen minderwertig, unecht und gekünstelt aussehen ließ, trotz ihrer modisch schlanken Körper und der Designerkleidung.

Sie bückte sich, als er wieder durch das Fernglas sah. Einen Moment lang war sie im Profil zu sehen, die hintere Rundung eines wahrhaft glorreichen Hinterns nur mühsam von dem Bikinihöschen gehalten. Sie hob eine Muschel auf, bewunderte sie einen Moment lang und legte sie zurück in den Sand. Dabei stellte sie erneut die Seitenansicht ihres Hinterns zur Schau. Joe schluckte und langte nach unten, um seinen Schwanz zu reiben, während ihm heiße Fantasien durch den Kopf gingen. Er stellte sich vor, sie zu entkleiden, ihr den winzigen blauen Bikini vom Körper zu ziehen, und sie vornüber zu beugen, sie von hinten zu nehmen und dabei ihre enormen, herunterhängenden Brüste zu streicheln.

Er war ganz kurz davor zu kommen, doch ein Blick auf seine Uhr sagte ihm, dass das Tragflächenboot in weniger als einer halben Stunde zum Festland zurückfahren würde. Darum verließ er mit einem genervten Grunzen sein Versteck. Ein prüfender Blick zeigte ihm, dass der Felsenpfad leer war, und er machte sich auf den Rückweg. Nach außen völlig lässig, brannte er innerlich mit Bildern halbnackter Mädchen, vor allem mit Bildern von ihr, der Schönen in dem blauen Bikini, dem unschuldigen Flittchen, die alles zeigte und der es egal war.

Auf dem Weg dachte er darüber nach, wie es hätte sein können, wenn er die Chance gehabt hätte, mit ihr zu reden, wenn er genug Geld hätte, auf der Insel zu bleiben, wenn er reich oder berühmt wäre, jemand, mit dem sie würde reden wollen, jemand, mit dem sie vielleicht sogar ins Bett gehen würde. Es war unmöglich. Trotz seiner Wunschträume war ihm klar, dass sie niemals an ihm interessiert sein könnte. Sie war ganz bestimmt reich. Obwohl, mit einer Figur wie der ihren war sie sicher kein Topmodell, und ihre unschuldige Art machte es schwer, sie sich als Geschäftsfrau vorzustellen. Wahrscheinlich war sie die Tochter irgendeines verknöcherten Bankers oder Magnaten und damit reich genug, sich wirklich keinerlei Sorgen machen zu müssen. Auf jeden Fall war es kaum wahrscheinlich, dass sie an einem Lieferjungen interessiert sein könnte.

Seine Gefühle von Lust und Groll hielten während der ganzen Tragflächenbootfahrt zurück zum Festland an. Sie ließen die Insel zurück, eine Masse von verblasstem Graugrün, durchsetzt mit den helleren Farben der Strände und Häuser. Von fern betrachtet, hatte sie immer eine Aura des Geheimnisvollen ausgestrahlt, den Eindruck, unerreichbar zu sein, ein Ort, an den er niemals passen würde, wo er nie willkommen wäre. Nach einem Tag wie diesem, an dem er Mädchen hinterher spioniert hatte, war das Gefühl stärker als je, gemixt mit einer ordentlichen Portion Neid.

Zurück auf dem Festland wurde es noch stärker, war die farbenfrohe Geschäftigkeit von Tawmouth doch nichts als billiger Flitterkram im Vergleich zum Reichtum von St. David's Island. Der Strand war überfüllt, vor allem mit Familien und Gruppen von Teenagern, und so laut, dass die blecherne Popmusik, die vom Pier herüber kam, kaum zu hören war. Und dahinter lag das Meer, blau und glänzend im Sonnenlicht, mit auf und ab schaukelnden Köpfen, bunten Luftmatratzen und Wasserbällen. Noch weiter draußen waren zwei Schiffe zu sehen, ein Kaolin-Transporter, der zur Flussmündung strebte, und die Fähre aus Frankreich.

Joe zuckte mit den Schultern und lächelte dann, als seine Augen auf den runden Hintern einer hübschen, jungen Blondine in einem pinkfarbenen Badeanzug fielen. Während er sie bewunderte, begann seine Irritation über die Exklusivität von St. David zu verblassen, und er folgte der Strandpromenade, wieder ganz auf seine Lieblingsbeschäftigung konzentriert. Wie gewöhnlich die Mädchen von Tawmouth auch sein mochten, es gab jede Menge davon, in allen Formen, Größen und Farben, keine davon war nackt, aber es quoll doch genug Titte und Popo aus der Schwimmkleidung, um seinen Schwanz in der Hose angenehm erregt zu halten.

Eigentlich hatte er vorgehabt, sich auf St. David ein ruhiges Plätzchen zu suchen und sich dort einen herunterzuholen. Das Mädchen in Blau hatte ihn abgelenkt, und während seine Augen sich an den Mädchen von Tawmouth labten, wurde sein Verlangen stärker denn je. In der Menge zu masturbieren, war aber unpraktisch. Ein Mädchen anzusprechen, war auch ausgeschlossen. Der ganze Prozess, sie erst zu finden, mit ihr zu flirten und sie dann hoffentlich dazu verführen zu können, seinen Schwanz in ihre Hand oder ihren Mund zu nehmen, das alles ging zu langsam und war zu wenig Erfolg versprechend. Für einen Moment zog er in Erwägung, den örtlichen Massagesalon zu finden, wo angeblich Handjobs schon für zwanzig Pfund zu haben waren. Er gab die Idee aber als zu erbärmlich auf.

Mit einem bedauernden Seufzer beschloss er, in seine Wohnung zurückzukehren und seine Erregung mit Hilfe eines abgegriffenen Pornoheftes zu lindern. Danach würde er dann seine ganze Aufmerksamkeit daran wenden können, die Freundin zu finden, die er so dringend brauchte. Als er den Pier erreichte, wandte er sich Richtung Stadt, stoppte aber halbwegs, als er etwas strahlend Blaues am Strand aufblitzen sah. Sie kam gerade aus dem Wasser, dasselbe wunderschöne Mädchen, das er auf St. David gesehen hatte, der ausgeleierte Bikini prall gefüllt mit Mädchenfleisch, jetzt nass und enger als je zuvor.

Er leckte sich die Lippen, sein härter werdender Schwanz erblühte zu einer vollen, peinlichen Erektion. Sie war wundervoll, unwiderstehlich wundervoll, und obwohl er sicher war, zurückgewiesen zu werden, wusste er doch, dass er es versuchen musste. Er kämpfte seinen all zu offensichtlichen Steifen nieder, ging auf die Treppen zum Strand zu und dachte über einen guten Gesprächseinstieg nach. Sie ging den Strand entlang, mit dem gleichen frohen Lächeln, das sie auch vorher hatte; ihre riesigen Brüste wackelten bei jedem Schritt. Er versuchte, lässig auszusehen, als er auf sie zuhielt, und hoffte, dass sie sich nicht zu einer der Familien am Strand oder, noch schlimmer, einem der anderen Männer gesellen würde.

Sie tat nichts davon, sondern wendete sich zu einem Eiswagen auf der Promenade. Joe folgte ihr, war schon dicht bei ihr, als sie die Stufen erreichte. Als sie hinaufstieg, war sein Gesicht auf einer Höhe mit ihrem großartigen Hintern, das Schwingen der beiden fleischigen Rundungen in dem hoffnungslos unzureichenden Bikini verwandelte seinen Schwanz in eine steife Fleischstange. Der Großteil ihres Po ragte aus dem Höschen heraus, zwei schwere, cremige Halbkugeln mit einem Streifen blauen Stoffes dazwischen. Es war sogar ein Teil ihrer Schamhaare sichtbar, oben zwischen den Schenkeln, sowie ein flaches V aus Fleisch über dem Taillenband, der obere Teil ihrer Arschspalte. Er konnte sogar Möse riechen.

Seine Augen klebten an ihrem schwingenden Hintern, bis sie die oberste Stufe erreicht hatte. Von unten konnte er sehen, dass ihr Bikinihöschen zwischen ihren Schamlippen eingeklemmt war, und stellte sich vor, sie auszuziehen, ihr Höschen zu seinem Vergnügen herunterzuziehen. Hart schluckend trat er dicht hinter sie und stellte sich mit ihr in die Schlange vor dem Eiswagen. So dicht dran, konnte er das Meereswasser in ihren Haaren riechen, die so schwarz waren, dass sie im Sonnenlicht dunkelblau leuchteten. Sie war eigentlich ziemlich klein, einige Zentimeter kleiner als er. Am Strand hatte sie größer gewirkt, allerdings auch nicht so wunderbar vollbusig. Der Größenunterschied stärkte sein Selbstbewusstsein.

„Toller Tag, gell?“, brachte er heraus.

Sie drehte sich um und lächelte, ohne das Misstrauen oder die Abneigung zu zeigen, die er erwartet hatte. Ihre großen dunkelgrünen Augen waren unschuldig und weit geöffnet.

„Coole Badesachen. Designerware?“, fragte er und bedauerte seine dreiste Bemerkung sofort, als sie Verwirrung zeigte.

Er wollte sich entschuldigen, als sie sich umdrehte, da der Eisverkäufer nach ihren Wünschen fragte. Er schimpfte auf sich selbst und ließ seine Augen ihren Rücken entlang nach unten wandern zur Rundung ihres Hinterns und den paar Zentimetern ihrer Arschfalte, die der Bikini nicht abdecken konnte.

„Ein Hörnchen für ’nen Fünfziger, bitte“, sagte sie mit einer Stimme, die ihre offensichtliche körperliche Reife Lügen strafte.

Joe blickte auf, überrascht von der kindlichen Stimme und von dem, was sie gesagt hatte. Sie streckte eine Münze hin, Bronze mit Grünspan überzogen.

„Willst du mich verarschen, Kleine?“, fragte der Eisverkäufer. „Ein Hörnchen kostet einen Schein, eins fünfzig für ein Doppeltes.“

„Ein ganzes Pfund?“, fragte sie.

„Ja, einen Schein. Bist du etwa Ausländerin?“

„Oh je.“

„Hier, ich mach’ das“, mischte sich Joe ein und streckte eine Fünf-Pfund-Note über ihre Schulter nach vorn. „Doppelte Portion, mit Schokostückchen und Schokoladensauce. Das Gleiche für mich.“

Der Eisverkäufer grunzte zustimmend und wendete sich zum Innern seines Wagens. Das Mädchen drehte sich um, ihr Lächeln war breiter als je zuvor und ausgesprochen dankbar. Joe lächelte zurück und kam zu dem Schluss, dass sie wirklich Ausländerin war, vielleicht aus Frankreich, obwohl ihr Akzent einheimisch klang und sogar stärker als normal war.

„Danke, Sir“, sagte sie. „Sie sind so gütig.“

„Kein Problem“, antwortete er. „Lust auf einen Spaziergang?“

„Mit Freuden“, sagte sie.

Ihre Stimme war jetzt anders, weniger kindlich und selbstbewusster. Joe nahm das Eis entgegen und gab ihr eins davon. Sie hakte sich unbefangen bei ihm unter, als sie losgingen. Der Hautkontakt ließ sein Herz schneller schlagen. Innerlich machte sich bei ihm eine Hochstimmung breit, die von den neiderfüllten Blicken der anderen Männer auf der Strandpromenade noch gesteigert wurde. Arm in Arm mit einem Mädchen, das direkt einem Pornomagazin entstiegen sein könnte.

„Wie heißt du?“, fragte er.

„Thomazina“, antwortete sie und fügte hinzu. „Tammy ist okay?“

„Tammy ist einfacher“, sagte er, „klingt auch gut. Ich bin Joe.“

„Nett, deine Bekanntschaft zu machen, Joe.“

„Und, wo bist du her?“

„Von überm Kanal, Frankreich.“

Joe schwieg. Er wollte sich weiter unterhalten, doch alles, was ihm einfiel, erschien ihm dumm, und außerdem war er sicher, dass das, was er wirklich sagen wollte, ihm nur eine Ohrfeige einbringen würde. Sie schien ganz zufrieden zu sein, wie sie so ihr Eis schleckte und sich umsah, völlig gleichgültig gegenüber all den eifersüchtigen, bewundernden oder missbilligenden Blicken. Sein Schwanz war noch immer hart, und man sah es auch. Er hoffte, dass sie es nicht bemerken würde, doch in diesem Moment blickte sie auf seinen Schritt.

„Würdest du ihn gern in mich reinstecken, deinen kleinen Mann?“, fragte sie.

„Gott, da kannst du Gift drauf nehmen“, antwortete Joe, erstaunt über ihre Unverblümtheit, aber wild entschlossen, vor dieser einmaligen Gelegenheit nicht zu kneifen.

„Wie bitte?“, fragte sie.

„Ja, das würde ich gern“, stammelte er, „sehr gerne. Das wollte ich vom ersten Moment an, als ich dich gesehen habe. Komm – meine Wohnung ist auf dem Hügel da drüben.“

„Nein, am Meer“, sagte sie und schüttelte mit dem Kopf.

„Da kann man uns sehen!“, protestierte Joe und zeigte auf den Strand, der zwar weniger gefüllt war als zuvor, aber immer noch alles andere als leer war. „Ich weiß ja nicht, wo du herkommst, aber in England darf man nicht einfach am Strand ficken. Wir würden verhaftet werden!“

Sie nickte, nahm seine Hand und zog ihn mit sich. Joe folgte ihr. Er war mehr als willig, zu nehmen, was ihm angeboten wurde, aber auch davon überzeugt, dass doch etwas dazwischen kommen würde, bevor er in der Lage wäre, seinen Schwanz in ihrem wunderschönen Körper zu versenken. Doch sie schien genauso willig wie er und begann lachend am Deich entlang zu rennen, da wo die Eisenbahn von der Stadt einbog.

Joe weidete seine Augen an Tammys Körper; er bewunderte, wie ihre Haare flogen und ihr Hintern sich im Bikinihöschen bewegte. Bisher war sie großartig gewesen, ein schönes, unerreichbares Etwas, weit außerhalb seiner Möglichkeiten. Jetzt aber hatte sie sich ihm selbst angeboten, und die Fantasien, die er entwickelt hatte, wie er sie entkleiden würde und sie dazu bringen würde, ihre nackten Kurven für ihn zur Schau zu stellen, das würde nun unmittelbare Realität werden.

Er war bisher nur einmal bis zum Ende des Deiches gegangen, dort, wo die Landspitze sich zum Meer verjüngte und unter dem die Eisenbahn durchführte. Dieser letzte Teil des Strands bestand aus einer Ansammlung von großen roten Felsen, unterbrochen von grobkörnigem Sand und kleinen Felsenpools. Er nahm an, dass Tammy dorthin wollte, für eine unbeobachtete schnelle Nummer hinter einem Felsen. Stattdessen strebte sie weiter, barfuß zwischen den Steinen durch, dem schleimigen Unkraut gegenüber genauso gleichgültig wie der Meeresbrandung. Joe war entschlossen, nicht als Spielverderber dazustehen, und folgte ihr um die Landspitze bis zu einer winzigen Bucht mit feinem rotem Sand unter hoch aufragenden Klippen in der gleichen dunkelroten Färbung. Tammy saß schon im Schneidersitz am Strand, einen herausfordernden Ausdruck im Gesicht. Joe näherte sich ihr mit wild schlagendem Herzen und fragte sich, wie er am Besten anfangen könnte, ohne ungeschickt oder unerfahren zu wirken.

Sie streckte die Hand aus, grinste, griff nach seinem Reißverschluss und zog ihn nach unten. Joe konnte nur starren, als sie in seinen Hosenschlitz griff und seinen Schwanz aus der Hose befreite. Sie zog an seinem Schaft und lehnte sich dann nach vorne, um ihn in ihren Mund zu nehmen. Er stöhnte, als ihre zarten Lippen sich um seinen Penis schlossen und ihn verwöhnten. Ein Blick nach unten zeigte ihm, dass ihre Augen glückselig geschlossen waren, während sie an seinem Penis lutschte. Sie genoss es sichtlich, auf jeden Fall mehr als die zwei Mädchen, die er vorher davon überzeugt hatte, ihm einen Blow-Job zu geben. Sie hatte auch was ihren eigenen Körper anging keinerlei Hemmungen; sie hatte eine Hand schon vorne in ihrem Bikinihöschen und massierte ihre Muschi.

„Gott, ihr Französinnen seid wirklich heiß“, stöhnte er. „Komm schon, hol’ diese wundervoll großen Titten raus.“

Tammy nuckelte weiter und zog die Bikini-Körbchen von ihren Brüsten, die nun befreit und groß nach unten hingen, mit abstehenden, rosafarbenen, harten Brustwarzen. Joe kniete nieder und zog seinen Schwanz aus ihrem Mund. Angesichts ihrer offensichtlichen Bereitwilligkeit vergaß er alle Vorsicht. Er steckte seinen Schwanz zwischen ihre Brüste und fickte sie; Tammy kicherte darüber und presste sie entgegenkommend zusammen. Das Gefühl, wie sein erigiertes Glied zwischen ihren Brüsten hin und her glitt, ließ ihn fast kommen. Er wollte seinen Samen über ihre riesigen Brüste spritzen und in ihr hübsches Gesicht. Er hielt sich mühsam zurück.

„Ich kann nicht mehr warten“, stotterte er. “Sorry, aber ich muss dich jetzt einfach ficken.“

„Wie?“, fragte sie. „Wie die Delphine oder wie die Straßenköter?“

„Letzteres“, keuchte er. „Gott, Tammy, du bist so verdammt sexy.“

Sie hatte sich umgedreht und hob ihm ihren Hintern einladend entgegen; ihre Knie weit auseinander, um ihr Geschlecht zu zeigen, das nur von dem dünnen, blauen Stoffstück verdeckt wurde; ihr Rücken bildete ein leichtes Hohlkreuz, um ihre großen Arschbacken zu betonen. So war ihr Hintern wundervoller als je, groß, weiblich und fest, ein prächtiger Mond blassen Fleisches, und was vom Bikini nicht verdeckt wurde, konnte von ihm entblößt werden. Sie war makellos, fleischig und weich, elfenbeinfarben, mit einem Tattoo in Gestalt einer kleinen Krake auf einer Pobacke, die ihrer unanständigen Zurschaustellung etwas besonders Gewagtes verlieh.

„Ich werde dein Höschen runterziehen“, grunzte Joe. „Ich werde dein Höschen runterziehen und ich werde dich ficken wie die Straßenköter, genau wie die Straßenköter.“

Er griff das Höschen, zog und entblößte ihren Hintern und ihre Muschi; ihre Lippen waren voll und leicht geöffnet in einem Nest aus rabenschwarzem Flaum; ihr Anus ein enges, rosafarbenes Grübchen zwischen den üppigen Backen. Sie kicherte und seufzte, als sein Schwanz gegen ihr Geschlecht stupste. Joe drückte vorwärts und hielt sie bei den Hüften, während sein erigiertes Glied in die warmen Tiefen ihrer Vagina glitt. Tammy seufzte wieder, dann ließ sie ihren Kopf hängen und begann zu keuchen, als ihr Körper bei seinem ersten Stoß zusammenzuckte. Joe beugte sich nach vorn, bestieg sie und nahm ihre großen, herunterhängenden Brüste in beide Hände; er liebkoste sie beim Ficken.

„Du bist so verdammt sexy", sagte er erneut. „Du siehst aus, als könntest du kein Wässerchen trüben und bist doch so verflucht heiß. Oh, deine Titten fühlen sich toll an. So große hatte ich noch nie. Und dein Popo, so groß, so wabbelig. Gott, du bist prima, Tammy, du heißes, dreckiges Miststück. Ich werde gleich in dich abspritzen, in deine heiße, kleine Möse. Jetzt. Ich bin in dir gekommen, Tammy, ich bin in deiner Muschi gekommen. Oh, Gott, du bist so heiß."

Joe ließ sich zurücksinken und zog dabei seinen Schwanz aus ihrer Öffnung. Zunächst erwartete er, dass sie zornig werden würde, über das, was er gesagt hatte, und die Art, wie er sie gefickt hatte, so grob und schnell. So aber reagierte Tammy nicht, sondern ließ ihr Gesicht und ihre Brüste vorwärts in den Sand plumpsen, während eine Hand nach hinten langte und ihre Möse fand. Joe starrte mit offenem Mund, als sie anfing, sich selbst zu befriedigen, keuchend und stöhnend, mit gespreizten Knien. Ihre Finger bearbeiteten ihr Geschlecht – eine lüsternere Darbietung, als er sich je vorzustellen gewagt hätte. Seine Ladung rann aus der Öffnung ihrer Vagina und über ihre Finger, während sie die dickflüssige, weiße Schweinerei auf ihre Haut schmierte. Ihre Öffnung begann sich zusammenzuziehen, und presste dabei einen Teil seines Samens heraus; ihr Anus weitete und schloss sich wieder, als wollte er ihm zuwinken. Ihr Stöhnen wurde dringlicher, es wurde zu einem kurzen, hektischen Keuchen, dann zu einem langen, ekstatischen Seufzen, und ihm wurde klar, dass sie gerade zum Orgasmus gekommen war, indem sie sich selbst befriedigte, in einer Zurschaustellung, die unanständiger war, als alles, was er je gesehen hatte.

„Gott, Tammy", brachte er heraus, als sie sich mit einem glücklichen Seufzer auf den Rücken rollte.

Sie lächelte, gab etwas von sich, das wie ein Schnurren klang, und streckte ihren Körper auf dem Sand aus. Da er keine Ahnung hatte, was er sagen sollte, stand Joe langsam auf, musste dann aber gleich vorwärts hüpfen, weil eine einflutende Welle sonst seine Schuhe erwischt hätte. Tammy bemerkte davon nichts; sie machte weder Anstalten, sich zu bedecken, noch sich zu bewegen, als das Wasser zu ihren Füßen stieg.

„Das war klasse", sagte er schließlich, weil er das Gefühl hatte, etwas sagen zu müssen. „Danke."

„Mein Vergnügen, Sir", antwortete Tammy.

„Sir sagt man eigentlich nicht mehr", lachte Joe. „Diese ganzen Formalitäten sind schon seit Jahren nicht mehr üblich. Mich hat noch nie jemand ‚Sir' genannt."

„Wie sagt man dann?"

„Einfach Joe ist okay, besonders wenn man gerade…, du weißt..., gefickt hat und so."

„Ich verstehe."

„Wie dem auch sei, wir sollten besser zurückgehen. Die Flut steigt."

Tammy nickte, machte aber keine Anstalten, sich zu bewegen.

„Sag' mal, bleibst du noch eine Weile?", fragte er. „Wohnst du hier in Tawmouth?"

„Nein…"

„Oh, richtig… Es ist nur, dass… weißt du, es wäre nett, dich wiederzusehen. Du bist wirklich süß und das alles. Ich nehme an, du gehst mit der Abend-Fähre nach Frankreich zurück."

„Nein. Vielleicht treffen wir uns ja wieder am Strand. Oder auf der Sonnwendparty auf dem Wythman?"

„Party? Welche Party?"

„Zur Sonnenwende gibt eine Party auf dem Wythman. Das wird so viel Spaß machen."

„Das ist dieser Erdwall auf dem Hügel, nicht wahr?"

„Ja, ich werde dort sein."

„Prima, ich halt' meine Augen offen. Hör' mal, wir müssen jetzt gehen, bevor wir abgeschnitten werden."

„Geh' du. Ich brauche ein Bad."

„Das kannst du haben, vermutlich länger, als du vorhast."

„Mir wird es gut gehen."

„Nun, du bist ein großes Mädchen, doch mach' mir keine Vorwürfe, wenn du am Ende die Nacht auf halber Höhe der Klippe verbringen musst."

„Das werde ich nicht. Du musst jetzt gehen, Joe. Danke, dass du es mir gemacht hast."

„Klar. Wir sehen uns, richtig?"

Tammy nickte und Joe ging zur Landspitze zurück, wo die Wellen schon gefährlich nahe an die Klippe kamen. Er blickte zweimal zurück. Zuerst sah er, wie Tammy ihren Bikini auszog und dann völlig nackt bis zur Hüfte ins Wasser ging. Als er den Anfang der Landspitze erreicht hatte, drehte er sich noch einmal um, um zu winken, doch sie war schon außer Sicht. Eine große Welle brach sich an dem Felsen, auf dem er stand, spritzte ihn nass und machte es dringlicher, sich in Sicherheit zu bringen. Er beschleunigte seine Schritte, erreichte endlich den Strand und watete die letzten Meter mit bis zu den Knien nassen Beinen.

Während er zum Deich hochstieg, versuchte er, einen Anflug von Besorgnis abzuschütteln. Tammy war so davon überzeugt gewesen, dass sie in Sicherheit war, und das Schlimmste, das ihr passieren könnte, war, dass sie entweder die Nacht auf dem Kliff verbringen oder um die Landspitze herumschwimmen müsste. Er hätte keine dieser Alternativen als besonders angenehm empfunden, aber er war auch sicher, dass es ihr die Laune verdorben hätte, wenn er darauf bestanden hätte. Immerhin wollte er sich die Chance nicht verderben, sie noch einmal zu haben.

Auf dem Weg zurück entlang der Strandpromenade war er gründlich mit sich zufrieden, pfiff vor sich hin und spielte sich immer wieder vor, was geschehen war. Es war alles so großartig, vom ersten Blick auf ihren Körper in diesem viel zu engen Bikini bis zu dem Augenblick, in dem er sie masturbieren sah. Es war schwer gewesen, mit ihr zu reden, aber seine dreckigen Worte hatten ihr im Gegensatz zu anderen Mädchen nichts ausgemacht. Sie war da wirklich dabei gewesen, richtig scharf und dreckig.

Doch eines war seltsam. Sie war auf St. David und in Tawmouth gewesen, also hätte sie mit demselben Tragflächenboot zurückkommen müssen, doch er hatte sie nicht gesehen. Andererseits hieß das vermutlich nur, dass sie eine private Motorjacht hatte oder mit der von jemand anderem zurückgekommen war. Also war es doch kein so großes Rätsel.

Ed Gardner blickte aufs Meer hinaus und sah zu, wie die Fähre aus Frankreich langsam auf die Landestelle zudrehte. Auf den offenen Decks war eine ganze Reihe von Leuten zu sehen, scheinbar eine typische Mischung von französischen und britischen Touristen, die einen am Beginn, die anderen am Ende ihres Urlaubs. Mit etwas Glück würden vielleicht einige dabei sein, die verrufen genug aussahen, um sie durchsuchen zu können, und mit etwas Glück würde er ein bisschen Hasch oder Ecstasy finden. Vielleicht hätte er sogar Gelegenheit, ein oder zwei hübsche Mädchen gründlich zu durchsuchen, Das bereitete ihm immer besonderes Vergnügen, obwohl die Vorschriften es ihm eigentlich nicht gestatteten, das selbst zu machen. Der Ausdruck auf ihren Gesichtern war jedoch das Risiko wert, wenn ihnen klar wurde, dass sie sich bald vorbeugen würden, um gut eingefettete Finger in ihre Vaginas und hinteren Öffnungen eingeführt zu bekommen. Hinterher war es auch fantastisch, die Scham und die Wut in ihren Mienen zu sehen.

Die Landestelle erzitterte etwas, als sich die Fähre an ihren Platz schob. Ed setzte einen entschlossenen Gesichtsausdruck auf und kreuzte die Arme über seiner Brust, als die Bugklappe sich zu öffnen begann. Die ersten Passagiere erschienen auf dem Fußweg, eine Masse von französischen Schulmädchen, eine Familie in greller Ferienkleidung, ein allein reisender Mann in einem ordentlichen weißen Anzug. Ed studierte den Mann und suchte in seinem Gesicht nach Spuren von Unbehagen oder nervösem Schweiß. Doch da war nichts, nur eine natürliche Arroganz, die dessen Meinung über Zollbeamte deutlich machte. Für einen Moment zog Ed in Erwägung, den Mann anzuhalten, gab die Idee aber schnell auf, da das wahrscheinlich nur Ärger gegeben hätte. Dennoch, dieser eine, hochmütige Blick von ihm hatte Ed in seinem Stolz getroffen und erhöhte seine Entschlossenheit, sich an einem anderen, verletzlicheren Passagier abzureagieren. Noch mehr Leute stiegen aus, Ferienreisende vor allem, Familien aus Frankreich, England oder von sonst wo in Europa, keiner schien es wert, angehalten zu werden. Erst als der erste Schub vorbei war, ließ er ein Lächeln in seinen strengen Gesichtszügen aufblitzen. Dieser Mann war perfekt, ganz offenbar einer dieser Freigeister, und er hatte aller Wahrscheinlichkeit nach Drogen dabei, vielleicht sogar harte Drogen. Er war knapp unter eins achtzig groß und damit fünf Zentimeter kleiner als Ed. Er war vergleichsweise schlank, dürr sogar, mit grellroten Haaren, die in einen dünnen Pferdeschwanz gebunden waren. Die schwarzen Jeans und ein schwarzes Oberteil sahen normal genug aus, der schwarze Nagellack war es eindeutig nicht. Seine Schuhe machten ihn auch verdächtig, mit ihren dicken, mindestens sieben Zentimeter hohen Absätzen. Noch schlimmer waren seine Ohrringe, billiges, eisengraues Metall mit blutrotem Email, zu einem Achteck geformt; für Ed machte ihn das eindeutig sonderbar und vermutlich homosexuell.

„Entschuldigen Sie, Sir, könnte ich ihren Pass sehen?", fragte Ed, als sein Zielobjekt näher kam.

„Sicher, Officer", antwortete der Mann, sein gebildeter und etwas herablassender Tonfall besiegelte Eds Entschlossenheit, ihn zu durchsuchen.

Ed nahm den Pass entgegen und fand ein deutliches Bild des Mannes, das offensichtlich erst einige Wochen zuvor aufgenommen worden war.

„Sie sind Mister Mordaunt?", fragte Ed. „Mister Nicholas Mordaunt?"

„Nicalo", entgegnete der Mann.

„Würden Sie mir bitte folgen?"

„Warum?"

„Nur eine Routineüberprüfung, Sir."

Der Mann folgte ihm in den Befragungsraum, sichtlich ohne große Überraschung, was Eds Verdächtigungen weitere Nahrung gab. Zwei Taschen wurde ohne Widerspruch übergeben, eine große Reisetasche und eine Aktentasche, beide in schwarz. In der Reisetasche waren ausschließlich Kleidung und andere notwendige Dinge. Die Aktentasche gab da schon mehr her; sie enthielt eine illustrierte Zeitschrift mit dem Bild einer nackten Frau, verschlungen in die Fangarme eines Kraken. Es war stilisiert, aber unzweifelhaft sexueller Natur. Er blätterte es auf und entdeckte noch mehr Zeichnungen, einige sexuellen Inhalts, einige ohne; sie illustrierten offensichtlich Text, den er sich nicht die Mühe machte zu lesen.

„Sind Sie sich bewusst, dass es ein Vergehen ist, Pornographie in dieses Land einzuführen, Sir?“, fragte er. Seine kühle und ruhige Stimme verriet nichts von seiner inneren Befriedigung.

„Pornographie?“, fragte der Mann nach. „Welche Pornographie?“

„Diese Pornographie, Sir“, antwortete Ed und drehte die Tasche um, um ihm den Einband der Zeitschrift zu zeigen.

„Das ist keine Pornographie“, erwiderte Mordaunt. „Es ist eine wissenschaftliche Abhandlung.“

„Es ist Pornographie“, wiederholte Ed.

„Unsinn!“, beharrte Mordaunt. „Es ist eine Abhandlung über vorkeltische Bildwelten.“

„Wirklich, Sir?“

„Ja, wirklich. Um Himmels Willen, sehe ich etwa aus wie jemand, der schmutzige Heftchen ins Land schmuggeln würde? Und wenn ich das tun würde, denken Sie wirklich, ich hätte es ganz oben auf meinen anderen Papieren in der Brieftasche transportiert?“

„Das kann ich wirklich nicht sagen, Sir. Uns kommt hier alles vor. Das Mädchen da ist nackt, sie hat Sex. Für mich ist das Pornographie. Und es ist pervers.“

„Philister!“

„Ich könnte Sie verhaften lassen, Sir.“

„Officer, dies ist eine wissenschaftliche Abhandlung. Vieles davon wurde in der Mitte des 19. Jahrhunderts in dieser Stadt recherchiert und geschrieben, und in London, wo es dann auch gedruckt wurde. Kann es etwa illegal sein, etwas zurückzubringen, das in diesem Land publiziert wurde?“

„Es ist Pornographie. Ich lasse Ihnen eine einfache Wahl. Ich konfisziere es, und damit hat es sich, oder Sie werden sauer, ich verhafte sie, und wir klären die Sache vor Gericht. Also was?“

Einen Moment lang sah Mordaunt aus, als wolle er etwas antworten, dann verhärteten sich seine Züge und seine Augen fanden Eds. Sie waren grün, die Farbe von kalt gepresstem Olivenöl, und sie waren beunruhigend, doch Ed erwiderte den Blick, bis Mordaunt schließlich frustriert zischte und begann, seine Reisetasche wieder einzupacken.

Ed behielt seine strenge Miene, bis Mordaunt gegangen war. Er warf die Zeitschrift lächelnd zur Seite und hoffte, dass sie später eine gute Lektüre abgeben würde. Frauen mit Kraken waren eigenartig, zu eigenartig für ihn, aber da musste noch anderes Zeug drin sein, hoffentlich ein bisschen Bondage. Er blickte auf seine Uhr und sein Lächeln wurde breiter, wenn er an das Ende seiner Schicht dachte. Er traf sich mit Lily, einem Mädchen, mit dem er schon zweimal aus war. Sie war Archäologin und für ein Jahr in Tawmouth, um ihren Magister zu beenden. Sie war blond, mit kleinen Brüsten und einem wohlgerundeten, kleinen Hintern, der beim Gehen wackelte. Ruhig, sensibel und intellektuell, ließ sie sich leicht dominieren. Das hatte er bei ihrer ersten Verabredung entdeckt, als er sie zu einer schnellen Nummer auf dem Fußboden ihres Zimmers gedrängt hatte und überrascht feststellte, dass sie es ihm nicht übel nahm. Beim zweiten Treffen hatte er sie dazu überredet, einen Striptease für ihn zu machen. Sie war ungeschickt und verlegen gewesen, doch ihre Nervosität und ihr Erröten, als sie sich entblößte, hatte es weit erregender gemacht als jede professionelle Stripperin. Nun hoffte er, es noch weitertreiben zu können, vielleicht würde er ihre Hände fesseln, vielleicht sogar mehr.

Lily Thompson lag in ihrem winzigen Zimmer über einem Fish-und-Chips-Laden auf ihrem Bett, nackt bis auf einen kurzen Bademantel. Ein Buch lag aufgeschlagen vor ihr, es handelte von prähistorischen Stätten in Süd-Devon. Ihre Aufmerksamkeit schien auf die Seite gerichtet, doch es war ihr unmöglich, sich zu konzentrieren. Trotz ihrer besten Bemühungen schweiften ihre Gedanken immer wieder zum kommenden Abend und dazu, was sie wohl von Ed Gardner zu erwarten haben würde.

Sie wusste, dass er ein Rüpel war, und ein Teil von ihr verabscheute ihn, dennoch war es ihr unmöglich, den inneren Zwang zu verleugnen, von ihm sexuell tyrannisiert zu werden. Sie war ganz allein in der Stadt, und es war ihr nie leicht gefallen, Freunde zu finden, darum hatte sie seine erste Einladung auch freudig akzeptiert. Außerdem war er ziemlich ansehnlich, groß, muskulös und auf eine etwas kantige Art gut aussehend, mit einen festen, eckigen Kinn, das all das Selbstvertrauen ausstrahlte, das ihr mangelte. Es war so leicht gewesen, ihn die Entscheidungen treffen zu lassen, sich kontrollieren zu lassen, mit ihm in ein italienisches Restaurant, dann in einen Pub und schließlich zurück in ihr Zimmer zu gehen. Er hatte sich mehr oder minder selbst zum Kaffee eingeladen; dann kamen Küsse, Herumgefummel und schließlich hatte er ihren Slip einfach unter ihrem Rock weggezogen. Sie hatte es gelassen aufgenommen, seinen Schwanz in ihrem Mund akzeptiert, bevor er sie auf den Boden gerollt hatte und in sie eingedrungen war. Ein paar Dutzend harte Stöße hatten ihn zum Orgasmus gebracht; im letzten Moment hatte er sich zurückgezogen und auf ihren Bauch und ihr Kleid abgespritzt. Er hatte seinen Schwanz an ihrem Slip abgewischt, seinen Kaffee ausgetrunken und es ihr überlassen, sauberzumachen. Hinterher, als er gegangen war, hatte sie sich selbst zum Orgasmus gebracht, nicht so sehr durch ihn oder ihren gemeinsamen Verkehr erregt, sondern von der groben, lässigen Art, in der er seinen Samen und ihre eigenen Säfte abgewischt und dabei ihr intimstes Kleidungsstück als Lappen verwendet hatte.

Sie hatte die Absicht gehabt, eine zweite Verabredung abzulehnen, doch als es so weit war, hatte sie doch murmelnd zugestimmt. Sie hatten Fish-und-Chips am Quai gegessen und waren dann zu seinem Haus gegangen. Er hatte sie mit billigem Bier betrunken gemacht, irgendeine furchtbare Musik aufgelegt und ihr gesagt, dass sie einen Striptease machen solle. Sie hatte gehorcht und war gründlich errötet, während sie ihr Bestes tat, gleichzeitig zu tanzen und sich auszuziehen. Während sie ihre Kleidung abgelegt hatte, war es ihr unmöglich gewesen, von ihr selbst nicht als Stripperin zu denken, als jemand, der es für Geld macht: Lily Tompkins, Bachelor of Arts, die in irgendeiner heruntergekommenen Bar strippte. Als sie schließlich nackt war, hatte sie vor Verlegenheit gezittert. Doch sie war auch feucht gewesen, feuchter als je zuvor.

Ed hatte sie dann niederknien lassen, dabei ihren Hintern in einer völlig unanständigen Pose herausgestreckt, und war von hinten in sie eingedrungen. Die Tatsache, dass ihr bewusst war, was sie alles zeigte, verstärkte ihren Kummer, während er sich zu seinem Orgasmus grunzte, und als er sie verließ und seinen Samen auf ihren Arschbacken und ihrer Arschspalte ergoss, war sie den Tränen nahe gewesen. Später, zurück in ihrem Zimmer, hatte sie wieder masturbiert; auf den Knien, ihr Nachthemd über den Kopf gezogen. Vor Demütigung schluchzend, hatte sie sich selbst zum Höhepunkt gebracht. Und jetzt würde es wieder passieren oder gar etwas Schlimmeres. Doch sie wusste, dass sie es tun würde, und sie verfluchte sich selbst dafür, so schwach zu sein, während sie gleichzeitig die Freuden des Orgasmus herbeisehnte, den sie sich danach selbst bereiten würde.

Nachdem sie sich vom Bett hochgedrückt hatte, begann sie sich anzukleiden. Eine aufsässige Stimme in ihrem Kopf schlug vor, ihre neutralste Kleidung auszuwählen: weißer Schlüpfer und BH, Jeans und ein altes T-Shirt. Eine halbe Stunde später trug sie ein knielanges, schwarzes Cocktail-Kleid, einen schwarzen, seidenen Slip, Strümpfe und keinen BH; Sieben-Zentimeter-Absätze vervollständigten das Bild. Sie wusste, dass es Ed gefallen würde. Ihrer Meinung nach sah sie aber eher wie ein Callgirl aus, wenn auch wie ein teures.

Sie ärgerte sich über sich selbst und fühlte sich schwächer denn je, als sie zu ihrem Rendezvous aufbrach, und hoffte, dass Ed etwas weniger Einfaches als Fish-und-Chips würde zu bieten haben, bevor er sie verführte. Er wartete auf dem Marktplatz beim Brunnen. Er war lässig gekleidet und seine Haltung ließ seine schlanke, muskulöse Figur zur Geltung kommen. Lily fühlte ein warmes Erröten bei dem Anblick; sie lächelte ihn an, ließ sich küssen und erlaubte ihm, in ihren Hintern zu kneifen, als er sie in Richtung Strandpromenade führte.

Er war offenbar in großzügiger Stimmung und wählte ein gutes Restaurant, wo er Austern, Seezunge nach Dover Art und einen Muscadet zum Herunterspülen bestellte. Lily fühlte, wie sie schnell angeheitert wurde und sowohl nervös als auch aufgeregt bei der Aussicht auf das, was wahrscheinlich auf das Dinner folgen würde. Ed übernahm das Reden mit seiner üblichen Mischung aus rechts-extremer Haltung und Geschichten über seine Arbeit. Sie hörte dem höflich zu und fügte nur unverbindliche Kommentare hinzu. Währenddessen dachte sie daran, sich für ihn ausziehen zu müssen, ihr kurzes, kleines Kleid hochzuziehen, um ihre Unterwäsche zu präsentieren und ihre nackten Brüste, ihren Slip mit herausgestreckte Hintern langsam herunterzuziehen, und daran, vor Verlegenheit zu glühen angesichts seiner anzüglichen Kommentare beim Anblick ihres entblößten Hinterns…

Ihr schauerte und sie blickte auf, um festzustellen, ob er etwas bemerkt hatte, ein scheuer Blick, dem er nicht die geringste Beachtung zollte. Stattdessen machte er dem Ober ein Zeichen, bestellte Zitronen-Käsekuchen und zwei starke Irish Coffee, ohne sich die Mühe zu machen, sie zu fragen. Sie seufzte, sie konnte nicht leugnen, dass sie es genoss, unter seiner Kontrolle zu stehen, wünschte sich aber dennoch, dass sie eine durchsetzungsfähigere Persönlichkeit hätte.

Sie beendeten das Essen, und der Kaffee mit dem vielen Whiskey darin ließ sie etwas unsicher auf den Beinen stehen, als sie aufbrachen. Ed legte seinen Arm um sie und stützte sie, dann ließ er seine Hand tiefer wandern, um nach ihrem Hintern zu greifen, den er ungeachtet der vielen Abendspaziergänger fest drückte. Lily sagte nichts dazu, sondern ließ sich durchs Stadtzentrum führen und dann hoch zu der Straßenzeile aus der Zeit Edwards VII., wo er lebte. Als sich die Tür hinter ihnen schloss, fühlte sie sich plötzlich von allem abgeschnitten, als hätte sie gerade ihre letzte Chance verspielt, einen Rückzieher zu machen.

Ed nahm sie bei der Hand und führte sie die Treppen hinauf in sein Zimmer, einen schmucklosen, maskulinen Raum; in der Mitte stand ein großes Bett mit einem Eisengestell. Lily merkte, wie sie zitterte, als sie auf seine Befehle wartete, sich entweder auszuziehen oder für ihn zu posieren, ihm einen zu blasen oder ihre Beine für ihn breit zu machen.

„Klettere aufs Bett“, befahl er, „den Arsch nach oben.“

Lily gehorchte; ihr Kinn zitterte, als sie in die Mitte des Bettes kroch und die unanständige Pose einnahm, die er von ihr verlangte. Kniend, mit hochgestecktem Hintern, fühlte sie, wie ihr das Blut ins Gesicht stieg und sie vor Scham erröten ließ.

„Süß“, sagte Ed langsam. „Streck jetzt deine Hände aus und halt dich am Bettgestell fest.“

Mit einem Blick zurück tat Lily erneut, was von ihr verlangt wurde, und streckte ihre Arme vor, bis sie die eisernen Stangen des Gestells berührten. Ed ging zur Seite, öffnete eine Schublade und holte ein Springseil heraus. Einen Augenblick fragte sie sich, ob sie vielleicht nackt Übungen machen sollte, bis ihr die Bedeutung ihrer Körperhaltung klar wurde. Als ihr bewusst wurde, dass sie gefesselt werden würde, begann ihr Kinn zu zittern, sowohl in Erwartung, was er tun würde, sobald sie hilflos war, als auch bei dem Gedanken, dass sie gleich an einem Sexspiel teilnehmen würde.

„Nein, Ed, bitte nicht“, brachte sie heraus, bewegte sich aber nicht und hielt weiterhin das Bettgestell fest, als er neben ihr kniete.

„Entspann’ dich, Baby“, sagte er ihr. „Du weißt, du wirst es lieben.“

Lilys Atem ging schneller, als das Seil um ihre Handgelenke gewickelt festgezogen und am Gestell festgebunden wurde. Sie war jetzt hilflos, fest angebunden, zu seinem Gebrauch, mit hoch erhobenem Hintern und verletzlich, in einer schmutzigen Haltung, die sie beibehielt, weil man es ihr befohlen hatte. Sie biss sich in die Lippe und kämpfte die Tränen nieder, die in ihren Augen aufzuwellen drohten, obwohl sie die feuchte Wärme in ihrem Höschen fühlen konnte. Sobald es heruntergezogen war, und sie wusste, das würde geschehen, würde das ganze, beschämende Ausmaß ihrer Erregung enthüllt werden, ihr geschwollenes, williges Geschlecht.

Er drehte sich zur Seite und presste seinen Schritt dicht an ihr Gesicht während seine Hand zu seinem Hosenschlitz ging. Lily sah zu; sie war unfähig, ihre Augen abzuwenden, als er den Reißverschluss öffnete, hineinlangte und einen dunklen Schwanz mit dicker Vorhaut herausholte. Sie schluckte und schloss ihre Augen, als seine Hand in ihr Haar griff und ihren Kopf zurückzog. Ihr Mund öffnete sich für seinen Penis, weit und klaffend, trotz ihres Widerstrebens und der Scham darüber, etwas zu tun, von dem man ihr immer gesagt hatte, dass es schmutzig sei. Er füllte ihren Mund mit einem salzigen, männlichen Geschmack und sie lutschte, wimmernd und den Tränen nahe, aber dennoch, sie lutschte.

„Das ist mein kleines Mädchen“, stöhnte Ed von oben. „Du liebst es, einen großen, dicken Schwanz zu lutschen, nicht wahr? Na los, tiefer rein, mach ihn hart.“

Lily schluckte so viel sie konnte, bis der schnell schwellende Kopf gegen ihre Mandeln drückte. Sie begann zu würgen und wollte sich befreien, doch der Griff in ihren Haaren verstärkte sich und stoppte sie.

„Aber nicht doch, Mädchen“, schalt Ed. „Du musst deinem Mann etwas Respekt erweisen, seinen Schwanz bis tief in den Hals nehmen und schlucken, sollte er in deinem Mund kommen wollen.“

Lily versuchte ihr Bestes und ließ den Kopf seines Penis tief in ihre Luftröhre eindringen, bis sie zu ersticken drohte und weg musste. Ed lachte, hielt ihren Kopf noch fester und begann, ihren Mund zu ficken und seinen nun voll erigierten Penis der ganzen Länge nach rein und raus zu schieben. Lily öffnete ihre Augen; sie war unfähig, dem furchtbaren Anblick seines harten Schwanzes zu widerstehen, der von ihrem Speichel glänzte.

„Du bist ein Naturtalent", sagte Ed langsam, „eine echte, kleine Schwanzlutscherin, ein kleines, schwanzlutschendes Flittchen."

Seine Worte ließen Scham in ihr aufsteigen. Es war wahr: Sie lutschte seinen Penis, und sie genoss es, und dass ihre Handgelenke ans Bettgestell gefesselt waren, machte es nur besser, so hilflos in seiner Gewalt. Er war jetzt ganz aufgerichtet, fest, fleischig und männlich in ihrem Mund, und sie fragte sich, ob er seine Drohung wahr machen würde, sie schlucken zu lassen.

„Und nun, nach oben mit dem Kleid", sagte er. „Sehen wir, was du darunter zu bieten hast. Was Besonderes, wette ich, nur für Ed. Lutsch' weiter, während ich mich darum kümmere."

Lily gehorchte; sie ließ ihre Lippen seinen Penis hinauf und hinunter gleiten, während seine Hände ihr Kleid ergriffen und ihre Knie eins nach dem anderen anhoben, um es hochziehen zu können. Sie fühlte, wie es ihre Beine hinaufgeschoben wurde und die Rückseite ihrer Oberschenkel kitzelte.

„Strümpfe, nett", sagte er und zog weiter, bis ihr ganzer Hintern offengelegt war. „Ausgefallene Seidenhöschen auch noch. Na, du bist mir ja eine Überraschung, so herausgeputzt wie eine kleine Madame. Jetzt holen wir doch mal diese kleinen Tittchen raus."

Sie stöhnte tief in ihrer Kehle, als das Kleid ganz hochgezogen wurde und ihre nackten Brüste offenbarte. Sie schwangen frei, fühlten sich schwer und eklatant unanständig an, riesig und hervorstechend, obwohl sie so klein waren.

„Du solltest dir die Dinger machen lassen", grunzte Ed, nahm eine Brust in die Hand und rieb seine Handfläche über den Nippel. „Ich mag sie groß, einen großen, fetten Vorbau. Gut, genug gelutscht. Ich bin jetzt bereit für deine enge, kleine Fotze."

Er zog sich zurück und Lily zitterte; Tränen hingen in ihren Augen, doch sie hielt ihren Hintern weiter hoch, bereit, ganz entblößt zu werden. Ed ging hinter ihr in Stellung, nahm den Bund ihres Slips, zog ihn nach unten und entblößte ihren Hintern, die offenen, nackten Backen und das winzige Grübchen ihres Anus, darunter ihre Schamlippen in einem Hauch heller Haare. Die erste Träne fiel, als sie daran dachte, was alles zu sehen war, und sie schluchzte leise.

„Netter Arsch", sagte Ed. „Ich mag sie fett und rund. Auch ne nette Fotze, schön haarig, zeigt, dass du eine echte Blondine bist. Und wie nass du bist. Gieriges, kleines Flittchen, das du bist."

Lily schloss ihre Augen und presste so mehr Tränen heraus. Ihr Hintern war nicht fett – sie wusste, das war er nicht, nicht wirklich – doch so hoch gedrückt und seinem lüsternen Blick ausgesetzt, fühlte er sich riesig und unglaublich unanständig an, ein fettes, wabbelndes, knolliges Etwas, das jedes schmutzige Detail zeigte. Sein Schwanz rammte gegen ihr Geschlecht und rieb sich an ihrer Nässe, bevor er auf ihre Klitoris traf. Das ließ sie keuchen. Gegen ihren Willen drückte sie ihren Hintern noch weiter heraus; sein Penis glitt in ihre Vagina und füllte ihre Öffnung mit Fleisch und ihren Kopf mit schamvoller Ekstase.

Sie war gefesselt, wurde gefickt, ihr Kleid war hoch- und ihr Slip heruntergezogen, sie zeigte alles, mit festgebundenen Handgelenken und einem Penis in ihrem Zentrum. Sie konnte sich nicht einmal zurückhalten, sondern begann zu grunzen und zu quietschen, während er sie fickte, ihre Ekstase herauskeuchend, obwohl Tränen der Scham ihre Wangen herunter liefen.

„Das sieht toll aus", keuchte Ed von hinten. „Mein Schwanz direkt in deiner kleinen Fotze, zwischen deinen Lippen, dein großer Arsch auseinandergepresst und deine kleine Rosenknospe sichtbar. Eines Tages werde ich dich dort hinein ficken, Lily, mein Schwanz tief in deinem engen, kleinen Arschloch. Das wird dir gefallen."

Sie schluchzte angesichts der Brutalität seiner Worte und grunzte, als er tiefer in sie eintauchte. So konnte sie nur ihren Kopf schütteln, in dem vergeblichen Versuch, seine Behauptung zurückzuweisen, dass sie es genießen würde, im Anus genommen zu werden. Doch sie war ja gefesselt, und sie wusste, dass sie nichts würde dagegen tun können, wenn er seinen Schwanz in ihr Rektum zwingen wollte.

Seine Stöße wurden heftiger; sie pressten sie ins Bett und ließen sie erst grunzen und dann aufschreien. Ed antwortete mit noch heftigeren Stößen, bis Lily nur noch atemlos ins Bett kreischen konnte.

„So ist es richtig, Komm auf meinem Schwanz, du kleines Flittchen", grollte Ed und presste sich erneut bis zum Anschlag in ihre Vagina.

Sie schnappte nach Luft, als sie ihn grunzen hörte und sein Schwanz aus ihrer Öffnung gezogen wurde. Einen Augenblick später fühlte sie, wie etwas Warmes und Nasses auf die nackte Haut ihres Hinterns spritzte, und sie wusste, dass er auf sie gekommen war. Sie stöhnte und begrub ihr tränenüberströmtes Gesicht in den Kissen, während er auf ihrem Hintern zum Ende kam. Er ejakulierte noch zweimal in kurzen Spritzern und schmierte, was noch an seinem Schwanz haftete, zwischen ihre Arschbacken.

Sie konnte alles fühlen und sich gut vorstellen, wie es aussah. Ein langer Strahl war quer über ihren Hintern gegangen, beide Backen überbrückend, und hing in ihrer Spalte. Auf dem vollsten Teil ihrer linken Backe, etwas tiefer, war mehr. Und noch mehr war dazwischen und beschmutzte ihren Anus mit seinem Samen. Es war zu viel, zu dreckig, zu obszön, um geleugnet werden zu können, und als sie schließlich ihr Gesicht aus den feuchten Kissen löste, wusste sie, dass sie gleich wirklich Schande über sich bringen würde.

„Lass' mich kommen", bettelte sie keuchend. „Reib' mich, Ed."

„Du dreckige, kleine Schlampe", fuhr er sie an. „Du kommst auf meinen Schwanz, Mädchen, sonst nicht. Zeig' etwas Respekt."

Violet lachte und warf dabei ihre langen, purpurnen Haare in einer Geste offenen, hemmungslosen Vergnügens zurück. Yasmin beantwortete Violets Gelächter mit einem boshaften Grinsen und brachte dann ihr Glas an ihre schwarz geschminkten Lippen. Sie saßen im Pub „Zum schwarzen Humor", der überquoll mit dem wilderen Teil von Tawmouth, Goths, wie sie selbst, schwarz gekleidet und mit exotischem Schmuck und Piercings verziert: New-Age-Typen und Heiden und einige Unauffällige, alle angezogen von ihrer Faszination für Mystizismus und dem großen, langen Erdwall oben auf Aldon Hill.

Die Tür öffnete sich und ließ einen Neuankömmling ein, einen schlanken, jungen Mann, der von Kopf bis Fuß in Schwarz gekleidet war. Seine erschreckend roten Haare waren in einen strengen Pferdeschwanz gebunden. Beim Anblick der Menge lächelte er zufrieden und irgendwie Besitz ergreifend und ging zur Bar. Violet sah ihn an und erkannte ihn auf den zweiten Blick.

„Das ist Nich Mordaunt“, zischte sie und beugte sich vor, um angesichts des Lärms besser verstanden zu werden.

„Wer?“, entgegnete Yasmin.

„Der Typ an der Bar“, sagte Violet, „der mit den roten Haaren. Er ist Nich Mordaunt, der Typ, der über diese okkulten Sachen schreibt, du weißt schon: mit den abgefahrenen Ritualen.“

„Die Sache mit den Kerzen, die du mir gezeigt hast?“, fragte Yasmin, während sie sich halb umdrehte.

Violet nickte und nippte an ihrem Drink. Sie gab vor, ihn nicht anzustarren und dabei daran zu denken, wie es sich angefühlt hatte, mit gespreizten Armen und Beinen dazuliegen und sich eine dicke, blutrote Kerze in die Vagina zu schieben, während ihr Kopf sich im Alkohol- und Haschrausch drehte. Yasmin hatte zugesehen, wie Violet masturbierte, während sie sich einer unanständigen und wenig formellen Variante eines von Nich Mordaunt beschriebenen Fruchtbarkeitsrituals hingab. Es war erregend gewesen, exotisch und frei, und hatte damit geendet, dass sie beide im Bett landeten für eine Nacht voller Küsse und Mösenlecken, betrunken und high, ihre letzten Hemmungen in den Wind geschrieben.

„Komm, lass uns ihn ansprechen“, schlug Violet vor. „Er ist so abgefahren, da lohnt es sich bestimmt, ihn kennen zu lernen.“

Yasmin nickte und glitt von ihrem Barhocker, die Augen vor Übermut glänzend. Violet ging zuerst und sprach Nich mit einem unverfrorenen Lächeln an. Er antwortete, gab zu, wer er war und dass er mehr als glücklich sei, seinen Glauben und seine Arbeit zu diskutieren. Violet war fasziniert von dem tiefen Grün seiner Augen, von seiner Offenheit und von der Überzeugung, mit der er an die Dinge glaubte, die sie nur allzu gerne für sich akzeptieren würde. Es fiel ihr kaum auf, als ein weiterer Freund sich zu ihnen gesellte und Yasmin abgelenkt wurde, so sehr saugte sie Nichs Worte auf und fühlte sich mehr als willig für ein bisschen Sex.

Zur Sperrstunde hatte sie keinerlei Zweifel mehr. Yasmin war in der Menge verschwunden, Violet und Nich ineinander versunken. Sie liefen zusammen durch die Stadt auf dem Weg zu der kleinen Dachbodenwohnung, die Yasmin und sie für den Sommer gemietet hatten, ohne zu hinterfragen, was passieren würde. Dort angelangt, teilten sie sich Wein und mit Hasch versetzte Kekse. Sie nippten jeder von einer Seite eines geschnitzten Hornbechers, bevor ihre Lippen sich trafen, sich berührten, küssten. Violets Mund öffnete sich dem seinen.

Sie trennten sich nur, damit sie aufstehen und sie ihre Kleider abwerfen konnte, während er zusah. Sie ließ ein Stück nach dem anderen zu Boden fallen, bis sie nackt war. Nich nickte und erlaubte seinen Augen, auf ihrem Haar zu verweilen, ihren blassen Gesichtszügen, den Amethysten in ihren Ohren und ihrer Nase, dem purpurnen Lavabell-Piercing aus Glas in ihrem Bauchnabel. Ihre Schamhaare waren im selben dunklen Purpur gefärbt wie die Haare auf ihrem Kopf. Eine Tätowierung zierte den unteren Teil ihres Bauchs, drei purpurfarbene Buchstaben in griechischen Lettern, I, O und V.

„Ianthe“, sagte Nich leise. „Deine Schutzgöttin?“

Violet nickte und lächelte, erfreut, dass er es erkannte hatte und sie verstand. Sie ließ sich nach unten sinken, bis ihre Knie links und rechts von ihm aufkamen, und presste ihr Geschlecht gegen seinen Schritt, als seine Arme sich um sie schlossen. Er küsste sie auf den Mund, den Hals, die Nippel, nahm eine Brust nach der anderen und lutschte sanft daran, bis Violet genießerisch seufzte und ihre Nägel in sein Oberteil krallte.

„Eine Tochter des Meeres“, murmelte er. „Du weißt es also. Er muss dich berufen haben, doch im Moment gehörst du mir.“

Violet hörte ihn kaum, so verloren war sie im Vergnügen ihres Körpers und dem Wissen, dass sie jemanden gefunden hatte, der sie akzeptieren konnte, der verstand, ohne dass sie erklären musste. Sie kam etwas hoch, langte nach unten, öffnete vorsichtig seinen Hosenlatz und befreite seinen Penis. Er fuhr fort, sie zu küssen, ließ seine Lippen über ihre Haut streichen, ihren Nacken, ihre Brust und Nippel. Sie nahm sein erigiertes Glied in die Hand und rieb dessen Kopf an ihrer Klitoris. Ihre Erregung stieg; sie drückte sich noch etwas höher und ließ sich dann auf seinen Speer sinken und nahm ihn in sich auf. Seine Hände waren auf ihrem Rücken und streichelten ihren Nacken sowie die sanfte Furche ihres Rückgrats; sie arbeiteten sich nach unten bis zu ihrem Hintern und drückten jede Backe in dem Rhythmus, in dem sie sich auf ihm bewegte.

Ein Finger fand ihren Anus, kitzelte die winzige Öffnung und ließ sie aufstöhnen. Seine Lippen hatten sich um einen Nippel geschlossen und hielten die feste Fleischknospe an der feinen Grenze zum Schmerz. Sie ließ seinen Penis aus ihrer Vagina gleiten und legte sich auf ihn; ihr Geschlecht gegen seinen Steifen gedrückt und ihre Klitoris hart. Sie begann, sich zu winden und ihre Hüften so zu bewegen, dass ihr Hintern in seinen Händen zappelte und ihre Klitoris immer wieder gegen seinen Penis stieß. Während er ihre Brüste und ihre Analöffnung neckte, kam sie immer dichter an ihren Orgasmus. Sie schrie auf, als sie kam, und rief Ianthe an. Sie presste Nichs Kopf zwischen ihre Brüste und rieb ihren Unterleib gegen seinen Penis, gerade als nasses Ejakulat auf ihr Tattoo schoss.

Kapitel Zwei

Lily erwachte von Eds lautstarkem Verlangen nach Kaffee. Eine Stunde später war er zur Arbeit unterwegs und ließ sie im Bett sitzend zurück. Sie hatte durchaus gemischte Gefühle; obwohl es nicht zu leugnen war, dass sie den Sex genossen hatte, auch das Gefesseltsein, konnte sie doch die unterschwellige Scham und die Schuldgefühle nicht einfach zur Seite schieben. Bei Ed fühlte sie sich beschützt und begehrt, aber auch benutzt. Nachdem er sich geweigert hatte, ihr einen Orgasmus zu verschaffen, ja nicht einmal ihr Bedürfnis danach anerkannte, hatte er sie losgebunden und war schnell eingeschlafen, während sie frustriert und beschämt war.

Sie rutschte mit einer irritierten Grimasse im Bett hin und her und blickte sich nach etwas zu lesen um, um nicht mehr an Ed zu denken und sich zu erinnern, wie brutal er sie genommen hatte. Einige Zeitschriften steckten ordentlich in einem Ständer, doch bei genauerem Hinsehen waren es nur langweilige Männermagazine oder beschäftigten sich mit Waffen. Eine leise Stimme in ihrem Kopf sagte ihr, dass sie auch ein wirklich unanständiges Heft lesen würde, sollte sie eins finden, doch zu ihrer Erleichterung gab es nichts von offensichtlich sexueller Natur. Was sie ganz unten in dem Stapel fand, war ein Text mit einer wunderschön gearbeiteten Federzeichnung auf dem Titelbild, die eine Frau zeigte, die in den Fangarmen eines Kraken verschlungen war und dies ganz offensichtlich genoss.

Überrascht, schockiert, aber neugierig gemacht, zog Lily die Zeitschrift hervor und passte dabei auf, die anderen nicht zu verrücken. Die Darstellung war Schrecken erregend, aber doch furchtbar anziehend und entsprach in keiner Weise Eds Charakter. Es war ausgeschlossen, nicht davon fasziniert zu sein, und sie trippelte etwas schuldbewusst mit der Zeitschrift in der Hand zurück zum Bett. Sie sah sich den Einband noch einmal genauer an und stellte fest, dass es keinen Titel hatte, am Rand stand nur „Laverack, 1963. £ 2.50.“

Sie hatte keine genau definierten Erwartungen, außer dass es etwas Pornographisches und Bizarres sein würde, und stellte überrascht fest, dass es eine offene, aber kaum anzügliche Abhandlung über den Kraken als Motiv sexueller Bildlichkeit war, bis zurück zu einer achtarmigen vorkeltischen Gottheit. Andere Bilder zeigten mehr Frauen, die mit Kraken kopulierten, mit Tintenfischen und sogar einem Kuttelfisch, doch dazwischen gab es auch Fotografien und Zeichnungen von Orten, die für ihre eigene Arbeit von Bedeutung waren, darunter auch der Wythman-Hügel auf Aldon Hill.

Sie las weiter, fasziniert und verstört zugleich. Der Text war so offen und logisch, als sei es nicht nur möglich, dass eine Frau Sex mit einem Kraken hatte, sondern als sei es auch eine völlig vernünftige Angelegenheit. Es gab nirgends eine Anspielung auf die monströse Perversität des Aktes, es gab überhaupt keine moralischen Kommentare, außer einer Verurteilung der Personen, die antike Wandbilder entstellt hatten und Heiden verfolgten. Als sie fertig gelesen hatte, schüttelte sie den Kopf im vergeblichen Versuch, ihre Gedanken von den Bildern, die sie gesehen hatte, zu befreien – sowie von der erstaunlichen Unbekümmertheit des begleitenden Textes. Dass Ed so etwas lesen würde, erschien ihr unmöglich, widersprach es doch völlig seinen chauvinistischen und christlich angehauchten Überzeugungen.

Obwohl sie entschlossen war, sich anzuziehen und in ihr eigenes Zimmer zurückzugehen, machte sie sich stattdessen einen Kaffee und kehrte ins Bett zurück, um sich den Artikel noch einmal genauer anzusehen. Wenn man bedachte, was mit ihnen geschah, so sollten die Frauen auf den Bildern eigentlich Schrecken oder Abscheu zeigen. Das Gegenteil aber traf zu, ihre Gesichter zeigten Freude, Ekstase, ja sogar eine gelassene und zugleich entzückte Seligkeit. Die meisten Darstellungen waren stilisiert, ja gar auf ihren Symbolcharakter reduziert, dazu bestimmt, von Eingeweihten erkannt zu werden. Einige waren detailreicher, eins zeigte sogar, wie der Spermienarm, der Hectocotylus des Monsters in die Vagina einer Frau eindrang.

Als sie die Zeitschrift wieder weglegte, drehte sich ihr Kopf von dem Anprall all dessen, was sie gesehen hatte. Einen furchtbaren Moment lang sah sie sich selbst in derselben Position, von Tentakeln gehalten, mit einem fetten, gummiartigen Spermienarm, der in sie eindrang. Sie schreckte vor dem Gedanken zurück, doch es fiel ihr schwer. Sie wünschte sich, dass sie sich ihren Gefühlen hingeben könnte, wie diese Frauen es zu tun schienen, dass sie sich ihr Vergnügen nehmen könnte ohne Schuldgefühle oder Scham und dem dunklen Teil ihres Gemüts erlauben könnte, ihre Zurückhaltung gänzlich zu überwinden.

Sie musste einfach masturbieren, und es musste so unanständig und offen sein wie möglich, wirklich dreckig, sonst riskierte sie, dass sie widerstandslos in die kalte Umarmung des Kraken gleiten würde. Sie schob Eds altes Hemd nach oben und entblößte ihre Brüste. Ihre Nippel standen hervor; sie waren hart und zeigten so, wie erregt sie bereits war. Ihre Hand glitt vorne in ihr Höschen und fand schnell ihr aufgedunsenes, angeschwollenes, feuchtes, offenes Geschlecht. Zwei Finger glitten in ihre Scheide, ihr Daumen war dicht an ihrer Klitoris, und dann ließ sie ihrer Fantasie freie Bahn, während ihre Hemmungen mit steigender Erregung abnahmen.

Er war bei ihr, Ed. Sie war an Händen und Füßen gefesselt und kniete; ihr Hintern war hoch herausgestreckt, hilflos und nackt. Er war hinter ihr. Den Schwanz, den sie gerade zur Erektion geleckt hatte, hielt er in der Hand und inspizierte ihre Rückansicht in allen Details. Sein Blick nahm die Fülle ihres Hinterns wahr, die Art, wie ihre Schamlippen sich zwischen ihren Schenkeln öffneten, die Feuchtigkeit ihrer Vagina, den engen, rosafarbenen Ring ihres Anus. Sie würde nach hinten blicken und zusehen, wie er näher kam, würde stöhnen, wenn ihre Scheide mit Schwanz gefüllt würde, würde wie ein Tier keuchen, während sie gefickt wurde. Er würde sie bei den Hüften packen, ihr Fleisch befingern und zusehen, wie sein Schwanz in ihren Körper rein und wieder raus glitt. Sie würde erwarten, dass er kommen würde, doch er würde es nicht tun, sondern sich zurückziehen und das Bett verlassen.

Er würde sie allein lassen, nackt und gefesselt, seinen Steifen streichelnd, während er aus dem Zimmer ging. Sie würde ihn im Badezimmer hören und ihn zurückkommen sehen mit einer Tube Gleitcreme in der Hand. Und während er wieder hinter sie kletterte, würde sie genau wissen, was ihr bald angetan werden würde. Sie wäre hilflos, unfähig, auch nur das Geringste zu tun, um ihn aufzuhalten; sie würde betteln und ihn anflehen, würde versprechen, seinen Schwanz zu lutschen, bis er käme, jede Nacht für ihn zu strippen, jede unanständige Pose einzunehmen, die er verlangte, alles, nur keine Sodomie.

Ed würde sie auslachen – in vollem Bewusstsein der Falschheit in ihrer Stimme und der Unaufrichtigkeit ihres Flehens. Er würde ihren Hintern einfetten und die kalte Creme zwischen ihre Arschbacken schmieren, es in ihren Anus reiben und einen Finger in das winzige Loch stecken. Sie würde schluchzen und zittern; Tränen würden ihre Wangen herablaufen, während sie ihn anflehte, ihren Anus doch jungfräulich zu lassen. Er würde nur noch lauter lachen und seinen Finger aus ihrem Arsch ziehen, was sie eingefettet und offen zurückließ, ganz dem Steifen ausgeliefert, der zwischen ihre Arschbacken zielte. Sie würde fühlen, wie er sie berührte, wie der feste, runde Kopf sich gegen sie presste, aber nicht gegen ihre Vagina, wo er eigentlich hin sollte, sondern gegen ihren Anus, diese enge, kleine Öffnung, die niemals für den Schwanz eines Mannes gedacht gewesen war, die so viele dreckige Scheißkerle aber dafür benutzen zu wollen schienen. Sie würde aufschreien, wenn er sich hineindrückte, in einem letzten Flehen, ihr die Erniedrigung von Analverkehr zu ersparen, doch er würde nur fester drücken und ihr armes, kleines Arschloch so lange unter Druck setzen, bis ihr Ring nachgeben würde und der Kopf seines Schwanzes reinging und sie von hinten gefickt wurde, im Arsch benutzt, mit einem langen, fetten Schwanz, der sich ihr ausgeleiertes Loch hinaufschob.

Lily kam mit einem lauten, gebrochenen Schluchzer, als die Ekstase, die sich in ihr aufgebaut hatte, zerbarst und ihr Kopf mit Schuldgefühlen über ihre Fantasien überflutet wurde. Aber dennoch, als sie wieder zwischen die Bettlaken sank, war sie sicher, dass sie es geschehen lassen würde, wenn Ed sie nur genug unter Druck setzen würde.

Thomazina lag bewegungslos draußen im Wasser, ihr Körper bewegte sich im sanften Rhythmus der Wellen. Ein Gewirr von Geräuschen kam von der Strandpromenade von Tawmouth, Musik, gemischt mit dem Geschnatter von vielen Stimmen und dem entfernten Rumpeln eines Zuges. Sie sah sich die Kleidung der Leute auf der Promenade an. Die Meisten trugen Strandkleidung, wie sie es tat, nur etwas bescheidener als das, was auf der Insel oder an der französischen Küste üblich war. Andere trugen die beliebten blauen Hosen, auch viele der Frauen, meist mit farbenfrohen Oberteilen. Hüte waren eher selten, und nur ältere Frauen und kleine Mädchen trugen Kleider, obwohl einige der älteren Mädchen Röcke trugen, die häufig kurz genug waren, den Großteil ihrer Beine zu zeigen.

In ihrer Nähe, unter dem drohenden Schatten von Aldon Cliff, war der Strand fast völlig leer, weil die Flussmündung ihn von der Hauptpromenade abschnitt. Die wenigen, die sich die Mühe gemacht hatten, mit der kleinen Fähre über den Fluss zu setzen, waren weiträumig verteilt, bemüht, ihre Privatsphäre aus dem einen oder anderen Grund zu bewahren. Thomazina überblickte prüfend den Strand. Eine Gruppe Mädchen sonnte sich, das Gesicht nach unten und mit geöffneten Bikinioberteilen, den Rücken ganz entblößt. Ein älterer Mann saß auf einem Stein; seine

Pfeife paffend starrte er aufs Meer hinaus. Zwei Familien standen zwischen den Felsen unterhalb von Aldon Head; die Kinder hatten Netze für die Felsenpools dabei.

Sie ließ ihren Blick zurückwandern, als sich etwas bewegte. Ein einzelnes Mädchen kam aus der Unterführung, die zum Strand führte. Sie hatte etwa ihre Größe, dunkle Haut und trug enge schwarze Hosen und ein schwarzes Oberteil, das Brüste bändigte, die nur wenig kleiner waren als ihre eigenen. Thomazina sah, wie sich das Mädchen links und rechts umsah und sich dann für ein leeres Stück Strand entschied zwischen der Unterführung und der Stelle, wo Ness Head bis zum Fluss vorstieß. Sie hatte eine Wolldecke dabei, die sie ausbreitete, sobald sie das Ende des Strands erreicht hatte.

Das Mädchen entkleidete sich mit einem absoluten Minimum an Schamhaftigkeit; sie zog ihre Hosen herunter und zeigte so für einen Augenblick ihren kleinen, weißen Slip, dann wurde er von ihrem Top verdeckt. Schuhe, Socken und Hosen wurden abgeworfen, die Unterhose stopfte sie zunächst in ihren Ausschnitt und ersetzte sie durch ein grell gelbes Bikinihöschen. Dann zog sie das Oberteil aus; sie trug einen großen, weißen BH. Dieser wurde geöffnet und abgelegt; ihre großen, dunklen Brüste wurden sichtbar, mit den noch dunkleren Nippeln. Fasziniert von der Hautfarbe des Mädchens und der Größe ihrer Nippel, beobachtete Thomazina sie eine Weile und paddelte dann zur Flussmündung.

Das Mädchen hatte vor, schwimmen zu gehen, und lief den Strand entlang, nachdem sie einmal etwas unsicher zu den anderen Leuten am Strand geblickt hatte. Sie hatte sich einen guten Platz ausgesucht, eine ruhige Stelle, die von der Sandbank geschützt war, die sich von Ness Head aus erstreckte. Thomazina wusste, dass es dort flach sein würde und warm, die perfekte Stelle zum Sonnenbaden. Sie war sicher, dass das Mädchen eine ganze Weile dort bleiben würde.

Sie schwamm hart gegen die Strömung des Flusses an, bis sie sich, auf der Höhe der Landspitze angelangt, zwischen den Felsen aus dem Wasser zog. Die Felsen verbargen sie vor Beobachtern, als sie sich der Stelle näherte, wo das Mädchen sich entkleidet hat. Die Decke war ausgebreitet, wie sie es zuerst gesehen hatte, und die Kleider lagen ungeordnet darauf. Aus dem Schatten eines großen Sandsteinblockes hervorblickend sah sie dem Mädchen beim Schwimmen zu und wartete, bis sie außer Sicht war. Mit einem übermütigen Grinsen auf den Lippen schoss sie hervor und schnappte sich die schwarzen Hosen und das Top, den Slip und den BH, die Socken und Schuhe. Sie flitzte zurück in den Schutz des Felsens, rannte zum Wasserrand und glitt hinein.

Violet streckte sich gemütlich und fragte sich dabei, ob sie Nichs Schwanz mit ihrem Mund wieder zum Leben würde erwecken können. Nich schlief noch, wie schon die ganze Zeit, seit sie vor einer Stunde selbst aufgewacht war. Bisher hatte sie ihn nicht wecken wollen. Yasmin war schon weg gewesen, als sie aufwachte; sie hatte eine Nachricht hinterlassen, dass sie zu ihrer beider Lieblingsplatz am Strand von Ness Head zum Schwimmen gegangen war. Violet wusste, dass sie die Nachricht in der Hoffnung hinterlassen hatte, dass sie und Nich ihr folgen würden, doch dazu war sie bisher einfach zu erschöpft. Jetzt, da sie zwei Tassen starken Kaffees getrunken hatte, begann sie wieder sich wie sie selbst zu fühlen, kombiniert mit einer angenehmen, leichten Erregung.

Nich war wundervoll gewesen und hatte sie mit seinem beachtlichen Können und seiner Fürsorge drei Mal zum Orgasmus gebracht. Er war auch wesentlich weniger eigensüchtig gewesen als die meisten Männer und konzentrierte sich ebenso auf ihr Vergnügen wie auf sein eigenes, wenn nicht sogar mehr. Gut, als er kurz vor seinem zweiten Orgasmus stand, hatte sie sich für ihn hingekniet und sich von hinten nehmen lassen. Doch selbst da hatte er immer wieder mit dem Kopf seines Schwanzes zwischen seinen Stößen ihre Klitoris gereizt, und sie war vor ihm gekommen. Und jetzt, nackt, wie er unter der dünnen Decke war, war sie versucht, seine Rücksichtnahme zurückzuzahlen, indem sie ihn mit dem Gefühl seines Penis in ihrem Mund erwachen ließ.

Die Versuchung war einfach zu groß. Sie lüftete die Deckte und entblößte seinen schlanken Körper und den wohlproportionierten Penis, der an seinem Oberschenkel angekuschelt war. Sie leckte ihre Lippen in Vorfreude und langte nach einem Streichholz, um eine der Duftkerzen anzustecken. Ein Höschen hatte sie nicht an, und nachdem sie ihr T-Shirt über den Kopf gezogen hatte, war sie ganz nackt. Sie rollte sich an seine Seite, sodass er unter ihrem Bauch an ihre Muschi langen konnte, wenn er das wollte. Ein reicher Duft nach Orangen schwebte durch die Luft, als sie ihn ganz in den Mund nahm und liebevoll leckte.

Er stöhnte und begann, sich zu rühren, als das Blut seinen Schwanz anschwellen ließ. Violet lutschte härter, während seine Hand sich zu ihrem Haar hob und es sanft und schläfrig streichelte. Als sein Schwanz anfing, steif zu werden, stieg auch ihre eigene Erregung. Sie zog ein Bein an und stellte dabei willentlich ihr Geschlecht für ihn zur Schau. Er berührte ihren Oberschenkel und ließ seine langen Fingernägel über ihr Fleisch gleiten und sanft über ihr zartes Fleisch kratzen. Sie öffnete ihre Beine noch weiter, bot sie sich selbst an wie eine Katze, die hofft, dass man ihren Bauch krault. Ein Knöchel fand ihr Geschlecht, streifte die Schamlippen, stupste an die Vagina; ein Finger streckte sich aus, um mit dem Nagel die runzlige Knospe ihres Anus zu kitzeln.

Violet stöhnte mit dem Schwanz im Mund. Sie nahm ihre Hände zur Hilfe, seine Eier nahm sie in eine Hand und drückte sie, die andere schloss sich um seinen Schaft und masturbierte ihn in ihren Mund. Er fuhr fort, sie zu kitzeln und ihr Haar zu streicheln; sein Handballen fand ihre feuchte Scham und presste hart gegen ihre Klitoris. Sie verstärkte ihre Bemühungen, in dem Wissen, dass das, was er tat, sie bald zum Orgasmus bringen würde, und war darauf versessen, seinen Samen in diesem Moment in ihrem Mund zu haben. Seine Nägel trafen auf ihre Scheide und kitzelten den Eingang; ein Finger glitt hinein. Ihr Anus hatte begonnen, sich zusammenzuziehen, auch ihre Arschbacken spannten sich an. Es war ein zugleich ekstatisches und qualvolles Gefühl, die enge Öffnung ihres Hinterns geneckt zu bekommen, während sie masturbiert wurde. Er stöhnte leise und ihr Pumpen und Lecken wurde hektischer, wurde zu einem verzweifelten Zucken, als die Muskeln ihrer Vagina den eindringenden Finger zu quetschen begannen.

Sein Schwanz zuckte und sie miaute tief in der Kehle, als sein Samen in ihren Mund geschossen wurde. Sie schluckte ihn, stürzte ihn begierig hinunter und genoss das Gefühl, dass er sich in ihren Mund entladen hatte, gerade als sie in einer Welle der Ekstase ihren eigenen Höhepunkt erreichte, sich ihre Schenkel um seine Hand schlossen und sein Finger zum krönenden Abschluss in ihr Arschloch eindrang. Es dauerte an, ihre Schenkel und ihr Hintern zogen sich immer wieder zusammen, während der Orgasmus durch ihren Kopf raste. Währenddessen lutschte sie weiter an seinem Steifen und saugte den Samen aus; schließlich zog sie ihn aus ihrem Mund, gab dem Kopf noch einen Abschiedskuss und ließ sich auf den Rücken fallen.

Für eine Weile lagen sie still. Nichs Hand war noch immer zwischen Violets Schenkeln eingezwängt mit einem Finger in jeder ihrer Öffnungen. Sie schnurrte, ein zufriedenes, katzenartiges Geräusch, träge und glücklich zugleich. Sie bewegten sich erst, als die Tür knallte, trennten sich, um sich zu strecken und richtig wach zu werden.

„Dreckskerle!", kam Yasmins Stimme hinter der Tür hervor.

„Was ist denn los?", fragte Violet, drehte sich um und zog die Decke über ihren und Nichs nackten Körper.

„Irgend so ein Dreckskerl hat meine Klamotten gestohlen!", rief Yasmin, während sie die Tür nach innen öffnete. „Hi, Nich."

Violet unterdrückte ein Kichern. Ihre Freundin hatte sich in ein Handtuch gewickelt und hielt es oben vorne geschlossen, um ihre großen Brüste zu verbergen, doch unten öffnete es sich und ließ ihr gelbes Bikinihöschen sehen.

„Am Strand?", fragte Violet.

„Ja, ich musste so durch die ganze Stadt laufen!", antwortete Yasmin. „Der alte Depp, der die Fähre bedient, hat mich echt angesabbert."

„Hast du denn nicht gesehen, wer es war?"

„Nein, es war sonst niemand da, zumindest nicht in meiner Nähe. Ich denke, es war dieser alte Kerl, den ich gesehen habe, doch er hatte sie nicht bei sich und hat mir geschworen, dass er sie nicht gemopst hat. Meine anderen Sachen wurden nicht angerührt, nicht einmal mein Geld. Nur alles, um sicher zu gehen, dass ich oben ohne zurückgehen musste. Es kann also nur ein Perverser gewesen sein."

„Immerhin hattest du die Decke."

„Wahrscheinlich nur Kinder, die einen Streich gespielt haben", schlug Nich vor.

„Vielleicht“, antwortete Yasmin, „doch die hätten meine Sachen wenigstens irgendwo lassen können, wo ich sie hätte finden können. Und ich habe überall gesucht.“

Sie ging hinaus und in ihr eigenes Zimmer, und dabei beschimpfte sie den Dieb noch immer schmählich. Nich streckte sich, gähnte und stand unbekümmert ob seiner Nacktheit auf. Violet tat es ihm nach und tapste schnell in das kleine Badezimmer, bevor Yasmin es mit Beschlag belegen konnte. Mit sich selbst sehr zufrieden, nahm sie eine Dusche und überlegte sich, was sie anziehen könnte, um Nich zu beeindrucken. Als sie fertig war, überließ sie Yasmin das Badezimmer und kehrte in ihr Zimmer zurück. Nich hatte sich, noch immer nackt, auf der Matratze ausgestreckt und las in einem ihrer Bücher.

„Letzte Nacht, da hast du gesagt, dass ich es wissen muss. Was muss ich wissen?“ Diese Frage war ihr schon die ganze Zeit nicht aus dem Kopf gegangen.

Nich drehte sich um und runzelte leicht die Stirn.

„Was nun?“, fragte Violet.

„Sigodin-Yth“, antwortete Nich.

„Was?“

„Hattest du in letzter Zeit ungewöhnliche Träume?“

„Nicht mehr als sonst auch.“

„Dann weißt du es nicht.“

„Weiß ich was nicht?“, fragte Violet erneut. Nich wurde still und seine Stirnrunzeln vertieften sich. „Sag schon“, forderte sie.

„Wie stehst du zum Christentum?“

„Patriarchalischer Mist. Warum?“

„Ich werde es dir sagen“, antwortete Nich. „Begleitest du mich zum Wythman hinauf?“

Violet nickte eifrig; sie war von Nichs ernsthaftem Tonfall zugleich fasziniert und tief beeindruckt. Sie begann sich anzuziehen. Sie wählte purpurne Unterwäsche und ein langes, einfaches schwarzes Kleid, das im Bedarfsfall leicht hochgezogen werden konnte. Nich grinste bei ihrem Anblick zustimmend und ging ins Bad, nachdem Yasmin es verlassen hatte.

Als sie hörte, dass sie dem Erdhügel einen Besuch abstatten wollten, bestand Yasmin darauf, auch mitzukommen, und nachdem Nich ihr einige Fragen gestellt hatte, stimmte er zu. Sie durchquerten Tawmouth, setzten mit der Fähre über den Fluss und erstiegen den steilen Pfad, der den Bergrücken von Aldon Hill hinaufführte. Ihr Gespräch blieb unverbindlich, bis sie allein waren und Violet erneut nach Nichs Erklärung verlangte.

„Du hast gesagt, dass du wegen der Sonnwendfeier hergekommen bist", sagte er als Einstieg, „und als eine Anhängerin von Ianthe, dachte ich, dass du mehr weißt als die meisten anderen."

„Das tue ich auch. Die meisten Leute, die jetzt herkommen, sind nur wegen der Party da."

„Du warst schon früher dabei?"

„Ja, fast jedes Jahr seit es angefangen hat."

„Es hat früher angefangen, als du dir vielleicht vorstellst", antwortete Nich, „doch es hat ziemlich zugenommen seit dem Wiederaufleben des Paganismus. Was weißt du über den Erdhügel?"

„Es ist ein Grabhügel aus der Bronzezeit, der größte Englands, für irgendeinen großen König, glaube ich."

„Kein König, ein Gott."

„Der Name, den du vorhin genannt hast?"

„Der Name war Sigodin-Yth, doch ich bezweifle, dass das der ursprüngliche Name ist. Es hat etwas Keltisches, vielleicht sogar Nordisch, das Wort ‚Wythman' hingegen ist eine Kreuzung aus mindestens drei Sprachen. Dennoch, es liegt in der Natur von Göttern, dass sie von ihren Anhängern benannt werden, also bleiben wir bei Sigodin-Yth."

„Ich dachte, der Name eines Gottes sei besonders wichtig, sogar heilig", entgegnete Violet.

„Im Grunde ist ein Gott das Produkt der Gedanken der Menschen", erläuterte Nich. „Dennoch real, sei dessen versichert, aber abhängig von dem Glauben derer, die ihn anbeten. Der Name an sich kann durchaus von den Gläubigen als heilig angesehen werden, als Teil ihres Glaubenssystems von ihnen geschaffen, wie der Gott selbst."

„So, für was ist er denn ein Gott?"

„Schutz, möglicherweise, oder das Leben im Meer, Fülle, Fruchtbarkeit. Sicher weiß ich es nicht. Die einzigen Legenden, die wir haben, sind keltisch, der Hügel aber ist vorkeltisch. Die Ursprünge des Glaubens sind unbekannt; wir haben lediglich ein achtarmiges Symbol, das für Sigodin-Yth steht, vielleicht ein Krake."

„Chaos?", fragte Violet.

„Nein, damals nicht", lachte Nich. „Obwohl, wer weiß das schon? Die Symbole könnten verwandt sein. Nein, das keltische Bild zeigte einen Mann mit dem Kopf einer Krake; es hat über die Jahrhunderte hinweg immer wieder Kunstwerke inspiriert, darunter auch Lovecrafts ‚Cthulhu'. Das habt ihr vielleicht gelesen."

Die Mädchen nickten beide.

„Eine ganze Menge von erotischer Kunst war auch dabei", fuhr Nich fort. „Ich habe eine Abhandlung darüber aufgetrieben, bevor ich London verlassen habe, aber so ein Trottel vom Zoll hat sie konfisziert.

„Ein bronzezeitlicher Gott, stark", flüsterte Violet. „Also hast du angenommen, dass ich Bescheid weiß und gekommen bin, mich ihm zu widmen?"

„Nicht wirklich", antwortete er. „Die meisten Götter aus dieser Zeit sind schon lange in Vergessenheit geraten und existieren darum nicht mehr. Sigodin-Yth wurde nicht vergessen. Still, ja, abgestorben, nein, ich nehme an, nicht."

„Der große Cthulhu träumt…", zitierte Yasmin.

„Man darf aber nicht dabei vergessen, dass der Cthulhu-Mythos nichts weiter ist als eine Erfindung", entgegnete Nich. „Dennoch, es scheint ziemlich sicher, dass Lovecraft von Sigodin-Yth gehört haben muss. Die Träume, die neue Anhänger wecken und zu ihm rufen, die Darstellung des Anrufungsrituals, bei beiden gibt es zu viele Parallelen, als dass es ein reiner Zufall sein könnte."

„Träume? Wie die Alpträume in ‚Der Ruf des Cthulhu'?", fragte Yasmin.

„Nicht genau", antwortete Nich. „Lovecraft hat, warum auch immer, eine im Grunde wohltätige Gottheit mit erschreckenden Charakteristika ausgestattet. Die keltische Legenden sprechen mehr von zwingenden, intensiven Träumen mit einem deutlich erotischen Element. Darum bin ich auch hier."

„Erklär' das", verlangte Violet.

„Sicher", entgegnete Nich, „doch ihr müsst mir euer Wort geben, dass ihr es nicht weitererzählt, zumindest nicht bis nach der Sonnwendfeier."

„Vollkommen", versicherte Violet und Yasmin nickte ihre Zustimmung.

„Neulich wurde ich auf eine Abhandlung aufmerksam gemacht", sagte Nich einleitend. „Es war eine Anklage gegen den heidnischen Glauben, geschrieben von einem christlichen Psychiater, in meinen Augen ein Quacksalber, der die Wissenschaft benutzt, um seine Vorurteile zu rechtfertigen, doch darum geht es gar nicht. Er versuchte zu beweisen, dass Paganismus der geistigen Gesundheit abträglich sei. Um seine Theorie zu stützen, nannte er Tawmouth und brachte die wachsende Popularität der Sonnwendfeiern auf dem Wythman in Verbindung mit einem Anstieg von verstörenden Träumen.

Der Narr versuchte, das Ganze auch noch mit Drogenkonsum zu vernetzen, ignorierte dabei aber den Umstand, dass es nur Frauen waren, die diese Träume hatten, und dass es keine Berichte über derartige Vorkommnisse von den weit größeren Heiden-Treffen in Stonehenge und Glastonbury gab. Da ich die Legende von Sigodin-Yth kenne, bin ich auf die Idee gekommen, dass der Wythman-Hügel gar kein Grabhügel sein könnte, sondern die Überreste eines Tempels, ähnlich wie der in Brittany, den ich neulich besichtigt habe. Und tatsächlich habe ich entdeckt, dass der Hügel in der Mitte des 19. Jahrhunderts schon einmal geöffnet worden war und dass tatsächlich Felszeichnungen mit dem achtarmigen Symbol gefunden wurden. In Brittany gab es keinen Hinweis auf irgendwelche seltsamen Träume. Also, wäre es vielleicht möglich, dass Sigodin-Yth unter dem Wythman schläft?"

„Wow", sagte Violet.

„Der Psychiater hat außerdem nicht richtig nachgeforscht", fuhr Nich fort, „sonst hätte er gewusst, dass eigenartige Träume in Tawmouth kein modernes Phänomen sind. Ich habe Hinweise gefunden auf angebliche Besessenheit und auf Frauen, die sich gezwungen fühlten, nachts auf den Hügel zu steigen. Ich hoffe, dass ich hier im Archiv noch mehr Beispiele finden werde. Doch es scheint, als habe sich Sigodin-Yth durch diese Träume über die Jahrhunderte hinweg am Leben erhalten, zumindest genug, um nicht vergessen zu sein, wenn er auch nicht aktiv ist."

„Und jetzt, mit all den Menschen, die zur Party herkommen, wird er da stärker werden?"

„Nein. Wie du gesagt hast: Diejenigen, die zu dieser Feier kommen, sind nicht unbedingt Heiden, noch weniger wahre Gläubige. Sie mögen von dem Gott angezogen werden, aber sie wissen nichts von ihm. Die erste Feier war '89, ein Rave, der von drei Männern organisiert worden war. Doch nur Frauen werden von Sigodin-Yth angezogen, außerdem habe ich mit ihnen geredet und sie wissen nichts von diesem Gott. Nein, auch wenn dieses Jahr mehr als tausend Leute kommen werden, sie haben keine Ahnung von Sigodin-Yth."

„Und du hast vor, sie aufzuklären?", erkundigte sich Violet.

„Genau", antwortete Nich.

Die Ladentür schloss sich genau in dem Augenblick, als Hobbers die Kassenschublade zuschob. Während er das Set von Medaillen, das er gerade verkauft hatte, eingepackt hatte, zeigte sein aufgeschwemmtes Gesicht ein freundliches Lächeln, nun aber, da der Kunde gegangen war und er einen beachtlichen Gewinn eingesteckt hatte, war es selbstgefällig. Er warf einen letzten, nervösen Blick zum Eingang, wendete sich zum Hinterzimmer und setzte sich in seinen Sessel. Vom Laden aus war er nicht zu sehen, die Türglocke war aber gut zu hören.

Er griff mit einem seiner kurzen, plumpen Arme unter den Stuhl und zog eine Zeitschrift hervor; sein ewiges Lächeln nahm eine neue, lüsterne Note an, als er das Titelbild betrachtete. Es zeigte ein Mädchen, achtzehn oder neunzehn Jahre alt, gut entwickelt; ihr hübsches Gesicht zeigte einen wütenden Schmollmund. Der Grund dafür war klar. Sie war über ein Tennisnetz gebeugt, den Schläger noch in der Hand, und blickte über ihre Schulter auf einen großen grauhaarigen Mann, der ihren kurzen, weißen Rock hochzog. Ihr Höschen war zu sehen; es war von einem reinen, frischen Weiß und eng über ihren rundlichen Hintern gezogen.

Seine Zunge fuhr heraus und befeuchtete seine Lippen in Reaktion auf das Bild. Er schlug das Heft auf und hatte schnell das Mittelposter erreicht, eine zweiseitige Farbabbildung von dem gleichen Mädchen, nun aber in einer höchst unangenehmen Haltung. Sie lag quer über den Knien eines Mannes, der am Rande des Tennisplatzes auf einem Stuhl saß; ihr Rock war nun bis zum Rücken hochgezogen und ihr weißes Sporthöschen hing zwischen ihren Schenkeln. Ihre Arschbacken waren von einer Tracht Prügel gerötet; ihr Gesicht zeigte Bestürzung und Elend; seine Hand war für den nächsten Schlag erhoben. Es war einfach alles zu sehen, die ganze Breite ihres nackten Hinterns, die Lippen ihrer fleischigen Teenager-Möse, sogar ihr Arschloch war zu sehen, ein dunkel-braunes Grübchen zwischen den Kurven ihrer üppigen Backen.

Hobbers schluckte und wünschte sich, dass er es wäre, der die hübsche junge Tennisspielerin bestrafen würde, mit heruntergezogenem Höschen, über seinen Schoß gebreitet, austretend und kreischend, während ihr nackter Hintern in ein grelles Rot verwandelt wurde. Sein Schwanz wurde allmählich hart und drohte ihn wirklich zu beschämen, sollte jetzt ein weiterer Kunde kommen. Widerstrebend klappte er das Heft zu und legte es zur Seite; er versuchte, an alles andere zu denken als an deutlich gerötete weibliche Hintern. Als der Klang der Türklingel ihn aber zurück in die Wirklichkeit brachte, war es ihm noch nicht gelungen. Er stand auf und schlurfte schnell in den Laden, wo er eine junge Frau fand, die ein Bild eines alten englischen Kriegsschiffes betrachtete.

„Die Redoubtable, Kapitän Warrenders Schiff, 1842 im Hafen von Tawmouth gemalt“, sagte er. „So etwas wird heute nicht mehr gebaut.“

„Nein, sie war sehr schön“, antwortete das Mädchen.

„Nun, was kann ich für Sie tun, meine Liebe?“, fragte er.

„Ich habe mich gefragt, Sir, ob Sie mir eventuell eine Münze abkaufen würden, eine alte Münze“, entgegnete sie.

Hobbers hielt inne und rieb sein Kinn, bevor er antwortete. Ihr Akzent war regional und sehr ausgeprägt und ihre Worte höflich und weit formaler, als er bei ihrem Anblick erwartet hatte. Sie war drall, trug zu enge Jeans, die sich über ihre weiten Hüften und einen fleischigen Hintern dehnten, und ein schwarzes T-Shirt, das für ihre beachtlichen Brüste deutlich zu eng war, die übrigens durch ihre schmale Taille noch größer wirkten. Jetzt erst, während seine Augen über ihren ganzen Körper streiften, wurde ihm klar, dass ihre Sachen nass waren.

„Sie sind ja tropfnass", sagte er überrascht. „Sind Sie in Ordnung?"

„Es geht mir gut, danke", entgegnete sie. „Ich bin ausgerutscht, als ich die Münze gefunden habe. Sie lag im Wasser."

„Es wäre mir ein Vergnügen, sie mir anzusehen", sagte er, „aber wäre es Ihnen nicht lieber, sich erst etwas Trockenes anzuziehen?"

„Könnte ich das?", antwortete sie. „Gleich hier?"

„Hier?"

„Ich versichere Ihnen, ich werde Ihnen keine Schwierigkeiten machen. Vielleicht im Hinterzimmer?"

Hobbers schluckte erneut und stellte sich vor, wie sie sich hinten in seinem Laden ausziehen würde, ganz ausziehen. Sobald sie nur noch mit einem Handtuch oder einem Bademantel bekleidet wäre, würde er ihr Tee machen und sich mit ihr unterhalten, bis ihre Kleider getrocknet wären. Vielleicht könnte er sogar einen Blick riskieren und würde einen Hauch ihres wunderschönen Hinterns oder der riesigen Brüste erhaschen, die ihr Oberteil nur so unvollkommen verbarg.

„Wenn… wenn Sie sicher sind", stotterte er. „Ich… ich werde die Tür schließen."

„Danke, Sir", antwortete sie. „Sie sind sehr gütig."

Sie ging um den Tisch herum und verschwand im Hinterzimmer. Als er sich vorbeugte, um die Tür zuzuziehen, hatte sie bereits angefangen, sich auszuziehen. Sie hatte ihre Jeans aufgeknöpft und nach unten gezogen; das ließ ihn das nasse, weiße Höschen erahnen, das sein Herz schneller schlagen ließ. Als die Tür ins Schloss fiel, schüttelte er sich und fragte sich, ob er vielleicht zum Opfer eines Trickbetrugs geworden war. Wenn, dann war er sich nicht sicher, dass es das doch nicht wert sein würde. So ging er mit einem kurzen, schulderfüllten Blick zum Eingang vor der Tür in die Knie und presste ein Auge gegen das große Schlüsselloch.

Das Mädchen war gerade dabei, ihre Jeans von ihren Füßen zu ziehen, in einer Haltung, die ihren Hintern in dem nassen, weißen Höschen, das an ihren üppigen Kurven anlag, besonders hervorstehen ließen. Sie war einfach prächtig; ihr Hintern war rund und schwer, ohne auch nur ein bisschen zu hängen, ideal, um versohlt zu werden. Sobald sie ihre Jeans abgelegt hatte, griff sie zu ihrem Oberteil, zog es nach oben und entblößte große Brüste, die aus einem zu engen BH herausquollen. Der war auch nass, und als sie sich umdrehte, konnte er die dunkleren Ringe ihrer Brustwarzen deutlich durch den Stoff hindurch sehen.

Die Tür klingelte erneut. Er blickte überrascht hoch und erwartete, einige ungeschlachte junge Männer zu sehen, Komplizen des Mädchens. Stattdessen kam eine ältere Dame herein und erkundigte sich nach dem Preis einer Figurine in der Fensterauslage. Er antwortete ihr, doch zugleich fiel ihm ein, dass er die Spanking-Zeitschrift auf dem Boden hatte liegen lassen, ohne sie unter dem Stuhl zu verstecken. Ein Gefühl grässlicher Scham stieg in ihm auf, als ihm klar wurde, dass es für das Mädchen gut sichtbar war und er doch nichts anderes tun konnte, als die Fragen der alten Dame zu beantworten. Als sie endlich gegangen war, war sein Gesicht rot angelaufen. Er wrang seine Hände und stellte sich ihre wütenden Beschuldigungen vor, über seine Perversion oder gar die Unterstellung, sie hereinlegen zu wollen. Doch er konnte nichts Derartiges hören.

Er betete, dass sie die Zeitschrift nicht bemerkt hatte, während er sich schnell zur Eingangstür begab und das Türschild auf GESCHLOSSEN drehte, obwohl es noch eine halbe Stunde oder so bis zu seiner normalen Mittagspause war. Er kehrte zu der anderen Tür zurück und klopfte.

„Sind Sie schon salonfähig? Kann ich reinkommen?“, fragte er. „Beim Waschbecken ist ein Handtuch, sollten Sie eins brauchen.“

„Ich habe es schon gefunden, vielen herzlichen Dank“, antwortete sie, und er deutete es als Zustimmung.

Er drückte die Tür auf und blieb mit sich rötendem Gesicht erschrocken stehen. Sie saß in ein Handtuch gewickelt in seinem Sessel und hielt die Zeitschrift aufgeschlagen in ihrer Hand. Er hob seine Hand verteidigend zu seinem Gesicht und bereitete sich auf die Flut von Beschimpfungen und Beschwerden vor, die gleich kommen würde – doch nichts geschah.

„Vielen Dank, Sie sind zu gütig“, sagte sie. „Diese junge Dame, warum wird sie bestraft?“

Es gab keine Feindseligkeit in ihrer Stimme und keinen Sarkasmus. Sie hielt ihm das Magazin hin, aufgeschlagen beim Poster in der Mitte, das die ausgesprochen unanständige Darstellung zeigte, wie das Mädchen bestraft wurde, ein Bild, das jedes normale Mädchen sicher in wütende Empörung versetzen würde. War sie einfach nur dumm oder so unanständig, dass sie die sexuellen Untertöne des Bildes nicht wahrnahm? Letzteres schien die wahrscheinlichere Antwort zu sein, und es stimmte auch damit überein, dass sie in nassen Kleidern herumlief und sich einfach so bereit erklärte, sich im Laden eines Fremden auszuziehen. Der Gedanke, dass jemand ihre Arglosigkeit ausnutzen könnte, kam ihm ungefragt und wurde sofort mit einem schuldhaften Stich zur Seite geschoben. Er mochte zwar den Gedanken an Mädchen genießen, denen der Hintern versohlt wurde, das machte ihn aber noch nicht zu jemandem, der andere ausnutzte.

„Um… Sie war ungezogen“, antwortete er und langte nach der Zeitschrift.

„Was hat sie denn getan, um so hart bestraft zu werden?“, fragte das Mädchen. „Erst mit der Hand und dann mit einem Stock. Tut mir leid, aber ich kann leider nicht gut lesen, eigentlich gar nicht, um ehrlich zu sein.“

Sie war beschränkt, sie musste beschränkt sein, entschied er, als er die Zeitschrift nahm. Seine Finger zitterten sehr, und es war ihm unmöglich, nicht auf ihren tiefen Ausschnitt zu starren und auf die beachtliche Weite ihrer Schenkel, die nicht von dem Handtuch verdeckt wurden. Sie beachtete das nicht und wartete ganz klar darauf, dass er ihre Frage beantwortete. Er blätterte die Seite um; nun waren Bilder des unglücklichen Mädchens zu sehen, wie sie sich entkleidete und vornüberbeugte, um mit dem Stock geschlagen zu werden, dann blätterte er zurück zu den Seiten, die sie beim Tennisspielen zeigten und wie sie vor ihrer Bestrafung am Ohr gepackt wurde. Da er sicher war, dass sie irgendjemandem davon erzählen würde, wollte er deswegen kein weiteres Aufheben machen, und so fiel ihm keine andere Antwort ein als die, die in der Bildgeschichte gegeben wurde.

„Sie hätte nacharbeiten sollen, statt Tennis zu spielen“, antwortete er hastig.

„Nacharbeiten?“, entgegnete sie.

„Lernen“, sagte er, „für die Prüfung lernen, um auf die Universität gehen zu können.“

„Ich verstehe; das Buch gibt moralische Hilfe. Sie sieht sehr lustig aus, aber es muss so furchtbar wehgetan haben. Ich habe immer gelacht, wenn meine Schwestern verhauen wurden. Ich weiß, das war grausam, aber sie haben auch gelacht, wenn es mir passiert ist.“

Hobbers wusste dazu nichts zu sagen. Dass dieses schöne, fast nackte Mädchen zugab, verhauen worden zu sein, und das noch vor ihren Schwestern, war so ziemlich der Gipfel dessen, was er ertragen konnte. Es war ihm unmöglich, nicht daran zu denken, wie sie über die Knie ihrer Mutter gebeugt war, mit heruntergezogenen Jeans und vielleicht sogar Höschen, während ihre Schwestern kicherten und ihr Hintern langsam in ein glühendes Rot geprügelt wurde. Die Versuchung, sie nach mehr Einzelheiten zu fragen, war stark, fast überwältigend.

„Das Warten war eigentlich das Schlimmste daran“, fuhr sie fort, unbeeindruckt von seinem geröteten Gesicht und seiner schweren Atmung. „Wir mussten mit hochgezogenen Kleidern auf der Bank knien und unseren Hintern zeigen. Es wurde erwartet, dass wir über unsere Verfehlungen nachdachten. Ich habe das nie getan: Ich dachte immer daran, wie sehr es schmerzen würde.“

„Ist… ist das oft passiert?“, fragte er, ohne das Stocken in seiner Stimme unterdrücken zu können.

Er hatte seinem Bedürfnis nachgegeben und sagte sich, dass nur darüber zu reden ja nichts schaden konnte und dass eine solche Gelegenheit wahrscheinlich nie wiederkommen würde. Und sein Schwanz war auch steif. Widerstand war nicht länger möglich, nicht nur wegen dem, was sie sagte, sondern auch wegen der Art, wie sie es sagte, nachdenklich und doch fröhlich, wie sie den Schmerz und die Demütigung wieder wachrief, aber doch ohne Erbitterung, sondern fast spielerisch.

„Nicht allzu oft“, antwortete sie, „zumindest mir nicht. Emily war die Ungezogene von uns. Manchmal denke ich, dass sie es absichtlich getan hat, nur damit alle ihr Aufmerksamkeit zollen würden, auch wenn er ihrem Hintern galt.“

Das Mädchen kicherte und ihre Brüste erbebten. Hobbers schluckte; er fragte sich, ob er wirklich die Willenskraft hätte, seine Hände bei sich zu behalten. Es wäre so einfach gewesen, herüberzulangen und das Handtuch zur Seite zu schieben und ihre wundervollen, großen Brüste zu offenbaren, die sanfte Wölbung ihres Bauches, das kleine, haarige Dreieck, das zwischen ihren Schenkeln sichtbar werden würde…

„Erzähl mir, was passiert ist, wenn du dran warst", forderte er und ließ damit den letzten Anschein von Gleichgültigkeit hinter sich.

„Ich war die Älteste", entgegnete sie, noch immer recht lässig. „Oh, bitte verzeihen Sie mir, ich habe mich noch gar nicht vorgestellt. Ich bin Thomazina."

„Frank", antwortete er heiser, „Frank Hobbers. Fahr' fort."

„Ich war die Älteste", wiederholte sie, „und ich nehme an, ich habe mich am besten benommen. Zumindest würde ich das gern glauben. Ich war allerdings manchmal etwas vergesslich, dafür wurde ich auch das letzte Mal verhauen. Es war nach dem Melken, und ich sollte die Kühe zurücktreiben. Da habe ich Jan Raxun auf dem Weg getroffen. Er machte mir den Hof, sozusagen, und wir gingen zusammen weiter. Er hat mich so durcheinandergebracht, dass ich vergessen habe, das Tor richtig zu schließen, und alle Kühe liefen zurück auf die Straße. Meine Mutter war wütend und befahl mir, mich gleich auf die Bank zu knien, während sie einen Stock holte. Ich habe einen ziemlichen Aufstand gemacht, sagte ihr, dass ich zu alt sei, so verhauen zu werden, und dass sie zumindest Emily und Jane aus dem Haus schicken sollte, doch davon wollte Mutter nichts hören. Also habe ich mit hochgezogenen Röcken auf der Bank gekniet und meinen armen, nackten Hintern zur Feuerstelle gestreckt. Emily und Jane kicherten ohne Ende und neckten mich, weil ich da unten so viele Haare hatte. Mutter gab mir zwanzig Hiebe, und bis es vorbei war, brüllte ich vor Schmerz, doch ich musste dort bleiben, während die anderen ihren Tee tranken."

Hobbers unterdrückte ein Stöhnen. Thomazinas Stimme klang fröhlich und unbeschwert, nur ein Mädchen, das eine lustige, aber ein wenig beschämende Erfahrung beschrieb, jedoch ohne den Ärger und den Schmerz, den er eigentlich von einem solchen Mädchen erwartet hätte. Was sie gesagt hatte, machte auch deutlich, dass ihr Höschen heruntergezogen worden war, was sie nackt den Blicken ihrer Schwestern auslieferte. Seine Hände zitterten und sein Schwanz in der Hose fühlte sich an wie ein Eisenstück.

„Sie sind sehr erregt“, sagte sie und deutete auf die Ausbuchtung in seinen Hosen. „Ist es, weil ich unter dem Handtuch keine Kleider trage?“

„Ja“, schluchzte er, „und wegen dem, was du erzählt hast.“

„Davon verhauen zu werden?“, kicherte sie. „Ich erinnere mich daran, dass die Jungs gerne zusahen, wenn sie die Chance dazu bekamen, und ihre kleinen Jungs wurden auch hart, weil sie unsere Hintern gesehen hatten. Danach zeigten sie sie uns und ließen sie uns anfassen, wenn sie uns einfangen konnten. Das habe ich gemocht, die Haue schien dann immer weniger zu schmerzen.“

„Würdest du… Ich meine… Ich nehme nicht an, dass du das jetzt gern machen würdest, für mich?“, brachte er heraus.

„Natürlich, gern, Mister Hobbers, und ich werde ihnen meinen Busen zeigen. Die Jungs haben meinen Busen immer gemocht.“

„Das überrascht mich nicht“, ächzte er, als das Handtuch herunterfiel.

Sie waren wirklich riesig, große, fette Kugeln von Mädchenfleisch, die sanft wabbelten, als sie angesichts seiner Reaktion kicherte. Ihre Brustwarzen waren hellrosa, ziemlich groß und steif. Ihre Taille war schmal und weitete sich zu breiten Hüften, die noch unter dem Handtuch verborgen waren. Die kleine, sanfte Rundung ihres Bauchs war zu sehen mit einem niedlichen Bauchnabel in der Mitte. Er konnte nichts weiter tun, als sie anzustarren; sein Blut hämmerte, als er ihrer Schönheit gewahr wurde, einen Anblick, von dem er nicht erwartet hatte, ihn je wieder zu sehen, zumindest nicht jenseits der Seiten einer Zeitschrift.

„Ich könnte ihn für sie herausholen. Würde ihnen das gefallen?“, fragte sie.

Er nickte und beobachtete gebannt, wie sie sich vorbeugte. Ihre Finger gingen zu seinem Hosenschlitz, fummelten nach dem Mechanismus und zogen den Verschluss herunter. Sein Schwanz presste sich gegen die Öffnung, und sie kicherte, als ihre Hand über das harte Fleisch unter der Unterhose streifte. Der Schlitz war nun offen und sein Steifer stand vor. Sie hielt ihn in der Hand. Sie begann, ihn zu masturbieren, und molk seinen Schwanz auf eine entschlossen-praktische Art zu ihrem Körper, als wäre es gar nichts, den Schwanz eines alten Mannes in die Hand zu nehmen.

„Da sind wir", sagte sie. „Ist das nicht angenehm?"

„Wunderschön", stöhnte er, „genau wie du."

„Oh, vielen Dank."

Sie fuhr fort, ihn zu reiben, obwohl seine Beine allmählich zu schmerzen begannen und sein Schwanz nicht mehr richtig reagieren konnte. Thomazina sagte dazu nichts, sondern ließ ihn los, hob ihre Brüste an und wickelte seinen Schwanz und seine Eier in sie ein, rieb das dralle Fleisch gegen ihn. Er stöhnte und presste sich in ihren Vorbau; er fickte ihre Brüste, während der Schmerz in seinen Beinen schlimmer wurde.

„Ich muss mich hinsetzen, meine Liebe", ächzte er, „Ich fürchte, dass das in meinem Alter ein bisschen viel ist."

„Wie gedankenlos von mir!", antwortete sie. „Natürlich müssen Sie sich hinsetzen, und ich werde mich auf ihre Knie setzen."

Sie stand auf und ließ das Handtuch ohne Rücksicht auf eventuelle Konsequenzen ganz fallen. Hobbers ließ sich in den Sessel sinken und winkelte die Knie für sie an, wobei seine Augen auf die dralle Rundung ihres Geschlechts fixiert waren. Er hätte sie unglaublich gerne gebeten, ihm ihren Arsch zu zeigen, sie gefragt, ob er sie übers Knie legen dürfe, doch seine Angst, die Stimmung zu verderben, war stärker als sein Verlangen, und als sie sich auf sein Knie setzte, war die Chance verspielt. Sie lehnte sich näher, legte einen Arm um seine Schultern und machte es sich bequem. Ihre Brüste pressten sich an ihn, als sie erneut seinen Schwanz in die Hand nahm.

„Da sind wir wieder. Jetzt werden Sie gleich kommen können", verkündete sie fröhlich und fuhr fort, ihn zu masturbieren.

Er ließ seine Hand zu ihrem Hintern wandern, nahm eine der rundlichen Backen und knetete das Fleisch, noch immer in der Erwartung, dass sie sich dagegen wehren würde. Doch Thomazina machte keine Einwände, sondern drückte ihn nur spielerisch und bewegte ihre Hand etwas schneller. Er war fast so weit, seine Augen klebten auf ihrem Körper, ihren Brüsten und dem Bauch, die im Rhythmus ihres wild zuckenden Arms wabbelten. Sein Kopf war angefüllt mit Bildern, in denen sie seitwärts gedreht vor den Augen ihrer Schwestern verhauen wurde.

„Erzähl es mir noch mal", ächzte er. „Erzähle mir, wie du verhauen wurdest, wie deine Mutter dir das Höschen hinunterzog."

„Den Schlüpfer meinen Sie?", fragte sie.

„Ja, aber sag Höschen, bitte sag Höschen."

„Oh, so was haben wir nicht getragen", erklärte sie lachend. „Nur ein Kleid und einen Unterrock, zwei am Sonntag."

„Keine Höschen?", schnaufte er.

„Keine Höschen", antwortete sie. „Das ist viel bequemer, wissen Sie. Ich gehe gern ohne, aber ich weiß, dass von Mädchen erwartet wird, sie zu tragen, besonders mit den kurzen Röcken heutzutage…"

„Die Haue, erzähl mir, wie du übers Knie gelegt wurdest."

„Oh, Entschuldigung, was bin ich doch für ein dummes Ding. Emily und Jane waren dabei, als ich verhauen wurde, meinen Rock und meinen Unterrock weit hoch auf meinen Rücken gezogen und meinen armen Hintern weit herausgestreckt. Sie haben bei dem Anblick so sehr gelacht, dass Mutter ihnen drohte, sie genauso zu behandeln, sollten sie nicht aufhören. Das ließ sie verstummen, aber ich heulte auf, und dann musste ich auch noch während der ganzen Teestunde so bleiben, mit meinem Hintern ganz sichtbar. Oh Gott, habe ich mir da leid getan…"

Hobbers kam, seine Ladung schoss von seinem Schwanz und Thomazina kreischte überrascht. Sie bückte sich sofort nach unten und bekam die zweite Portion ins Gesicht. Sie nahm seinen Schwanz in den Mund und lutschte daran, bis nichts mehr übrig war, dabei sah sie hoch in sein Gesicht, eines ihrer dunkelgrünen Augen beobachtete ihn, das andere war von einem Klecks Ejakulat verklebt. Er ließ sie lecken, noch in Ekstase versunken, während er sich alles genau vorstellte, wie sie mit nacktem Hintern kniete, während ihre Mutter und ihre Schwestern ganz normal Tee tranken. Sie hörte erst auf, als er anfing, schlaff zu werden, und richtete sich wieder auf, bis sie mit ihrem fleischigen Po wieder auf seinem Knie saß.

„Sie hätten etwas sagen sollen", schalt sie. „Es ist immer besser, wenn ein Mädchen es in ihren Mund kriegt, sonst gibt das so eine Sauerei. Ein Liebhaber hat mir das mal gesagt, nachdem ich seinen Autositz versaut hatte, und sehen Sie nur, was Sie ihren schönen Kleidern angetan haben!"

Er keuchte noch immer und fand nichts darauf zu entgegnen. Er konnte sich nur zurücklehnen, als sie ein Tuch nahm und die Bescherung von ihrem Gesicht und seiner Hose wischte. Wie schon zuvor, war sie völlig lässig und ihrer Nacktheit gegenüber gleichgültig, während sie aufwischte. Er fühlte sich schuldig, weil er dachte, dass er ein geistig beschränktes Mädchen ausgenutzt hatte, und er war besorgt bei dem Gedanken an wütende Eltern oder einen Liebhaber. Doch in vieler Hinsicht schien sie alles andere als beschränkt zu sein, sondern nur ausgesprochen unschuldig und völlig amoralisch. Nach fünfunddreißig Ehejahren, zahlreichen Prostituierten und einer Handvoll früher Geliebter hatte er nie eine Frau getroffen, die es ihm mit solcher Selbstverständlichkeit besorgt hatte. Einige waren eifrig gewesen, andere widerwillig; Thomazina dagegen war wie ein frischer Windstoß, als hätte sie die Wäsche aufgehängt oder das Bett gemacht.

„Meine Münze, ich muss Ihnen ja noch meine Münze zeigen", sagte sie und ging hinüber, wo sie ihre Jeans in seiner kleinen Küche zum Trokknen ausgebreitet hatte.

Sie war durch die Tür deutlich zu sehen, wie sie sich vorbeugte und dabei ihren reifen Hintern zur Schau stellte; er konnte sogar einen Schimmer ihrer drallen Schamlippen zwischen den dunklen Haaren hervorblitzen sehen.

„Ja, richtig", brachte er heraus. „Was machen deine Sachen?"

„Immer noch nass, fürchte ich", antwortete sie. „Ah, da ist sie."

Hobbers langte danach in der Erwartung, nichts wirklich Außergewöhnliches zu sehen zu bekommen, doch er war auch entschlossen, entgegen seiner lebenslangen Gewohnheit, einen anständigen Preis dafür zu bezahlen. Ja, selbst wenn es völlig wertlos war, würde er ziemliches Aufhebens darum machen, doch er hielt abrupt inne, als sie ihm eine große Goldmünze reichte und wieder auf seinem Knie Platz nahm. Er sah sich die Münze genau an und versuchte dabei, das Gefühl zu ignorieren, das ihr nackter Hintern auf seinem Bein auslöste.

„Portugiesisch", sagte er und sah noch genauer hin. „Sei ein Schatz und gib mir das Vergrößerungsglas, da drüben bei den Büchern."

Thomazina bewegte sich hinüber und bot ihm dabei erneut den Anblick ihres breiten Hinterns, als sie sich nach dem Vergrößerungsglas streckte. Obwohl er gerade einen Orgasmus gehabt hatte, konnte er doch nicht anders als ganz bewusst auszuatmen. Dabei fragte er sich, ob ihre lässige Haltung zum Verteilen sexueller Vergünstigungen sich auch auf ein Spanking erstrecken würde. Sie wusste ja, wie es war, bestraft zu werden, und sie schien den damit verbundenen Schmerz und die Demütigung nicht allzu unerträglich zu finden…

„Ist es denn etwas wert?", fragte sie und störte damit den Fluss seiner Gedanken, während sie es sich wieder auf seinem Knie bequem machte.

„Ja", gab er zu. „Es ist ein recht verbreitetes Stück, geprägt 1642 in Porto. Würden dir dreihundert Pfund genug sein?"

„Dreihundert Pfund? Aber Sir!", entgegnete Thomazina.

„Vierhundert?", antwortete Hobbers schnell und dachte dabei an weiche, fleischige Hintern und ihrer festen Hand an seinem erigierten Glied.

Während Nich ihnen seine Absichten erläuterte, fühlte Yasmin, wie der Übermut in ihr aufstieg, doch sie war auch etwas eifersüchtig darauf, dass Violet es geschafft hatte, ihn so schnell für sich zu gewinnen. Nicht, dass das hieß, dass sic völlig ausgeschlossen war, immerhin hatten sie sich schon früher Liebhaber geteilt, doch in der Art, wie sie auf dem Steilweg nach Aldon Hill seine Hand gehalten hatte, war etwas eindeutig Besitzergreifendes gewesen.

Sie hatten den Gipfel erreicht, ein Areal mit groben Ginsterbüschen, das sich um den ganzen Erdhügel erstreckte. Er hatte ihr immer ein Gefühl von Mysterien und Macht eingeflößt, genau wie in Stonehenge, oder wie sie sich gefühlt hatte, als sie mit Violet zusammen Grey Wethers besuchte. Nun war es noch stärker geworden, und obwohl sie es unmöglich fand, alles, was Nich sagte, zu akzeptieren, so fiel es ihr doch nicht schwer zu glauben, dass in keltischer und vorkeltischer Zeit bei diesem großen, flachen Haufen aus Erde heidnische Rituale durchgeführt worden waren.

Seit sie die Religion, in die sie hineingeboren worden war, abgelegt hatte, hatte sie mehr und mehr von dem Neuen Heidentum für sich angenommen, da sie fand, dass es ihre Weiblichkeit befreite und inspirierte, im Gegensatz zu der moralischen Zwangsjacke, in die ihre Eltern sie hatten pressen wollen. Nichs Worte erfüllten sie mit aufrührerischer Freude, eine Freude, die der ähnelte, die sie beim Sex empfand oder wenn sie oben ohne schwimmen ging, alles Dinge, die einst als völlig ungebührlich angesehen worden wären.

„Der Tempel in Brittany ist offen und blickt aufs Meer hinaus", sagte Nich. „Ich vermute, dass das hier genauso ist."

Er bog nach links ab und ging auf die Vorderseite des Wythman, dabei folgte er einem in das hohe Gras eingetretenen Pfad. Yasmin folgte ihm, ihr Sinn fürs Mystische wuchs. Nich machte eine schnelle Handbewegung und dann eine halbe Verbeugung in Richtung Meer. Violet beeilte sich, sie nachzuahmen, Yasmin genauso. Der Wythman war oben flach, eine weite Fläche mit hohem Gras, etwa zehn Meter breit und circa einhundert Meter lang, schwül und warm im heißen Sonnenschein, dabei, abgesehen von dem sanften Summen der Insekten, ganz ruhig.

„Ich lasse mich sonnen, nackt", sagte Violet plötzlich. „Natürlich nur, wenn es kein Sakrileg ist und Nich so lieb wäre, den Pfad im Auge zu behalten."

„Ist mir ein Vergnügen", antwortete Nich und machte vor Violet dieselbe formale Verbeugung, die er auch vor dem Meer gemacht hatte. „Und was das Sakrilegische betrifft, ich könnte mir vorstellen, dass eine nackte Frau, die auf seinem Hügel liegt, durchaus mit Sigodin-Yths Ethos in Einklang steht."

„Dann mache ich es", sagte Violet. „Komm, Yasmin, leiste mir Gesellschaft."

Violet zog ihr Kleid hoch und zeigte ihr purpurnes Höschen und den BH. Sie schlüpfte aus beiden, mit nur einem flüchtigen Blick darauf, wer da eventuell den Pfad hochkommen würde. Yasmin folgte ihr auf dem Fuße; ihr Übermut nahm deutlich zu, als sie sich bis zum letzten Faden auszog. Sie war schnell nackt und tat ihr Möglichstes, lässig zu erscheinen, während sie ihren Körper vor Nich zur Schau stellte. Er war in die Hocke gegangen und setzte sich so hin, dass er den Abhang des Hügels sehen konnte. Die Mädchen aber waren hinter dem Gras verborgen.

Die heißen Sonnenstrahlen auf ihrer nackten Haut, die leichte Brise, die ihr Haar zerzauste und das Gras neben ihr wehen ließ, das alles ließ Yasmin sich zugleich glücklich fühlen und angenehm unanständig. Sie war nackt in der Öffentlichkeit – dieses Gefühl genoss sie immer, und es war noch besser, wenn sie sich dabei auch noch einem Mann zeigen konnte.

„Creme mir bitte den Rücken ein, Nich“, sagte Violet in einem trägen, sinnlichen Ton.

Yasmin drehte sich um und stützte ihren Kopf in die Hand, um zuzusehen. Violet lag mit geschlossenen Augen auf dem Bauch; ihre langen Haare waren zur Seite geschoben, um ihren Rücken ganz freizulegen; ihr schlanker Oberkörper bog sich sanft nach oben, wo ihr runder Hintern aufstieg; ihre langen Beine waren gerade ausgestreckt und leicht geöffnet. Nich begann die Sonnencreme aufzutragen; er massierte sie mit seinen Fingern in ihren Rücken, bis sie anfing, leise Schnurrgeräusche zu machen. Er kam zu ihrem Hintern und rieb die Creme in ihre Arschbacken, die sie ihm mit einem zufriedenen Seufzen entgegenstreckte. Yasmin biss sich auf die Lippen, sie wünschte sich, dass sie es wäre, die massiert wurde, und fragte sich, ob Nich Violets leichte Erregung eventuell ausnutzen würde.

Doch er machte keinerlei derartige Anstalten, sondern fuhr fort, ihre Beine der Länge nach mit langsamen, sicheren Bewegungen einzucremen, bis Violets Haut vom Hals bis zu den Zehen glänzte. Yasmins Nippel waren hart geworden und sie war versucht, sie zu berühren, besonders als ihr einfiel, dass Violet und Nich die Nacht in den Armen des anderen verbracht hatte, sie aber allein geschlafen hatte. Violet schnurrte noch immer, als Nichs Hand sich langsam wieder ihre Beine hinauf bewegte und die Creme gründlich auf ihre Oberschenkel rieb. Sie hob ihm ihren Hintern entgegen, als seine Hände ihre Arschbacken umfassten.

„Fick sie, Nich, das ist, was sie will“, schlug Yasmin vor, dabei dachte sie, das es auch das war, was sie wollte, sogar sehr.

Nich antwortete ihr mit einem übermütigen Grinsen. Violet drückte ihren Hintern weiter heraus, um besser zugänglich zu sein. Nich blickte prüfend den Anhang herunter, öffnete seinen Hosenschlitz und befreite seinen Schwanz, der schon fast völlig steif war. Er kniete sich über sie und massierte seinen Penis, während sich seine Augen an ihrem nackten Hinterteil weideten. Yasmin konnte sich nicht mehr zurückhalten und langte hinüber; sie griff nach Nichs Schwanz und begann den Stiel erst zu streicheln und dann zwischen den von der Creme schlüpfrig gemachten Arschbacken ihrer Freundin zu reiben. Er seufzte und erlaubte ihr, weiterzumachen, Violet antwortete mit einem zufriedenen Stöhnen. Augenblicke später war er ganz hart; der Kopf seines Schwanzes bewegte sich im schmierigen Tal von Violets Backen, rieb an ihrem zarten Fleisch. Als er ihren Anus berührte, quietschte sie entweder in freudiger Erwartung oder vor Angst. Er ging tiefer nach unten, um die Öffnung ihrer Vagina zu finden.

Yasmin ließ ihn los, als er in Violet hineinglitt. Er fing an, sie zu ficken; er stützte sein Körpergewicht auf seinen Armen ab und prallte immer wieder gegen ihren nach oben gewandten Hintern. Während sie zusah, wie sein Steifer sich zwischen Violets schlanken Backen bewegte, gab Yasmin ihren eigenen Bedürfnissen nach, ergriff ihre Brüste und begann, sie zu massieren. Nich drehte sich um, um sie anzugrinsen, und sie streckte sie ihm entgegen, dann rollte sie sich auf den Rücken, mit der Absicht, sich vor ihnen zu befriedigen, während sie fickten.

Violets Augen waren offen, ebenso ihr Mund. Sie beobachtete in atemlosem Vergnügen, wie sie gefickt wurde. Yasmin machte ihre Beine breit und führte in Blickrichtung der beiden anderen ihre Hand an ihre Muschi. Sie begann ihre Klitoris zu streicheln. Violet streckte einen Arm aus; sie berührte erst Yasmins Oberschenkel und dann die Rundung ihres Hinterns. Yasmin stöhnte, als ein Finger ihre Vagina fand und hineinglitt. Nichs Bewegungen waren schneller geworden, sein Unterleib klatschte mit jedem Stoß gegen ihre Backen. Sein Kopf war zur Seite gewandt, wo er sehen konnte, wie Violet nun ganz offen Yasmin befriedigte. Er grunzte und zog sich gerade rechtzeitig zurück, um seine Ladung auf Violets Hintern zu spritzen. Der Anblick war zuviel für Yasmin. Sie kam; sie griff nach ihren Brüsten und quetschte die rundlichen Kugeln, während ihre Muschi durch Violets Berührung brannte. Ihr Kopf drehte sich in Ekstase und dem exquisiten Gefühl, offen etwas so wundervoll Unangemessenes zu tun.

Als sie endlich wieder ganz bei Sinnen war, hatte sich Violet unter Nich umgedreht. Ihre Schenkel waren aufgestellt und weit geöffnet. Sie lutschte an seinem Penis und er schleckte ihre Muschi. Sie war dabei, zu kommen. Sie verkreuzte ihre Beine hinter seinem Rücken und drückte so sein Gesicht in ihr Geschlecht. Im letzten Augenblick gab sie seinen Penis frei, um seinen Schwanz und seine Eier zu lecken, während sie ihren Orgasmus voll auslebte. Yasmin beobachtete sie, zufrieden im Nachglühen ihres eigenen Höhepunkts, und erfreute sich an der hemmungslosen Ekstase ihrer Freundin, bis sie sich schließlich entspannten und voneinander trennten.

„Du kannst dich jetzt um meine Vorderseite kümmern", sagte Violet lachend, als sich Nich aufsetzte.

„Aber selbstverständlich", antwortete Nich, „allerdings kann ich drüben beim Kliff jemanden sehen, eine blonde Frau – ihr konservatives Kleid lässt vermuten, dass sie nacktem Sonnenbaden ablehnend gegenüberstehen dürfte."

„Dann sollten wir wohl wenigstens unsere Höschen wieder anziehen, denke ich", sagte Violet.

„Vielleicht", entgegnete Nich.

Yasmin drehte sich, zog ihren Slip zwischen ihren anderen Kleidern hervor und schlüpfte hinein. Violet tat das Gleiche. Sich wieder dem Sonnenbaden zuwendend, war sie zufrieden im Wissen, dass, wie immer sich Violets Beziehung zu Nich entwickeln sollte, sie davon nicht völlig ausgeschlossen wäre.

Lily blickte auf das Meer hinaus; sie fühlte sich beschämt und leicht irritiert. Es war ihr unmöglich gewesen, dem Wythman-Hügel keinen Besuch abzustatten, nachdem sie diese Abhandlung über Kraken und erotische Kunst gelesen hatte. Der Wythman war nicht nur eine der wichtigsten bronzezeitlichen Stätten in der Umgebung, die Abhandlung hatte auch unterstellt, dass ein Kraken-Symbol entdeckt worden sei, als der Hügel einmal geöffnet worden war, ein Umstand, von dem sie gar nichts gewusst hatte.

Sie hatte gehofft, die Stätte in Ruhe erforschen und fotografieren zu können, musste aber feststellen, dass dort oben nicht nur schon jemand war, sondern dass diese Leute, nach den Geräuschen zu urteilen, Sex hatten. Entschlossen, sich nicht so leicht verdrängen zu lassen, war sie zum Rand des Kliffs hinübergegangen und blickte auf die See hinaus, bis die anderen fertig waren.

Endlich wurde sie des Wartens müde und sagte sich, dass sie genauso viel Recht hatte, dort zu sein wie die, mehr sogar, wenn man bedachte, was die da machten. Sie ging auf den Hügel zu, als ein Mann aufstand und dann noch jemand, eine junge Frau, die etwas trug, das vermutlich ein purpurner Bikini war, aber nach einem Slip und einem BH aussah. Sie ignorierte sie und ging zu dem Infobrett, auf dem eine etwas unleserliche Karte die Stätte zeigte und ein Text alle darüber informierte, dass es sich um einen vorkeltischen Grabhügel handelte. Während sie noch las, hörte sie Stimmen hinter sich, eine Frau, die eine Frage stellte, eine andere weibliche Stimme, die etwas ergänzte, und einen Mann, der ihnen antwortete.

„Das ist ganz sicher die Hauptstätte“, sagte er. „Der Tempel in Brittany ist zwar völlig erschlossen, aber nicht einmal halb so groß. Diese Karte soll sich angeblich an der Ausgrabung von der Mitte des 19. Jahrhunderts orientieren, ist aber wohl nur Spekulation. Die Ausgrabung wurde schließlich nur von dem örtlichen Pfarrer und einigen Arbeitern durchgeführt, und um 1850 war die Archäologie noch ein ziemlich primitives Feld.

„1853“, sagte Lily leise, da sie der Versuchung nicht widerstehen konnte, ihr größeres Detailwissen vorzuführen, „von Reverend Clerebold Wilmot, dem Pfarrer von Abbotscombe.“

„Sie haben sich mit dem Wythman-Hügel beschäftigt?“, erkundigte sich der Mann.

„Ich stecke gerade mitten in einer Arbeit über bronzezeitliche Stätten im Süden von Devon“, antwortete Lily. Sie fühlte, wie sie errötete, und wünschte sich, dass ihre Schüchternheit nicht ganz so offenkundig wäre. „Einigen Quellen zufolge ist es allerdings eigentlich kein Grabhügel. Es wird behauptet, dass es eine Art Tempel war, noch dazu für einen Krakengott.“

„Das ist wahr“, entgegnete er. „Sie scheinen sehr gut informiert zu sein. Ich möchte mich nicht aufdrängen, doch Sie haben nicht zufällig Unterlagen über die Stätte?“

„Nichts speziell dazu", sagte sie und fühlte sich von seiner Reaktion auf ihr Wissen geschmeichelt. „Den Tempelverweis habe ich tatsächlich nur in einer Arbeit gefunden, und die drehte sich um Kunst und war nicht sonderlich wissenschaftlich. Ich könnte mich durchaus irren."

„Nein, nein, Sie haben Recht, seien Sie dessen versichert. Diese Arbeit, die war nicht zufällig von jemandem namens Laverack, Theo Laverack?"

„Ja, das ist sie."

„Haben Sie eine Kopie davon, in Ihrem Besitz?"

„Ja, das heißt, nein. Sie gehört meinem Freund."

„Auch ein Student?"

„Nein, er ist Zollbeamter."

Kapitel Drei

Ed Gardner nahm einen letzten Zug von seiner Zigarette und drückte sie im Aschenbecher aus. Er saß draußen vor dem Pub „Ferryboat", wo er seit Dienstende zusammen mit einigen Kollegen und den zwei Polizisten, die an diesem Tag an der Fähre die Tagesschicht gehabt hatten, getrunken hatte. Alle anderen bis auf einen waren schon gegangen, vermutlich zu ihren Familien; er war in eine zunehmend bierselige Unterhaltung mit Polizeisergeant Jeffrey Perkins verwickelt. Als sein Begleiter ihn auf eine ausgesprochen attraktive Frau an der Bar aufmerksam machte, hatte er angefangen, über Lily zu sprechen und mit seiner Eroberung anzugeben.

„Verdammt gut aussehend, sage ich dir", behauptete er. „Bubi-Schnitt, Blondine, eine echte Blondine, ihr Muff und alles. Und erst einundzwanzig."

„Nett", antwortete Perkins.

„Sie gehört zu diesen schüchternen Typen", fuhr Ed fort. „Sie würde nicht einmal eine Fliege erschrecken, aber sie fickt wie ein Kaninchen. Es ist wirklich zum Lachen. Sie tut so, als würde sie es hassen, dabei liebt sie es in Wahrheit. Gestern ist sie gleich drei Mal gekommen, ans Bett gefesselt, das perverse Flittchen."

„Nett."

„Es ist großartig. Die tut einfach alles, absolut alles, was ich ihr sage. Ich habe ihr sogar gesagt, dass ich meinen Schwanz in ihren Arsch schieben werde, und weißt du was, sie liebte es."

„Echt?"

„Echt, die dreckige Schlampe, wie ich es sage. Weißt du, die würde alles machen, alles, einfach nur weil ich es ihr sage. Für einen anderen nicht, nur für mich. Derart verrückt ist sie nach mir."

„Aber klar, Ed."

„Ich mache keine Witze, Jeff, einfach alles. Sie strippt für mich, lutscht und schluckt es, geht auf die Knie, damit ich sie von hinten nehmen kann, glaub mir, alles."

„Klar, Ed, das ist ganz nett, ist aber doch alles normales Zeug. Ich wette, sie kreischt, wenn du es ihr im Arsch machst."

„Natürlich würde sie kreischen, aber das tut sie bei so ziemlich allem. Das hält sie aber nicht davon ab, und hinterher hatte ich bisher noch keine Beschwerden. Es ist nicht wichtig, was eine Frau vorher sagt, Jeff, sondern was sie hinterher sagt. Die machen vorher immer auf schüchtern, nur um uns bei der Stange zu halten, doch mit zwanzig Zentimetern Schwanz in der Fotze sieht die Sache anders aus."

„In die Fotze, klar. In den Arsch ist was anderes. Sicher, es gibt ein paar Verdorbene, aber die meisten anderen mögen es nicht."

„Nicht meine Lily, die tut, was ich sage, und sie wird es lieben."

„Was, wenn du ihr befehlen würdest, es einem anderen Kerl mit dem Mund zu machen?"

„Klar, schätze ich. Sie würde es hassen, weil ich es nicht bin, aber sie würde es machen."

„Aber klar."

„Sie würde es machen. Sicher, sie würde einen ziemlichen Aufstand machen und mich anbetteln, sie nicht dazu zu zwingen, aber das wäre alles nur Schau. Sie würde es machen."

„Ein Zwanziger sagt, sie wird es nicht tun."

„Du dreckiger Mistkerl, du willst doch nur einen billigen Blow-Job."

„Dachte ich's mir doch, wenn's ums Geld geht, machst du plötzlich einen Rückzieher.“

„Nein, nein, ich mein’s ernst. Es ist nur…“

„Klar, Ed. Du bist so ein Schaumschläger.“

„Niemand nennt mich einen Lügner, Jeff.“

„Dann lass den Worten auch Taten folgen.“

„Okay, okay, du verdammter Mistkerl. Mach’ ’nen Fünfziger daraus, und die Sache gilt.“

„Ein Fünfziger, geht in Ordnung. Komm schon, trink aus.“

„Was, jetzt?“

„Ja, jetzt, Ed.“

Er stürzte sein Bier herunter. Ihm drehte sich der Kopf; sein Schwanz regte sich in seiner Hose beim Gedanken an Lily. Als die Idee, sie den Sergeant blasen zu lassen, langsam bei ihm einsank, fand er sie zunehmend ansprechend. Er wusste, dass sie das ganz schön treffen würde, wirklich treffen, und dass sie ihn am Ende dafür lieben würde. Behandle sie grob und sie werden zu dir gekrochen kommen, hatte sein Vater gesagt, und er hatte Recht gehabt.

Lily war ganz bestimmt in ihrer Wohnung. Sie schien sowieso kein ausgeprägtes soziales Leben zu haben, und jetzt, da sie mit ihm zusammen war, brauchte sie es auch nicht mehr. Sollte sie sich also nicht selbst in seine Wohnung gelassen haben, musste sie zu Hause sein. Sie gingen los und bemühten sich dabei nüchtern zu wirken, weil sie noch in Uniform waren. Sie umrundeten die Docks und kamen zu dem Laden, über dem Lily wohnte. Und wirklich, sie war da und öffnete die Tür mit einem besorgten Gesichtsausdruck, als sie die Polizeiuniform sah.

„Keine Sorge, Baby, das ist mein Freund Jeff“, beruhigte er sie. „Nun lauf und bring uns ein Bier.“

Lily machte sich nach einem Klaps auf den Hintern zur Küche auf. Sie trug weiße Jeans, deren enger Schnitt ihren Popo vorteilhaft hervorhob. Ed warf seinem Freund einen lüsternen Blick zu, als sie in die Küche huschte und dabei verlockend den Hintern bewegte.

„Nett“, merkte Jeff an, „sehr nett.“

„Du hast noch gar nichts gesehen“, entgegnete Ed, „und du kannst den Fünfziger eigentlich jetzt schon rüberwachsen lassen.

Jeff grinste und schüttelte den Kopf, doch sagte er nichts dazu, da Lily in diesem Moment mit einer Vierer-Packung Bier in den Raum kam. Ed nahm sie, gab Jeff zwei und stellte die Übrigen neben seinen Stuhl.

„Ich wusste nicht, dass du vorbeikommen würdest, sonst hätte ich mehr besorgt“, sagte sie entschuldigend.

„Kein Problem, Baby“, antwortete er und zog sie zu sich auf den Schoß.

Sie folgte dem Druck, setzte sich unsicher auf sein Knie und zeigte auch keinen Widerstand, als sich sein Arm um ihre Taille legte. Er nahm eine Brust in die hohle Hand und fühlte kurz die sanfte Rundung durch das Sweatshirt, das sie anhatte, bevor sie sich mit einem Quietschen befreite.

„Hey, hey, Baby, bleib ruhig“, rügte er sie. „Jeff ist ein Freund, es kümmert ihn nicht, wenn ich dich ein bisschen befummle, während wir unser Bier trinken. Komm, gib mir einen Kuss.“

Ihren Widerstand überwand er schnell, als er sie heranzog und ihre Lippen gegen seine presste. Sie erwiderte den Kuss widerstrebend, versuchte loszukommen, doch als er mehr Druck ausübte, öffnete sie ihm ihren Mund mit einem Schluchzer. Ihre Zungen berührten sich und er fühlte, wie ihr Körper anfing, sich zu entspannen. In diesem Moment ergriff er erneut ihre Brust und begann sie zu kneten. Er fühlte, wie Lily sich wieder verspannte, hielt sie aber weiter fest, streichelte und liebkoste die Rundung ihrer Brust, bis der Nippel hart wurde.

„Ed, bitte“, sagte sie. „Nicht jetzt.“

„Entspann’ dich, Baby“, antwortete er. „Komm schon, lass’ uns die Dinger rausnehmen.“

„Ed!“, kreischte sie, doch es war zu spät, als er schnell ihr Top und ihren BH hochzog und ihre Brüste hervorquellen ließ. Er brachte ihre Arme hinter ihrem Rücken zusammen, damit sie weiter hervorstehen würden, nackt – ihre aufgerichteten Nippel zeigten nach oben, als er ihren Körper nach hinten bog. Er fühlte, wie sie zitterte und wie sein Schwanz darauf mit einem Zucken antwortete, darauf und auf ihre Nacktheit, ihre Hilflosigkeit und seine Kontrolle über sie. Sie wimmerte leise, sagte aber nichts und versuchte auch nicht, seinem Griff zu entkommen. Er nahm sich Zeit, sie zu necken, überzeugt davon, dass sie bald erregt genug sein würde, zu tun, was er ihr befehlen würde. Beide Nippel waren jetzt steinhart und ihr

Atem ein ruckartiges Keuchen. Er entschied, dass sie bereit war.

„Gutes Kind", sagte er beruhigend. „Siehst du, Jeff, sie braucht einfach eine feste Hand, aber sie liebt es. Nun, Lily, ich bin dem guten Jeff einen Gefallen schuldig, darum wirst du dich jetzt auf alle Viere hinknien und ihn schön ausführlich lutschen, genau wie du es für mich machst, mmh?"

„Bitte nicht", seufzte Lily, doch ihre Stimme war gebrochen, und er war sicher, dass sie es mit ein bisschen mehr Druck doch tun würde.

„Ich habe dich nicht gebeten", sagte er. „Ich habe es dir gesagt. Dennoch, ich weiß, dass es nicht einfach ist, also lass' uns ein bisschen deine Fotze rubbeln, um dich in Stimmung zu bringen."

Er legte seine Hand auf den Knopf ihrer Jeans, und ihre legte sich darüber, doch ohne Nachdruck. Sie schluchzte, als der Knopf aufsprang, und lauter, als ihr Reißverschluss heruntergezogen wurde und die Vorderseite ihres Slips zu sehen war. Ed ließ seine Hand hineingleiten, ihr Geschlecht war feucht und nur allzu bereit.

„Du tropfst ja, du kleines Flittchen", lachte er. „Also mach keine Fisimatenten. Nimm' Jeffs Schwanz in deinen Mund. Denk daran, du tust es für mich."

Ed schubste sie sanft, sie glitt zu Boden und ging auf alle Viere, wie es ihr befohlen worden war, und kroch zu Jeff hinüber. Er grinste, blickte noch einmal zu Ed und öffnete dann seinen Hosenschlitz. Sein Schwanz fiel in seinen Schoß. Lily sah ihn an und blickte dann zu Ed.

„Leck' ihn", befahl Ed. „Nimm' ihn in deinen Mund und blas' ihn, bis er abspritzt. Komm schon, Lily, Baby, für mich, für deinen Geliebten."

Lily rührte sich nicht, ihre Augen flehten ihn an, groß und feucht, mit vorgeschobener, zitternder Unterlippe.

„Blas' ihm einen", grollte Ed. „Komm schon, mach', was dir gesagt wird, oder es könnte schlimmer werden."

Lily schluckte schwer, schloss ihre Augen und beugte sich vor. Sie akzeptierte Jeffs schlaffen Penis, als er ihr ihrem Mund hingehoben wurde. Er seufzte zufrieden, als sich ihre Lippen um seinen Schwanz schlossen, und sie anfing, ihren Kopf auf und ab zu bewegen. Sie schürzte die Lippen, um ihn besser gleiten zu lassen. Ed gluckste vor Vergnügen, als er feststellte, dass es ihn gar nicht eifersüchtig machte zuzusehen, wie sie den Schwanz eines anderen Mannes lutschte, sondern nur ein wundervolles Gefühl von Macht.

Jeff war schnell steif, eine Hälfte seines Schwanzes stand aus ihrem Mund heraus, die andere steckte tief darin. Lily lutschte mit zusammengekniffenen Augen. Ihr Gesicht zeigte einen Ausdruck völligen Elends, als sich ihre Lippen den Schwanz des Polizisten herauf- und hinunterarbeiteten. Ihr Hintern war herausgedrückt; er breitete sich von ihren Hüften in ihren engen weißen Jeans zu einer verführerischen Fleischkugel. Weil der Knopf offen war, waren sie schon etwas nach unten gerutscht, und Ed war entschlossen, ihre Verlegenheit noch zu verstärken, indem er sie ganz herunterzog und ihren Slip oder mehr vorzeigen ließ, während sie einen Schwanz lutschte.

„Lass' uns ein bisschen mehr sehen", lachte er, „diesen saftigen Arsch, fürs Erste."

Er stellte sich hinter sie und zog ihre Jeans ihre Schenkel herunter. Ihr Slip hing daran fest und entblößte so ihren Hintern. Es sah gut aus, so eingerahmt von ihrem Top und den zerknitterten anderen Kleidungsstücken Ihre Arschbacken waren leicht geöffnet; sie zeigten eine Quaste hellen Haares und ließen die Gegend um ihren Anus erahnen. Sie lutschte weiter, ließ ihren Kopf gehorsam auf dem steifen Penis tanzen, während Jeff zusah, wie sie ausgezogen wurde.

„Die Titten auch, denke ich", sagte Ed betont langsam, „nicht, dass sie viel zu bieten hat, aber sie schwingen so schön. Komm schon, Baby, hol' sie raus."

Lily zögerte nur für einen Moment, zog dann ihr Top nach oben und ließ ihre Brüste hängen. Jetzt war sie von der Brust bis zu den Schenkeln nackt, alles Wichtige war zu sehen, und der Schwanz in Eds Hose war hart. Er beugte sich zurück und bewunderte, wie ihre äußeren Schamlippen sich zwischen ihren Schenkeln hervordrückten und das zarte Rosa ihrer inneren Lippen zwischen ihnen zu sehen war. Er trat mit einem Fuß leicht auf ihren Rücken und zwang sie so, tiefer zu sinken, ihre Arschbacken weiter zu spreizen und so mehr von ihrem Geschlecht und der engen Öffnung ihres Anus zu offenbaren.

„Ich werde sie ficken, Jeff", lallte er. „Halt still, du kleines Flittchen, und lutsch' weiter. Press' diesen großen Arsch raus und spreiz' die Beine."

Sie gehorchte; sie zitterte vehement, als sie ihren Hintern anhob, nach hinten langte und ihre Arschbacken auseinanderzog. Ihr Anus war zwischen ihren Backen breitgestreckt, und ihre Muschi darunter war nass und bereit. Er kniete nieder und riss an seinem Gürtel, um seine Hose zu öffnen. Einen Moment lang war er versucht, sie im Arsch zu nehmen, entschied aber, das auf einen späteren Zeitpunkt zu verschieben und nun nur die leichtere, natürlichere Öffnung zu benutzen, für den Moment zumindest. Sie war nass und zu verführerisch, um einfach ignoriert zu werden.

„Verdammt, sie liebt das einfach, wie ich gesagt habe", verkündete er. „Ihre Fotze tropft wie ein Wasserhahn."

Sein Schwanz kam frei, als er seine Hosen und Unterhosen nach unten schob; er stand schon hoch, zeigte direkt zu den feuchten Falten von Lilys Geschlecht. Er nahm sie bei den Hüften und bewegte sich nach vorne; sein Schwanz stupste gegen ihre Vagina, fand die Öffnung und glitt hinein. Er grunzte, als er ganz in sie eingedrungen war.

„Halt' sie offen", befahl er. „Ich möchte sehen, wie er rein und raus geht. Ich will dein Arschloch sehen."

Lily gab ein eigenartiges Würggeräusch von sich, hielt ihre Arschbakken aber weiterhin auseinander; es war eine sehr unangenehme Haltung, die sie dazu zwang, Jeffs Schwanz zu ficken, indem sie ihren Kopf seinen Steifen auf- und abtanzen ließ. Ed beobachtete seinen eigenen Schwanz, bewunderte Lilys auseinander gehaltenen Hintern und den unanständigen Kontrast zwischen dem angespannten Arsch, der offenen, schwanzgefüllten Öffnung einerseits und andererseits dem konservativen Slip und den klassischen Jeans, die er heruntergezogen hatte, um an ihr Geschlecht zu gelangen. Sie sah so süß aus, so unschuldig, und sie so halb entkleidet zu sehen, mit einem Schwanz in jedem Ende, machte es so viel besser. Es rief in ihm das Bedürfnis hervor, sie zu beschmutzen, sie ausgezogen und schmutzig zu sehen, und als Jeff anfing, zu seinem bevorstehenden Orgasmus zu stöhnen, wusste Ed, was er tun wollte.

„Mach' es in ihr Gesicht", grunzte er. „Sie liebt das, gleich ins Gesicht."

Jeff griff nach Lilys Haaren. Sie folgte dem Druck. Sein Steifer glitt aus ihrem Mund, nass mit ihrem Speichel, von dem ein einzelner Faden noch zwischen dem glänzenden Kopf und ihren Lippen hing. Er nahm seinen Schwanz und pumpte seinen Stiel. Lily versuchte vergeblich, ihren Kopf zur Seite zu drehen, doch es war zu spät. Er spritzte eine dicke Masse von Spermien voll in ihr Gesicht. Ihr Mund öffnete sich in wortlosem Protest, doch sie wurde mit seinem zweiten Schwall belohnt. Sein Griff wurde fester und er drehte ihren Kopf zurück, stieß seinen Harten zurück in ihren Mund und fickte ihren Rachen, während sie würgte und an seinem Schwanz zog.

„Nett“, stöhnte Jeff, während Lily sich bemühte, es ihm Recht zu machen.

„Schluck' es, du kleines Miststück, schluck' alles runter“, knirschte Ed und fühlte, wie er selbst kam, während Lily sich von Jeffs Schwanz befreite.

Er sah, wie ihr Hals sich bewegte, und wusste, dass sie es wirklich getan hatte und sie die schmutzige Ladung in sanftmütigem Gehorsam geschluckt hatte. Nun streckte er den Arm aus, hielt sie bei den Haaren und zog sie herum. Währenddessen glitt sein Schwanz aus ihrer schlüpfrigen Vagina. Sie tat es, ihr beschmutztes Gesicht war nach oben gerichtet, ihre Augen geschlossen und ihr Mund war eine schmale Linie, aus der rechts und links Samen herausblubberte. Er brachte seinen Schwanz dichter heran und presste ihn gegen ihre Lippen, die sich öffneten und zeigten, dass ihr Mund verklebt war mit Fäden weißen Samens. Er pumpte hart und zielte auf ihren geöffneten Mund. Wie schon Jeff es getan hatte, stieß er seinen Schwanz hinein und kam zum Ende in der warmen, feuchten Höhle ihres Halses. Er ignorierte die blubbernden Würggeräusche, die er dabei machte.

Sie war dreckig, völlig beschmutzt, ihre Lippen offen um seinen Schwanz, den sie noch immer lutschte. Ihr Gesicht war mit Ejakulat beschmiert, ein dicker Klecks verschloss eines ihrer Augen, mehr war auf eine Backe verteilt, breite Bänder hingen von ihrer Nase und ihrem Kinn, ihr Haar war schmutzig, ihr Oberteil völlig verdorben. Ed grinste; ein Gefühl absoluter Macht durchströmte ihn, über das, was er sie hatte tun lassen, darüber, wie er sie kontrolliert hatte und sie zwei Schwänze hatte lutschen lassen und sie gezwungen hatte, das Ejakulat von zwei Männern in ihrem Gesicht zu akzeptieren. Erst als er etwas zurücktrat, bemerkte er, dass sie angefangen hatte, sich selbst zu befriedigen.

„Nimm' deine Finger da raus, du kleines Flittchen", knurrte er.

Doch es war zu spät. Lily kam und schluchzte gebrochen in Ekstase. Ed ohrfeigte sie, doch ihr Stöhnen wurde nur intensiver und seine Hand war nun klebrig von seinem eigenen Samen. Sie schluchzte und wimmerte; sie weinte auch, dicke, ölige Tränen, die aus ihren Augen herausflossen und sie so nur noch schweinischer aussehen ließen. Sie kam wieder und wieder, und flüsterte mit einem heiseren Krächzen seinen Namen.

Thomazina saß auf einer Bank, von der aus sie das Meer überblicken konnte, und mampfte zufrieden einen Fisch, der in Zeitungspapier eingewickelt gewesen war. Die Pommes schnipste sie über den Deich zum Strand, wo eine Gruppe Seemöven sich versammelt hatten, um die unerwartete Beute zu genießen. Die Ebbe hatte gerade eingesetzt, farbige Lichter wurden von der ruhigen Meeresoberfläche reflektiert und lieferten ein verzerrtes Spiegelbild von Tawmouths Strandpromenade. Links von ihr stand der Pier ins Meer hinaus, er war in Licht gebadet, die Musik der Buden und Spielhallen vermischte sich zu misstönendem Lärm. Ein Pärchen näherte sich, sie flüsterten intensiv, verstummten jedoch, als sie an ihr vorbei kamen. Der Mann sah ihr kurz in die Augen, dann wanderte sein Blick zu ihren Brüsten, was ihm eine leichte Rüge von seiner Freundin einbrachte. Tammy lächelte und schluckte den letzten Bissen von ihrem Fisch hinunter.

Sie stand auf, streckte sich und stopfte das Zeitungspapier in einen Mülleimer. Mit einem entschlossenen Stirnrunzeln studierte sie ein Plakat, das an eine der Straßenlaternen, die die Promenade erhellten, geklebt worden war. Es zeigte eine Zeichnung des Wythman – sie nahm zumindest an, dass es der Wythman sein sollte, zusammen mit Tänzern und Symbolen. Es warb für die Sonnwendfeier und ein Name stand darauf, DJ/MC Topher Knight. Der musste jemand Wichtiges sein, und das Mädchen, das sie gefragt hatte, hatte gesagt, dass er am Wahrscheinlichsten im Pub „Zum Schwarzen Humor" zu finden wäre.

Sie spazierte durch Tawmouth und fand den „Schwarzen Humor" in der Straße, die hinter dem früheren Hafen lag, bevor die modernen Docks gebaut worden waren. Es erschien ihr so vertraut, die schwarzen Balken und hohen Giebel riefen in ihr ein Gefühl von Nostalgie wach, das aber, sobald sie die Tür aufgestoßen hatte, zerstört wurde. Lärm kam ihr entgegen, Unterhaltungen gemischt mit lauter Musik, der Geruch von süßlichem Rauch, Parfüm und Bier. Der große, langgestreckte Raum war überfüllt, bis zum Bersten mit jungen Leuten gefüllt, schwarz gekleidete, wie sie selbst, manche trugen satte, dunkle Farben, andere tristes Khaki und Grün.

Sie kämpfte sich zur Bar durch, zog einen der Scheine, die Hobbers ihr gegeben hatte, aus ihrer Tasche und hielt ihn hoch, genau wie es der Mann neben ihr tat. Eine der Bardamen kam heran, der Mann bestellte brüllend ein Bier. Thomazina beobachtete, wie das Bier serviert wurde, und hörte aufmerksam zu. Als die Bardame mit dem Wechselgeld des Mannes zurückkam, machte Thomazina auf sich aufmerksam.

„Einen Halben“, rief sie, „und könnten Sie mir bitte sagen, wo ich Mister Knight finden könnte, Mister Topher Knight?“

Die Bardame bedachte sie mit einem eigentümlichen Blick. Als sie aber Thomazinas Geld entgegennahm, brüllte sie über den Lärm hinweg und deutete dabei mit dem Daumen nach oben.

„An der oberen Bar, so ein schwarzer Kerl mit Löckchen.“

Nachdem sie ihr Bier genommen hatte, ging Thomazina zur Treppe. Dabei fragte sie sich, was an ihrem Verhalten die Bardame so erstaunt hatte. Die Treppe war auf der anderen Seite, sie führte zu einem Raum, der dem unten sehr ähnlich war, nur etwas weniger laut und voll. Sie konnte niemanden entdecken, der schwarz war, und Löckchen hatte auch niemand. Ein Mann allerdings hatte dunkelbraun glänzende Haut und seine Haare waren in dicke Stränge geteilt, ähnlich den Fangarmen eines Kraken. Sie fand den Stil für den Organisator der Sonnwendfeier durchaus passend. Jedenfalls war er unzweifelhaft jemand Wichtiges, wie er so in seinem Sessel hing und im Zentrum der Aufmerksamkeit einiger anderer stand.

Als sie näher kam, wurde ihr klar, dass das Mädchen zu seiner Linken diejenige war, deren Kleider sie genommen hatte. Sie sagte sich, dass es wohl kaum ein ungewöhnlicher Look war, und kam näher heran. Sie sprach den Mann an und entgegnete seinem fragenden Blick mit ihrem strahlendsten Lächeln.

„Mister Topher Knight?“, fragte sie.

Er nickte, seine Augen trafen die ihren, schnellten hinunter zu ihren ausladenden Brüsten und kamen wieder hoch. Sein Lächeln wurde breiter, er klopfte einladend auf einen freien Stuhl und fragte nach ihrem Namen.

„Tammy“, antwortete sie.

„Topher“, entgegnete er, „aber mir gefällt auch ‚Mister Topher Knight‘; es klingt gut. Vielleicht werde ich es in Zukunft verwenden.“

„Darf ich Sie fragen, ob Sie der Organisator der Sonnwendfeier sind?“

„Nur der Moderator, Schatz.“

„Moderator?

„Ich bin am Mikrofon. Ronnie hier ist derjenige, den du suchst.“

Er nickte zu einem anderen Mannes in der Gruppe hinüber, einem großen, dünnen Mann mit einem scharfkantigen Gesicht und rotblonden Haaren. Thomazina lächelte wieder und schüttelte die Hand, die ihr entgegengestreckt wurde.

„Ich würde sie gern um etwas bitten, wenn möglich“, sagte sie. „Hier ist eine Kleinigkeit, um ein bisschen Apfelwein zu kaufen, oder Bier, wenn Sie das bevorzugen, für Sie und einige Freunde, und ich würde gern auf dem Hügel tanzen.“

„Die hiesigen Bullen wollen uns nicht auf dem eigentlichen Hügel“, begann Ronnie und verstummte dann, als Thomazina ein Bündel Zwanzig-Pfund-Noten auf dem Tisch ausbreitete.

„Ich bin überzeugt, die ‚Bullen‘ werden schon verstehen“, sagte sie. „Mögen sie es nicht, wenn man tanzt?“

„Sergeant Perkins sicher nicht“, mischte sich Topher ein. „Er ist ein echtes, erstklassiges Arschloch.“

„Er hat sein Bestes getan, uns stillzulegen“, fügte Ronnie hinzu. „Dennoch, vielleicht später am Abend. Wie viele wärt ihr denn? Was habt ihr genau vor?“

„Wir werden zu Viert sein“, antwortete Thomazina. „Der Tanz soll die Menge erfreuen, wie im Varieté.“

„Eine richtige altmodische Varietévorstellung?“, fragte Ronnie nach. „Das ist eigentlich nicht unser…“

„Lass’ sie machen“, unterbrach ihn Topher. „Also putzt ihr euch mit Cancan-Röckchen heraus oder was?“

„Nein, nein“, entgegnete Thomazina. „Wir müssen dafür nackt sein.“

„Nackt! Hey, kannst du dir Jeff Perkins’ Gesicht vorstellen?“

Die anderen lachten und Thomazina antwortete mit einem Lächeln.

„Mach’ es!“, rief Ronnie aus. „Nächstes Jahr wird sich ganz sicher ein Weg finden, es gar nicht erst zu genehmigen. Lass’ uns mit einem Knall untergehen!“

Die anderen stimmten einmütig zu, Ronnie nahm das Geld vom Tisch und bestellte an der Bar eine neue Runde. Topher stellte nun die anderen vor, auch das Mädchen, dessen Kleider Thomazina trug, und Yasmin, die sie mit einem unsicheren Lächeln grüßte.

Violet lag erschöpft und zufrieden in Nichs Armen, nachdem er sie mit seiner Zunge dreimal zum Orgasmus gebracht hatte. Sie driftete langsam in den Schlaf und fragte sich dabei, ob sie vielleicht von seinem Gott träumen würde. Es war zwar noch früh, doch nach einem Abend voll energiegeladenem Sex hatten beide sich für Schlaf entschieden, natürlich in der unausgesprochenen Erwartung, dass die Nacht später durchaus mehr als nur Schlaf bringen könnte. Jetzt, da ihr Körper völlig entspannt war, entglitten ihr langsam ihre Sinne; ihre letzten Gedanken galten der warmen Brise auf dem Hügel, Nichs Umarmung und dem Meer, das sich zum Horizont erstreckte, blau im Sonnenlicht funkelnd, kühl und einladend…

Als sie sich umdrehte, sah sie den Erdhügel, doch er war offen; Männer standen um eine breite, schwarze Öffnung herum, die tief in die Erde hinabführte. Verwirrt lief sie vorwärts und sprach einen Mann in der Kleidung eines Priesters an; sein Gesicht war gerötet und halb unter einem Backenbart und ergrauenden Haaren verborgen. Er antwortete ihr empört und zeigte auf ihre purpurne Unterwäsche, nannte sie eine Hure und Verführerin; er verlangte, dass sie sich hinknien sollte und dass die anderen Männer sie schnappten und prügelten.

Ihre Antwort war wuterfüllt; sie beschuldigte ihn der Heuchelei und dass er ihr ihre Sexualität absprechen wolle. Diese Vorwürfe ließen sein Gesicht noch roter werden, und eine halbes Dutzend muskelbepackter Arbeiter kamen ihr bedrohlich nahe. Sie packten sie bei den Armen und zerrten sie zurück, während der Priester ein dünnes, schwarzes Buch aus seiner Tasche zog. Sie wurde auf den Boden gestoßen, gezwungen, sich hinzuknien, mit dem Gesicht Richtung Meer, während ihr Rücken und ihr herausgedrückter Hintern zur offenen Seite des Erdhügels zeigte.

Der Priest fing an, frömmlerische Worte zu singen, für sie die Vergebung seines Gottes zu erflehen und dass sie akzeptieren würde, was ihr angetan werden würde. Grobe Hände griffen nach ihrem BH, zerrten am Träger, bis er riss und ihre Brüste nackt dem Sonnenlicht ausgesetzt waren. Der Anblick rief Gelächter hervor, was den Männern eine Rüge eintrug und die Belehrung, dass es zwar richtig war, sie zu entkleiden, um ihr Schamgefühl zu wecken, man es aber mit Anstand tun solle. Violet protestierte; sie schimpfte sie Vergewaltiger, dafür wurden ihre Arme noch mehr verdreht. Der Griff in ihren Haaren verstärkte sich und zwang sie, ihren Hintern noch weiter herauszustrecken.

Auf jeder Seite griff eine feste Hand in ihr Höschen; sie wusste, dass sie jeden Augenblick heruntergezogen werden würden. Die Männer zählten auf drei und ihr Höschen wurde nach unten gerissen und entblößte ihren Hintern, während der Priester die groben Kerle erneut rügte, ihre Aufgabe nicht zu sehr zu genießen. Der Größte von ihnen entschuldigte sich schroff und begann, seinen Gürtel zu öffnen. Dann zog er den breiten Streifen geschwärzten Leders langsam aus seiner Hose.

Auf den Knien, festgehalten, nackt bis auf den kläglichen, purpurnen Stoffstreifen, der ihre Schenkel fesselte, versuchte Violet dennoch, sich zu befreien, doch ihre Glieder waren träge, unwillig, sich überhaupt zu rühren, gar nicht davon zu sprechen, den kräftigen Männergriff zu brechen, der sie festhielt. Sie würde geschlagen werden und sie konnte nichts tun, nicht einmal gegen den unanständigen Anblick, den sie den Männern bot. Der Mann mit dem Gürtel ging um sie herum, erhob ihn und lachte in sich hinein, als er die Angst und Panik in ihren Augen sah.

Der Gürtel klatschte auf ihr nacktes Fleisch und ließ ihren Körper wieder und wieder zucken, während sie vor dem Hintergrund des dröhnenden Singsangs des Priesters geprügelt wurde. Sie schrie auf, flehte um Gnade, entschuldigte sich und versicherte, dass sie sich angemessen gekleidet hätte, wenn sie es nur gewusst hätte, fragte, was ihre Unterwäsche so unanständig erscheinen ließ. Sie beachteten das gar nicht, sondern lachten, als ihre Arschbacken unter den kräftigen Schlägen des Gürtels zuckten. Der Priester mischte sich nun nicht mehr ein, bis endlich ihr Wille gebrochen war und sie anfing, zu schreien und sich zu winden. Ihr Körper weigerte sich noch immer, den Befehlen ihres Kopfes zu gehorchen.

Der Priester hörte auf zu singen, und damit hörten auch die Prügel auf. Sie hing verschwitzt und zerzaust in deren Griff, nach Luft schnappend und vor Schmerz stöhnend. Sein Lächeln war kalt und dünn, ohne Wärme oder Mitgefühl. Er räusperte sich und verkündete mit ruhiger, halb beschämter Stimme seine Absicht, nicht einzugreifen, wenn die Männer sie vergewaltigten. Sie schrie, wand sich in einem vergeblichen Kampf gegen deren überlegene Körperkraft. Sie beschimpfte den Priester, nannte ihn einen Heuchler, einen Vergewaltiger, einen Folterknecht; sie verfluchte seine Religion und rief den Gott des Hügels an mit einer vor Verzweiflung und Selbstmitleid zerberstenden Stimme.

Ein grausames Lächeln verzerrte das Gesicht des Mannes, der sie geschlagen hatte. Er löste den Kameraden ab, der ihre Haare hielt, zwang ihren Kopf nach oben und ließ sie zusehen, während er seinen Hosenschlitz aufknöpfte. Seine Hosen waren ausgebeult, was auf ausgesprochen riesige, monströs große Genitalien verwies. Sie blickte hoch, ihre Augen trafen sich; sie hoffte, wenigstens einen schwachen Schimmer menschlichen Anstands darin zu finden, sah aber nur Grausamkeit und Wollust. Er lachte auf sie hinunter; ein nasses Klatschen von hinten drang erst durch sein Gelächter und ließ ihn dann abrupt verstummen. Sein Gesichtsausdruck veränderte sich; die schroffe, mitleidslose Leidenschaft verschwand und wurde durch einen Ausdruck des Schreckens ersetzt. Er stolperte in blinder Panik zurück, fiel hin und rannte schreiend davon als etwas Festes und Nasses Violets nackten Hintern berührte…

Sie erwachte abrupt, schnappte nach Luft und kämpfte gegen den

Drang, laut zu schreien. Ihr wurde schnell klar, dass es nur ein Traum gewesen war; sie erinnerte sich auch, dass sie sich ja gewünscht hatte, zu träumen. Allerdings hatte sie etwas anderes im Sinn gehabt als den grässlichen Alptraum, den sie gerade durchlebt hatte.

Yasmin lehnte sich auf Topher Knights Arm; sie genoss das Gefühl seiner festen Muskeln. Sie kicherte angeheitert, erregt und übermütig bei der Aussicht darauf, was ihr bevorstehen könnte. Nich hatte sie gebeten, das Vertrauen des Mannes zu gewinnen, doch von dem Moment an, da sie ihn gesehen hatte, war sie entschlossen gewesen, weiterzugehen. Es hatte sehr gut angefangen. Topher hatte cool, aber enthusiastisch auf ihr vehementes Flirten reagiert, doch dann war diese Tammy aufgetaucht und hatte seine Aufmerksamkeit auf sich gezogen. Sie hatte gewusst, dass er gut ausgestattete Mädchen bevorzugte, und angenommen, dass ihre eigenen voluminösen Kurven sie allen anderen überlegen machen würden, doch Tammy war noch kurvenreicher, oben herum ganz sicher, und vermutlich hatte sie auch eine schmalere Taille.

Sie hatte sich der Herausforderung gestellt; sie küsste Topher und streichelte seinen Schenkel, doch Tammy tat es ihr nach und ließ ihre Hand gar in seinen Schritt wandern. Er zeigte keinerlei Präferenzen, sondern genoss ihre Aufmerksamkeiten und den nur allzu offensichtlichen Neid der anderen Männer am Tisch. Yasmin war schnell klar geworden, dass er beabsichtigte, sie beide zusammen ins Bett zu nehmen, und das gab ihr eine Idee, wie sie doch noch ihren Willen bekommen könnte.

Sie hatte sich vorgebeugt und ihm ins Ohr geflüstert, dass sie durchaus Lust auf einen Dreier hätte; sie wusste, dass diese Bereitschaft ihr ihrer Rivalin gegenüber einen uneinholbaren Vorteil verschaffen würde, gleichgültig, was wirklich geschehen würde. Nachdem dieser Vorteil gesichert war, lehnte sie sich hinüber und schlug es Tammy vor, natürlich in Hörweite Tophers. Diesen Trick hatte sie vorher schon zweimal versucht. Beide Male hatten ihre Rivalinnen geschockt reagiert; sie hatten damit prüde gewirkt, und sie hatte den Mann für sich gewonnen. Tammy hatte nur gelächelt und sie geküsst.

Topher hatte schnell gehandelt, als ihm klar geworden war, dass er seinen Willen bekommen würde. Er verließ den „Schwarzen Humor“ mit einem Mädchen an jedem Arm, gefolgt von einer ganzen Reihe von eifersüchtigen Blicken. Jetzt spazierten sie durch die kühle Nacht von Tawmouth, und die Mädchen schmiegten sich an, als er sie die Strandpromenade entlang führte. Er wohnte im „Royal“, einem einst edlen und nun etwas heruntergekommenen Hotel, das sie über den Hintereingang betraten. Sie kicherten schuldbewusst, als sie die Treppe zu seinem Zimmer hochstiegen.

Yasmin warf sich in seinem Zimmer aufs Bett und blickte sich um. Topher ging zur Bar hinüber, Tammy kam an Yasmins Seite und zog ihr Top und den BH aus. Das offenbarte riesige, rosafarbene Brüste, die bedeutend größer waren als ihre eigenen, gekrönt von großen, rosaroten Nippeln. Topher würdigte sie mit einem Grunzen, als er von der Bar aufstand, und Yasmin entledigte sich schnell ihres eigenen Oberteils, entschlossen, sich nicht überbieten zu lassen.

„Du bist wunderschön“, sagte Tammy zu Yasmin. „Ich mag deine Haut.“

Tammy streckte die Hand aus, streichelte Yasmins Fleisch, am Hals, zu einer Brust hinunter und zu einem Nippel, dessen Knospe sofort steif wurde. Yasmin zitterte und kämpfte gegen einen Anfall von Schüchternheit. Tammy betrachtete sie mit sichtlichem Vergnügen. Die Art, wie sie ihre Brust streichelte, machte es deutlich, dass ihre gemeinsame Nacht sich nicht nur darum drehen würde, Topher zu befriedigen.

Er schenkte ihnen etwas zu trinken ein und verschüttete einiges, als er die beiden halbnackten Mädchen beobachtete. Tammy hielt Yasmins Brüste in den Händen, beide Nippel waren steif. Sie seufzte, machte ein Hohlkreuz, um sie weiter herauszudrücken. Ihre letzten Bedenken verschwanden bei dem Gefühl, ihre Brüste mit einer derart lässigen Intimität abgetastet zu bekommen. Tammy kicherte und beugte sich hinunter, ihre Münder trafen sich in einem feuchten Kuss, große, weiche Brüste drückten sich gegeneinander und sie schlangen die Arme um einander.

„Hey, wartet auf mich“, verlangte Topher. Er kam zum Bett und stellte die Drinks neben ihnen ab.

Yasmin streckte eine Hand aus und drückte seinen Schritt, wo sie eine

Ausbuchtung von mehr als zufriedenstellender Größe vorfand. Er grinste, als sie seinen Reißverschluss aufzog und Tammy sich zur Seite drehte, um zuzusehen. Währenddessen zog er sein Hemd aus. Ihre Hand vergrub sich in seinen Hosenschlitz und zog einen dicken, dunklen Schwanz hervor. Er schob sich nach vorne und bot seinen Schwanz an; Tammy verschlang ihn schnell und begann zu lutschen. Yasmin kam auch näher und küsste seinen Schwanz, wo er zwischen Tammys Lippen verschwand. Tammy zog sich zurück und ließ den dicken, schnell härter werdenden Penis in Yasmins Mund gleiten.

Eine Zeitlang teilten sie; sie streichelten den Körper der anderen, während sie seinen Schwanz lutschten. Sie hörten erst auf, als er steinhart war, sein Steifer ragte aus seinem Hosenschlitz, ein über zwanzig Zentimeter langer, extrem dicker, schwarzer Penis. Yasmin nahm ihn in die Hand – zu ihrer Freude stellte sie fest, dass ihre Hand sich gar nicht ganz um den Schaft schließen konnte. Tammy kniete nieder und kämpfte in ihrer Eile, ihre Hosen zu öffnen, mit dem Knopf.

Yasmin und Topher beobachteten beide, wie Tammy sich auszog. Breite Hüften wurden sichtbar, ein sanft gerundeter Bauch und ein dickes Büschel kohlrabenschwarzer Haare zwischen rundlichen, mädchenhaften Schenkeln. Ihre Haut war so glatt wie Elfenbein und sehr blass; es passte zu ihrem Teint, und Yasmin fragte sich, wie alt sie wohl sein mochte. Sobald sie nackt war, kroch Tammy das Bett hinauf und langte nach dem Schwanz, den Yasmin bisher gestreichelt hatte. Yasmin ließ ihn los und entledigte sich schnell ihrer eigenen Hosen und Unterwäsche. Tammy sorgte währenddessen dafür, dass sein Steifer auch steif blieb.

Die beiden nackten Mädchen rollten sich zur Seite und genossen die vollen Kurven ihrer Körper, erforschten fleischige Brüste und Popos. Münder und Nippel wurden geküsst und Topher legte derweil den Rest seiner Kleidung ab. Yasmin lag unter Tammy; zwei riesige Brüste rekelten sich auf ihrem Gesicht, ihre Hände lagen auf dem Hintern des anderen Mädchens. Sie befühlten ihre vollen, fleischigen Arschbacken in dem Wissen, dass sie sowohl die Muschi als auch das Arschloch zur Schau stellen würden, unanständig und verführerisch zugleich. Tammy ließ sich in Yasmins Umarmung fallen und streckte dabei weiter einladend ihren

Hintern heraus; eine Einladung, auf die Topher schnell reagierte.

Er kniete hinter Tammy und drang in sie ein, während Yasmin sie umfangen hielt. Das Gefühl, ein Mädchen zu halten, das gerade gefickt wurde, war wundervoll; es war sexy – und zugleich strahlte es Sicherheit aus. Sie hörte Tammys Stöhnen und Keuchen, als der große Penis in ihr arbeitete. Er erregte sie noch stärker, weil sie wusste, dass sie bald die gleiche Behandlung erfahren würde. Und wirklich zog Topher sich bald aus Tammy zurück, griff nach Yasmins Knöcheln und kippte sie um. Er drang in sie ein; ihre Beine waren hochgestreckt und ihre Oberschenkel pressten gegen Tammys Hintern. Er fing an, sie zu ficken; er bewegte sich mit langen, langsamen Stößen und ihre Vagina fühlte sich so voll an mit seinem großen Schwanz tief in ihr.

Sie leckte Tammys Brüste, nahm einen Nippel nach dem anderen zwischen ihre Lippen und presste ihr Gesicht gegen den schweren, hängenden Fleischball. Es war wundervoll, jemanden zu melken, der größer war als sie selbst, noch dazu jemanden, der ihre beachtlichen Kurven so offensichtlich genoss. Wie ihr selbst machte es Tammy nichts aus, mit der Größe ihrer Brüste und ihres Hinterns zu protzen und enge Kleidung zu tragen, um ihre Formen zu betonen. Und beide waren sich zweifellos in gleichem Maße darüber bewusst, wie eine solche Zurschaustellung weiblichen Fleisches Männer heiß machte, echte Männer.

Topher genoss es eindeutig; er wechselte zwischen ihnen ab, blieb niemals lange in einem der Mädchen, nur lange genug, sie zum Seufzen und Stöhnen zu bringen, bevor er seinen Schwanz in die Öffnung der anderen steckte. Yasmin ließ es geschehen; ihr Vergnügen stieg kontinuierlich, als er immer und immer wieder in sie eindrang – und jedes Mal, wenn Tammy in ihren Armen ächzte und zitterte. Sie wusste, dass er sich zurückhielt, um die beiden willigen Mädchen voll genießen zu können, bis seine Entschlossenheit endlich gebrochen wurde, und sie fühlte, wie Tammys Körper unter den härteren, entschlosseneren Stößen zuckte. Er stöhnte und sie fühlte etwas Nasses auf ihrem Bauch, sein aus Tammys Vagina quellendes Sperma.

Schon als er seinen Schwanz noch herauszog, drehte Tammy sich langsam um, und bevor Yasmin eine Wahl hatte, fühlte sie, wie einer voller, üppiger, nackter Hintern auf ihr Gesicht gedrückt wurde und ein Kopf sich in ihre Muschi vergrub. Tammy leckte sie, bearbeitete Yasmins Klitoris eifrig mit ihrer Zunge, scheinbar verzweifelt bemüht, sie zum Höhepunkt zu bringen. Es war ausgeschlossen, nicht entsprechend zu antworten, also streckte Yasmin sich, um Tammy bei den Hüften zu packen und ihren Hintern zu ihrem Gesicht herunterzuziehen. Tammy folgte dem willig; sie spreizte ihre Schenkel über Yasmins Gesicht und drückte ihre Muschi an ihren Mund. Während sie sie leckte, klebten ihre Augen auf der blassen Haut von Tammys Hintern und der engen Öffnung ihres Anus.

Topher lehnte sich zurück, nippte an seinem Drink und sah zu, wie die Mädchen sich leckten. Sein Schwanz hing halbhart über seinen Eiern. Yasmin konnte seinen salzigen, männlichen Samen in Tammys Vagina schmecken; er füllte ihren Mund und schmierte sich auf ihr Kinn und ihre Nase, als sie ihr Gesicht in das Geschlecht ihrer Geliebten rubbelte. Er fing an, zu masturbieren, beobachtete sie und genoss den Anblick offenbar, trotz seines kürzlichen Orgasmus. Yasmin fühlte, wie ein Finger ihre Muschi berührte und hineinglitt; ein anderer berührte ihren Anus; er kitzelte die enge Öffnung, und sie kam, direkt in Tammys Gesicht. Als sie Tophers Samen aufleckte, brach sich ihr eigener Orgasmus Bahn, ein langer, glorreicher Höhepunkt, der sie in Seligkeit zurücksinken ließ.

Tammys Antwort war ein frustriertes Grunzen. Sie setzte sich auf und erstickte Yasmin dabei halb. Yasmin fuhr fort zu lecken; ihre Nase presste sich dabei in Tammys Arschloch. Sie war sich zwar nicht sicher, ob sie vor Topher so offensichtlich dominiert werden wollte, hatte aber kaum eine Wahl dabei. Tammy wand ihren Arsch in Yasmins Gesicht und stöhnte dabei laut. Hände berührten Yasmins Brüste; sie betasteten sie eifrig und gaben ihr einige Klapse, die sie hopsen ließen, als sie die ersten Zuckungen von Tammys Vagina fühlte. Die Schläge ließen ihre Brüste brennen; sie wollte sich weiter öffnen, sich dem Mädchen öffnen, das sie gerade leckte. Es war ein unvertrautes, doch reizendes Gefühl, das wohl irgendwie damit zusammenhing, dass jemand ihr Gesicht benutzte, um sich zu befriedigen. Doch da Tammy auf ihrem Gesicht saß und selbst in Ekstase keuchte, als sie kam, laut aufschrie und schließlich erst nach vorne und dann zur Seite plumpste, war es auch nicht so wichtig, was sie dachte.

Kapitel Vier

„Sollte es wieder passieren, werde ich Sigodin-Yth einfach früher anrufen!“, sagte Violet lachend, in dem Bemühen, den Alptraum herunterzuspielen, der ihr in der Nacht solche Angst gemacht hatte, dass sie zitternd aufgewacht war.

„Es wird wieder passieren, dessen bin ich sicher“, entgegnete Nich.

Er hatte sich wirklich bemüht, Besorgnis zu zeigen, doch sie wusste, dass er insgeheim erregt war. Sie hatte ihren Traum direkt nach dem Aufwachen beschrieben und dann noch einmal am Morgen, beide Male hatte er nachdenklich seine Finger verschränkt und die Stirn gerunzelt.

„Ich hatte etwas weniger Traumatisches erwartet“, räumte er nach einer Weile ein. „Eine Berufung, ein Zwang, etwas Ruhiges und Mystisches. Dennoch, vielleicht versuche ich einfach, einem antiken Gott ein modernes Ethos zuzuschreiben, und das kann dann gar nicht stichhaltig sein. Lass’ uns einmal eine entsprechende Situation in der Bronzezeit vorstellen. Was könnte eine Frau aus der Bronzezeit gefürchtet haben? Wilde Tiere? Irgendwelche Banditen? Sie trifft auf das, was sie fürchtet, und wird beschützt, wenn sie den Gott anruft.“

„Das passt“, entgegnete Violet. „Ich sag’ dir jetzt was Persönliches. Meine Eltern waren ausgesprochen religiös. Wir sind jeden Sonntag in die Kirche gegangen, haben vor dem Einschlafen gebetet und all das. Mit Dreizehn habe ich angefangen zu rebellieren, und die Kirche habe ich am meisten gehasst. Am Anfang waren meine Eltern tolerant, geradezu gönnerhaft; sie sagten, dass es nur eine Phase wäre, dass ich da bald herauswachsen würde, und anderen Mist. Das machte es nur schlimmer. Mit Vierzehn habe ich mir Ohrlöcher stechen lassen und habe heidnische Entwürfe für meine Ohrringe gewählt, Chaossymbole, kleine Ankhs und so. Das machte sie echt sauer. Also versuchten sie, mich zu stoppen, doch je mehr Druck sie ausübten, desto mehr rebellierte ich. Ich habe angefangen, Sachen über Paganismus zu lesen, darunter einige von deinen Sachen. Er war großartig; ich konnte ich selbst sein und musste mir keine Gedanken mehr machen, vielleicht zu sündigen, und mir andauernd sagen zu lassen, was ich tun sollte.“

„Danke, dass du mir das erzählt hast“, schaltete sich Nich ein. „Es Menschen zu ermöglichen, sich gegen die Beschränkungen der monotheistischen Religionen aufzulehnen, war mir immer wichtig. Ich bin froh, dass ich helfen konnte. Fahr’ bitte fort.“

„Als ich mir die Nase piercen ließ, sind sie völlig ausgeflippt. Sie haben mich zum Priester geschickt. Der süßliche Sam, wir haben ihn wegen seiner Art zu sprechen so genannt, so schmierig und ölig. Er spielte immer Gitarre und ließ uns singen, und er erzählte kleine Geschichten, die er Parabeln nannte, damit wir uns ordentlich benahmen. Ich hasste ihn. Ich habe niemanden in meinem Leben so sehr gehasst.“

„War er es, den du im Traum gesehen hast?“, fragte Nich.

„Nein, der süßliche Sam war groß mit einem etwas dicklichen Gesicht. Der Priester in meinem Traum war viel älter, er hatte große, weiße Koteletten und so. Sam hätte mich auch nicht dafür prügeln lassen, dass ich nur in BH und Slip draußen war; er hätte mich zur Seite genommen für eines seiner berüchtigten ‚ruhigen Worte‘.“

„Er war also kein Kinderschänder?“

„Nicht physisch; psychisch fühlte ich mich aber vergewaltigt.“

„Und du hast weitergekämpft?“

„Ich habe meinen Bauchnabel piercen lassen, mir das Ianthe-Tattoo zugelegt und lief in abgeschnittenen Oberteilen herum.“

„Gut so.“

„Es trug mir ein ‚ruhiges Wort‘ ein. Siehst du, er wollte einfach nicht glauben, dass ich es getan hatte, weil ich an etwas anderes glaubte oder weil ich einfach eine störrische kleine Kuh war. Nein, es war, weil ich angeblich die Wahrheit über seinen beschissenen Gott nicht verstehen konnte. Und mit der Zeit würde ich schon noch bekehrt werden. Er war sich dessen so sicher, meine Eltern übrigens auch.“

„Doch sie lagen falsch.“

„Sie nehmen immer noch an, dass ich mich irgendwann ändere, doch letztes Jahr habe ich immerhin eine große Amethyst-Geode von meiner Mutter zum Geburtstag bekommen. Die Sache ist einfach die, dass nichts mich so sehr in Verteidigungshaltung treibt wie das Christentum. Und das dürfte so ziemlich dem entsprechen, wie ein Mädchen aus der Bronzezeit über Wölfe denken würde, oder etwas Ähnliches."

„Es passt", stimmte Nich zu. „Ich frage mich, ob dein Priester vielleicht Reverend Wilmot ähnelt, der von Sigodin-Yth als seinem Gegenteil angegriffen wird. Mit etwas Glück finden wir ja ein altes Foto von ihm, dann wissen wir mit Sicherheit, dass du berufen wurdest."

Violet schluckte; sie konnte nicht leugnen, dass sie Nichs offensichtliche Aufregung teilte, war aber immer noch etwas mitgenommen von ihrem Alptraum. Dennoch, bisher hatte sie Nichs Aussagen bezweifelt und Sigodin-Yth nur als ein abstraktes Konzept und weiter nichts angesehen. Jetzt teilte sie seinen Glauben, obwohl ihr seine absolute Überzeugung fehlte – doch sie wusste, dass das noch kommen würde, sobald sich herausstellte, dass der Mann aus ihrem Traum tatsächlich Reverend Wilmot war. Um in Ruhe nachzudenken, ging sie Kaffee machen, wurde aber von Yasmin gestört.

„Ich hab's getan, Mann, hab' ich es getan!", verkündete Yasmin mit einem riesigen Lächeln im Gesicht an Stelle einer Begrüßung.

„Was getan?", erkundigte sich Violet. „Du warst mit diesem Knight im Bett, nicht wahr?"

„Ohhhh ja", antwortete Yasmin, „und nicht nur ich, dieses andere Mädchen war auch dabei! Das war vielleicht wild!"

„Du Schlampe! Was hast du angestellt? Erzähl's mir."

„Was haben wir nicht getan? Fünf Orgasmen, ich hatte fünf Orgasmen. Topher ist klasse. Er kennt diesen Trick; siehst du, er hält deine Beine fest und reibt dann seinen Schwanz immer wieder an deinem Kitzler und steckt ihn dazwischen immer wieder hinein. Das war klasse, so klasse. Und er ist noch dazu echt groß, nicht so arg lang, aber dick, wirklich dick."

„Wow! Und was war mit diesem anderen Mädchen?"

„Tammy, sie ist toll, echt versaut, schlimmer als ich! Sie hat sich auf mein Gesicht gesetzt! Sie hat riesige Möpse und dieses echt coole Tattoo, ein Krake, direkt auf einer Arschbacke!"

„Ein Krake?", fragte Nich von der Tür zu Violets Zimmer aus.

„Ja, in Grün mit roten Augen. Nun, was ich eigentlich sagen wollte. Das mit deiner Sache hat nicht so gut geklappt. Tammy hat sich in den Kopf gesetzt, bei der Party eine Art Varieté zu machen, direkt auf dem

Hügel. Sie hat schon alles klargemacht, bevor ich eine Chance hatte, mit Topher zu reden, und sobald wir dann im Bett waren, na ja, du weißt schon, ich bin einfach nicht dazu gekommen."

„Ein Varieté?", fragte Nich.

„So was in der Art", antwortete Yasmin. „Die Details habe ich nicht mitbekommen, aber es werden vier Mädchen sein, nackt."

„Sauber!", fügte Violet hinzu.

„Das ist kein Problem", sagte Nich nachdenklich, „besonders, wenn du einen Draht zu diesem Knight entwickelt hast. Ich frage mich, du weißt nicht etwa, wo diese Tammy lebt?"

„Nein", Yasmin zuckte mit den Schultern. „Wir haben ein bisschen geredet, zwischen dem Sex. Sie klang echt vornehm, obwohl sie ein dreckiges Flittchen ist. Ich glaube, sie ist aus Frankreich oder Spanien. Ihre Haare sind dunkler als meine, glänzendes Schwarz. Ich hab' sie gefragt, wo sie die Tätowierung her hat. Sie sagte, von einem Seemann, irgendwo hinter den Docks."

„Sollte nicht allzu schwer zu finden sein", sagte Violet.

„Es war schon ziemlich verblasst. Ich habe ihr gesagt, sie sollte es nachziehen lassen. Doch vielleicht ist der Kerl ja gar nicht mehr da."

„Lohnt' bestimmt einen Versuch. Vielleicht lass' ich mir ja selbst was machen."

„Tue es, wenn dir danach ist", sagte Nich. „Ich muss ein paar Nachforschungen anstellen und hoffe, dass ich mein Exemplar des Laverack-Aufsatzes wieder besorgen kann."

Thomazina verließ das „Royal". Ihr Kopf tat weh und sie war dankbar für das Tief, das in der Nacht von Westen gekommen war und einen frischen Wind und Regen mitgebracht hatte. Sie ging quer durch die Gärten zwischen dem Strand und den Häuser an der Promenade, lehnte sich gegen die Brüstung und blickte aufs Meer hinaus. Der Strand war verlassen, die hohen Wellen stürzten fast gereizt auf den Sand. Kalt und einladend zugleich erstreckten sie sich weit bis St. David's Island, das nur als dumpfer Schatten gegen den grauen Horizont auftauchte.

Sie schüttelte ihren Kopf und schalt sich dafür, nach dem Bier auch noch Rum-Cocktails getrunken zu haben, doch die Erinnerung an ihre Ausschweifungen mit Topher und Yasmin ließ sie lächeln. Sie ging die Promenade entlang Richtung Osten, ließ die Stadt schnell hinter sich und folgte der Eisenbahn, bis sie die Landspitze erreicht hatte, an der sich die Wellen in wütender Pracht brachen und in ihr Gesicht und auf die Schienen spritzten.

Ihre Kleider waren nass, das Top an ihren Oberkörper geklebt, die Jeans rieben zwischen ihren Schenkeln. Als sie den Schutz der Felsen erreicht hatte, fing sie an, sich auszuziehen, machte sich ganz nackt, bevor sie ihre Kleider am Fuß eines Steinhaufens einbuddelte. Nach einem kurzen Blick auf den Strand ging sie ans Wasser, watete in die Wellen hinein und ließ sich ohne zu zögern in die kühle, beschützende Umarmung des Meeres gleiten.

Als sie losschwamm, orientierte sie sich vage an den Felshaufen westlich von St. David. Sie schwamm mühelos und kam nur gelegentlich hoch, um Luft zu schöpfen. Tawmouth wurde bald undeutlich, nur noch eine Ansammlung von grauen Umrissen im Regen – sogar die hohen, roten Klippen rechts und links der Stadt verblassten allmählich. Der Himmel über ihr bestand aus einer durchbrochenen, ausgefransten Masse von Wolken, zwischen denen hindurch vereinzelte Sonnenstrahlen den Horizont im Westen erhellten. In ihrem Kopf regten sich undeutliche Gedanken an Ruhe und Frieden, gepaart mit Zufriedenheit und Selbstzufriedenheit.

Sie erreichte den größten der Felsen, den sogenannten „Ore Stone", und strebte einer geschützten, kleinen Schlucht auf der Ostseite zu; es war einer ihrer Lieblingsplätze, windgeschützt und von der Insel aus nicht zu sehen. Das Wasser war dort ruhiger, die Oberfläche bewegte sich nur träge unter der starken Dünung und wurde nur von den Regentropfen durchbrochen. Etwas bewegte sich, als sie sich näherte. Es war schwarz und glänzte für einen Moment, bevor es unter die Oberfläche glitt. Sie hielt inne und suchte die Umgebung nach herumtreibendem Teer ab, als plötzlich etwas ihren Knöchel ergriff und sie unter die Wasseroberfläche gezogen wurde.

Sie kämpfte, um ihr rechtes Bein zu befreien, wurde in einem Sog von Luftblasen hinuntergezogen, wand sich und trat aus, um loszukommen.

Sie trat mit ihrem freien Bein nach unten; ihr Fuß traf etwas, das wegschnellte, dann Halt bekam und sich an ihr Bein klammerte. Grünes Wasser wirbelte um sie herum. Weiter unten, wo sich etwas Blasses hinter dem schwarzen Gewirbel ihrer Haare bewegte, war es noch dunkler. Sie streckte den Arm aus, griff zu und zog, bis ihre Beine losgelassen wurden und ihr Körper gegen einen anderen, kühlen, weichen Körper gepresst war. Arme umfassten ihre Taille und drückten sie, eine Hand rutschte nach unten und griff nach der sanften Rundung ihres Hinterns, eine andere glitt ihren Rücken hinauf. Kurz bevor sie an die Oberfläche kamen, tauchte ein Gesicht vor ihr auf, reine, pikante Züge in einem blassen Oval gefasst, klein und zerbrechlich.

Thomazina schüttelte sich und schnappte nach Luft, während das Gesicht vor ihr ihr ein glückliches Lächeln gab. Sie begann, wieder zu schwimmen, beeilte sich, zurück in den Schutz der kleinen Schlucht zu kommen. Dort zog sie sich aus dem Wasser auf ein schräges Sims und setzte sich gerade außerhalb der Reichweite der Wellen.

Ihre Begleiterin tat es ihr gleich und hob sich mit ihrem kleinen, schlanken und völlig nackten Körper behutsam auf die Felsen. Wie Thomazina hatte sie völlig schwarze Haare, die im dumpfen Licht einen graugrünen Glanz hatten. Doch sonst war sie völlig anders, winzig, grazil, ihre Brüste kaum mehr als eine leichte Wölbung, ihre Hüften sanft gerundet – nur das Nest von Locken über ihrem Geschlecht zeigte, dass sie kein Kind mehr war. Sie lag ausgestreckt neben Thomazina, ihre Füße auf dem nassen Felsen, und atmete seufzend aus.

„Dich, Elune, muss ich einem Mann vorstellen, den ich kennen gelernt habe“, verkündete Thomazina. „Er ist darauf versessen, eigensinnige Mädchen auf den rechten Pfad zurückzubringen.“

„Erzähl’ mir mehr“, verlangte die andere.

„Später. Sag’ mir erst, warst du schon dort?“

„Letzte Nacht, als Ebbe war. Und du?“

„Ich bin schon drei Tage hier, obwohl ich den ersten mit Sonnenbaden verbracht habe. Ich habe mich von einem lüsternen Spanner verführen lassen, habe einen wundervollen Mann mit dunkler Haut genossen, zusammen mit einem gleichgesinnten Mädchen. Und ich habe einen alten

Mann getroffen, der es liebt, Mädchen den Hintern zu versohlen."

„Und garantiert nichts getan, um den Erfolg der Feier zu sichern?"

„So ist das auch wieder nicht. Alle vier werden uns von Nutzen sein. Na ja, der Spanner vielleicht nur ein klein wenig, und das Mädchen war eigentlich nur zufällig dabei. Der Alte und der Dunkelhäutige aber werden nützlich sein. Also habe ich schon ziemlich viel getan, auf jeden Fall mehr als du. Wo warst du?"

„Inishmaan, zumindest kürzlich, mit einem verrückten, alten Narren, der denkt, dass ich eine Elfe bin. Aber er ist reich und großzügig, und unanständig."

„Was macht er denn? Erzähl' es mir."

„Er sieht mir gern beim Pissen zu, und am meisten liebt er es, wenn ich mein Höschen nass mache, kleine, weiße Schlüpfer, die er extra dafür kauft."

„Wie eigenartig. Macht es dir viel Spaß?"

„Es fühlt sich warm an und nass und schwer. Es erregt ihn sehr, besonders wenn ich diese blauen Hosen trage, Jeans, und mich vor ihm ausziehe, um ihm zu zeigen, was ich getan habe. Ich mag das Gefühl, doch er denkt, dass ich es hasse, und dann kauft er mir hinterher Eis und Schokolade. Ich mache es mir dann immer selbst, wenn er nicht hinsieht. Außer wenn er mich dazu bringt, es direkt vor ihm zu machen; davon denkt er auch, dass ich es hasse. Was ist mit dir?"

„Ich war in Brittany und unten in Oléron, habe Austern und Hummer gegessen und die Jungs geneckt. Zweimal bin ich hochgekommen, einmal um in Rouen mit einem Maler zu leben. Er war voller Leidenschaft, doch so zornig. Als er seine Werke nicht verkaufen konnte, hat er mich geschlagen, da bin ich von einer Brücke in die Seine gesprungen. Er denkt, dass ich ertrunken bin."

„Thomazina!"

„Vielleicht wird er das nächste Mädchen ja besser behandeln. Das zweite Mal war ich mit Juliana zusammen, die ich auf Karrec-Hir getroffen habe. Sie wollte Rom wiedersehen, und ich bin bis zu den Bergen mit ihr gegangen. Dort gibt es einen langgestreckten See, den Drac. Ich habe dort mit einem Mann gelebt, der Honig herstellt, doch es war nicht dasselbe."

„Ist Juliana hier, oder Aileve?"

„Nein, aber sie werden kommen."

„Das werden sie. Doch erzähl' mir mehr von dem Mann, der Mädchen gerne den Hintern versohlt. Ist er verdorben oder grausam oder nur streng?"

„Ich nehme an, dass er grausam sein muss, um das Leiden eines Mädchens so zu genießen, doch er wirkte nicht so. Verdorben war er schon, aber überhaupt nicht streng, obwohl es im ersten Moment so schien. Er hatte eine Zeitschrift mit Bildern, die zeigten, wie ein Mann seine Tochter schlug, weil sie Tennis gespielt hatte statt zu lernen. Ich nahm an, dass es Lehrzwecken dienen sollte, da es so genau zeigte, wie das Mädchen bestraft wurde. Doch als ich ihm erzählte, wie meine Schwestern und ich geschlagen worden waren, wurde er sehr erregt. Ich habe seinen kleinen Mann für ihn gemolken und hinterher gab er mir Geld für eine Münze, die ich von der São João geholt habe – mehr als sie eigentlich wert war, bin ich überzeugt."

„Geld ist kompliziert. Die Jungs auf Inishmaan kennen da einen Trick, der zugleich grausam und verdorben ist. Soll ich es dir zeigen?"

„Worum geht es?"

„Sei doch nicht albern, das würde doch den Spaß verderben. Leg' dich einfach auf den Bauch in die Sonne."

Thomazina drehte sich um und sah Elune von der Seite an. Sie war sich nicht sicher, was sie empfand, erinnerte sich aber deutlich an ein oder zwei andere der Tricks des kleinen Mädchens.

„Mach' die Augen zu, Dummerchen", lachte Elune. „Tue so, als wärst du ein hübsches irisches Mädchen, das in ihrem Badeanzug am Strand liegt und von gut aussehenden jungen Männern und hübschen Kleidern träumt."

„Ich besitze keinen Badeanzug."

„Stell' dir einen vor, einen frechen, in strahlendem Rot, der deinen großen, dicken Hintern kaum bedeckt. Komm schon, sei keine Langweilerin."

Thomazina schmollte, schloss aber ihre Augen und drehte ihr Gesicht zum Felsen. Sie hörte die sanften Spritzer, als Elunes Körper ins Wasser glitt. Sie wartete, hörte auf den Klang des Meeres und den Schrei der Seemöwen, und trotz ihrer Besorgnis wurde ihre Müdigkeit immer stärker. Halb schlafend, hörte sie nicht, wie Elune wieder aus dem Wasser auftauchte, doch sie fühlte, wie etwas Weiches und Nasses zwischen ihre Beine gedrückt wurde, dort wo ihre Hinterbacken auf ihre Schenkel trafen. Es fühlte sich gummiartig an, wie die Stiele von Seetang. Sie konnte sich die furchtbare Beschämung gut vorstellen, die ein Mädchen empfinden musste, das mit diesem Gefühl am Strand erwachte und annehmen musste, dass sie sich im Schlaf irgendwie selbst beschmutzt hatte. Es war grausam und unanständig, sogar für Elunes Verhältnisse, die solchen Übermut sehr genoss. Dennoch, bei ihr funktionierte es nicht, da sie ja gewusst hatte, dass irgendetwas kommen würde.

Sie bewegte sich nicht, weil sie davon überzeugt war, dass gar keine Reaktion Elunes boshaften Sinn für Humor durchkreuzen würde. Das Ding war gegen ihre Schenkel gepresst; es berührte ihr Geschlecht, ganz wie ein Schwanz, kurz bevor er hineingestoßen wurde. Es schien sich zu bewegen, ganz langsam, wie fließender Sirup. Für einen Moment fragte sie sich, ob es vielleicht doch kein Seetang war, sondern ein Teerklumpen, der sich garantiert in ihrem Haar verfangen würde, und dann wäre sie gezwungen, sich den Kopf zu scheren. Zorn auf Elune stieg in ihr auf, wurde jedoch schnell durch Schock ersetzt, als das Ding sich auf ihr zu winden begann. Jetzt bewegte es sich wirklich, saugte an ihrem Bein und schwoll an bis zu ihren Schamlippen. Sie fühlte ein scharfes Stechen, das am Eingang ihrer Vagina begann, als sie nach hinten langte und das Ding ergriff. Es war nass und irgendwie matschig. Es war schwer, es festzuhalten. Da es sich an ihrem Oberschenkel festgesaugt hatte, musste sie dafür ihren Hintern herausstrecken und ihre Beine spreizen, was Elune mit lautem, schrillem Gelächter kommentierte.

Thomazina drehte sich um und sah Elune mit an die Brust gezogenen Knien auf einem Felsen sitzen. Sie hatte einen unerträglich fröhlichen Gesichtsausdruck. Das Ding saugte noch einmal an ihrem Bein, bevor es sich löste. Sie blickte an sich herunter und sah, dass sie eine grünpurpurne Seeanemone in der Hand hielt, eine Wachsrose, deren Tentakel sich bereits wieder zurückzogen. Sie schnipste sie hastig ins Wasser und drehte sich zu Elune um, deren Augen vor Übermut leuchteten.

„Wenn du mich fangen könntest, könntest du mich dafür prügeln!", lachte Elune. „Aber das wirst du nicht: Du bist zu langsam und zu groß, wie alle von deiner Art!"

Das kleine Mädchen flitzte davon, als Thomazina nach ihr griff, und lachte fröhlich, als sie außer Reichweite hüpfte. In sicherem Abstand drehte sie sich um und machte ihr eine lange Nase und formte mit ihren Händen höchst übertrieben die Umrisse von Thomazinas Körper. Thomazina folgte ihr, doch Elune zog sich eine Felswand herauf, mit schnellen, leichtfüßigen Bewegungen, die sie niemals würde nachahmen können. Ihr Geschlecht schien in Flammen zu stehen, ein scharfer Schmerz, der sie rasend machte, und nun war ihr Zorn echt, nur gedämpft von der Einsicht in den Charakter der anderen. Elune musste wissen, was sie erwartete, wenn sie sie einfangen würde.

„Komm hoch!", spottete sie. „Zeig' mir, wo mein Platz ist! Versohl' mir den Hintern, wie dein alter Mann!"

Thomazina drehte sich weg und weigerte sich zu antworten. Sie legte sich wieder hin, streckte sich auf der nassen Felsoberfläche und drehte ihr Gesicht zum Meer. Elunes fortgesetzte Sticheleien ignorierte sie. Im Moment was es still, und Augenblicke später brach die Sonne durch die Wolken und wärmte ihren Rücken. Sie gähnte, streckte sich und schloss ihre Augen mit einem schläfrigen Lächeln.

Eine Zeitlang genoss sie die Sonne und versuchte, das scharfe Stechen ihres Geschlechts zu ignorieren, genauso wie das Bedürfnis, sich zu kratzen und ihre Muschi zu reiben. Sie wusste genau, dass Elunes Vergnügen keine Grenzen kennen würde, sollte sie sich von der Reizung dazu treiben lassen, sich selbst zu befriedigen. Also blieb sie ruhig liegen, bis ein winziges Geräusch ihre Aufmerksamkeit erregte. Sie linste unter ihren Lidern hervor und beobachtete, wie Elune näher herankroch, ihr verschmitztes Gesicht zu einem verrückten Grinsen verzogen; in ihren Fingern hielt sie vorsichtig eine noch größere Wachsrose. Scheinbar völlig entspannt wartete Thomazina auf den richtigen Moment, griff zu und schloss ihre Finger um Elunes Knöchel. Elune quietschte erschreckt und trat aus, doch Thomazina hatte schon eine Hand in ihren Haaren und wickelte die schwarzen Locken fest um ihre rechte Hand.

„Lass' los, lass' los!", schrie sie. „Es war doch nur ein Spiel! Ich wusste nicht, dass sie stechen würde, wirklich nicht!"

„Ich mag zwar groß und langsam sein, aber ich bin nicht dumm", entgegnete Thomazina. „Und nun auf die Knie mit dir."

„Nein, bitte, ich bin empfindlich, sehr empfindlich!", bettelte Elune. „Du weißt, wie zerbrechlich ich bin."

„Daran hättest du vorher denken sollen", antwortete Thomazina und zwang das Gesicht des kleinen Mädchens dichter zum Felsen.

Elune kniete sich hin und warf die Seeanemone mit einer plötzlichen Bewegung in Richtung Meer, aber Thomazina hatte das erwartet und fing sie auf. Dabei drehte sie die stechenden Tentakel schnell von sich weg. Elunes Gesicht war auf den Felsen gepresst, ihr Hintern stand hoch hinaus, die Backen waren auseinandergezogen und ihr Geschlecht und ihr Anus zur Schau gestellt. Für einen Augenblick zögerte Thomazina, unsicher, ob sie etwas so Grausames wirklich machen sollte, doch der beißende Schmerz in ihrem eigenen Geschlecht stärkte ihre Entschlossenheit. Sie drückte den Körper der Seeanemone auf Elunes Vagina und quetschte es in die winzige Öffnung, wobei sie die ausschlagenden Beine ihres Opfers ebenso ignorierte wie ihr wiederholtes Flehen um Gnade.

„Oh, du bösartiges, fettes Monster!", schrie Elune, als ihre Vagina sich um die Anemone schloss. „Oh, Thomazina, bitte, es fängt an zu stechen!"

„Gut", antwortete Thomazina. „Und jetzt komm her!"

Sie zog die kreischende Elune die Schlucht hinauf in Richtung der überhängenden Felsen. Die Ebbe hatte den Boden dort entblößt. Grüne, moosbewachsene Felsen waren zu sehen und die dicken, braunen Stängel von Seetang. Thomazina suchte sich einen aus, der etwas über einen Meter lang war und unten so dick wie ihr Handgelenk und riss ihn vom Felsen ab.

„Nein", kreischte Elune. „Nicht das auch noch! Meine Möse brennt, Thomazina, hab' Mitleid!"

Thomazina ignorierte Elune; sie drehte die Hand, die ihre Haare hielt, und zwang die junge Frau, sich vorzubeugen, den Arsch oben, die Beine gespreizt. Sie konnte die Seeanemone sehen, ein roter Kreis purpurgrünen Fleisches innerhalb der rosaroten Vagina; zwei Tentakel hingen heraus und wanden sich gegen das zarte Fleisch. Thomazina klatschte den dicken Seetang-Stock hart auf den Hintern des hilflosen Mädchens. Elune trat aus und kreischte; sie sprang auf die Beine, als der Stock sie erneut traf und ihre winzigen Arschbacken beim Aufprall hüpften.

„Fettes, gemeines Monster!“, kreischte Elune, dann kreischte sie noch lauter, als der dicke Stock ihre Oberschenkel traf. „Aua! Bitte, Thomazina, das tut weh!“

Thomazina platzierte einen weiteren Schlag quer über Elunes Hintern; sie schlug so hart zu, dass die Seetang-Wedel sie beide mit Wasser bespritzten. Wieder tanzte Elune und trat aus; ihr kleiner Körper reagierte heftig auf die Schmerzen von den Prügeln. Unfähig, ihr Vergnügen an der Hilflosigkeit und Nacktheit zurückzuhalten, grinste Thomazina. Sie verstärkte ihren Griff in Elunes Haaren und verabreichte ihr kurz hintereinander acht harte Schläge, was Elune tanzen und nach Luft schnappen ließ und ihre kleinen Arschbacken wie wahnsinnig auf und ab wackeln ließen.

„Biest!“, keuchte Elune, während sie versuchte, sich zu erholen. „Ich werde auf dich pissen! Ich werde Juliana auf dich hetzen!“

„Juliana würde sich wohl eher auf meine Seite stellen“, entgegnete Thomazina. Das rief ein klägliches Schluchzen hervor, gefolgt von einem schrillen Schrei, als der Seetang noch einmal auf sie niederfuhr.

„Also schön, schlag mich!“, schnauzte Elune. „Prügel mich ordentlich, du abscheuliches, fettes Biest, und das alles nur wegen eines kleinen Streichs. Oh, das sticht so sehr! Ich kann fühlen, wie sie sich bewegt, Thomazina! Au!“

„Dann drück’ sie raus“, antwortete Thomazina.

Elune sagte nichts, sondern stützte ihre Beine ab, was Thomazina einen freien Blick auf ihren kleinen, gespreizten Hintern bot, den gekräuselten Anus und das offene Geschlecht sowie die Tentakel der Seeanemone, die nun alle aus der wunden, geröteten Öffnung heraushingen wie ein lächerlicher Bart. Sie wanden sich auf der zarten Haut von Elunes Schamlippen, einige bewegten sich hoch zu ihrem Anus und verwandelten die Haut im Zentrum ihrer winzigen Öffnung in ein zorniges, geschwollenes Rot.

Ihre Muskeln zuckten in Reaktion darauf; ihr Anus pulsierte und ihre Arschbacken hüpften und zitterten. Thomazinas eigenes Geschlecht schmerzte noch immer und sie fühlte mit dem kleinen Mädchen.

Sie hob den Seetang noch einmal lächelnd hoch und ließ ihn niedersausen; das führte dazu, dass die Seeanemone sich plötzlich in Elunes Vagina zurückzog. Thomazina machte sich methodisch ans Werk; sie verprügelte Elune mit harten, rhythmischen Schlägen und beobachtete mit rachsüchtigem Vergnügen, wie ihr Opfer in Schmerzen tanzte und sich ihre Arschbacken von einem dunklen Rosa zu einem intensiven Rot und dann zu Purpur verfärbten. Erst als Elunes Atem tief und regelmäßig geworden war und ihr Kreischen und Keuchen zu gebrochenem Stöhnen wurde, hörte Thomazina auf und warf den inzwischen zerschlagenen Seetang-Stock weg. Elunes Hintern sah fürchterlich aus, ein fleckiges Purpur – die Arschmuskeln zuckten unkontrolliert. Thomazina beobachtete, wie die Wachsrose aus der Vagina des kleinen Mädchens gedrückt wurde und mit einem matschigen Geräusch zu Boden fiel. Thomazina hob sie auf und warf sie in einen Pool, dann gab sie der Innenseite von Elunes Schenkeln einen Klaps, damit sie ihre Beine weiter spreizte. Ihre Vagina war blutrot, ihr Anus, ihre Vulva, die Schamlippen und der Saum ihres Hinterns waren stark entzündet; ihre Muskeln zuckten vor Schmerz.

„Ich bin fertig mit dir“, sagte sie. „Vielleicht wird das dich lehren, deine dreckigen, kleinen Streiche zu spielen.“

„Und jetzt bist du wohl erregt“, erwiderte Elune. „Ich nehme an, du kannst gar nicht anders als deinen großen Arsch auf mein Gesicht zu setzen und mich dich lecken zu lassen. Richtig, du Biest?“

Thomazina sagte dazu nicht, sondern zog Elune an ihren Haaren nach unten und legte sie auf ein Bett aus dicken Seetangwedeln. Elune folgte dem Druck, hob ihre Schenkel und machte sie breit, während sie sich zurücklegte. Thomazina kam näher, ließ Elunes Haar los, spreizte ein Bein über ihren Körper und ging in die Hocke. Elune seufzte, das Geräusch wurde durch die üppigen Backen von Thomazinas Hintern gedämpft, als diese sich in ihr Gesicht pressten. Eine spitze kleine Zunge begann, sie zu schlecken und ihren eigenen Ausschlag der Seeanemone zu lindern. Thomazina seufzte, ließ ihre Knie in dem schlüpfrigen Seetang auseinandergleiten und nahm jede ihrer Brüste in eine Hand.

Elune hatte angefangen, sich selbst zu berühren; ihre Hände streichelten ihr entzündetes Geschlecht und berührten ganz bewusst den Ausschlag. Thomazina sah zu und dachte dabei, wie komisch und zugleich unanständig ihre Freundin während der Prügel ausgesehen hatte, wie sie vor Schmerz getanzt hatte und die Tentakel der Anemone aus ihrer Scheide hingen. Sie lachte und lächelte glücklich, als Elunes Zunge in ihre eigene Vagina glitt. Ihre Brüste fühlten sich riesig an in ihren Händen; die Nippel waren steif und standen hervor, sie waren enorm im Vergleich zu denen des kleinen Mädchens, auf dessen Gesicht sie saß. Sie ließ ihre Hände tiefer rutschen; sie fühlte ihren runden Bauch, die sanfte, fleischige Rundung ihres Schamhügels und ihrer Schenkel. Elunes Zunge wirkte Wunder; sie neckte die ganze Länge von Thomazinas Geschlecht, schleckte über die empfindliche Haut von der Klitoris bis zum Anus und wieder zurück, bohrte sich in die eine Öffnung und dann in die andere, schmeckte sie, während sie sich gemütlich selbst befriedigte.

Sie kam schnell; sie rieb ihren fülligen Hintern an Elunes Gesicht, während sie ihre großen Brüste in ihren Händen wippte und dabei ihre Größe und ihr Gewicht genoss. Elunes Zunge war in ihrem Arschloch, tief drin, dann kam sie wieder vorwärts, schnalzte gegen ihre Klitoris, küsste sie und zog sie zwischen ihre kleinen, festen Lippen. Thomazina kam, schrie auf zum grauen Himmel und nassen Felsen; Welle nach Welle der Ekstase rann durch ihren Körper, als sie sich selbst fühlte und an die kleinen, schmalen Arschbacken dachte, die zum Rhythmus des Stocks auf und ab gewippt waren.

Elune leckte weiter; sie rieb sich selbst stärker, als Thomazina in ihr Gesicht kam. Ihre Schenkel und ihr Geschlecht waren weit geöffnet, das hochrote Fleisch geschwollen, als sie sich rieb. Ihre Zunge stieg zu Thomazinas Hintern hoch, tief hinein. Sie ließ ihre Zungenspitze in dem heißen Arschfleisch tanzen. Ihr Rücken wölbte sich, und sie kam, als ihre Blase sich entleerte und Pisse in einem langen, goldenen Bogen auf die Felsen und das Moos spritzte, abflaute, wieder stärker wurde und schließlich in gelben Tropfen auf heißem, entzündetem Fleisch auströpfelte.

Thomazina stieg von ihr herunter, setzte sich in den kühlen Seetang und atmete langsam aus. Auf Elunes Gesicht zu sitzen, um zu kommen, war recht einfach gewesen – ihre Position zu halten, während Elune sich selbst befriedigte, war weit ermüdender gewesen. Ihr Geschlecht schmerzte noch immer, doch sie wusste, dass es das wert war, trotz ihres Orgasmus von eben. Elune stand auf, grinste verschmitzt und setzte sich mit einem Blick falscher Empörung gegen Thomazina mit ihrem Hintern in ein Wasserloch.

„Du hast mir sehr wehgetan, Thomazina", schalt sie. „Dennoch, ich bin sicher, dass ich es verdient habe. Hat dir das Pissen gefallen? Ich habe es in Inishmaan gelernt."

„Es ist nett und unanständig. Ist es nur Schau?"

„Nein, es fühlt sich sehr nett an. Du musst es mal versuchen."

„Das werde ich. Und nun brauchst du Kleidung, die ich für dich kaufen werde. Welchen Namen benutzt du denn?"

„In Irland den keltischen. Hier benutze ich Linnet."

„Ich bin wieder Tammy. Thomazina scheint zu lang zu sein. Solltest du dir vielleicht nicht ein bisschen mehr Vorbau zulegen?"

„Ich mag, wie ich aussehe, und außerdem, wenn dein alter Mann denkt, dass ich noch ein Kind bin, wird er mich mit einem großen Eis wegschicken, während er deinen großen, fetten Hintern versohlt."

Joe starrte aus seinem Fenster und beobachtete, wie von Westen allmählich besseres Wetter hereinströmte. Seit dem gestrigen Abend verzehrte er sich vor Frustration und Eifersucht. Er hatte seit seiner Begegnung mit Tammy nach ihr gesucht, ergebnislos, bis er sie auf seinem Heimweg über die Strandpromenade mit einem großen Farbigen und einem anderen Mädchen gesehen hatte. Die Arme des Mannes waren um beide Mädchen gelegt gewesen und alle drei hatten erregt gelacht. Während er so aus dem Schatten heraus zusah, hatte er gesehen, wie der schwarze Typ in Tammys Hintern kniff, was sie mit einem glücklichen, trunkenen Lächeln begrüßte.

Er war ihnen gefolgt und hatte gesehen, wie sie über die Hintertür ins „Royal" gingen, und der Grund dafür war nur allzu offensichtlich gewesen. Er hatte Tammy als sein Eigentum betrachtet, und sie mit einem anderen Mann zu sehen, ließ ihn sich zurückgewiesen fühlen, zornig und frustriert, wenn er sie sich in den Armen des Farbigen vorstellte. Das allein wäre ja schon schlimm genug gewesen, doch der Umstand, dass auch noch ein anderes Mädchen dabei gewesen war, machte es unerträglich, und es erwies sich als unmöglich, das Bild der Drei beim Sex aus dem Kopf zu bekommen.

Den ganzen Morgen war er in seinem Zimmer geblieben, hin und her gerissen zwischen Zorn und Selbstmitleid, und hatte dem Prasseln des Regens gegen die Fensterscheiben gelauscht. Nun hörte es langsam auf; und er wurde gerade von einem dringlichen Gefühl besonderen Ärgers auf das ganze weibliche Geschlecht beherrscht – auf das, was er als Wankelmut ansah, als Gefühllosigkeit und ein generelles Versagen, seine besonderen Qualitäten zu schätzen. Der Ärger vermischte sich mit Lust und flößte ihm das dringliche Bedürfnis ein, Mädchen nachzuspionieren. Er wusste, dass dies einiges dazu beitragen würde, seine verletzten Gefühle zu lindern.

Er war immer der Meinung gewesen, dass er das meiste Vergnügen daraus zog, Mädchen zu beobachten, die nicht gesehen werden wollten. Mädchen in Bikinis auf der Promenade waren gut, aber sie versteckten auch nichts. Die schicken Mädchen auf St. David waren da besser, da er fühlte, dass sie es weit mehr ärgern würde, von ihm beobachtet zu werden, als die Mädchen von Tawmouth, und die Chancen, dort jemanden oben ohne oder gar nackt zu erwischen, waren weit größer. Etwas abgelegenere Orte hatten sich dafür als weit besser erwiesen. Sein Lieblingsplatz war die Landspitze von Aldon Head mit den abfallenden Felsüberhängen, die schwer zu erreichen und ziemlich abgeschieden waren, außer für jemanden oben auf dem Kliff, der mit einem starken Fernglas ausgerüstet war.

Oft genug war überhaupt niemand dort, aber es war ziemlich sicher, dass jeder, der sich die Mühe machte, über eineinhalb Kilometer zu laufen und dann über die Felsen zu klettern, einen ganz bestimmten Grund hatte, allein sein zu wollen. Mehr als einmal hatte er Mädchen beim Nacktbaden erwischt, hatte mit einem immer härter werdenden Schwanz in der Hose beobachtet, wie sie sich auszogen und einölten. Einmal war da sogar ein Pärchen gewesen, die sich geküsst und dann auf dem heißen, nackte Felsen gegenseitig befriedigt hatten, bevor sie schnellen, harten Sex hatten.

Jetzt hatte er das Gefühl, dass er etwas besonders Unanständiges beobachten musste und das prickelnde Gefühl brauchte, in die Privatsphäre eines Mädchens eingedrungen zu sein. Das Gefühl, lieber für sich sein zu wollen, war auch da, doch er kämpfte es nieder, da er es mit Schwäche gleichsetzte. Ja, Aldon Head war genau der Ort, zu dem er gehen würde. Wie er es bereits bei früheren Gelegenheiten getan hatte, ging er zur Anlegestelle der Flussfähre und setzte sich mit einer Dose kalter Cola in der Nähe hin, um zu sehen, ob irgendwelche hübschen Mädchen über den Taw wollten, besonders solche mit Handtüchern und Strandtaschen. Der Regen hatte die Luft erfrischt, es ging ein leichter Wind; Wetter, das er als ideal ansah, heiß, aber nicht so schwül, dass der Weg allzu anstrengend geworden wäre. Und wirklich, in dem Haufen von Passagieren, die auf die Fähre warteten, standen auch drei Mädchen, von denen er dachte, dass es sich lohnen würde, sie nackt zu sehen. Eine falsche Blondine und eine Brünette waren offenbar Freundinnen. Beide waren recht klein und schlank; sie schnatterten vor sich hin und bemerkten nichts von seinen Blicken. Die Dritte war sogar noch verführerischer, eine echte Blondine, die ihr Haar in einem Bubi-Schnitt trug; sie hatte eine kompakte Figur, vielleicht ein bisschen viel am Hintern, und trug ein dezentes Sommerkleid mit Sandalen. Sie verfügte zwar nicht über Tammys glorreiche Kurven, glich das aber mit einer Aura von Unschuld aus, die Joe unwiderstehlich fand, besonders da der dünne Stoff ihres Kleids ihn ahnen ließ, dass sie keinen BH trug. Sie, dessen war er sicher, war ein Mädchen, für das allein schon die Idee, dass jemand sie in ihrem Badeanzug beobachten könnte, wirklich schockierend wäre.

Er bestieg die Fähre und gab sich Mühe, die Mädchen während der Überfahrt über die weite Flussmündung des Taw nicht zu beachten. Auf der anderen Seite stieg er als letzter aus und beobachtete genau, was die Mädchen tun würden. Und wirklich gingen die beiden Freundinnen auf die Unterführung zu, die nach Ness Beach führte, doch unglücklicherweise nahm die echte Blondine den Fußweg nach Aldon Hill hinauf. Joe gab eine Zeitlang vor, die Vögel im Watt zu beobachten, dann machte er sich nach Aldon Hill auf, um der Blondine zu folgen. Sollte sie nichts Interessantes machen, würde er eben die beiden anderen von oben bespitzeln.

Den Hügel zu besteigen, ließ ihn an Tammy denken und ihr Versprechen, bei der Sonnwendparty zu sein – zuerst mit Ärger und dann voller Hoffnung. Sie würde ja auf jeden Fall dort sein, und vielleicht war ja das andere Mädchen die Freundin des schwarzen Typen gewesen und nicht Tammy. Auf jeden Fall würde sie dort sein und vermutlich betrunken, sehr betrunken, das würde ihm eine echte Chance geben, noch einmal in ihr Höschen zu kommen.

Das blonde Mädchen saß im Gras, als er den oberen Teil des Hügels erreichte, und zeichnete den großen Grabhügel, der den Gipfel bedeckte. Er ignorierte sie, ging bis zum Rand der Klippe weiter und verschwand hinter einer Menge von Ginster- und Stechginsterbüschen. Sobald er sicher war, dass er nicht mehr zu sehen war, bückte er sich und arbeitete sich zurück, bis er sie wieder sehen konnte. Sie hatte ihre Position nicht verändert; der Zeichenblock lag auf ihren Knien, und sie war ganz auf ihr Bild konzentriert. Ihre Haltung ließ eine Menge Bein sehen, sogar etwas von ihrem Oberschenkel, und in der Hoffnung, dass ein Positionswechsel ihm einen Blick auf ihr Höschen erlauben würde, beobachtete er sie eine Weile. Er schätzte ihr Alter auf zweiundzwanzig oder dreiundzwanzig, ihre Figur gehörte in die Garantiert-einen-Blick-wert-Kategorie, ihr Gesicht war noch besser, delikat und feingliedrig, unschuldig und süß. Unglücklicherweise machte sie keinerlei Anstalten, etwas anderes zu tun als zu zeichnen oder eine andere Haltung einzunehmen, also wurde ihm langweilig.

Er ging zurück zum Klippenrand und spähte vorsichtig über die Kante. Unter ihm war Ness Beach, der sich in einer sanften Kurve von rotem Sand von der Flussmündung aus erstreckte. Am äußersten Ende hatte eine Familie die geschützte Bucht von Ness Head in Beschlag genommen und ein einzelner, älterer Mann saß auf einem Felsen und rauchte eine Pfeife. Den Mann hatte er früher schon gesehen; er saß immer am gleichen Platz, und Joe fragte sich, ob er nicht dasselbe machte wie er. Die beiden Mädchen waren nicht zu sehen. Das bedeutete, dass sie noch weiter gegangen waren, ein Umstand, der ihn in erwartungsfrohe Erregung versetzte.

Auf dem Weg Richtung Landspitze spähte er immer wieder hinunter und bemühte sich dabei, dass sein Kopf über dem Rand keinen Schatten warf. Und wirklich, da waren sie; sie kraxelten den steilen Hang zu einem Felsüberhang hinauf. Oben angekommen, blickten sie sich um, offensichtlich um zu prüfen, ob sie unbeobachtet waren. Eine sagte etwas, und trotz der Entfernung und dem Rauschen des Windes glaubte Joe, etwas von ‚privat' gehört zu haben. Innerlich grinsend, stellte er sich ihre Unterhaltung vor. Eine, vielleicht die Brünette, würde sich fragen, ob sie dort auch sicher waren, und ihren Abscheu darüber ausdrücken, beim Sonnenbaden beobachtet zu werden. Die Blondine würde ihr zustimmen, dass es nichts Schlimmeres gab, als wenn ein dreckiger, kleiner Spanner sich beim Anblick ihrer Körper einen herunterholen würde, und dann würde sie darauf aufmerksam machen, dass ihnen niemand gefolgt war und dass der alte Mann den Aufstieg zu ihrem Versteck auf keinen Fall bewältigen konnte. Keine würde daran denken, nach oben zu sehen – beide in der Vorstellung befangen, ihre kostbaren Körper seien geschützt vor lüsternen, männlichen Blicken.

Die Blondine beugte sich nach vorne, zog ein großes Badetuch aus einer Tasche und breitete es auf dem Felsen aus. Ihre Begleiterin tat er ihr nach, und zu Joes großer Freude fingen sie an, sich auszuziehen. Das Fernglas zitterte in seiner Hand, als er zusah, und seine andere Hand massierte seinen schnell steifer werdenden Schwanz durch seine Hosen. Die Blondine zog ihr Top nach oben. Was da sichtbar wurde sah zunächst nach einem rosafarbenen BH aus, doch dann stellte er enttäuscht fest, dass es ein Bikinioberteil war. Dann folgten ihre Jeans, die sie über einen perfekten kleinen, ebenfalls rosa bekleideten Hintern nach unten drückte.

Die Brünette hatte ihre Bluse aufgeknöpft und zog sie nun über die Schultern. Ein ordentlicher, weißer BH bedeckte kesse Brüste. Sie langte nach hinten, und sein Atmen stockte, als sie ihre Finger auf den Verschluss legte, den Haken öffnete und den BH nach unten fallen ließ, was ihre Brüste nackt ließ, rosa im Sonnenlicht, zwei runde, mittelgroße Kugeln von Mädchenfleisch. Joe hielt sein Fernglas ruhig, beobachtete, wie ihre Hände an die Jeans griffen, den Reißverschluss öffneten und die Jeans heruntergezogen wurden und, in einem Aufwasch mit ihrem Slip, in einem hellblauen Haufen aus Baumwolle landeten. Sie kickte sie mit den Schuhen zusammen von ihren Füßen und stand nun nackt da. Dann aber zog sie ein Bikinihöschen aus ihrer Tasche und zog es über.

Trotz dieser Enttäuschung beobachtete er weiter – in der Hoffnung, dass sie mutiger werden würden. Beide lagen bäuchlings auf ihren Handtüchern; die Blondine entfernte ihr Oberteil, als wäre sie auf einem überfüllten Strand, indem sie es unter sich hervorzog. Auf diese Weise konnte nicht einmal ihre Freundin etwas sehen, von ihm ganz zu schweigen. Keine machte sich die Mühe, sich einzucremen, was seine Enttäuschung verstärkte, und als die Brünette dann auch noch ein Buch mit einem rosafarbenen Einband aus der Tasche zog und zu lesen begann, verstärkte sie sich zu Frustration.

Joe kam zu dem Schluss, dass es unwahrscheinlich war, sie in absehbarer Zeit etwas Interessantes machen zu sehen, und beschloss einen weiteren Blick auf die intellektuell aussehende Blondine am Grabhügel zu werfen. Er wich vom Klippenrand zurück, hielt sich tief zwischen den Büschen und blieb dann abrupt stehen, weil er etwas gehört hatte. Er nahm eine Bewegung zwischen den Büschen wahr – weiß, vermutlich das Kleid des Mädchens. Er versteckte sich in einem dichten, niedrigen Stechginstergebüsch und spähte durch die stacheligen Zweige.

Da war sie, keine zwanzig Meter weit weg, und blickte in die andere Richtung. Sie hielt etwas in der Hand, ein Stück weißes Papier, das sie nervös in den Fingern knetete, während sie sich umblickte. Sie biss sich auf die Unterlippe. Ihre Füße machten winzige Trippelschritte, und Joes Lächeln wurde breiter.

Ganz als sei sie plötzlich zu einem Entschluss gekommen, kauerte sie sich nieder, zog ihr Kleid über ihre wohlgeformten Beine und einen herzförmigen Hintern, der von weißer Baumwolle bedeckt war. Er schluckte, seine Hand legte sich auf seinen Schritt, als sie die Beine abstützte und ihr Hinterteil hinausstreckte. Die Zwillingsbacken ihres Hinterns dehnten ihr Höschen, ihre Muschi war eine sanfte Wölbung zwischen ihren Oberschenkeln. Sie langte nach hinten, fand den Bund ihres Höschens und zog es, ihren Hintern entblößend, nach unten. Die vollen Backen blähten sich, ihr Arschloch war ein kleines Grübchen rosafarbenen Fleischs, ihre Schamlippen öffneten sich zwischen einem Muff goldener Haare. Sie ergriff den Schritt ihres Höschens, zog es von ihrem Geschlecht weg nach vorne und ließ los.

Joe beobachtete genau. Sein Schwanz war steif, sein Mund weit offen. Hellgelbe Pisse schoss aus ihrem Geschlecht, ein dicker Strom, so stark, dass er es platschen hören konnte, als es auf den Boden spritzte. Was sie tat, beschämte sie ganz eindeutig, denn sie blickte sich immer wieder nervös um, während ihre Pisse aus ihrer Muschi rann, ihr Kleid und ihr Höschen fest in der Hand. Der Anblick wurde dadurch nur besser für Joe, besonders durch die unanständige Art, wie ihr Anus sich entspannt und geöffnet hatte, um den Urin besser fließen zu lassen.

Und es gab jede Menge davon, es strömte heraus, bis Joe dachte, dass er jetzt kommen würde, dann war es nur noch ein dünnes Rinnsal und stoppte ganz, während die letzten Tropfen noch an ihrem dichten Schamhaar hingen. Sie wackelte mit dem Hintern, um die Tropfen abzuschütteln. Das ließ ihren lieblichen Hintern auf entzückende Art zittern. Dann tupfte sie sich mit dem Papier ab. Joe schüttelte ausgesprochen zufrieden mit sich selbst den Kopf. Er musste einfach kommen und masturbierte sich durch seine Hose, ohne sich um die mögliche Sauerei zu kümmern – er hoffte, dass er fertig werden würde, bevor sie wieder vollständig angezogen war.

Er war völlig hektisch, weil er erwartete, dass sie ihren Hintern schnell wieder bedecken und sich davonmachen würde. Stattdessen blieb sie, kauerte mit herausgestrecktem Hintern und schien auf etwas zu lauschen. Er wichste weiter, sicher, dass der liebliche Anblick vor ihm nicht mehr lange dauern konnte. Einen Augenblick lang war ihr Gesicht im Profil, und er sah, dass sie auf ihre Unterlippe biss und ihre Augen voller nervöser Erregung waren. Sie rutschte mit schnellen Bewegungen vorwärts, bis sie den Pisseteich hinter sich gelassen hatte, und kniete nieder. Mit weit offenem Mund beobachtete er, wie ihre Hand zu ihrer Muschi ging. Ihr nackter Hintern war herausgedrückt, das Arschloch gut zu sehen, ihre Finger bewegten sich im nassen Fleisch ihrer Muschi – sie begann zu masturbieren.

Joe beobachtete sie bezaubert und wünschte sich, dass er den Mut hätte, vorzustürzen und seinen Steifen in ihre bereitwillige Öffnung zu stecken Er wusste, dass er es nicht tun würde, zog aber schnell seinen Reißverschluss herunter und zog seinen Schwanz heraus und wichste sich, während er zusah, wie sie sich fickte. Ihr Kopf war zurückgeworfen und ihr hübsches Haar hüpfte mit ihren Bewegungen. Mit zwei abrupten Bewegungen riss sie ihr Kleid nach oben, über ihre Brüste, über ihren Kopf; nur Höschen und Schuhe waren übrig. Sie fuhr fort, sich selbst zu befriedigen, hektisch jetzt; sie ließ sich auf alle Viere nieder und bot Joe so, was er als den perfekten Blick auf eine Frau ansah, von hinten, alles zeigend, ihr Geschlecht offen und ihre Titten frei schwingend. Sie stützte sich auf eine Hand und fickte sich mit der anderen. Er konnte ihren Atem hören, dann ihr Stöhnen und wie sie mit einem langen, spitzen Aufschrei des Vergnügens kam, nur um von Ekstase in Schluchzen und Schniefen auszubrechen als sie auf dem Gras zusammenbrach.

Er starrte noch immer, unbeweglich, seine Augen hingen an ihren Schamlippen, da wo sie zwischen ihren Schenkeln hervorlugten; seine Hand war klebrig von der Ladung, die aus dem Schwanz hervorgeschossen war, genau in dem Moment, in dem sie gekommen war. Er machte sich keine Gedanken über ihr plötzliches Umschwenken von Ekstase zu Elend oder darüber, warum sie das Bedürfnis verspürt hatte, zwischen den Büschen zu masturbieren, sondern dachte nur daran, dass diese ganze Szene seine Überzeugung bestätigte, dass diejenigen, die besonders unschuldig aussahen, oft die Verdorbensten waren.

Lily brannte vor Scham und Verlegenheit über das, was sie getan hatte, als sie sich eilig anzog. Dennoch, so sehr sie sich bemüht hatte, sie hatte es einfach tun müssen. Man hatte sie dazu gezwungen, einen Polizisten zu lutschen, einen Mann, den sie nie zuvor getroffen hatte, und sie hatte seinen Schwanz in ihren Mund genommen und er war über ihr gekommen, in ihr Gesicht. Schlimmer noch, Ed hatte sie ausgezogen und sie vor dem anderen gefickt und dann seinen eigenen Samen zu der Sauerei hinzugefügt. Die finale Demütigung aber war, dass sie vor ihnen gekommen war, sich zu einem Orgasmus masturbiert hatte, vor zwei Männern, die sie bewusst gedemütigt hatten.

Sie konnte es einfach nicht aus dem Kopf kriegen, und trotz all ihrer Versuche zu arbeiten, hatte sie die Szene immer und immer wieder vor sich ablaufen lassen, begrapscht zu werden, gesagt zu bekommen, dass sie lecken sollte, den Schwanz des Fremden in den Mund nehmen, ihn schmecken, fühlen, wie er anschwoll, sich ihre Jeans und ihr Höschen herunterziehen lassen, ihr Top hochgezogen zu bekommen, von Ed aufgespießt zu werden. Nur befummelt zu werden, wäre schon zu viel für sie gewesen, gar nicht davon zu reden, wie zwei Männer ihr ins Gesicht gespritzt hatten.

Sie hatte ihr Bestes getan, die schrecklichen Gedanken zur Seite zu schieben und zu leugnen, dass es sie erregt hatte – den Wythman-Hügel zu zeichnen und zu fotografieren, schien dafür ein guter Weg. Am Morgen war ein Brief von der Universität gekommen, der verkündete, dass ein Team aus Exeter den Grabhügel gleich im Anschluss an das jährliche New Age Festival erneut öffnen würde. Sie war eingeladen, sich zu dem Team zu gesellen. Diese Neuigkeiten hatten sie so hingerissen, dass sie die schrecklichen erotischen Bilder vergessen konnte, zumindest für eine Weile. Sie hatte entschieden, einen ausführlichen Bericht von dem Ereignis anzufertigen und war sicher, dass die grässliche, ekstatische Erinnerung verschwinden würde, wenn sie ihren Geist nur der Arbeit zuwenden würde.

Diese Ekstase hatte sie auch verlassen, kurz, nur um sich wieder an sie heranzuschleichen, als sie plötzlich dringend Wasser lassen musste. Die Scham und die Sorge darüber, ihren Schlüpfer in der Öffentlichkeit herunterzuziehen, hatte alles zurückgebracht, und sie hatte nachgegeben, ihre eigene Schwäche verflucht und dabei masturbiert. Sie hatte sich vorgestellt, von Ed dazu gezwungen zu werden, wie er ihr befehlen würde, ihren Arsch zu zeigen, während der abscheuliche Jeff Perkins zusah. Sie wusste, dass er sie sich hätte ausziehen lassen, mindestens bis zu ihrem Schlüpfer, und bei diesem Gedanken hatte sie ihr Kleid über den Kopf gezogen und sich vorgestellt, wie sie sie beobachten würden, sich diebisch freuen würden über ihre Nacktheit und ihre brennend roten Backen, und wie sie ihre Schwänze für ihren Körper bereit machen würden, während sie ganz offen die intimsten Akte durchführte.

Sie war zu Boden gesunken mit dem Gedanken, von vorne und von hinten genommen zu werden, Ed in ihrer Vagina, Jeff in ihrem Mund, und beide würden lachen über ihre Erniedrigung, während sie sie benutzten, in ihren Körper pumpen würden, ihre Schwänze in ihr abspritzen würden. Da war sie gekommen, mit der Erinnerung des Samens des Polizisten, der in ihr Gesicht gespritzt hatte, daran, wie es sich in Wirklichkeit angefühlt hatte. Sie brach zu einem schluchzenden Haufen zusammen und fühlte sich gründlich missbraucht, obwohl sie doch ohne irgendeinen Zwang durch ihre eigenen Finger gekommen war.

Jetzt, wieder salonfähig, schauerte sie angesichts der Erinnerung an ihr eigenes Verhalten, während sie zu ihrer Tasche zurückkehrte. Sie war sicher, dass niemand sie gesehen hatte, doch eine dreckige, kleine Stimme in ihrem Kopf wünschte sich, dass sie jemand gesehen hätte, und dass derjenige die Situation ausgenutzt hätte, sie von hinten genommen hätte, als sie noch in einer Pfütze ihrer eigenen Pisse gekniet hatte.

Ihr Mund war zornig verkniffen, als sie sich wieder an ihre Zeichnung setzte, doch wieder war es ihr unmöglich, ihre Gedanken von Ed zu lösen, dieses Mal aber nicht in sexueller Hinsicht. Auf einer rein intellektuellen Ebene wäre sie Ed gerne losgeworden. Sie hasste seine rechtsextremen Ansichten, seine selbstgerechten Moralvorstellungen, die ihn angeblich christliche Moral predigen ließen, während er sie glücklich missbrauchte. Er sah sie als seinen Besitz an, und das hasste sie, doch es fiel ihr auch schwer, es zu leugnen. Er war bestimmend, wie harte, strenge Männer es immer mit ihr gewesen waren. Ihre Jungfräulichkeit hatte sie an einen der schlimmsten Tyrannen der Schule verloren, auf dem Rücken in einem Haufen vermodernden Grasabfalls hinter dem Sport-Pavillon. Er war genauso unliebenswürdig gewesen wie Ed, doch ihre Beziehung hatte angedauert, bis sie auf die Universität gegangen war. Dort war es so ziemlich dasselbe gewesen, mit einem Freund aus der Stadt und einem aus dem Rugby-Team, die sie beide wie ihr privates Sexspielzeug behandelt hatten. Und jetzt war es Ed, und sie empfand die schreckliche Sicherheit, dass sie ihn nicht würde abweisen können.

Nachdem ihre Zeichnung fertig und mit Anmerkungen versehen war, stieg sie den Grabhügel hinauf und blickte hinaus zum Meer. Die Sonne war hell, nur am östlichen Horizont gab es noch einige letzte Wolken. St. David's Island schien ganz nah zu sein, fast als könnte sie einfach hinübertreten. Die Gezeiten hatten gewechselt und die Flut eingesetzt; die machtvolle Strömung zerriss das Wasser mit weißen Schaumkronen zwischen den Felsen im Westen der Hauptinsel. Wie sie es so beobachtete, fühlte sie den Drang, dort zu sein, ihr Körper herumgewirbelt und gewaschen im kühlen, reinen Wasser, von Ed weggezerrt, von einer elementaren Macht, weit jenseits seiner groben, tyrannischen Kraft. Sie drehte sich mit einem Seufzer um, fühlte sich hilflos und schwach. Im Gras sitzend, begann sie, die Szene zu zeichnen.

Die Ruhe und Schönheit des Ortes fing an, auf sie zu wirken, Ed wurde zu einer unbedeutenden Störung irgendwo im Hintergrund ihres Bewusstseins. Nach einer Weile ging ein pickelgesichtiger Jüngling, der vorhin an ihr vorbeigekommen war, wieder nach unten, ohne sich auch nur nach ihr umzudrehen. Für eine Zeit gelang es ihr, echten Frieden zu fühlen, nur um von einem Kopf, der am Rand des Hügels auftauchte, wieder gestört zu werden.

Lily erkannte Nich sofort, sein auffallendes rotes Haar und sein intensiver Gesichtsausdruck waren unverwechselbar. Sie lächelte, erfreut, jemanden zu sehen, der ihr Interesse an dem Hügel teilte, wenn auch von einer eigenartigen okkulten Perspektive aus. Außerdem war er in vielerlei Hinsicht das absolute Gegenteil von Ed, was den Gedanken, mit ihm zusammenzukommen, immens ansprechend machte.

„Es tut mir leid, Sie zu stören“, begrüßte er sie. „Zeichnen Sie den Grabhügel?“

„Die Aussicht“, entgegnete Lily, „und den Hügel. Er soll geöffnet werden, also beschloss ich, den…

„Geöffnet?“, fragte Nich nach. „Sind Sie sicher?“

„Völlig“, antwortete Lily. „Heute Morgen kam ein Brief von der Uni. Ein Team aus Exeter kommt her.“

„Ist es der Öffentlichkeit zugänglich?“

„Nein, es ist eine wissenschaftliche Grabung, aber ich habe die Erlaubnis zu helfen.“

„Könnte ich eventuell auch dabei sein?“, fuhr Nich dringlich fort. „Ich habe in dieser Angelegenheit schon ziemlich viel geforscht – vielleicht könnte ich ja von Nutzen sein."

„Ich könnte sicher mit Professor Cobb darüber sprechen", sagte Lily. „Ich sehe keinen Grund, warum er ablehnen sollte, nicht wenn Sie ein besonderes Interesse haben."

„Das habe ich", versicherte er ihr, „das habe ich. Es ist eine faszinierende Stätte, einzigartig."

„Es gibt einen ähnlichen Erdhügel in Brittany."

„Der ist leer, eine Hülle, die für Touristen herausgeputzt wurde, und seit Tausenden von Jahren verlassen. Wann soll es denn sein?"

„Am Tag nach der Party. Der Stadtrat hat vorher die Genehmigung verweigert. Sehen Sie, Reverend Wilmots Ausgrabung hat durch die ganze Mitte eine abgestützte Passage geschaffen, die noch existiert. Sie wollten keinen dieser New-Age-Typen da drin haben. Tut mir leid, ich wollte nicht…"

„Nein, nein, eine vernünftige Entscheidung. Ich bin nicht gekränkt. Haben Sie Wilmots Notizen gelesen? Sie liegen im hiesigen Museum."

„Na, natürlich. Er war wirklich nur ein Amateur. Ich denke, es ging ihm mehr um Artefakte als um wirkliche Forschung."

„Wie zu erwarten war. Ha! Stellen Sie sich seine Empörung vor, wenn jemand seine Kirche entweiht hätte!"

„Nun, es ist nicht wirklich dasselbe…"

„Warum nicht? Beides sind Tempel, und wenn er denkt, dass der Schrein seines Gottes vor Entweihung geschützt sein sollte, dann sollte er Sigodin-Yth die gleiche Höflichkeit zuteil werden lassen."

„Sigodin-Yth?"

„Die Gottheit vom Wythman. Sie könnten den Namen in der Kopie des Laverack-Aufsatzes gelesen haben, die ihr Freund mir gestohlen hat. Und was das angeht: Wenn es in seinem Haus ist, hat er es sicher noch nicht als offiziell beschlagnahmt registriert. Wäre es vielleicht möglich, dass ich es zurückbekomme?"

„Nun, ich bin nicht…"

„Lily – ich darf Sie Lily nennen? Wie unterschiedlich unsere Standpunkte auch sein mögen, als ein ernsthafter Student zum andern bitte ich

Sie, es mir zurückzugeben. Es ist selten, unersetzbar sogar."

„Ja, aber Ed..."

„Officer Gardner, nehme ich an, hat es aus reiner Boshaftigkeit genommen. Er hat vermutlich schon vergessen, dass es existiert."

„Nun, ja, sicher haben Sie recht..."

„Sie werden es mir also zurückgeben? Ich wäre unendlich dankbar."

„Ich schätze schon."

„Danke, Lily, danke. Vielleicht machen wir es gleich jetzt. Wir können bei seinem Haus vorbei, bevor seine Schicht zu Ende ist."

Kapitel Fünf

Violet sah sich um und runzelte die Stirn. Es waren jede Menge Menschen auf der Straße, vor allem Männer; sie kamen aus den Toren des Docks, die meisten in kleinen Gruppen oder Paaren, einige allein. Die Masten von zwei Kaolin-Transportern waren zu sehen und ragten über die Gebäude am Dock. Weißgrauer Staub bedeckte den Boden, die Dächer und die wenigen Bäume, die zu sehen waren. Es war ganz anders als das Tawmouth, das sie kannte, das hell und fröhlich war und völlig auf den Tourismus ausgerichtet. Das Wissen, dass diese Teilung existierte, seit Tawmouth vor mehr als zweihundert Jahren zu einem beliebten Badeort geworden war, trug nicht dazu bei, den Kontrast zu mindern, darum fühlte sie sich etwas deplatziert und dennoch abenteuerlustig.

Sie und Yasmin hatten ihre Suche damit begonnen, Kieran Sullivan aufzusuchen, den Tätowierer auf dem Pier, einen jungen Mann, den sie kannten, der sich auf heidnische Symbole und keltische Kunst spezialisiert hatte. Er hatte von dem anderen Tätowierer in Tawmouth gehört, aber auch betont, dass es keinen Grund gab, anzunehmen, dass ein alter Kerl, der einst von den Docks aus gearbeitet hatte, noch immer dort tätig war. Trotzdem waren sie dort hingegangen, eine Entfernung von nicht mehr als einem halben Kilometer, aber dennoch völlig unbekanntes Territorium.

Sie wurden von vielen angestarrt, und sie fing an, sich zu wünschen, dass sie einen etwas längeren Rock und weniger Schmuck angelegt hätte, obwohl ihr glänzendes purpurnes Haar gleichwohl wie ein Leuchtfeuer gewirkt hätte. Yasmin schien sich darum nicht zu kümmern und hatte einen Dockarbeiter angehalten und ihn nach dem Tätowier-Shop gefragt. Violet wartete und sah zu, wie der Mann mit den Schultern zuckte und dann die Straße entlang zeigte. Yasmin dankte ihm und kehrte zu ihr zurück.

„Er sagt, dass er sich nicht sicher ist, aber er denkt, dass es da einen Kerl gibt, irgendwo auf der Exhibition Road, der das in Teilzeit macht. Könnte der sein, den wir suchen."

„Durchaus möglich", stimmte Violet zu.

„Tammy kann nicht älter als zwanzig sein, sie sieht jünger aus", fuhr Yasmin fort. „Sie kann kaum mehr als ein Kind gewesen sein, als es gemacht wurde, so ausgebleicht ist es."

„Also geht sie zu irgendeinem zweifelhaften Hinterhofgeschäft", entgegnete Violet. „Ich hab' mein Ianthe-Tattoo irgendwo in Walthamstow machen lassen, keine Frage. Ich war damals fünfzehn."

„Ich hab' mein erstes mit achtzehn machen lassen, die keltischen Bänder auf meinem Arm. Es war in der Woche, nachdem ich von zu Hause weggegangen war."

„Nett. Wo ist also diese Exhibition Road?"

„Hier lang."

Sie gingen hinter den Docks entlang bis zum Ende des Quais beim Watt und der Flussmündung. Eine Straßenzeile mit einst schicken viktorianischen Häusern sah aufs Wasser hinaus und kleinere Straßen führten dazwischen nach oben. Die dritte Straße war die Exhibition Road, zweistöckige Häuser hinter den Promenadengärten; sie war völlig gerade und ende-te an einem eisernen Zaun. Sie gingen die Straße entlang, überprüften jedes Haus genau auf der Suche nach allem, was ein Werbeschild für einen Tätowierer sein könnte. Am Ende blickten sie auf die Flussmündung hinaus, auf Aldon Hill und den Umriss des Wythman, der sich gegen den Horizont abhob. Violet blickte sich erneut nach beiden Seiten um; sie erwartete enttäuscht zu werden, fand aber ein kleines Schild am Ende, das für Tätowierungen Werbung machte.

„Wir sind da", verkündete sie. „Das muss es sein."

Yasmin nickte und sie gingen zur Tür, klopften und warteten. Zunächst geschah nichts. Violet war gerade dabei wieder zu gehen, als die Tür sich öffnete und ein älterer Mann erschien, ziemlich kahl, mit strahlend blauen Augen, die sie fragend ansahen.

„Machen Sie die Tattoos?", fragte Violet.

Ohne Überraschung zu zeigen, nickte er und geleitete sie hinein. Sie folgten ihm; es roch nach Staub und Alter, als sie über die Schwelle traten. Braune Farbe und abgenutzte, verblasste Teppichböden erinnerten Violet an das Haus ihrer Großmutter, allerdings ohne den unvermeidlichen Geruch von Rechtschaffenheit.

„Was kann ich für euch tun?", fragte der alte Mann. „Kommt rein, setzt euch. Nur keine Hektik."

„Danke schön", entgegnete Violet und setzte sich auf den alten Sessel, auf den er gezeigt hatte. „Wir haben neulich ein echt tolles Tattoo gesehen und wollten wissen, ob es vielleicht von Ihnen war."

„Wohl eher der junge Kerl auf dem Pier", entgegnete er. „Ich mache nicht mehr viel, und das Meiste ist traditionell, Anker und Herzen und so. Nichts, was junge Dinger wie ihr haben wollt. Könnte ich mir zumindest nicht vorstellen."

„Ich bin sicher, dass sie das waren", entgegnete Yasmin. „Meine Freundin sagte, dass ihr's von einem in Rente gegangenen Seemann gemacht wurde. Sie sagte, dass er hinter den Docks lebt."

„Das klingt nach mir", antwortete er. „Im Krieg war ich bei der Navy und danach bei der Handelsmarine. Ich bin jetzt seit zwölf Jahren in Rente. Wer ist eure Freundin?"

„Tammy, ein junge Frau mit langen, schwarzen Haaren."

„Nicht, dass ich wüsste. Ich habe meist Dockarbeiter oder Jungs von den Kaolin-Transportern, gelegentlich jemand von einem der anderen Schiffe. Aber keine jungen Frauen."

„Es muss schon eine Weile her sein, aber Sie sollten sich an Sie erinnern. Sie ist etwa so groß wie ich, sehr kurvenreich, seltsame Augen, ein dunkles Grün."

„Kurvenreicher als du? Wow, daran würde ich mich erinnern, aber nein, tut mir leid. Wie sah das Tattoo aus?“

„Ein Krake, in grün, mit roten Augen und ineinander verschränkten Armen. Es war sehr detailliert, mit Saugnäpfen und allem. Es war auf ihrem Po. Daran erinnern Sie sich sicher.“

„Ein Krake? Auf dem Hintern eines Mädchens? Natürlich würde ich mich erinnern. Ich wünschte, ich wäre es gewesen, aber leider muss es jemand anders gewesen sein.“

„Wen gab es sonst noch? Es muss mindestens fünf oder sechs Jahr her sein.“

„Niemand, damals nicht und auch heute nicht.“

„Na ja, da ist nichts zu machen. Wie steht es, Violet? Bist du bereit?“

„Ich bin mir nicht sicher. Mein Ianthe-Tattoo hat wirklich wehgetan.“

„Wo ist es?“, fragte er.

„Auf meinem Bauch.“

„Der Bauch gehört zu den schlimmsten Stellen. Das Gesicht ist schlimmer als alles andere und dann direkt über den Knochen. Auf dem Hintern wäre nicht allzu schlimm, zumindest wenn du es dort willst.“

„Es würde Ihnen nichts ausmachen?“

„Ein Mann meines Alters, der eine Tätowierung bei einem hübschen jungen Mädchen wie Ihnen anbringen dürfte? Auf Ihrem Hintern? Nein, es würde mir nichts ausmachen.“

„Gut, dann hätte ich meins gern in Purpur, so dicht wie möglich an meiner Haarfarbe, mit gelben Augen.“

„Nun, dann machen wir es gleich. Ich arbeite oben.“

Violet stand auf; sie fühlte sich nicht wirklich wohl dabei, dem alten Mann ihren Po zu zeigen, sagte sich aber, dass sie nur töricht war. Yasmin lächelte und fand die Idee wirklich amüsant. Das Ganze brachte ihm offensichtlich etwas, aber er war ihr nicht unheimlich, wie manche alte Männer das waren, und sie wusste, dass ein Rückzieher höchst ineffektiv gewesen wäre.

„Einen Kraken habe ich noch nie vorher gemacht“, sagte der Mann, „also brauche ich eine Vorlage. Zu meiner Zeit wurde ich aber durchaus als Künstler betrachtet, also nehme ich an, dass ich es tun kann. Übrigens, wie heißt ihr? Ich bin John Pardue, Jan, wie ich hier genannt werde“,

„Violet“, entgegnete Violet. „Erfreut, Ihre Bekanntschaft zu machen.“

„Yasmin“, fügte Yasmin hinzu.

„Hübsche Namen“, antwortete er. „Meine Enkelin heißt Jasmine. Sie wohnt drüben in Newton Abbot. Da sind wir.“

Er öffnete die Tür zu einem Studio, das mit Möbeln, Ausrüstungsgegenständen und Papier überladen war, der Großteil davon waren Entwürfe für Tattoos. Violet konnte die Tinte riechen und ihre Ängstlichkeit wuchs, als sie sich daran erinnerte, wie sehr ihr Bauchtattoo geschmerzt hatte.

„Meine Kunden sitzen normalerweise einfach auf einem Stuhl“, sagte Jan. „Du solltest dich wohl besser aufs Bett legen. Nur keine Sorge, bei einem alten Kerl wie mir ist die nicht nötig. Okay, ich brauche jetzt das Muster.“

Violet saß auf dem Bett und beobachtete, wie er Yasmin ein Stück Papier reichte, einen Stift und ein Set von gebrauchten Farbstiften. Sie fing an zu zeichnen, die knollige Masse des Kraken und der sich windenden Tentakel, die ineinander verschlungen waren wie die keltischen Muster auf ihren Armen.

„Bist du sicher, dass das Muster so aussah?“, fragte sie.

„Ja“, entgegnete Yasmin. „Das war das Erste, was mir aufgefallen ist. Ich nahm an, dass Kieran es gemacht haben könnte.“

Sie vollendete ihre Zeichnung und gab sie Jan, der schnell eine professionellere Fassung entwarf und sie zur Prüfung zurückgab. Violet genügte ein Blick, um zu wissen, dass sie es wollte. Sie war sicher, dass Nich fasziniert wäre. Er würde es auch als mehr als angemessen empfinden, da sie ja von dem Gott geträumt hatte. Sie nickte lächelnd, als sie Jan die Zeichnung zurückgab.

„Zeit, sich vorzubereiten“, sagte er und wendete sich seiner Ausrüstung zu. „Wohin willst du es denn auf deinem Hintern?“

„Auf die linke Backe“, entgegnete Yasmin. „auf dem fleischigsten Teil.“

„Schwierig“, antwortete er. „Nicht so einfach, da ran zu kommen. Da muss ich zupacken, also denke bitte nicht, dass ich dich befummeln will, oder so.“

„Das würde ich nie“, versprach Violet und versuchte, ihr instinktives

Erröten vor Yasmin und Jan zu verbergen.

Sie drehte sich und legte sich bäuchlings aufs Bett. Sie streifte ihren Rock hoch; ihr Gesicht war grell errötet, als sie dem alten Mann ihr enges, purpurnes Höschen zeigte. Sie packte es beim Saum, zog den Stoff in den Spalt ihrer Arschbacken und entblößte so eine davon.

„Hosen runter, bitte", sagte Jan, „wenn es Ihnen nichts ausmacht. „Wir wollen ja nicht, dass sie verrutschen und den Entwurf zerstören."

„Nein, Sie haben Recht", gab Violet zu.

Sie hob ihren Bauch an und schob ihr Höschen nach unten. Ihr Hintern fühlte sich nun mehr denn je gänzlich entblößt an, und das Gefühl verstärkte sich noch deutlich, als ihr bewusst wurde, dass ein Teil ihrer Schamhaare und ein Hauch ihrer Schamlippen zwischen ihren Schenkeln sichtbar wurden. Ihre Muschi konnte er auch riechen, und sie hoffte, dass er den Anstand haben würde, seine Finger bei sich zu behalten. Sie legte den Kopf auf ihre Hände und versuchte, sich zu entspannen. Nicht dass er es würde vermeiden können, sie zu berühren.

„So ist es gut, verspann' dich nicht, oder es geht daneben", sagte er.

Er begann seine Arbeit damit, ihren Hintern vorzubereiten, indem er ein Tuch über ihre Backe rieb. Das ließ das weiche Fleisch wabbeln und sie war sicher, dass man so vielleicht sogar ihr Arschloch sehen konnte. Sie war etwas verärgert darüber, dass sie sich vor einem alten Mann derart entblößte, und seufzte; sie war aber auch entschlossen, die Sache durchzuziehen. Die Nadel begann zu summen. Sie biss die Zähne zusammen und stützte sich ab, zwang sich aber, ihren Hintern entspannt zu lassen. Seine Hand berührte fest und sanft ihre Backe, dann kam der plötzliche Stich der Nadel.

Violet zuckte zusammen, ihr Mund öffnete sich unabsichtlich angesichts des plötzlichen Stechens, ein Gefühl, an das sie sich vom letzten Mal gut erinnerte und das sie immer damit verglichen hatte, wie es sich angefühlt hatte, als sie als Kind am Stacheldrahtzaun hängengeblieben war. Um den Schmerz zu reduzieren, biss sie die Zähne zusammen; sie bemühte sich, nicht auszuweichen, und ermöglichte es ihm so, eine sanfte Kurve über die Haut ihres Hinterns zu zeichnen. Es hörte abrupt auf; sie fühlte sich schwindelig und ihr war etwas übel; dann fing es wieder an, und Jan summte bei der Arbeit leise vor sich hin. Es schmerzte genauso sehr wie das letzte Mal, und sie fragte sich, wie sich jemand so etwas aussetzen konnte, nur der Eitelkeit wegen, bis sie bemerkte, dass der Schmerz anfing nachzulassen, weil ihre Endorphine endlich angefangen hatten zu arbeiten.

Das Schwindelgefühl hielt an. Während der Umriss des Kraken langsam auf ihre nackte Pobacke tätowiert wurde, verschwamm alles irgendwie. Sie fing an, sich zu entspannen; die Verlegenheit darüber, mit heruntergezogenem Höschen vor ihm zu liegen, ließ nach und wurde von einem Gefühl des Amüsements ersetzt, ganz ähnlich wie bei den raren Gelegenheiten, wenn sie vor Leuten, die nichts dagegen tun konnten, ihre Brüste entblößt hatte. Ihre Gedanken wendeten sich Nich zu, wie sehr es ihm gefallen würde und wie gut der Sex mit ihm sich anfühlen würde, auf den Knien, damit er ihr Tattoo bewundern konnte, während er in ihr war.

Sie fühlte jedes Detail, jeden Fangarm, jeden Saugnapf, doch es war weit schneller vorbei, als sie erwartet hatte, und irgendwie enttäuschte sie das ein bisschen. Sie blickte nach hinten und sah, dass Jan die Nadel wechselte und Yasmin ihren Hintern bewunderte.

„Purpur, sagten Sie?“, erkundigte sich Jan. „Mit gelben Augen?“

„Ja.“

„Einige Highlights vielleicht?“

„Klingt gut, machen Sie’s.“

Sie legte ihr Kinn wieder auf ihre Hände und zuckte erneut zusammen, als die Spitze der Nadel wieder in ihr Fleisch drang, fand sich aber schnell damit ab. Das Ausfüllen war zweifellos weniger schmerzvoll als der Umriss gewesen war, kaum mehr als ein raues Kitzeln, als ob Fingernägel fest über die Haut gezogen würden. Wirklich, das Gefühl mit heruntergezogenem Höschen da zu liegen, kombiniert mit ihren Endorphinen, die ganze Sache wurde allmählich angenehm unanständig. Jetzt, da der Schmerz gemildert war, erreichten die Vibrationen des Tätowiergerätes allmählich ihre Muschi. Etwas verlegen fragte sie sich, ob ihre Erregung schon zu sehen war, und war plötzlich froh, dass Yasmin da war.

Sie stellte sich vor, wie der alte Kerl es bemerkte, schlau seinen

Schwanz bereit machte, sie unerwartet von hinten bestieg, seinen Penis von hinten in sie hinein schob, wie sein Bauch gegen ihren Hintern klatschte, jedes Mal, wenn er in sie hineinstieß, sie fickte, sich ihre nur zu bereite Öffnung zu Nutzen machte. Der Gedanke ließ einen Schauer durch ihren Körper laufen. Mit ihrem nackten Po in der Hand war er sicher erregt, und es wäre so einfach: Ihr zu sagen, ruhig liegen zu bleiben, während er eine Nadel wechsle; Schwanz raus, hoch aufs Bett, rauf auf sie, ihre Beine auseinander drücken und drin wäre er, die feuchte Röhre ihrer Muschi hoch, während sie vor Angst und Überraschung kreischte, es aber zulassen würde und den alten Kerl als Bezahlung für das Tattoo seinen Spaß haben ließ. Hinterher würde sie masturbieren – sie musste einfach – vor ihm und Yasmin, mit gespreizten Beinen, offener Muschi, sich reibend in einer offenen Zurschaustellung ihres Vergnügens. Trotz seines Alters würde er wieder hart werden und ihre Beine hochnehmen, sie bei den Knöcheln festhalten und sie von vorne ficken, raus und rein, während sie ihre Brüste liebkoste…

Violet kam; ihre schmutzigen Gedanken vermischten sich mit dem Summen des Tätowierwerkzeugs und lösten einen Orgasmus aus, den sie schnell im Bett zu ersticken suchte. Jan gluckste wissend und sie errötete, doch er sagte nichts. Es gab eine Pause, als er zur gelben Tinte wechselte, und danach war es schnell vorbei. Sie stand vom Bett auf und dankte ihm, noch immer verlegen errötet. Er räumte ungezwungen seine Sachen weg, ohne anzudeuten, dass er etwas bemerkt hatte oder davon irgendwie berührt worden wäre. Seltsam ärgerlich ging Violet zu ihrer Tasche.

„Was macht das nun?“, fragte sie, während sie erwog, ob er einfach nur zu alt war oder gar Männer bevorzugte.

„Zwanzig“, antwortete er, „es sei denn, ihr gehört zu der Art Mädchen, die einem alten Mann ein bisschen Vergnügen bereiten würden.“

Violet war etwas schockiert und fühlte eine Welle von Ärger angesichts des unanständigen Vorschlags, kämpfte sie aber nieder. Sie wusste, dass diese Reaktion ein Überbleibsel ihrer Erziehung war, und lächelte plötzlich. Also war er ihren Reizen gegenüber doch nicht so immun. Sie blickte zu Yasmin hinüber, die das Gesicht verzog und mit den Schultern zuckte.

„Sie können zusehen“, sagte sie schnell. „Komm, Yasmin, du auch.“

Sie ging zum Bett, das unanständige Gefühl ließ ihr Herz schneller schlagen, als sie sich vorbeugte, ihren Rock nach oben schnipste und ihren Slip nach unten zog, ihren nackten Hintern zeigte und ihr Tattoo. Yasmin schüttelte den Kopf in geheuchelter Missbilligung, zog aber mit einer raschen Bewegung ihr Top aus und ließ zwei große, dunkle Brüste aus ihrem BH quellen. Jan lächelte, setzte sich auf einen Stuhl und holte gelassen seinen Schwanz raus.

Es ging schnell, seine Augen taten sich an den zwei halbnackten Mädchen gütlich und seine Hand wichste seinen Penis. Angesichts seines Alters erwartete Violet, dass es eine ganze Weile dauern würde, aber es schien nur ein Moment vergangen, als er stöhnte, ihnen dankte und aus dem Zimmer ging, den Schwanz noch immer in der Hand. Fünf Minuten später verließen sie das Haus und kicherten über das, was sie getan hatten. Immer noch etwas übermütig, zog Violet ihren Rock hoch, rückte ihren Slip zurecht und gab Yasmin so einen guten Blick auf ihr Tattoo im Sonnenlicht.

„Schick“, sagte Yasmin. „Nich wird es lieben. Also, denkst du, dass Jan der Kerl war, der es bei Tammy gemacht hat?“

„Muss wohl“, entgegnete Violet. „Er erinnert sich offensichtlich nicht daran, oder er hat was zu verbergen. Wie auch immer, uns hilft das nicht viel weiter.“

„Mit etwas Glück finden wir sie vor der Party“, fuhr Yasmin fort. „Sie sagte, dass sie oft zum Strand geht.“

„Das versuchen wir morgen. Ich fühle mich gut deswegen, weißt du, das Tattoo meine ich, nicht wegen des Posierens für ihn, obwohl das auch in Ordnung war. Ich habe auch keine Angst mehr davor, wieder zu träumen. Überhaupt, lass’ uns zu Nich gehen und vorschlagen, dass wir auf dem Wythman schlafen. So werde ich ganz sicher wieder träumen.“

„Aber es war ein Alptraum – du hast gesagt, dass du kaum damit umgehen konntest.“

„Es war ein Alptraum, bis ich Sigodin-Yth angerufen habe. Danach war es nur gruselig. Stell es dir vor: Ich war hilflos, verzweifelt, kurz davor, vergewaltigt zu werden und ich konnte absolut nichts dagegen tun. Er kam und sie rannten weg, und all die Angst und Verzweiflung, die ich empfunden hatte, wurden auf sie übertragen. Sie sind weggerannt, sie konnten ihn nicht einmal ansehen."

„Hast du ihn gesehen?"

„Nein, ich bin aufgewacht, aber das werde ich noch, dessen bin ich sicher. Vielleicht muss ich dafür einfach nur dichter dran sein."

Lily konnte das Zittern ihrer Hände nicht stoppen, als sie an ihrem Kaffee nippte. Sie hatte Nich seine Abhandlung zurückgegeben, getrieben von seiner Beharrlichkeit und dem Gefühl, dass es einfach das Richtige war. Doch es gab auch keinen Zweifel, dass Ed wütend sein würde, wenn er es herausfand. Glücklicherweise hatte er keinerlei Interesse daran gezeigt und würde ihr hoffentlich die Ausrede abnehmen, dass sie es weggeworfen hatte, sollte die Frage je aufkommen.

Er hatte ihr befohlen, in seinem Haus auf ihn zu warten, und sie hatte wie immer gehorcht. Nun, da die Zeiger sich langsam auf die Zeit zubewegten, zu der seine Schicht zu Ende ging, wuchs in ihr ein Gefühl der Ängstlichkeit, und nicht nur über die möglichen Konsequenzen, sollte er das mit der Abhandlung herausfinden. Nach den Erfahrungen der letzten Nacht war es durchaus möglich, dass er mit seinen Freunden nach der Arbeit einen trinken gehen würde, und wenn er das tat, war es auch durchaus möglich, dass er einen oder mehrere von ihnen mitbrachte und sie zwingen würde, es ihnen zu machen.

Schlimmer war, dass sie wusste, dass sie es tun würde. Ob es nun ein Striptease wäre oder Oralsex, oder sogar ins Bett geschickt zu werden, wo sie einer nach dem anderen nehmen würde, sie wusste, sie war unfähig, sich dagegen zu wehren. Sie wusste auch, dass sie schlussendlich mit ihren eigenen Fingern zum Orgasmus kommen würde, doch dieses Wissen verstärkte ihre Scham und Angst nur. Und so hatte sie sich ans Wohnzimmerfenster gesetzt, nippte an ihrem Kaffee und beobachtete die Straße, mit einem Gefühl der Angst davor, was sie vielleicht sehen würde, und zugleich darum betend.

Als Ed endlich in Sichtweite kam, war er allein. Erleichterung durchströmte sie, gedämpft von Enttäuschung, und das wiederum ließ sie

Scham über ihre schmutzigen Gedanken empfinden. Er war noch in Uniform, streng und fesch, obwohl er seine Jacke lässig über die Schulter geworfen hatte, ein Anblick, den zu schätzen sie nicht umhin konnte. Als er das Tor erreichte, stand sie auf, um ihn an der Tür zu begrüßen.

„Hallo, Baby", begrüßte er sie. Er küsste sie und tätschelte ihren Hintern, als er hereinkam. „Was hast du denn für deinen Mann vorbereitet?"

„Vorbereitet?", fragte Lily.

„Essen", fuhr er fort, „Futter, Nahrung. Sag' nicht, dass das Abendessen noch nicht fertig ist."

„Nun, nein", brachte Lily heraus. „Tut mir leid, ich wusste nicht, dass du etwas wolltest. Ich dachte, wir würden ausgehen."

„Hey, werd' nur nicht gierig, Baby. Ich bin nicht der Typ Mann, den man verarschen kann. Mach' das noch einmal und ich hau' dir eine runter. Dieses Mal vergebe ich dir, da ich gut drauf bin, solange du dich gleich dranmachst. Bring' mir ein Bier."

Trotz ihrer Entschlossenheit, ihm zu sagen, was er mit seinem Essen machen könne, stotterte Lily eine Entschuldigung und eilte Richtung Kühlschrank. Er ging ins Wohnzimmer weiter und machte es sich gerade in einem Sessel gemütlich, als sie mit dem Bier hereineilte. In der Küche fand sie tiefgefrorene Steaks, Erbsen und Instant-Kartoffelbrei, was sie hastig zu einem Essen bereitete. Während sie das machte, redete Ed, gab damit an, wie er eine Gruppe von Kindern gestoppt hatte, die mit der Fähre von Frankreich gekommen waren, und sowohl Hasch als auch Ecstasy gefunden hatte. Der Vorfall hatte ihn zu ihrer Erleichterung in gute Laune versetzt, obwohl seine Drohung, sie zu schlagen, sie sich verletzlicher denn je fühlen ließ.

„Was hast du so angestellt, Baby?", rief er herüber. „Hast du wie ein gutes Mädchen gearbeitet oder dir einen runtergeholt bei dem Gedanken an den Spaß, den wir mit Jeff hatten, wie eine dreckige Schlampe, die du bist?"

„Ich war auf dem Wythman oben", antwortete sie und ignorierte seinen rohen Kommentar. „Der Erdhügel auf Aldon Hill…"

„Nicht in dem Aufzug, hoffe ich", unterbrach er sie.

„Doch, warum?"

„Weil deine Titten durchscheinen, du dumme Kuh. Jesus, soll etwa die ganze Stadt alles zu sehen bekommen?“

„Tut mir leid, Ed. Ich habe nicht nachgedacht. Wie auch immer, Professor Cobb und sein Team aus Exeter werden den Hügel öffnen und ich bin eingeladen worden, dabei zu sein. Das ist toll.“

„Für dich vielleicht, in einem modrigen, alten Loch buddeln“, entgegnete er, „und ich zahl’ auch noch dafür. Das hab’ ich nun davon. Toll, ich sag’ es, wie es ist, all die Steuern, die ich zahle, und wofür wird es ausgegeben? Irgendein verknöcherter alter Kerl buddelt in einem Haufen alter Ruinen. Netter Job, wenn man ihn kriegen kann, eh?“

„Es ist sehr wichtige Arbeit“, antwortete Lily verteidigend.

„Sicher doch“, entgegnete Ed lachend, „sehr wichtig, ein Loch zu graben, um herauszufinden, in was für einer Mülldeponie unsere Vorfahren gelebt haben. Ja, ich sehe schon, dass das die Welt ändern wird. Meine Arbeit hingegen, die ist wichtig: Verhindern, dass das Land überschwemmt wird mit Drogen und Pornographie, und Jeffs Arbeit, die ist wichtig. Du hast doch keine Ahnung.“

Lily antwortete darauf nicht; sie konnte ihm nicht zustimmen und war sicher, dass alles andere, was sie sagen würde, eine seiner rechtsextremen Tiraden auslösen würde. Er schien ihr Schweigen als Eingeständnis ihrer Niederlage zu deuten, und sie kehrte an den Herd zurück und wünschte sich dabei, dass sie den Mut hätte, ihm das ganze Zeug ins Gesicht zu werfen und zur Tür zu rennen. Sie deckte den Tisch, während das Essen kochte, doch er verlangte es auf einem Tablett, damit er dabei fernsehen konnte, und dann kritisierte er noch, dass das Steak nicht gut genug durch war. Sie entschuldigte sich beide Male, räumte auf und wusch ab. Als sie zurückkam, war er in seinen Stuhl gesunken und trank sein drittes Bier.

„Sei ein Schatz und lauf nach oben“, befahl er, als sie sich gerade hinsetzen wollte. „Beim Fenster findest du einen Stapel mit Zeitschriften. Ganz unten ist so ein abgefahrener Scheiß, zeigt ein Mädchen mit einem Kraken. Hol’ es für mich. Ich hab’ Jeff einen Blick darauf versprochen und ich werd’ es vergessen, wenn ich es nicht gleich an die Tür lege.“

Lilys Magen hatte sich bei seinen Worten zusammengezogen, und einem Moment lang erwog sie, nach oben zu gehen und so zu tun, als könne sie es nicht finden, doch sie wusste, dass es dies am Ende nur schlimmer machen würde. Es blieb ihr nur die Möglichkeit, zu behaupten, dass sie es weggeworfen habe.

„Ich… ich fürchte, ich habe es weggeworfen", stotterte sie. „Ich habe aufgeräumt."

Er drehte sich um, langsam, und blickte ihr ins Gesicht. Seine Miene war streng.

„Sieh'", sagte er. „Ich verlange nicht viel von einer Frau, doch was ich verlange, ist Respekt, und Respekt heißt auch, nicht mein Zeug zu durchsuchen, hm?"

„Es tut mir leid, Ed", brachte Lily heraus. „Ich habe nur…"

„Du hast nur, nichts", unterbrach er sie, „und es wird dir noch leid tun, wenn du dich nicht zusammenreißt. Und jetzt hol' es raus und wisch es ab."

„Es… es ist nicht da. Ich habe es ganz rausgeworfen."

„Warum?"

„Es ist ein schreckliches Ding, ich mochte es nicht. Ich konnte es nicht im Haus ertragen."

„Es ist meins, du dummes Flittchen, nicht deins, meins."

„Es tut mir leid, Ed."

„Wie ich sagte, es wird dir richtig leid tun. Jetzt hol' mir noch ein Bier, während ich darüber nachdenke, was ich mit dir machen soll."

Lily gehorchte; sie fragte sich, was wohl geschehen würde, und zitterte dabei innerlich. Eds Zorn war nicht echt, dessen war sie sich sicher, sonst hätte er sie einfach geschlagen. Abgesehen davon würde er nach den drei Bier sicher bald ans Bett denken, und er würde die Zeitschrift zweifellos als Entschuldigung benutzen, sie irgendwie zu bestrafen. Als sie zu ihm zurückkehrte, kam sie an der Eingangstür vorbei und zögerte. Sie müsste nur die Klinke in die Hand nehmen, sie herunterdrücken und rennen. Sie wäre sicher vor der ganzen Demütigung, die er ihr antun würde, dennoch ging sie daran vorbei ins Wohnzimmer, wo er ihr wortlos die Bierdose aus der Hand nahm.

Sie setzte sich, sah zu, wie er Bier trank und fragte sich, warum sie sich so leicht von dominanten Männern hatte einfangen lassen. Es ergab keinen Sinn, zumindest keinen rationalen Sinn, dennoch war ihr Geschlecht schon jetzt warm und empfindlich, und obwohl sie es nicht zugeben wollte, war die Antwort offensichtlich. Ed nahm sich Zeit, sah anscheinend fern, obwohl sie sich sicher war, dass er eigentlich darüber nachdachte, wie er das Meiste aus der Situation herausholen könnte. Schließlich trank er den letzten Schluck Bier und drehte sich zu ihr um.

„Gut“, sagte er gedehnt, „das ist, was du kriegst, und du wirst tun, was dir gesagt wird oder du bist raus. Kein Wenn und Aber, kein ‚bitte Ed‘, kein ‚tut mir leid, Ed‘ – mach einfach, was dir gesagt wird, oder mach, dass du aus meinem Haus kommst. Ich werde deinen süßen, kleinen Arsch ficken.“

Lily nickte, der Knoten in ihrem Bauch zog sich zu einem kalten, harten Ball zusammen.

„Du gehst zuerst nach oben“, fuhr er fort, „und schmierst dir dein Loch ein. Ich hab’ da so Zeug im Medizinschrank, das sollte es tun. Nimm’ zuerst eine Dusche, zieh’ dein Nachthemd und deinen Schlüpfer an – ich mag den Look.“

Lily rannte aus dem Zimmer, sie hatte Angst und zitterte, ihre Arschbacken krampften sich von ganz allein zusammen. Sie würde Analverkehr haben, etwas, das ihrer Meinung nach unaussprechlich unanständig war und ganz sicher schmerzvoll sein würde. Doch Ed hatte ihr gesagt, dass es passieren würde und dass es eine Strafe für sie sein würde; und sie wusste, dass er Recht hatte. Im Schlafzimmer kämpfte sie mit ihrer Kleidung, ihre Augen waren jetzt schon voll mit noch nicht vergossenen Tränen, der pure Gedanke, dass ein Schwanz in ihr jungfräuliches Arschloch gedrängt würde – Eds Schwanz, Ed, der Mann, der sie sich so beschützt fühlen ließ, so begehrt und so total benutzt.

Ihr Kleid war schnell ausgezogen, ihr Slip folgte und wurde mit ihren Schuhen zur Seite gekickt. Sie war nun nackt. Sie legte ihre Sachen sorgsam zusammen und nahm Schlüpfer und Nachthemd aus ihrer Reisetasche. Es war ein altmodisches Nachthemd, knielang, aus Baumwolle mit dicker Spitze am Saum. Sie legte die Sachen aufs Bett, bevor sie ins Badezimmer eilte und Eds Dusche aufdrehte. Das Wasser wurde schnell heiß; es erfrischte sie, trug aber nichts dazu bei, ihre wachsende Panik zu lindern. Außerdem war sie erregt und wusste das nur allzu gut, doch das hielt sie nicht davon ab, sich zu wünschen, sie könne sich von dem Haus losreißen und einfach rennen und rennen, nackt oder nicht.

Sie kam aus der Dusche, wickelte sich in ein Handtuch und öffnete den Badezimmerschrank. Da drin waren mehrere Tuben und Töpfchen, die sie alle überprüfte, trotz des Horrors, den es ihr einflößte, eine Creme aussuchen zu müssen, um ihren Analring einzufetten, um von hinten genommen zu werden. Sie suchte sich etwas möglichst Neutrales aus, schraubte den Deckel ab, steckte ihren Finger hinein und holte eine dicke Spirale weißer Creme heraus. Sie stellte das Töpfchen schnell zurück, schloss fest ihre Augen und streckte ihren Hintern heraus; ihr Gesicht verzog sich zu einem Ausdruck von Elend und Ekel, als sie tief zwischen ihre Arschbacken drang, ihren Anus betupfte und ihrem Finger kurz gestattete, hineinzurutschen.

Es fühlte sich gut an, das war nicht zu leugnen. Mit einem verzweifelten Stöhnen ließ sie ihren Finger tiefer in die heiße Höhle ihres Rektums hineingleiten. Dabei stellte sie sich vor, wie Eds Schwanz sich in einer Öffnung anfühlen würde, die sich schon allein mit ihrem Finger überdehnt anfühlte. Als sie anfing, ihren Finger hin- und herzubewegen, ihren Anus zu lockern, bis ein zweiter und dann ein dritter Finger hineinpasste und der Analring sich gut um sie gedehnt hatte, sagte sie sich, dass sie es tat, um die Erfahrung weniger schmerzhaft zu machen. Ihr Hintern war ordentlich herausgestreckt, ihr Mund weit offen, ihre Augen noch immer geschlossen, ihr Geist erfüllt von der völligen Erniedrigung, die der Analverkehr in ihren Augen darstellte. ‚In den Arsch gefickt', in nicht allzu gehobener Umgangssprache wurde das auch benutzt, um etwas zu beschreiben, das durch Missbrauch verdorben war, nutzlos geworden, eben genau wie ein Mädchen, das einen Schwanz in ihrem Hintern gehabt hatte…

„So so", unterbrach Eds Stimme sie, „du bist aber ein schmutziges, kleines Flittchen, nicht wahr, Lily? Ich sagte, schmier' deinen Arsch, nicht steck' deine Faust rein. Jetzt komm, Nachthemd an und aufs Bett."

Lily zog ihre Finger heraus und errötete stark. Sie wusch mit abrupten, nervösen Bewegungen ihre Hände; dann flüchtete sie aus dem Badezimmer und erreichte das Schlafzimmer, als Ed gerade die Dusche andrehte. Sie zog ihr Nachthemd und den Schlüpfer an, obwohl sie sicher war, dass er schon bald wieder heruntergezogen würde. Ed genoss es, sie zu entblößen, das wusste sie, und er mochte es, wenn sie beim Sex halb bekleidet war, was sie wiederum demütigender fand, als ganz nackt zu sein. Ein Blick in seinen Spiegel zeigte sie als zurückhaltende, junge Frau mit ordentlichem, blondem Haar, deren Brüste und Hüften unter dem langen Nachthemd nur angedeutet wurden – ganz und gar nicht die Art von liederlichem Bild, das ihren Vorstellungen von einem Mädchen, das gleich Analverkehr haben würde, entsprechen würde. Rot wäre besser, Strapse, schrittoffener Slip und ein BH mit Nippellöchern: unanständige, anzügliche Kleidung für einen unanständigen, anzüglichen Akt.

Ängstlich, aber in ihr Schicksal ergeben, legte sie sich aufs Bett, den Hintern hoch. Wenn sie sich bewegte, fühlte sie die klebrige Creme zwischen ihren Backen. Ed pfiff im Badezimmer, dann wurde die Dusche abgestellt. Geradezu krank vor Erwartung hörte sie zu, wie er in den nächsten Raum ging, und fragte sich, was er machte. Etwas öffnete sich, wurde zugeknallt, und er kam herein, nackt, und hielt in der Hand das Springseil, das er schon vorher benutzt hatte, um sie zu fesseln.

„Bitte nicht auch noch fesseln!“, bettelte sie. „Ich bin ja willig, ich verspreche es!“

„Ich weiß“, entgegnete er, „aber ich mag es, wenn du gefesselt bist. So kann ich dir deine dreckigen, kleinen Gewohnheiten austreiben. Du kommst, wenn ich in dir drin bin, außer ich sage etwas anderes.“

Sie streckte resigniert ihre Hände aus und überkreuzte sie, so wie er es ihr das letzte Mal befohlen hatte. Er fesselte sie rasch, band ihre Handgelenke fest und befestigte das Seil am Bettgestell.

„Hoch mit dem Arsch“, befahl er, „wie vorher.“

Lily gehorchte, sie drückte sich auf die Knie, so wurde ihr Hintern zum höchsten Teil ihre Körpers, mit geöffneten Knien und gespreizten Backen unter der weißen Baumwolle ihres Höschens.

„Nett“, sagte Ed, „nun lass’ uns mal alles sehen.“

Sie schloss ihre Augen, als er hinter ihr auf das Bett kletterte. Seine Hände griffen nach ihrem Nachthemd, hoben es hoch über ihren Hintern und ihren Rücken. Er schob es bis zu ihrem Hals hinauf, damit ihre Brüste frei schwingen konnten. Er beugte sich vor, sein nackter Schwanz drückte sich gegen ihre Backen, als er eine Brust in jede Hand nahm und anfing, sich gegen den Hosenboden ihres Schlüpfers zu reiben. Er genoss ihren Körper, ohne sich im Geringsten um ihre Würde zu kümmern. Sie stöhnte dazu und zerrte an ihren Fesseln, um sich zu versichern, dass sie wirklich hilflos war, dass das, was bald mit ihr geschehen würde, nicht mehr in ihren Händen lag, nicht mehr ihre Wahl war und auch nicht ihre Schuld.

„Du hast einen tollen Arsch, Baby", sagte er, als er endlich zurückwich „Die Tittchen sind auch nicht schlecht, doch wenn du mit mir zusammenbleibst, dann wirst du etwas Silikon brauchen. Deinen Arsch zu ficken, werde ich dennoch lieben, aber es wäre toll, ein großes, festes Paar zu haben, wenn ich in dir drin bin."

Lily antwortete mit einem Schluchzer.

„Dann ziehen wir ihn doch mal aus", sagte Ed. „Dann mal los, runter damit."

Er hatte ihren Schlüpfer gepackt und schälte ihn langsam von ihrem Hintern, ihre Schenkel hinunter, an ihren Knien vorbei, und zu ihrer Überraschung zog er ihn ihr ganz aus. Dann beugte er sich wieder vor und sie sah, dass er ihn zusammengeknüllt in seiner Hand hatte, die er vor ihren Mund hielt.

„Rein damit, Baby", befahl er. „Wir können doch nicht riskieren, dass du mit deinem Gekreische die Nachbarn störst, nicht wahr?"

Lily öffnete ihren Mund weit; sie wusste, dass sie sich nicht weigern durfte. Ihr Schlüpfer wurde in ihren Mund geschoben, die trockene Baumwolle irritierte sie; es schmeckte streng nach ihrem eigenen Geschlecht. Sie fing an, zu kauen, in der Hoffnung, es dadurch für sie etwas bequemer zu machen.

„So fickt man den Arsch eines Mädchens", sagte Ed, als er wieder zurückwich. „Gefesselt und mit ihrem eigenen Höschen geknebelt. So kann sie sich nicht wehren oder kreischen, wenn er reingeht. Verdammt, dein Arsch macht mich so geil."

Lily drehte sich um und sah, wie er seinen fast harten Schwanz rieb, der fette, purpurne Kopf blickte schon aus der Vorhaut heraus. Er war dick, und der Gedanke, dass er gleich an ihrem Schließmuskel vorbei und ihr Rektum hinaufgeschoben würde, ließ einen neue Welle von Panik in ihr aufsteigen; sie zerrte an ihren Fesseln in dem vergeblichen und halbherzigen Versuch, sich zu befreien. Er gluckste und wichste sich schneller, bis sein Schwanz ein steifer Stab aus Fleisch war, mit einem glänzenden, gespannten Kopf. Er bewegte sich nach vorne und der schreckliche Anblick seiner vollen Erektion verschwand hinter ihrem Bein und sein Steifer stieß gegen ihren Schenkel. Sie schloss die Augen und vergrub ihr Gesicht im Kissen, dann berührte sein Schwanz ihre Vagina und glitt mit beschämender Leichtigkeit hinein.

„Triefend wie immer, das ist meine Lily", sagte er. „Oh Mann, dich zu ficken ist so geil – vielleicht sollte ich dein kleines Arschloch ja doch verschonen."

Lily nickte verzweifelt. Ed antwortete mit einem höhnischen Lachen.

„So einfach mach' ich es dir nicht, Baby", sagte er. „Ihr College-Girls bringt mich echt zum Lachen. Ihr denkt, dass ihr so verdammt schlau seid, und dann verknallt ihr euch in einen einfachen Kerl wie mich. Nein, Baby, er geht in deinen Arsch, darauf kannst zu zählen, aber nicht, bevor ich deine enge, kleine Fotze ordentlich gefickt habe."

Er packte ihre Hüften und begann, sich in ihr zu bewegen, langsam, dann schneller, bis sie anfing, durch die Nase nach Luft zu schnappen. Wieder dachte sie, dass er kommen würde und ihr die angedrohte Tortur erspart bliebe, doch er stoppte plötzlich und zog seinen Steifen aus ihrem Körper.

„Das ist es, nett und feucht", sagte er betont langsam. „Ich hätte dich mit deinem eigenen Fotzensaft schmieren können. Gut, Baby, hier ist der Kniff. Du musst dein Arschloch herausdrücken, als wolltest du scheißen, und es in meine Richtung schieben; auf diese Art nimmst du meinen Schwanz quasi von selbst in dir auf."

Lily sagte nichts. Sie konnte fühlen, wie Tränen in ihren Augen aufstiegen, seine groben Worte machten es noch schlimmer. Seine Hände nahmen ihre Arschbacken und spreizten sie. Sie fühlte, wie sich ihre Arme streckten, und für einen Moment erwog sie, sich zu wehren, ihren Schließmuskel zusammenzukneifen und zu hoffen, dass er beschließen würde, sie sei zu eng, und dass er seinen Versuch, es ihr anal zu machen, zu Gunsten ihrer Vagina aufgeben würde. Doch sie war sicher, dass er es merken würde und ärgerlich auf sie wäre, weil sie ihm nicht gehorcht hatte; also entspannte sie ihren Anus, ihr Gesicht war dabei zu einem Ausdruck völligen Elends verzogen und die ersten, dicken Tränen rannen aus ihren Augen. Sein Schwanz berührte sie, presste gegen sie; das erfüllte sie mit einem Gefühl völliger Hingabe und sie konnte nicht leugnen, wie sehr es sie mit Freude erfüllte, eine Freude, die allerdings mit tiefer Selbstverachtung gemischt war.

„Das ist mein Mädchen", stöhnte Ed, „mach' es genauso, als wolltest du einen Haufen rausdrücken. Oh, ja, du bist gut, oh, ja."

Der Kopf seines Schwanzes war in ihrer Öffnung, das löste einen stechenden Schmerz aus, der sie aufschreien ließ. Er ignorierte es, schob sich nach vorne, und mit einem Gefühl überwältigenden Abscheus schob sie sich zurück, als der Großteil seines Penis langsam in ihr Rektum gezwungen wurde. Langsam, Stückchen für Stückchen drang er in sie ein, füllte sie aus, pumpte ihren hinteren Eingang auf, während sie keuchte und ins Bett schluchzte. Die Decke unter ihr war tränennass, sie biss die Zähne zusammen, ihre gefesselten Hände verkrampften sich ineinander. Doch ihre Nippel waren hart, ihr Geschlecht geschwollen, ihr wachsendes Bedürfnis zu kommen unleugbar.

Schließlich war er ganz drin und das Schieben hörte auf; Eds Eier ruhten an der Öffnung ihrer leeren Vagina. Lily konnte sich gut vorstellen, wie sie aussah, ihr Analring um seinen Penis gestreckt, ihr jungfräulicher Anus nicht mehr jungfräulich, sondern vollgestopft mit einem Schwanz, von hinten genommen, in den Arsch gefickt, auf eine Art gebraucht, die die Natur nie vorgesehen hatte. Das dicke, schwere Gefühl seines geschwollenen Peniskopfes, der in ihrem Rektum stak, ließ sie fühlen, als müsse sie dringend ins Bad, was ihrer Erniedrigung eine neue obszöne Komponente hinzufügte. Sie schluchzte; sie versuchte zu hassen, was ihr angetan wurde, und scheiterte. Ed hatte Recht. Sie war eine Schlampe, ein Flittchen, ein dreckiges Miststück, zu nichts Besserem zu gebrauchen, als Männer zu befriedigen und einen Schwanz in ihrem Hintern zu haben, trotz allem, was man sie gelehrt hatte.

Ed fing an, sich in ihr zu bewegen. Sie fühlte, wie ihr Schließmuskel nach außen gezogen und wieder hineingedrückt wurde, schneller und schneller, und plötzlich wurde alles aus ihrem Kopf verdrängt, alles bis auf das Gefühl, wie ein fetter Penis sich in ihrem Rektum bewegte. Sie fing an zu keuchen und durch die Nase nach Luft zu schnappen, jeder Stoß machte sie erneut atemlos. Seine Eier klatschten gegen ihre Vulva, seine Schamhaare berührten ihre Klitoris, kitzelten sie, und ihr wurde bewusst, dass sie bald kommen würde, dass sie Schande über sich bringen würde, weil sie einen Orgasmus bekommen würde, während sie anal genommen wurde.

Er grunzte, als er sie in den Arsch fickte. Seine Hände lagen auf ihrem Hintern, seine Daumen spreizten ihre Backen, um ihren Anus zu sehen. Sie wusste, dass er beobachtete, wie sein Schwanz rein und raus ging, und es war ihr unmöglich, das Bild von ihrem vollgestopften Arschloch aus ihrem Kopf zu bekommen. Ihr Atem wurde hektisch. Der Schlüpfer fiel aus ihrem Mund, nass von ihrem Speichel. Sie fing an, zu maunzen und zu stöhnen; ihr Mund und ihre Augen waren weit geöffnet, während ihr Körper wieder und wieder gegen die Matratze knallte. Er wurde schneller, sein Grunzen wurde lauter. Ihr Arsch brannte, um seinen Schwanz gedehnt und wund. Ihr Rektum war voll von einem wundervollen und ekelerregend matschigen Gefühl, als er wieder und wieder in sie hineinrammte. Haare berührten ihre Klitoris bei jedem Stoß, der Analfick erreichte einen dringlichen, hektischen Gipfelpunkt, und sie kam. Sie schrie ins Bett, ihr gequältes Arschloch verkrampfte sich wieder und wieder um seinen Schwanz, Agonie verband sich mit Ekstase, als auch er kam, und mit ihren eigenen Zuckungen melkte sie seinen Samen immer tiefer in ihr Rektum.

Sie weinte, als sie zum Höhepunkt kam, körperliche Lust mischte sich mit einem überwältigenden Gefühl, etwas so Schmutziges getan zu haben, dass sie sich selbst niemals würde vergeben können, nie wieder von sich als etwas anderem als einem wollüstigen, kleinen Flittchen denken zu können, als Eds Eigentum, mit dem er tun konnte, was er wollte. Er hatte aufgehört und begonnen, sich herauszuziehen. Es schmerzte, als er sich zurückzog; und dieses Gefühl fügte einen letzten, obszönen Unterton zu dem ganzen, dreckigen Erlebnis hinzu.

Lily zuckte zusammen, als er ihn befreite. Ihr Anus brannte, ein heißes, scharfes Gefühl, wie ein Schnitt, vermischt mit dem dumpfen Schmerz einer Quetschung, ein Schmerz, den sie für ein Mädchen, das es zugelassen hatte, in den Arsch gefickt zu werden, völlig angemessen fand, ganz besonders für eine, die gekommen war, während der Penis in ihrem Rektum steckte. Dennoch hatte sie es getan, und als ihr protestierender Schließmuskel sich langsam wieder schloss, konnte sie nicht verhindern, ein wenig Enttäuschung darüber zu empfinden, dass die Erfahrung vorüber war. Nicht, dass sie sich hätte bewegen können, ihre Hände waren schließlich noch immer ans Bettgestell gefesselt. Ed hatte noch immer die Kontrolle über sie, und sie konnte nichts weiter tun, als zu warten, in dieser offenkundigen, vulgären Position, als sein Samen aus ihrem Anus heraustropfte und über ihr Geschlecht lief.

„Gut“, keuchte Ed, „wirklich gut. Es gibt nichts Besseres als einen netten, dicken Arsch zu ficken.“

„Könntest du mich jetzt losbinden, bitte?“, fragte Lily.

„Sicher“, sagte er, „sobald ich meinen Schwanz gewaschen habe.“

Er verließ sie. Ed nahm sich Zeit beim Waschen, bevor er wieder durch die Tür trat und sie losband. Ihre Arme waren steif, und als sie im Badezimmer an der Reihe war, war sie wegen des stechenden Schmerzes zwischen ihren Arschbacken gezwungen, dorthin zu watscheln. Ed lachte bei dem Anblick, und der Gedanke daran, wie das Arschficken eine Frau ihrer Schätze beraubte, kam ihr erneut. Sie wusch sich vorsichtig und beschwichtigte ihre brennende Öffnung mit Salbe. Zurück im Schlafzimmer lag Ed schon unter der Decke und drehte ihr den Rücken zu.

„Das war gut“, seufzte er, als sie neben ihn kletterte. „Nein, es war großartig. Weißt du was? Wenn du wirklich Glück hast, entscheide ich vielleicht sogar, dich zu heiraten.“

Dazu wusste Lily wirklich nichts zu sagen.

Violet beobachtete Nich, der mit untergeschlagenen Beinen dasaß, nackt, abgesehen von einem schwarzen Umhang. Er intonierte etwas, seine Augen waren geschlossen, sein Gesicht erschien dunkelrot im Licht der Flammen des Feuers, das zwischen ihnen flackerte und knisterte. Stark duftender Rauch kräuselte sich nach oben, eine Mischung von exotischen Gerüchen, die von Aromapulvern kamen: Nelke, Zimt und andere, die sie nicht erkannte. Die Nacht um sie herum war völlig schwarz, ihre Welt zusammengeschmolzen auf einen winzigen Kreis rot erleuchteten Grases auf dem Gipfel des Wythman. Yasmin saß gegenüber, genauso nackt wie sie, ihre großen Augen waren auf Nich fixiert.

Sie streckte die Hand aus und hob seinen schlaffen Penis von seinem Oberschenkel. Er reagierte nicht, sondern fuhr mit seinem sanften Singsang, der irgendwie Gälisch klang, fort. Er hatte ihr gesagt, was sie zu tun hatte, alle Einzelheiten eines Rituals, das er entworfen hatte, in der Hoffnung, so die Riten nachzuahmen, die einst an diesem Ort gefeiert worden waren, leidenschaftlich und erotisch, respektvoll, aber frenetisch. Als sie anfing, seinen Schwanz zu streicheln, fühlte sie, wie er sich in ihrer Hand bewegte. Yasmin beugte sich vor, schloss ihre Hand um Violets, beide wichsten ihn, halfen ihm hart zu werden; beide hatten die andere Hand tief in dem V ihrer Schenkel und kneteten ihre Muschis, die, zumindest in Violets Fall, höchst wenig Unterstützung brauchten.

Der Rauch ließ ihren Kopf schwirren und ihre Erregung stieg schnell, das wachsende Verlangen, ihre Vagina gefüllt zu bekommen, zu kommen und danach zu träumen. Nich wurde allmählich hart, sein Schwanz war dick und gummiartig in ihrem Griff, dann wurde er fester, richtig steif, als Yasmin ihre Haltung änderte, um seinen nackten Penis direkt zu berühren. Er legte sich zurück, intonierte noch immer, sein Schwanz stand steil von seinen Körper ab. Violet tauschte einen kurzen Blick mit ihrer Freundin, warf dann ein Bein über ihn, ließ seinen Steifen in ihre Vagina gleiten und seufzte selig, als er sie füllte. Sie fing an, ihn zu reiten, auf und ab, mit der Hitze des Feuers auf ihrem Hintern und die Brüste in ihren Händen.

Es war Ekstase, sowohl physisch als auch spirituell, das Gefühl seines Schwanzes und ihres eigenen Körpers mischten sich mit der etwas distanzierten Freude darüber, wo sie war und warum sie es tat. Sie legte eine Hand auf ihre Muschi und begann zu reiben, ihre Klitoris pulsierte unter ihren Fingern, ihre Nippel waren steif, Nichs Erektion hart in ihr. Er hatte ihr gesagt, dass sie schnell machen müsse, doch es war unmöglich, es nicht langsam angehen zu lassen, in dem Gefühl zu schwelgen, darüber, was sie tat, wie sie sich selbst zum Höhepunkt kitzelte, sich streichelte, hoch kam, um ihn herausrutschen zu lassen und ihn dann wieder in sich aufzunehmen, während Yasmin seinen Stab in Position hielt. Endlich, als er selbst angefangen hatte zu stöhnen, gab sie nach, rieb sich hart, dachte an ihre Nacktheit, ihr Körper vor dem Nachthimmel entblößt und mit einem Penis gefüllt, ihr Hintern gezeichnet mit dem Symbol, das sie dem Gott weihte, Sigodin-Yth…

Sie kam, keuchte und schnappte nach Luft, als der Orgasmus sie durchströmte; ihr Rücken bog sich durch und sie warf ihren Kopf zurück, während sich ihre Vagina eng um Nichs Erektion zusammenkrampfte, sich wieder und wieder zusammenzog, bis sie endlich aufhörte sich zu reiben und zusammensank, nur um sich daran zu erinnern, was sie eigentlich tun sollte, und schnell herunterkletterte. Yasmin nahm ihren Platz ein, und obwohl sie der ganzen Sache vorher zugestimmt hatte, konnte sie einen Stich von Eifersucht doch nicht unterdrücken, als ihre Freundin sich auf seinem Steifen niederließ. Yasmin warf ihr einen Blick zu, ein glückliches, freundliches Grinsen, das Violet erwiderte und dann den Rücken und Hintern ihrer Freundin beobachtete, als diese anfing, Nich zu reiten. Wie sie ließ Yasmin sich Zeit, nutzte die harte Erektion in ihr aus, bevor sie sich selbst gehen ließ und unter heftigem Stöhnen kam.

Als Yasmin abstieg, hörte Nich mit seinem Singsang auf. Violet beugte sich schnell vor und nahm Nichs Steifen in ihren Mund. Er schmeckte nach Frau und Mann, ihre eigenen und Yasmins Säfte waren reichlich auf seinem harten Stab vorhanden. Er stöhnte erlöst, nachdem er sich so lange hatte zurückhalten müssen, und er kam direkt in ihren Mund, als er seine Hand ausstreckte, um ihre Haare zu streicheln. Sie schluckte, gab ihr Bestes, alles aufzunehmen, schlang das salzige Ejakulat hinunter, während sein Schwanz zwischen ihren Lippen zuckte. Selbst als er fertig war, lutschte sie noch, säuberte seinen Schwanz und schluckte auch noch den letzten Tropfen seines Samens, bis er endlich anfing, schlaff zu werden.

„Du wirst träumen“, sagte er sanft und zog sich etwas nach vorne, um das restliche Aromapulver aufs Feuer zu streuen.

Violet nickte und legte sich neben ihn, nachdem er sich auf dem Gras ausgestreckt hatte. Er wiegte ihren Kopf in einem Arm. Sie atmete langsam aus und fragte sich, wie sie denn mit einem so starken Gefühl von Erwartung schlafen sollte, glitt aber schnell hinüber, als eine frische Schwade aromatischen Rauchs über sie hinwegwehte.

Die Säulen der Kathedrale erhoben sich über Lilys Kopf, unglaublich hoch, hinauf in absolute Dunkelheit. Ihr Kleid war hochgeschlagen worden, die komplizierten rosafarbenen Rocke und Unterrücke waren an ihrem Rücken festgesteckt, um alle ihren Hintern sehen zu lassen. Ein Stempel auf einer Arschbacke kennzeichnete sie als ‚gebraucht', ein anderer als das Eigentum von Ed Gardner und füllte sie mit Scham und Hilflosigkeit, als sie den Mittelgang hinaufging, allein, gegen ihren Willen angezogen und unfähig, sich zu lösen. Reihe um Reihe von Menschen standen auf jeder Seite, gesichtslose Leute in Anzügen und Kleidern. Sie konnte deren selbstgefällige Überlegenheit fühlen, und ihren Abscheu, hörte das leise, halb amüsierte, halb verächtliche Gewisper. Weiter vorne stand Ed vor einem Altar, Sergeant Perkins war neben ihm, beide trugen Uniform. Bei ihnen war ein weiterer Mann, ein Priester, groß, in einer schwarzen Robe, sein Gesicht zeigte wohlwollende Herablassung. Ihr Anus schmerzte, und jeder Einzelne von ihnen wusste genau, was ihr angetan worden war.

Sie wollte wegrennen, doch ihre Füße zogen sie weiter, ihr Wille zermalmt von dem überwältigenden Druck, sich anzupassen, Ed zu heiraten, Ed zu gehorchen, für ihn zu kochen und sauber zu machen, vor ihm auf die Knie zu gehen, ihn anzubeten. Sie würde Kleider und Morgenröcke tragen. Sie würde es vermeiden, mit anderen Männern zu sprechen, und ihre gerechte Strafe dafür akzeptieren, wenn sie es doch tat. Sie würde tun, was man ihr sagte, für ihn strippen, für seine betrunkenen Freunde strippen, gehorsam, ruhig, ausgehalten.

Das Lächeln des Priesters wurde breiter, als sie an Eds Seite kam, das Lächeln einer geduldigen Vaterfigur, eines Hundetrainers, der eine aufsässige Hündin dazu gebracht hatte, bei Fuß zu gehen. Sie ließ ihren Kopf hängen, war unfähig, ihn anzusehen. Sie fühlte sich klein und hilflos, ein kleines Etwas, gefangen in den Wünschen und Bedürfnissen von größeren, wichtigeren Leuten.

Die Musik, die ihr kaum bewusst gewesen war, hatte aufgehört und eine schwere Stille herrschte. Der Priester hob sein Kinn, bereit, zu sprechen, nur um abrupt zu stoppen, als ein schrilles Kichern ertönte. Lily blickte hoch und sah, wie ein Mädchen den Taufstein erklettertc; sie war nackt und winzig, ihr Gesicht ein zartes Oval mit markanten, beweglichen Gesichtszügen und großen, grünen Augen. Trotz ihrer Größe zog sie sich mit Leichtigkeit hoch und sank über dem Bassin in die Hocke; das Rosa ihrer Vagina war deutlich zu sehen in ihrem Nest schwarzer Haare. Ihr koboldhaftes Gesicht lächelte, und ein goldener Strom schoss aus ihrer Vulva, spritzte mit einem lauten Plätschern in das Taufbecken, das aber schnell von den empörten Schreien der Gemeinde übertönt wurde.

Ed bewegte sich mit großen Schritten vorwärts, um das Mädchen zu fangen, doch sie hüfte weg, lachte und bespritzte ihn dabei mit Urin. Er fluchte, schnappte sich eine schwere Kerze und ging drohend auf sie zu, während sie zurückwich; ihr Gesicht zuckte vor Vergnügen, ihre ungewöhnlichen Augen waren auf seine fixiert. Hinter ihr erhoben sich die Buntglasfenster und blockierten ihren Rückzug; Ed schwang indessen den Kerzenleuchter mit schnellen, bedrohlichen, ruckartigen Bewegungen. Lily rief und bat Ed, dem winzigen Mädchen nicht weh zu tun, ihre Stimme hallte in der Stille wider. Das Mädchen lachte, machte einen Rückwärtssalto, sprang zur Seite und zeigte Ed in einer herausfordernden und unverschämten Geste ihren nackten Hintern. Ed fluchte erneut, und die großen Fenster über ihm zerbarsten in einem Regen von farbigem Glas, zerschlagen von einem riesigen Tentakel, der sich entrollte und nach Ed griff…

Lily erwachte und schnappte nach Luft, ihre Haut juckte vom kalten Schweiß. Ed lag neben ihr, er schlief tief und fest. Sie streckte den Arm aus, sehnte sich nach Trost und der Sicherheit seiner Arme, dann aber hielt sie inne in der Gewissheit, dass ihr nichts davon zuteil werden würde, sollte sie ihn in den frühen Morgenstunden und noch dazu an einem Arbeitstag aufwecken.

Violet stand über den Aldon-Kliffs, wie das letzte Mal. Das Meer breitete sich aus, blau und in der Sonne funkelnd und glitzernd. St. David war zu sehen und die Felsen, ein Segelboot lief gerade in den Hafen von Tawmouth ein. Sie drehte sich um, wusste genau, was sie zu sehen erwartete, ängstlich, doch zugleich herausfordernd. Und wirklich, der Priester und die Arbeiter standen, wie das letzte Mal, um den geöffneten Mund des Wythman, jetzt aber starrten sie sie mit hervorstehenden Augen an.

Sie blickte an sich herunter und bemerkte, dass sie nackt war, ihr Ianthe-Tattoo auf dem Bauch war deutlich zu sehen, und ihr Amethyst glänzte in der Sonne. Sie drehte sich lächelnd herum, beugte sich vor und stellte ihren Hintern zur Schau, ihr Geschlecht von der Rückseite und das frische, purpurne Tattoo auf der Arschbacke, ihren Kraken. Der Priester zischte wütend, nannte sie eine Hure und eine Hexe. Die Arbeiter versteiften sich; ihre Gesichter wurden streng, aber auch lüstern. Sie kam spielerisch näher, er gab den Befehl, sie festzuhalten und zu schlagen. Violet lachte ihm ins Gesicht, hob ihre Arme und rief den Gott an.

Das Gesicht des Priesters wurde rot vor Wut, die Männer kamen auf sie zu, der größte von ihnen löste bereits seinen Gürtel. Der Eingang des Hügels hinter ihm blieb leer. Sie stoppte, unsicher, rief erneut, dann wich sie zurück, als eifrige Hände nach ihr griffen. Wieder rief sie ihn an; sie versuchte zu rennen, doch ihre Muskeln waren träge, erlaubten ihr nicht, zu entkommen. Hände griffen nach ihr, sie stolperte, landete ausgestreckt auf dem Gras. Sie ergriffen ihre Haare, ihre Knöchel, rissen ihre Beine auseinander. Der Gürtel klatschte gegen ihre Arschbacken, der Priester echote ihren Schrei mit dem Ruf nach härteren, wilderen Schlägen. Sie rief noch einmal nach ihm, als der Gürtel sie erneut traf, ihre Bitte dieses Mal voller Dringlichkeit und Angst.

Vor sich konnte sie den geöffneten Hügel durch die Beine des Mannes sehen, der ihre Haare festhielt. Seine Hand fummelte an seinem Hosenschlitz, um seinen Penis zu befreien und sie zu vergewaltigen. Etwas bewegte sich am Eingang zum Erdhügel, etwas Grünes, Glänzendes, ein großer Kopf, zwei große Augen starrten heraus, ein Gewirr von Fangarmen wand sich von da, wo der Mund hätte sein sollen…

Violet schrie, der Priester schrie vor Angst ebenfalls auf, der Mann bei ihrem Kopf begann, sie wie eine Puppe zu schütteln, und sie war wach. Nichs Hand lag auf ihrer Schulter und Yasmin hatte sich im dumpfen, roten Licht des Feuers über sie gebeugt.

Kapitel Sechs

Hobbers atmete langsam aus und fragte sich zum hundertsten Mal, ob seine Logik nicht doch einen Fehler aufwies. Seit er Thomazina getroffen hatte, war er erfüllt von Bedauern und von einer Faszination, die nicht verschwinden wollte. Sie kam davon, dass es irgendwo in der Nähe von Tawmouth eine Farm gab, auf der junge Mädchen ganz selbstverständlich nackt übers Knie gelegt wurden. Das Bedauern kam davon, dass er es nicht geschafft hatte, Thomazinas Unschuld und sexuelle Bereitwilligkeit so weit zu forcieren, dass sie mit ihrem großartigen Hintern über seinen Knien geendet hätte, ihre Backen zwei Bälle feuerroten Fleischs.

Sie hätte es sicher zugelassen, dessen war er sicher. Ihre Akzeptanz des Umstands, dass Mädchen bestraft werden mussten, ihre Einsicht in die sexuellen Bedürfnisse von Männern, ihr respektvolles Verhalten gegenüber Älteren, alles hätte zusammengewirkt, dass sie tun würde, was man ihr sagte. Sie war nackt gewesen in seinem Laden, das begehrenswerteste Mädchen, das er je getroffen hatte, und nicht einfach nur nackt, sondern nackt mit seinem Schwanz in ihrer Hand und sogar ihrem Mund – und dennoch war es ihm nicht gelungen, die Situation dafür auszunutzen, sie übers Knie zu legen. Es war unerträglich, und er war entschlossen, herauszufinden, wo sie lebte, nicht nur um sie zu finden, sondern auch ihre offenbar ähnlich reizenden kleinen Schwestern.

Er hatte ihr Alter auf neunzehn oder zwanzig geschätzt, also waren Emily und Jane wahrscheinlich achtzehn und sechzehn. Das hieß, dass ihre Namen in den Kirchenregistern aus den frühen 1980er Jahren auftauchen würden. Thomazinas Ortskenntnis war einfach zu gut gewesen für jemanden, der nicht aus dem Tawmouth-Distrikt stammte. Zudem ließen ihre Unschuld und die Details, die sie über das Leben auf dem Bauernhof offenbart hatte, vermuten, dass sie aus einer sehr altmodischen Familie kam, wofür nicht zuletzt der Umstand sprach, dass die Mädchen es als ziemlich normal ansahen, mit nacktem Hintern übers Knie gelegt zu werden.

Von dem ausgehend, was er wusste, hatte er gefolgert, dass die Farm mit einer gewissen Sicherheit auf der langen Landzunge jenseits der Flussmündung zu finden sein musste. Der Großteil wurde landwirtschaftlich genutzt, der Rest war Naturschutzgebiet; es gab nur wenige Häuser. Das einzige Dorf, Abbotscombe, war winzig, und er konnte nur sieben Höfe finden, die noch bewirtschaftet wurden. Keiner davon war Thomazinas, auch nicht nördlich von Tawmouth, was ihn sich fragen ließ, wo der Fehler in seiner Logik war.

Er hatte sich gerade mit dem Pfarrer der All Soul's Church in Abbotscombe unterhalten, hatte aber nichts gelernt, das über seine bisherigen Nachforschungen hinausging. Der Pfarrer war schon alt und seit 1967 auf diesem Posten, dennoch hatte er nie mit drei Mädchen namens Thomazina, Emily und Jane zu tun gehabt.

Er verließ die Kirche und wandte sich zum Friedhof, dort las er die Inschriften der Grabsteine und fragte sich, ob er nicht noch andere Kirchenregister durchforsten sollte. Grabsteine zu betrachten, gab ihm immer eine gewisse Befriedigung, da so viele der ehemaligen Bewohner ein beachtliches Alter erreicht hatten. Abbotscombe war da keine Ausnahme, viele Achtzig- und sogar einige Neunzigjährige. In harten Schiefer gemeißelt, waren die Inschriften gut zu lesen, selbst die aus dem 18. Jahrhundert. Seine Gedanken fingen an, sich von Thomazina abzuwenden, kehrten aber abrupt zu ihr zurück, als er den Namen auf einem Stein sah.

Es war kein Grabstein, sondern nur eine kleine Schieferplakette am Fuß eines größeren Grabs, gewidmet der Erinnerung an Thomazina Keeley, die am 21. Juni 1853 im Alter von siebzehn Jahren gestorben war. Eine weitere Zeile besagte, dass sie eines Nachts spurlos verschwunden war, und drückte die Hoffnung aus, dass sie im Himmel war. Sein Mund bog sich hoch in ein trauriges Lächeln, als er die Inschrift noch einmal las und an den Kummer der Eltern des jungen Mädchens dachte, die vermutlich in dem Hauptgrab lagen. Und wirklich, einer der Steine war einer Mary Keeley gewidmet, geboren 1818, gestorben 1894 im Alter von fünfundsiebzig. Der andere war für Thomas Keeley, einen Bauern, geboren 1813, gestorben 1885 im Alter von zweiundsiebzig. Beide hatten ein langes Leben gehabt, wenn auch nicht außergewöhnlich lange, und bestimmt kürzer als das der Frau im nächsten Grab, eine Emily Draycott, die sechsundneunzig geschafft hatte, was immer noch weniger war, als die Lebenszeit einer weiteren, ein Stückchen weiter hinten, Jane Pardue, die 1943 gestorben war, im Alter von einhundertundvier.

Er blieb stehen und trat etwas zurück, dann las er beide Steine noch einmal. Emily war eine geborene Keeley gewesen, genauso Jane, 1840. Für einen Moment formte sich ein kalter Knoten des Schreckens in seinem Bauch; er verschwand aber schnell wieder, als ihm klar wurde, dass er töricht war. Die Antwort war einfach. Das Mädchen war von hier, aber eine Betrügerin, vermutlich eine Diebin, die den Namen einer Toten benutzte, um ihre eigene Identität zu verbergen. So erklärte sich auch die Münze, die in einem viel zu guten Zustand war, als dass sie Hunderte von Jahren zwischen dem Matsch und den Steinen des Hafens von Tawmouth verbracht haben könnte. Sie hatte sie zweifellos aus einer privaten Sammlung gestohlen und die Einzelheiten über ihre angeblichen kleinen Schwestern und das Über-das-Knie-Legen als makabren Scherz hinzugeflunkert. Wahrscheinlich hatte sie sich alles im Voraus ausgedacht, nass zu werden, sich auszuziehen, alles nur, um sicherzugehen, dass sie den richtigen Preis für ihre Münze bekommen würde. Es war naheliegend, und die Entdeckung des Spanking-Magazins hatte ihr ihre Aufgabe nur einfacher gemacht, während ihre Unfähigkeit zu lesen ganz klar nur vorgetäuscht gewesen war.

Es war ein Trick gewesen, dennoch hatte er die Münze, und er würde sie auf der nächsten Messe in London gut verkaufen können. Darum fühlte er sich nicht mehr so betrogen. Und dann war noch die Freude an ihrem Körper gewesen. Ihm hatte das viel bedeutet, auch wenn sie ihre Handlungen vielleicht als unbedeutend angesehen hatte. Dennoch, die Situation eröffnete einige interessante Möglichkeiten, wenn er sie nur würde finden können, dann wäre die kleine Göre nicht in der Lage, es abzulehnen, ordentlich versohlt zu werden, was sie so sehr brauchte und er ihr so gerne geben würde.

Er würde Nachforschungen über das Verschwinden der echten Thomazina anstellen, und wenn er sie finden würde, würde er sie mit seinem Wissen konfrontieren. Dann könnte er auch verlangen, dass sie sich einer gründlichen Tracht Prügel unterwarf, ohne sich auch nur im Geringsten dafür schuldig fühlen zu müssen. Es wäre immerhin wahre Gerechtigkeit.

„Da steht: ‚Donnerstags geschlossen'", stellte Elune fest und gab der Tür von Hobbers Laden einen gereizten Tritt. „Warum lernst du nicht endlich lesen?"

„Das werde ich, eines Tages", entgegnete Thomazina.

Elune antwortete darauf mit einem spöttischen Schnauben.

„Nun", sagte sie, „kein Geld mehr, und ich werde nicht einmal sehen, wie du übers Knie gelegt wirst."

„Er sollte eigentlich da sein", insistierte Thomazina und blickte zu den Fenstern über dem Laden hoch. „Er lebt dort oben."

„Er ist wahrscheinlich losgezogen, um am Strand Mädchen zu beobachten, oder um seinen Kleinen zu zeigen, oder um in den Wäldern Nymphen zu jagen."

„Ich glaube nicht, dass er so einer ist", entgegnete Thomazina. „Ich denke, er mag es einfach nur, Mädchen den Hintern zu versohlen."

„Die sind doch alle so", sagte Elune standhaft, „oder sie wären gerne so, wenn sie es sich trauen würden. Es ist nur natürlich. Männer jagen, Mädchen rennen, und wenn es uns Spaß macht, lassen wir uns von ihnen fangen. Sicher, es gibt Mädchen wie du, die nicht weit rennen, aber dich würde man sowieso fangen, mit deinem wabbelnden Hintern und den lächerlich großen Brüsten, also warum sich anstrengen?"

„Du willst wohl wieder bestraft werden, Elune? Erinnerst du dich, wie die Seeanemone geschmerzt hat?"

„Das würdest du dich nicht trauen, nicht hier. Ich würde vorgeben, erst elf zu sein, und sagen, dass du meine böse Stiefmutter bist. Sie würden dich festnehmen und einsperren und dir eingetrockneten Haferbrei mit Samen drauf servieren…"

„Oh, Blödsinn!“

„Bei Aileve war das aber so, beim letzten Mal. Sie hat es mir erzählt. Ein großer fetter Polizist hat sie gezwungen, seinen Penis zu lutschen, und hat über ihrem Frühstück abgespritzt, dann musste sie es essen.“

„Ich weiß, aber das war damals. Außerdem könnte ich dich beim Ohr schnappen und dich irgendwohin führen, wo wir ungestört sind. Wie auch immer, wir müssen dir etwas zum Anziehen besorgen. Dieser Bikini sieht sogar an dir unanständig aus. Die Leute fangen an, uns anzustarren.“

Elune antwortete, indem sie eine Pirouette drehte, was eine ältere Dame dazu veranlasste, Thomazina einen missbilligenden Blick zuzuwerfen und einen unverständlichen Kommentar von sich zu geben. Obwohl der blaue Bikini Elunes winzigen Körper gut verbarg, hatten sie ihn doch an den Seiten und im Rücken extra zusammenknoten müssen. Damit waren sie am Strand durchgekommen, in der Stadt aber erregte es Aufmerksamkeit. Thomazina nahm Elune beim Arm und zog sie schnell in ein Bekleidungsgeschäft. Die Verkäuferin drehte sich wohlwollend lächelnd herum, als sie eintraten.

„Guten Tag“, sagte Thomazina. „Meiner Schwester wurden am Strand ihre Kleider gestohlen. Wir würden gern etwas kaufen.“

„Gestohlen?“, entgegnete die Frau. „Wer würde denn so etwas tun? Haben Sie schon die Polizei verständigt?“

„Nein, nein“, antwortete Thomazina. „Wir möchten wirklich kein Aufsehen machen. Haben Sie ein Kleid in ihrer Größe? Und Schlüpfer?“

„Nun, ich denke wirklich, dass Sie das melden sollten“, beharrte die Frau. „Ich meine, das gehört sich einfach nicht, nicht wahr? Wie heißt du denn, Kleines?“

„Linnet“, antwortete Elune.

„Was für ein netter Name. Nun, wie wäre es damit?“

Sie hielt ein Kleid hoch, weit geschnittene Baumwolle in kanariengelb mit einem Rand aus Spitze. Elune verzog das Gesicht.

„Das wird es gut tun“, sagte Thomazina schnell, „und eine Packung mit Kinderschlüpfern.“

Die Verkäuferin ging auf den Tisch zu. Sie kam dicht an Thomazina vorbei und rümpfte ihre Nase. Als ihr klar wurde, dass sie vermutlich zu stark nach Meer roch, beschloss sie, auch für sich etwas zu kaufen. Eine Auslage mit Jeans war am anderen Ende des Ladens, sie ging darauf zu und zog Elune hinter sich her.

„Wir nehmen jede ein Paar", sagte sie, „und Oberteile, und neue Unterwäsche für mich. Ich denke, ich nehme blaue, die scheinen beliebt zu sein."

„Entschuldigen Sie", rief die Verkäuferin. Thomazina drehte sich herum und sah wie sie zur Tür eilte.

Bevor Thomazina protestieren konnte, war die Verkäuferin mit einem Polizisten zurückgekehrt.

„Sergeant Perkins", sagte sie und stellte ihn ihnen vor. „Ich konnte einen solchen Vorfall nicht einfach unter den Tisch fallen lassen. Diesem jungen Mädchen wurden ihre Kleider gestohlen, Sergeant, am Strand."

„Oh, wirklich?", entgegnete Perkins. „Wann war das denn?"

„Vor etwa einer Stunde", antwortete Thomazina, „aber wir möchten wirklich kein Aufsehen. Wir sind nur hergekommen, um neue Kleider zu kaufen."

Perkins kratzte sich am Kinn, seine Augen strichen über Thomazinas Brust. Seine Begierde war offensichtlich, und während sie nach dem besten Weg suchte, seiner Aufmerksamkeit zu entkommen, fragte sie sich, ob einfache Erpressung nicht die Antwort wäre.

„Haben Sie jemanden gesehen?", fragte er.

„Nein", antworteten Thomazina und Elune.

„Und was wurde genau gestohlen?"

„Kleines rosafarbenes Höschen, ein winziges Top und abgeschnittene Jeans, ganz enge, die den Großteil meines Pos freilassen, um die Jungs zu necken."

Elune hatte schnell geantwortet und nun starrten die Verkäuferin und der Sergeant sie mit verwirrtem Stirnrunzeln an.

„Sie macht einen Scherz", sagte Thomazina schnell und warf Elune einen warnenden Blick zu.

„Meine Kleider wurden gemopst, na und", fuhr Elune fort. „Es war vermutlich nur so ein Perverser, der sich mit meinem Höschen einen runterholen will. Lasst ihn doch seinen Spaß haben, ist mir egal"

„Elune… Linnet, sei still!“, schnauzte Thomazina. „Sie ist sechzehn, Officer.“

„Kommen Sie schon, Sergeant, es geht doch nichts über eine gute Höschen-Wichse“, beharrte Elune. „Für ’nen Zehner lutsch ich Sie vorher. Zwanzig und sie dürfen es in meinen Mund machen, bis zu Ende, oder Sie können auf mein Gesicht abspritzen!“

„Oh, du dreckige kleine…“, unterbrach die Verkäuferin.

Sie griff nach Elune, die aber lachend zur Seite tänzelte.

„Es tut mir leid, es tut mir leid“, stotterte Thomazina. „Sie ist…“

„Immer mit der Ruhe“, befahl Perkins. „Beruhigen Sie sich, alle, sofort.“

„Ja“, stimmte Thomazina zu, nur um zu sehen, wie Elune das Kleid und die Höschen von Tisch nahm und zur Tür wetzte.

Perkins folgte ihr, ebenso die Verkäuferin, die ihr wütend hinterherrief. Auch Thomazina rannte, schob sich in der Tür an der Verkäuferin vorbei und wendete sich in die entgegensetzte Richtung wie Elune und der Sergeant.

Während er rannte, langte Sergeant Perkins nach seinem Funksprechgerät, dann zögerte er bei dem Gedanken daran, wie seine Kollegen reagieren würden, wenn er um Verstärkung bitten würde, um einen sechzehnjährigen Ladendieb zu fangen, noch dazu ein Mädchen. Er verschob die Entscheidung und legte all seine Anstrengung in die Verfolgung, sicher dass er sie früher oder später erwischen würde. Sie war weit vor ihm, lachte und duckte sich zwischen der Menge hindurch, das gelbe Kleid wehte dabei wie eine Fahne hinter ihr her und machte sie von weitem erkennbar. Ihr Gelächter verärgerte ihn, doch ihr offensichtlicher Mangel an Erfahrung war befriedigend. Er würde sie fangen, und dann würde sie nicht mehr lachen.

Er sah, wie sie auf der Seite in eine Gasse hineinhüpfte und lächelte kurz. Die Gasse führte zum Anfang der alten Docks, eine Sackgasse, die zu einer Reihe von Lagerhäusern und einer alten Schiffswerft führte. Er folgte ihr, nun sicher, wo sie hin wollte. Als er sah, dass sie über die Tore zur Werft kletterte, hörte er auf, zu rennen und ging normal weiter.

Sie saß in der Falle, und er ging ihr ruhig nach, kletterte über das Tor und zögerte dann. Er fragte sich, ob sie vielleicht vorhatte, sich zu verstecken und kehrtzumachen, während er nach ihr suchte. Er gab sich Mühe, ganz lässig auszusehen, als er zum Tor des großen Schuppens ging, in dem früher die Boote gebaut worden waren, und er erwartete, dass sie jeden Augenblick aus ihrem Versteck flitzen würde. Stattdessen sah er, wie sie das große, leere Gebäude betrat. Sie hatte sich auf einer massiven, eisernen Verankerung neben einer Rampe niedergelassen, mit übereinandergeschlagenen Beinen und mit über dem einen Knie gefalteten Händen.

„Haben Sie denn keinen Ihrer Freunde dabei, Sergeant?", fragte sie, und ihr Tonfall war so unverschämt wie immer.

„Für einen Strolch wie dich brauche ich keine Verstärkung", antwortete er und schloss die Tür.

Er schob ein Ölfass dagegen und schnitt sie so von ihrer Fluchtroute ab, es sei denn, sie entschied sich, runter in den Matsch zu springen. Wenn sie das tat, wäre sie sowieso gefangen. Mit nicht einmal einem Meter fünfzig wäre sie wohl kaum in der Lage, durch den zähen Hafenschlamm zu entkommen.

„Gute Idee", sagte sie als das Fass beim Verstellen knirschte. „Besser, wenn wir nicht gestört werden."

„Was meinst du damit?", fragte er und ging auf sie zu.

„Nun, es wäre sicher nicht gut, wenn wir erwischt werden, während ich Sie wichse, oder?", antwortete sie. „Ich meine, was würde der Inspektor sagen?"

„Versuch es gar nicht erst, Kleine", spottete er. „Außer du willst die Erpressung eines Polizeibeamten auf deine Anklageliste setzen."

„Kommen Sie schon", entgegnete sie. „Ich mache alles, was Sie wollen, kostenlos, Wichsen mit meinem Bikinihöschen, oral, ich leg' sogar eine ganz besondere Vorstellung für Sie hin, während Sie sich einen runterholen. Ich kenne da ein paar echt unanständige Sachen."

„Darauf wette ich."

„Wie ist es also? Ich kann ein Paar dieser lächerlich kleinen Höschen anziehen und Ihnen zeigen, was ich für meinen Freund in Irland mache.

Du wirst es lieben. Komm schon, ein großer, starker Junge wie du braucht jede Menge guten, dreckigen Sex."

„Jetzt ist aber Schluss damit. Also, kommst du friedlich mit?"

„Ich wette, du wirst kommen, sobald dein Schwanz in meinem Mund ist. Ich wette, du hast einen großen. Ich mag es, wenn sie groß sind, damit sie wirklich meine kleine Fotze füllen. Du kannst mich von hinten nehmen, wenn du magst."

„Ich bin wirklich nicht diese Art Bulle, Kleine."

„Oh doch, das bist du, das seid ihr alle. Kennst du Officer Weekes? Großer, fetter Kerl, riesiger Schwanz."

„Nein."

„Er war wirklich verdorben. Er hat meine Freundin festgenommen und sie gezwungen, ihr Frühstück mit seinem Samen drauf zu essen. Er hat auch noch vor ihren Augen abgespritzt und sie ihn lutschen lassen."

„Aber klar, sicher."

„Es ist passiert."

Sie zuckte mit den Schultern, als sie das sagte, eine Geste von solcher Gleichgültigkeit seiner Meinung gegenüber, dass er sich fragte, ob sie nicht doch die Wahrheit gesagt hatte. Die Art, wie sie redete, drang langsam zu ihm durch und seine Eifersucht auf Ed Gardner ließ ihre lüsternen Angebote nur umso verlockender erscheinen.

„Komm schon", beschwatzte sie ihn. „Ich bin gut, und ich bin unanständig. Ich mache Sachen, von denen du bisher nur geträumt hast, alles, sag' es einfach."

Er hielt inne und dachte, dass es einfach wäre, ihr Angebot anzunehmen und sie dann trotzdem zu verhaften. Ihr Wort würde gegen seins stehen, und sie wäre nicht die erste weibliche Gefangene, die behauptete, von einem sie verhaftenden Beamten sexuell belästigt worden zu sein. Man würde ihr niemals glauben, solange er an ihrem Körper keine Spuren hinterließ.

„Bist du sicher, dass du sechzehn bist?", fragte er.

Als Antwort spreizte sie ihre Beine, zog lässig das Bikinihöschen zur Seite und offenbarte ein dickes, dunkles Nest von Schamhaaren und ein wohlentwickeltes Geschlecht. Eine zweite Bewegung schob ihr Oberteil weg und zeigte Brüste, die zwar winzig klein waren, aber voll ausgeformt. Sie war reif, so viel war offensichtlich. Er nickte und sein Schwanz zuckte, als sie das Oberteil ganz auszog.

Die Bootshaustüren verdeckten den Blick auf den Hafen. Das Ölfass hielt die Tür hinter ihm geschlossen. Sie würden nicht gestört werden, und das Angebot war plötzlich einfach zu verlockend. Sie lächelte, vielleicht, weil sie den Ausdruck auf seinem Gesicht las. Er nickte, sie stand auf, ging zwei anmutige Schritte auf ihn zu und quetschte sanft seinen Schritt, knetete seinen Schwanz durch die Uniformhosen mit allen Anzeichen echten Vergnügens.

„Das wird mir gefallen“, seufzte sie. „Du bist reizend und groß. Komm schon, hol' ihn raus, ich will ihn lutschen.“

Sie schob ihn nach hinten an den Poller, sein Reißverschluss ging leicht auf. Ihre Hand grub sich in seine Hosen und sein Schwanz war draußen, sie streichelte und kitzelte und er wurde in ihrer winzigen Hand steif. Ihre Berührung war sanft, unglaublich weiblich, und er fragte sich für einen Moment, wie er sie für unerfahren hatte halten können, oder gar unreif. Was sie mit seinen Genitalien tat, bewies die Expertin, die sehr viel Zeit damit verbracht hatte, zu lernen, wie man Männern Vergnügen bereitet.

„Sehr nett“, seufzte sie, „der würde mich gut ausfüllen. Soll ich mich auf dich setzen?“

„Nein…“, fing er an, doch sie war bereits aufgestanden und hatte sich umgedreht.

Beim Anblick ihres winzigen, rundlichen Hinterns verschwand sein letzter Widerstand. Sie war perfekt, zwei fleischige Backen, die von einer tiefen Spalte getrennt wurden, der Bikini verbarg wenig – und dann gar nichts, als sie ihn heruntergezogen hatte. Für einen Moment konnte er ihr runzliges Arschloch sehen und den haarigen, hinteren Teil ihres Geschlechts. Sie setzte sich hin, presste seinen Schwanz zwischen ihre Arschbacken, um ihn mit ihrem heißen Fleisch zu umgeben, sie wackelte mit dem Hintern, wand ihren Hintern an seinem Penis. Er stöhnte und fing an, seinen Schwanz zu bewegen, ihn in ihre Falte gleiten zu lassen. Es brauchte all seine Entschlossenheit, sie nicht hochzuheben und sie auf seinen Steifen zu setzen, doch er hielt sich zurück, ließ sie kichern und sich winden, ihren Hintern in seinen Schoß reiben, bis sein Schwanz sich anfühlte, als wolle er platzen.

„Das ist nett", seufzte sie, „aber immer mit der Ruhe. Soll ich dir zeigen, was mein Freund mag?"

„Was?", wollte er wissen.

„Wirst du schon sehen", lachte sie, stand auf und beugte sich vor, um die Packung mit Höschen aufzuheben. Das gab ihm einen perfekten Blick auf ihren nackten Hintern.

Es sah zu, wie sie ihr Bikiniunterteil ganz aus- und ein Paar der Höschen anzog. Sie waren winzig und selbst an ihr eng, als sie sie hoch und über ihren Hintern zog und dabei sicher ging, dass er einen guten Blick auf das über ihren kleinen Backen stramm gezogene Material hatte. Er schluckte und nahm seinen Schwanz in die Hand. Sie sah wundervoll aus in dem Höschen, eine vollkommene kleine Nymphe, süß und unschuldig.

„Sieh' hin", befahl sie und beugte den Rumpf und griff mit den Händen an ihre Knie, dabei ihren winzigen Hintern ihm direkt entgegenstreckend.

Ihre Beine breit auseinander, ihre Hände auf den Knien, bot sie freie Sicht auf den Schritt ihres Höschens, das ausgefüllt war mit der Rundung ihres Geschlechts. Beide Schamlippen waren deutlich zu sehen, der Stoff war dazwischengeklemmt und verbreiterte sich über ihrem Hintern wieder. Dieser Anblick war irgendwie unanständiger, als kurz zuvor, als sie alles gezeigt hatte. Sie drehte sich um, ihre großen, grünen Augen glänzten vor Erregung, ihr Mund zeigte ein verspieltes Lächeln.

Einen Augenblick lang fragte er sich, was sie da tat, dann sah er, wie ihr Mund kurz erstarrte. Er hörte das Zischen und sah, wie auf ihrem makellosen Höschen ein nasser Fleck erschien. Sein Mund öffnete sich vor Erstaunen, als ihm klar wurde, dass sie sich für ihn selbst bepisste. Es strömte heraus, bildete eine kleine Fontäne bei ihrem Schritt und tropfte von den Seiten ihrer Schenkel hinunter. Einiges sickerte in ihren Schlüpfer und ließ ihn noch enger an ihrem Geschlecht und ihren Pobacken anliegen. Mehr spritzte in eine schnell größer werdende Pfütze auf den Boden.

„Ist das nicht hübsch?", fragte sie, in einem Ton, in dem ein Mädchen ihn bitten würde, ihr neues Kleid zu bewundern.

Er nickte stumm und während er zusah, bewegte sich seine Hand instinktiv an seinem Schwanz rauf und runter. Die Rückseite ihres Höschens war von der Pisse durchsichtig geworden, zeigte ihre Haare und die Einzelheiten ihres Pos. Sie lächelte, ein übermütiges, spöttisches Lächeln, als wolle sie ihn dazu herausfordern, ihr nasses Höschen herunterzuziehen und seinen Schwanz zwischen ihre pissnassen Schamlippen zu stoßen und ihre Öffnung hinauf, sie zu ficken, während ihr Pipi über seine Eier lief und ihre feuchten Arschbacken gegen seine Vorderseite klatschten.

Dann hörte es auf, ihr Höschen aber tropfte weiter. Sie stand in ihrer eigenen Pfütze, grinste ihn an und beobachtete, wie er seinen steinharten Schwanz streichelte. Sie langte nach hinten, ergriff das Höschen, hakte einen Daumen in jede Seite und zog. Sie zog es langsam herunter, entblößte einmal mehr ihren nackten Hintern und die feuchten Spuren an den Stellen, die von der nassen Baumwolle bedeckt gewesen waren. Ihre Muschi wurde sichtbar; sie war nass und tropfte in ihr Höschen, das sie bis zu ihren Schenkeln heruntergeschoben hatte. Dort blieb es, weit gespannt und durchnässt, mit der Pisse, die noch immer vom Schritt tropfte.

„Jetzt werde ich deinen reizenden Schwanz lutschen und deine Soße schlucken“, sagte sie, „und du kannst darüber nachdenken, was du gesehen hast, und über mein nasses Höschen, nur für dich immer noch heruntergezogen, während ich deinen Schwanz lutsche und in meinem Pipi knie.“

Er nickte stumm und schob ihr seinen Steifen hin, als sie in die Knie ging. Sie nahm ihn, blickte mit ihren reizenden Augen zu ihm auf und behandelte seinen Penis wie einen Dauerlutscher. Er stöhnte bei dem Anblick, dann erneut und tiefer, als sie plötzlich seinen Schwanz in den Mund nahm und mit gierigen dringlichen Bewegungen zu lecken begann. Fast sofort fühlte er, dass er anfing, zu kommen, überwältigt von dem Gefühl ihres Mundes und den Gedanken daran, was er gesehen hatte. Es war vollkommen, ihr kleiner Mund bearbeitete seinen Steifen, sein Kopf war erfüllt vom Anblick ihres mit Pisse getränkten Höschens, ihrem nackten Hintern, ihrer nassen Fotze…

Der Ruck kam völlig unerwartet, ein brutaler Ruck an seinen Knöcheln, genau in dem Moment, da er nicht mehr zurück konnte. Er fühlte, wie er rückwärts fiel, doch er konnte nichts tun, sein steifer Schwanz versprühte dabei in einem Bogen Samen. Sein alarmierter Schrei mischte sich mit ihrem schrillen Gelächter, als sein Rücken auf den Randstein des Docks traf. Er kippte um und landete einen Augenblick später im Hafenschlamm.

Außer Atem und keuchend zog er sich wieder hoch, Zorn stieg schlagartig in ihm auf. Der Schlamm war tief und rutschig, übelriechende Blasen stiegen an die Oberfläche, als er versuchte aufzustehen. Sie lachte, es war ein hysterischer, fast wahnsinniger Klang, und er fluchte, schrie sie an. Ihre Antwort war ein noch wilderes Lachen und das Kratzen des Ölfasses, dann die zuschlagende Tür.

Jeff Perkins kletterte auf die Füße. Er drehte sich um und stellte fest, dass er unterhalb der Ebene der Docks war und auf den Hafen hinausblickte, direkt zu zwei Männern in einem Fischerboot. Beide starrten ihn an, der eine grinsend, der andere mit offenem Mund. Er blickte an sich herunter und verstaute seinen schlammverschmierten und noch immer erigierten Penis hastig in seinem Hosenschlitz. Er watete mit so viel Würde, wie er aufbringen konnte, zu einer Leiter, zog sich nach oben und langte nach seinem Funkgerät, hielt dann aber inne und entschied sich dafür, seinen Kollegen zu sagen, dass er sie einfach in der Menge verloren hatte.

Hobbers ging langsam den Gang entlang; er folgte dem Bibliothekar zwischen hohen Regalen hindurch. Beide waren auf Details und Daten konzentriert. Der Geruch von Staub und Altertümern erinnerte ihn an seinen Laden, während die großen Pappsammler rechts und links aussahen, als hätte niemand sie berührt, seit sie hier abgelegt worden waren.

„Dachte ich mir doch", verkündete der Bibliothekar, „ganz am Ende, Tawmouth Journal, von '47, dem ersten Jahrgang, bis '83. Sehen wir mal. Einige der 53er sind nicht am Platz. Welchen Monat wollten Sie noch mal?"

„Juni."

„Typisch, genau das ist es. Kommen Sie mit nach oben – jemand muss es im Lesesaal haben."

Hobbers folgte dem Bibliothekar den gleichen Weg zurück, wartete kurz, während letzterer seine Kollegin konsultierte, dann wurde er in den Lesesaal geführt und dort zu einer der Leseecken. Dort saß ein junger Mann, dessen schwarze Kleidung, dessen Schmuck und dessen grellrote, in einen Pferdeschwanz gebundenen Haare vermuten ließen, dass er einer der Heiden war, die in den letzten Jahren in jedem Sommer in der Stadt zusammengekommen waren. Eine vergilbte Zeitung war vor ihm ausgebreitet, die Juni-Ausgabe.

Zunächst hatte er vorgehabt zu warten, bis der Mann fertig war Hobbers Neugier war jedoch stärker. Wenn ein Mensch wie dieser die Ausgabe von 53 las, so schloss er, dann nur, weil er sich für etwas Ähnliches interessierte, wie er selbst; und das wiederum ließ ihn sich fragen, ob der Mann nicht mehr über das Mädchen wusste, das sich Thomazina nannte. Der Mann kam ihm fleißig und ernsthaft vor, und Hobbers entschied, dass er einfach eine Unterhaltung anfangen würde, natürlich ohne den Erwerb der gestohlenen Münze oder den Sex auch nur zu erwähnen. Also setzte er sich in den Stuhl gegenüber und lächelte den Mann höflich an.

„Entschuldigen Sie bitte“, sagte er flüsternd, als der Mann ihm nicht sofort antwortete. „Es tut mir leid, Sie zu stören, aber interessieren Sie sich vielleicht für Details über das Verschwinden von Thomazina Keeley?“

Violet lag bäuchlings am Strand, sie fühlte ihr neues Tattoo pulsieren. Yasmin lag neben ihr. Ihre Bemühungen, Thomazina zu finden, waren schnell von Hunger überlagert worden, und dann, nachdem sie in einem Bistro gegessen hatten, von dem Bedürfnis, in der Sonne zu liegen. Nich, wusste sie, war in der Bibliothek und suchte nach seltsamen Ereignissen während der letzten Jahre in Tawmouth, sowie nach einem Foto von Reverend Clerebold Wilmot.

Yasmin und sie hatten sich nacheinander den Rücken eingeschmiert. Das hatte sie angenehm entspannt und ein bisschen erregt, obwohl sie zu schläfrig war, etwas dagegen tun zu wollen. Wie beim ersten Mal hatte ihr Traum ihr Angst eingejagt, doch wieder war die Angst am Morgen verschwunden. Für Nich war es schwerer denn je gewesen, seine Begeisterung zu verbergen, und er war den ganzen Tag über in einer fast manischen Stimmung gewesen, da er nun sicher war, dass ihre Träume etwas mit dem Gott des Hügels zu tun hatten. Sie hatte ihm zugestimmt. Ihre Zweifel waren angesichts der Tatsachen und des prickelnden Gefühls, berufen zu sein, völlig verschwunden. Das führte dazu, dass sie nicht geschlafen hatten, sondern die Nacht damit verbrachten, zu reden und sich zu lieben, bis sie am Morgen völlig erschöpft war. Nich allerdings wirkte kaum müde.

Während sie noch über den Sex, den sie genossen hatten, und den, den sie zweifellos noch haben würden, nachdachte, begann sie einzuschlafen, nur um von seiner Stimme geweckt zu werden. Sie hob ihren Kopf und sah, dass er die Promenade entlangging. Sie erwiderte sein Winken und wartete, bis er sich neben sie auf den Sand geworfen hatte.

„Hast du etwas herausgefunden?", fragte sie.

„Ja", antwortete Nich, „vermutlich mehr als ich gesucht habe."

„Wie das denn?"

„Zunächst", sagte er, „der Mann in deinen Träumen ist Wilmot, groß, mit rotem Gesicht, dicke, weiße Barthaare. Das muss er sein."

„Ich würde ihn nicht unbedingt groß nennen", entgegnete Violet, „und seine Barthaare waren grau."

„1853 waren sie das sicher", fuhr Nich fort. „Das Bild, das ich von ihm gefunden habe, war aus seinen letzten Lebensjahren von 1879. Er ist es, Violet, du bist berufen, da gibt es keinen Zweifel."

Bei seinen Worten stieg ihre Erregung erneut, zusammen mit einem Anflug von Angst.

„Was gibt es noch?", fragte sie.

„Etwas Irritierendes, vielleicht gar Verstörendes", entgegnete er. „Ich hatte Glück, es zu finden. Während ich nämlich über die Öffnung des Hügels las, kam ein Mann herein, der sich für die gleiche Zeitung interessierte. Er heißt Hobbers und besitzt einen Antiquitätenladen. Er wollte etwas über ein Mädchen namens Thomazina Keeley wissen. Offensichtlich hat irgendein Mädchen ihren Namen benutzt, als sie versuchte, ihm gestohlene Ware zu verkaufen. Auf dem Friedhof von Abbotscombe hat er ihren Grabstein gesehen. Sie verschwand 1853, am 21. Juni, um genau zu sein."

„In der Nacht zur Sommersonnenwende“, sagte Yasmin.

„Genau, Sommersonnenwende, als der Hügel offen war“, fuhr Nich fort, „nachdem sie die drei Wochen zuvor geschlafwandelt hatte. Wilmot begann seine Ausgrabungen auf dem Wythman am dreizehnten Mai.“

„Scheiße!“, entgegnete Violet, und ihre leichte Angst stieg an zu einem scharfen Schmerz.“

„Der Bauernhof, auf dem sie gelebt hat, liegt nur einen knappen Kilometer vom Wythman“, fuhr Nich fort. „Man nimmt an, dass sie sich vom Aldon Kliff heruntergestürzt hat, obwohl nie eine Leiche gefunden wurde.“

„Oh, Scheiße“, wiederholte Violet. „Was haben wir nur getan?“

„Nichts, nicht unbedingt“, entgegnete Nich, „aber wir müssen vorsichtig sein. Ich werde dich im Auge behalten, mach’ dir keine Sorgen.“

„Du denkst also, dass sie damals in den Hügel hinunter gerufen wurde?“, fragte Yasmin. „Das ist unheimlich.“

„Sonst hätten sie sie gefunden“, bemerkte Nich. „Alles, was ich gelesen habe, weist auf Fruchtbarkeitsrituale. Es gibt nichts über Opfer oder Tod. Frauen werden berufen und werden zu Priesterinnen, das ist alles. Übrigens wurden bei der Ausgrabung keinerlei Knochen gefunden, obwohl Wilmot nicht so gründlich war, wie er hätte sein sollen. Außerdem ist es der einzige Fall, den ich finden konnte, und ich habe es mit ihrem Computer überprüft. Allerdings gib es viele Fälle von Frauen, die eigenartige Träume hatten. Und da ist noch etwas anderes, auf das ich gestoßen bin, als ich nach Artikeln zum Wythman gesucht habe: In den fünfziger Jahren ging da oft eine Gruppe hoch, Rock’n’Roller. In der Sonnwendnacht von 1957 gab es eine Razzia. Unter den Verhafteten, wegen Drogen und was sie damals ‚lüsterne Akte’ nannten, war auch ein Mädchen, das behauptete, durch Träume zum Hügel gerufen worden zu sein, Rosemary Evans. Damals wurde niemand verletzt.“

„Es hat auch nicht bis zum Sonnenaufgang gedauert“, entgegnete Violet.

Thomazina betrachtete leicht gereizt das Wasser, die Stirn gerunzelt. Aldon Head hing über ihr, mehr als einhundert Meter steilen, roten Felsens, an dessen Fuß sich mehrere, sanfte Überhänge eingegraben hatten, auf einer Höhe mit der Ebene. Sie saß auf einer davon. Rechts von ihr öffnete sich eine große Höhle ins Kliff. Der Überhang wurde in Richtung des Eingangs kontinuierlich schmäler. Die Öffnung war riesig, in den reinen Fels hinein geschnitten und fast ein Drittel so hoch wie das Kliff. Thomazina zollte der Pracht der Aussicht keinerlei Beachtung, sondern beobachtete stattdessen das Wasser, bis endlich der verräterische Wirbel erschien, den sie erwartet hatte, und Elunes Kopf und Schultern auf der Oberfläche auftauchten. Das kleine Mädchen grinste, ihr breiter Mund wölbte sich zwischen ihren Wangen, ihre Augen glitzerten vergnügt. Sie zog sich auf das Sims hinauf, stand auf und streckte sich; von ihrem nackten Körper tropfte Wasser auf den sonnenerhellten Felsen.

„Lernst du es denn nie?", fragte Thomazina.

„Sei nicht sauer", entgegnete Elune. „Es war lustig."

„Wir hätten erwischt werden können!"

„Du bist davongekommen, ich bin davongekommen."

„Ja, aber…"

„Ich habe den großen, hässlichen Polizisten hereingelegt und dazu gebracht, mich seinen Schwanz lutschen zu lassen, dann habe ich ihn ins Dock geworfen! Es war so lustig! Er ist direkt im Schlamm gelandet!"

„Elune! Jetzt wird er derartig wütend sein! Wir können uns in der Stadt nicht mehr sehen lassen."

„Na und! Ich hasse eure Städte. Sie stinken, und alle dort sind so groß und tollpatschig."

„Ich mag sie!"

„Doch nur, damit du all die Jungs ficken und lutschen kannst."

„Nein, es ist nicht nur das. Ich mag Eiscreme und Süßigkeiten und gebratenen Fisch und… und jede Menge andere Dinge. Ich wollte mein Tattoo neu einfärben lassen. Du verdirbst immer alles, Elune!"

„Draußen am Ness hält ein Eiswagen, dort, wo sie dieses lächerliche Spiel mit den kleinen, weißen Bällen und den Stöcken spielen."

„Golf."

„Tut mir leid, Thomazina. Ich besorge dir eine Napfschnecke, eine der großen Weißen."

„Ich hasse Napfschnecken."

„Nein, das tust du nicht, du schmollst nur. Also werde ich dich lecken. Du kannst auf mein Gesicht pissen. Würdest du dich dann besser fühlen?“

„Nein.“

„Setz’ dich auf mein Gesicht und mach’ es in meinen Mund. Ich werde es bestimmt hassen.“

„Nein, das wirst du nicht.“

„Dann bestraf’ mich, mach’, was du willst, aber hör’ auf zu schmollen.“

„Was ich will?“

„Was du willst.“

„Oh, in Ordnung. Ich frage Juliana um Rat.“

„Juliana!“

„Sie ist drinnen. Sie hatte sich gerade umgezogen, als ich hier ankam.“

„Oh, nein, du Schlampe!“

„Beschimpf’ mich nicht, Elune.“

„Es tut mir leid, Thomazina. Könntest du mich nicht einfach übers Knie legen? Vielleicht mit einer Wachsrose in mir? Das hat weh getan.“

„Ich weiß, dass es weh tut. Nein, Juliana ist besser. Sie weiß immer, was du brauchst.“

„Sie ist…“

Elune verstummte und blickte zum Höhleneingang. Thomazina folgte ihrem Blick und sah, wie ein anderes Mädchen aus dem Schatten trat. Sie war schlank, dunkelhaarig und etwa genauso groß wie sie selbst. Auch sie war nackt; ihr Körper glänzte von irgendeiner Art Flüssigkeit, mehrere große, rote Kreise zeichneten ihre Haut, zwei davon bedeckten ihre gut entwickelten Brüste. Zuerst sah sie selig aus, wie jemand, der gerade etwas wirklich Besonderes erlebt hat. Das änderte sich als sie sie sah, ihr Gesichtsausdruck wurde warm und freundlich, allerdings mit einem Anflug von Boshaftigkeit.

„Juliana!“, rief Elune aus. „Es ist so lange her!“

„In der Tat“, antwortete das Mädchen, „und Thomazina sagte mir, dass du dich nicht verändert hast.“

„Es war nur ein Scherz, ein Spaß.“

„Polizisten konntest du noch nie widerstehen.“

„Nein, die sind so aufgeblasen, so aufgeblasen wie die Faschisten. Du verstehst das doch, nicht wahr?“

„Natürlich, doch jetzt kann mich Thomazina nicht in die Stadt mitnehmen und mir hübsche Sachen kaufen.“

„Sie hat etwas Geld, und sie kennt einen Ort, wo wir Münzen verkaufen können und anderes Zeug, zu einem guten Preis, und das alles nur dafür, einmal übers Knie gelegt zu werden. Es ist ein Laden mit einem alten Mann. Man kann leicht mit ihm auskommen, nicht wahr, Thomazina?“

Thomazina lächelte nur und genoss Elunes wachsende Panik.

„Du hast mir meinen Spaß in der Stadt verdorben“, sagte Juliana ruhig, „also ist es nur fair, dass ich mit dir meinen Spaß haben werde, nicht wahr?“

„So könnte man es sehen“, entgegnete Elune schmollend, „aber nicht Peters Kreuz oder deine furchtbaren Fotzenkeile. Das könnte ich wirklich nicht ertragen.“

„Ich werde tun, was mit gefällt“, antwortete Juliana, „aber wir haben keine Zeit, die Keile anzufertigen, und ich bin sicher, dass man sie nicht einfach in Tawmouth kaufen kann. Also hast du noch mal Glück gehabt. Was also sollen wir stattdessen mit dir tun?“

„Wir sind hier nicht wirklich für uns“, erklärte Thomazina. „Es gibt da einen Spanner und einen alten Mann, der immer kommt, um die Mädchen zu betrachten. Jeder von ihnen könnte oben beim Tempel sein, und andere auch.“

„Interessiert uns das?“, entgegnete Juliana und sah hoch. Dort waren am Rand des Kliffs einige Büsche zu sehen.

„Nackt herumlaufen ist das eine, Folter etwas ganz anderes“, sagte Thomazina.

„Zuzusehen wie ein hübsches, kleines Mädchen gefoltert wird?“, entgegnete Juliana. „Ich würde annehmen, dass es ihnen gefallen würde, das zu sehen. Dennoch, du weißt das vermutlich besser. Hmm, ja, das ist es. Entsorgen die ihren Abfall immer noch bei Daccombe Bay?“

Elune lag flach auf dem Rücken. Ihr Körper war halb in einer Wasserlache versenkt und ihre Glieder weit ausgestreckt, Arme und Beine waren an ein Gewicht gefesselt, das zu schwer war, um von ihr bewegt werden zu können. Sie konnte durch die nassen Haare, die über ihr Gesicht hingen, nur wenig sehen, ein fragmentiertes, undeutliches Bild. Der Geruch des Meeres in ihrer Nase war sehr stark, vermischt mit Teer, Erde und überreifem, ja, verfaultem Zeug.

Sie hatten sie nach Daccombe Bay gebracht. Thomazina war etwas zögerlich gewesen, doch Juliana freute sich diebisch darauf, was sie bald mit ihr tun würden. Es war genau, wie sie es in Erinnerung hatte; eine Höhle unter einem hohen, trichterförmigen Kliff, einst eine öffentliche Müllhalde, inzwischen war es eine illegale, bot Julianas bösartiger und fruchtbarer Fantasie aber genug Nahrung. Als erstes hatten sie eine angemessene Stelle ausgewählt, ein flaches Wasserloch, das vom Kliff aus nicht zu sehen war. Man hatte sie quasi an Pfähle gebunden, ihre Handgelenke waren an einen Betonklotz mit verdrehten Eisenspänen gebunden, ihre Knöchel gespreizt und an Felsenblöcke gefesselt. Sie hatten abwechselnd auf sie uriniert, bespritzten ihren Körper und ihr Gesicht – und ließen sie beschmutzt und keuchend zurück. Dann hatte Juliana eine Hand auf ihr Geschlecht gelegt, sie zum Orgasmus gereizt und von schmerzhaften und entwürdigenden Bestrafungen gesprochen, bis Elunes Widerstand endlich gebrochen war. Sie war gekommen, während sie an einer Strähne ihres pissedurchtränkten Haares nuckelte, begleitet von Julianas Gelächter und Thomazinas nervösem Gekicher.

Sie hatten sie alleingelassen, aber sie konnte sie noch immer hören, wie sie den nächsten Teil ihrer Bestrafung diskutierten und zwischen dem Abfall nach Dingen suchten, die sie gebrauchen konnten. Es gab nichts, was sie tun konnte, außer an ihre Ekstase zu denken und daran, wozu es sie getrieben hatte, während sie auf mehr und auf Schlimmeres wartete. Ihre Brüste waren außerhalb des Wassers, genauso wie ihr Schamhügel; alles, was tiefer lag, war überschwemmt, besonders ihre Vagina war vollgelaufen, nachdem Juliana sie mit einem Finger geöffnet hatte.

„Perfekt!“, verkündete Juliana. „Wie viele haben wir denn?“

„Fünf, denke ich“, antwortete Thomazina, „nein, sechs.“

„Gut, ich fange schon mal an. Du suchst ein paar Krebse.“

Elune hörte, wie Juliana sich näherte. Ihr Körper versteifte sich automatisch, als etwas klappernd auf den Felsen neben ihrem Kopf fiel. Ein neuer Geruch gesellte sich zu den anderen, süßerer, vollerer Verfall.

„Wir haben eine nette Kleinigkeit für dich", kam Julianas Stimme wie aus dem Nebel, „eine feine Überraschung nur für dich, meine Hübsche."

„Was?", fragte Elune.

Juliana lachte nur, Elune aber dachte bereits an die Krebse, ihr Fleisch zitterte und zuckte bei dieser Aussicht. Etwas Weiches berührte ihren Bauch, wurde auf ihrer Haut verschmiert und der süßliche, verfaulte Geruch wurde stärker. Sie hörte ein nasses, glucksendes Geräusch und etwas Hartes, Kaltes und Rundes berührte sie zwischen den Brüsten, dann lief wieder etwas anderes, genauso kalt, aber weich zwischen ihnen hinunter. Ein Schauer durchlief sie als Julianas Hände ihre Brüste berührten und eine klebrige, klumpige Masse auf sie schmierten. Sie kniff in ihre Nippel und wanderte dann zum Hals hoch. Der Geruch wurde stärker, stärker, voll und berauschend, und als Julianas Hand einen Klumpen auf ihr Schambein klatschte, erkannte sie endlich den Geruch von Fleisch.

„Miststück!", rief sie aus. „Niederträchtiges, übles Miststück!"

Wieder antwortete Juliana nur mit einem leichtherzigen Lachen, und Elune fühlte, wie erst ein Finger und dann ein zweiter sich in ihre Vagina bohrte. Nun war sie offen und wurde mit der Schweinerei vollgestopft; Juliana stopfte es hinein, bis Elunes Vagina sich richtig aufgedunsen anfühlte. Etwas davon quetschte sich wieder raus, als Juliana losließ, und das fühlte sich noch obszöner an. Als mehr davon über ihre Vulva geschmiert wurde, begann sie, zu seufzen und ein Hohlkreuz zu machen, unfähig ihr Vergnügen trotz der furchtbaren Bestrafung zu verleugnen, besonders als die Finger ihrer Peinigerin ihre Klitoris gefunden hatten. Juliana kicherte und begann zu reiben; sie ließ Elune sich winden und mit den Hüften wackeln, weil sie mehr wollte, doch dann hörte es ebenso plötzlich auf, wie es begonnen hatte.

„Noch nicht, Kleines", rügte sie Juliana. „Komm schon, du wärst doch nicht glücklich, wenn es nicht richtig gemacht werden würde. Wir müssen doch alle deine Sinne zu ihrem Recht kommen lassen."

Während sie sprach hatte Juliana das Haar in Elunes Gesicht beiseite geschoben und ließ sie nun in das plötzlich strahlende Sonnenlicht blinzeln. Thomazina war zu sehen, am Ufer, wo sie einen Stein umdrehte. Juliana war an ihrer Seite, in der Hocke, ihr Geschlecht war offen, geschwollen und feucht vor Erregung. Neben ihr standen sechs Konservendosen, jede mit dem Bild eines großen, zufriedenen Hundes darauf, dessen Kopf über eine Schüssel mit bräunlichen Brocken und Fleischsaft gebeugt war.

„Hundefutter", sagte Juliana fröhlich. „Hier, nimm etwas."

Elune wich zurück, öffnete angesichts des warnenden Gesichtsausdrucks ihrer Peinigerin aber schnell den Mund. Juliana lächelte und steckte einen Finger in eine der Dosen. Elune starrte ihn mit offenem Mund an, dann schloss sie ihren Mund um Julianas Finger. Sie war ganz erfüllt von dem Geschmack. Sie schluckte das schleimige Zeug, mit verzogenem Gesicht. Julianas Gesicht hingegen zeigte Fröhlichkeit, völliges, unbeschränktes Vergnügen an Elunes Erniedrigung.

Julianas Hand ging erneut zu Elunes Geschlecht und massierte es, Finger glitten in ihre schmutzige Vagina, dann tiefer, drangen in ihren Anus ein und versahen das winzige Loch und ihre Pospalte mit ihrem Anteil an dem schmierigen Dreck. Elune stöhnte. Sie fühlte, wie ihr Arschloch sich öffnete und sich um Julianas Finger zusammenzog. Daraufhin glitt der Finger tiefer in ihr Rektum und ließ sie sich in Vergnügen winden und keuchen, bis es wieder abrupt aufhörte.

„Ich habe sieben", sagte Thomazina plötzlich. „Einer ist essbar."

„Dann gib' ihm ihre Fotze", ordnete Juliana an. „Wir werden ihr Gesicht verschonen, aber nicht diese goldigen, kleinen Tittchen."

Elunes Körper verkrampfte sich noch mehr, ihre Haut kribbelte in Vorfreude. Etwas Schweres wurde auf ihren Schamhügel gesetzt und machte sich dann schnell nach unten davon, seine Beine kitzelten ihre Haut, als der Krebs zwischen ihre Schenkel flüchtete. Eine Klaue berührte ihren Hintern, sanft, den Geschmack des Fleischs probierend. Sie stöhnte und schüttelte den Kopf.

„Halt sie fest, bis sie auf den Geschmack gekommen sind", befahl Juliana. „Gib' mir den großen, grünen."

Wieder berührte etwas ihre Brüste, erst die kühle Glätte des Unterbauchs des Krebses, dann die Klauen, die beim Versuch zu entkommen ihre Haut kratzten. Sie kreischte, ihr Schmerzensschrei entlockte Juliana ein freudiges Zischen. Der Krebs entspannte sich, schmeckte, seine Mundpartie fing an, in der übergangenen Fleischmasse zu arbeiten, aber ihre Haut berührend. Eine Klaue schloss sich um ihr Fleisch und sie schrie wieder auf und bog den Rücken.

Der Krebs an ihrem Geschlecht hatte angefangen zu fressen. Seine großen Klauen scharrten über die Haut ihrer Pospalte und über ihre Schamlippen, als er sein Fressen abkratzte. Ein weiterer wurde auf ihre noch freie Brust gesetzt, mehr auf ihren Bauch. Alle versuchten sich schnell davonzumachen, bis die Menge an Fressen sie ihre Angst überwinden ließ. Sie wand sich, schüttelte den Kopf hin und her; ihre Sinne waren überschwemmt von dem Geruch und dem Schmerz, den die Klauen auf ihrer nackten Haut ihr bereiteten.

Juliana stöhnte, und Elune sah, dass sie angefangen hatte, zu masturbieren. Thomazina kicherte, nervös, aber deutlich erregt, und Juliana bedankte sich leise, als sie von ihr gestreichelt wurde. Elune versuchte zuzuschauen, es zu genießen, wie ihre Freundinnen angesichts ihres gequälten Körpers in Ekstase gerieten, doch eine Klaue, die sich fest um einen Nippel schloss, ließ alles außer ihren Schmerz in einem langen Aufschrei verschwinden.

Eine andere Klaue verfing sich in ihrem Bauchnabel, Beine rutschten über ihren Bauch. Mundwerkzeuge berührten ihren anderen Nippel, prüften den Geschmack ihres Fleischs. Der große Krebs zwickte in ihre Schamlippen und zog sie auseinander. Seine Mundwerkzeuge berührten ihr inneres Fleisch, er fraß von dem gleichen verschmierten Hundefutter, das auf ihrem Körper klebte und ihren Mund mit seinem fruchtbaren Geschmack füllte. Ein Teil von ihm berührte ihren Kitzler und ihr Mund öffnete sich, ihre Zunge fuhr aus dem Mund. Klauen hielten beide Nippel in einem festen Griff, noch fester hielten sie an ihrem Geschlecht, streckten sie, schnitten in sie. Mundwerkzeuge berührten ihre Klitoris und riefen ein qualvolles Kitzeln hervor, als der große Krebs erst das Fleisch fraß, und dann unerträgliche Ekstase, als er anfing, von ihr zu essen.

Sie schrie, als sie kam, mit dem ganzen Volumen, zu dem ihre Lungen fähig waren. Ihr Kopf bebte, ihr fliegendes Haar spritzte Wasser und Pisse über die Felsen. Ihr Körper bog sich so weit als möglich durch in einer Verbindung von Agonie und Seligkeit, während sie in ihren Fesseln schrie und fluchte und sich wand. Sie nannte Juliana wieder und wieder ein Miststück, bis endlich die letzten Krebse von ihrem Körper weggezogen worden waren und sie sich, durch das Hundefutter kaum verständlich, murmelnd bedankte.

Sie war in dem Wasserbecken zusammengesunken und schnappte nach Luft, beschmutzt und erschöpft, ihr Körper wund und pulsierend. Die Mädchen blickten auf sie hinunter, Thomazina mit Erregung und Sorge. Juliana mit einer strahlenden Freude, noch immer in der Hocke, ihre Finger tief zwischen ihren Schenkeln, nass von ihren eigenen Säften.

Thomazina bewegte sich als erste. Sie stand auf und ging an Juliana vorbei, stellte dann ein Bein über Elunes Kopf und sank nach unten. Elune seufzte und streckte ihre Zunge heraus, kurz bevor Thomazinas fülliger, weicher Hintern sich auf ihr Gesicht setzte. Thomazina wackelte mit dem Hintern und Elune fing an zu lecken, erst den Anus ihrer Freundin und dann ihr Geschlecht. Eine Zunge schleckte die Knospe ihrer Klitoris, und Thomazina kam schnell und schrie ihre Ekstase hinauf zum leeren Himmel.

Thomazina stand auf und wurde von Juliana ersetzt, die von Elunes Zunge die gleiche Behandlung an Anus und Vulva erfuhr, bevor sie ihren zweiten Orgasmus erreichte. Damit wurde die Bestrafung als beendet erklärt, und Julianas spöttischer Tonfall macht es sehr deutlich, dass die Notwendigkeit, Elune zu bestrafen, nicht mehr als ein Vorwand gewesen war, um sich etwas zu gönnen. Elune wurde losgebunden und im Meer gewaschen; ihr Körper wurde geküsst und gehalten und dann auf ein geschütztes Felsstück gelegt, wo sie sich erholen konnte.

„Nun, zufrieden?“, fragte Elune Thomazina, als diese sich neben sie setzte.

„Oh, ich denke schon“, antwortete Thomazina, „aber benimm dich in Zukunft.“

„Ich werd’ es versuchen, aber das ist schwer, wenn du mich mit so grausamen Freuden in Versuchung führst. Wie könnte ich da widerstehen?“

„Versuch es, seinetwegen“, entgegnete Juliana. „Ihr sagt, dass es noch keine Spur von Aileve gibt?“

„Nein, bisher nichts.“

„Sie war eine Zeitlang bei mir, aber dann bin ich hochgekommen. Sie führte ein Restaurant, gleich hinter den ‚Sieben Schwestern’, zusammen mit einem Bär von einem Mann, nur Haare und Muskeln. Sie hat mich nachts gefüttert und wir haben am Strand gespielt, doch er fing an zu denken, dass sie sich mit jemanden anderem treffen würde, darum musste ich gehen.“

„Schade, wir hatten gehofft, dass ihr zusammen kommen würdet. Erzähl Elune, was geschehen ist, nachdem wir uns getrennt haben.“

„Ich ging nach Rom, aber es hatte sich verändert, und das hat mich nur traurig gemacht. Da bin ich nach unten gegangen und zu den Inseln westlich von Afrika. Dort habe ich für Geld getanzt und hatte Sex mit jeder Menge Männer. Die sind aber langweilig, und sie bekommen Angst, wenn man nur über Schmerz redet…“

Thomazina lachte und Juliana grinste dazu.

„Sie sind so weich, Juliana, so süß“, sagte Elune, „und du bist grausam.“

„Nicht wirklich grausam, Elune. Erinnerst du dich, was die Soldaten in Exeter mit mir gemacht haben, als ich dem christlichen Glaubensbekenntnis nicht folgen wollte? Sie haben mich auf dem Misthaufen festgebunden. Niemand wollte mir helfen. Sie haben nur gelacht, als ich um Gnade flehte, und sagten mir, dass ich nur ihre Religion akzeptieren müsse, und sie würden mich gehen lassen. Ich habe mich geweigert und ihnen gesagt, sie sollten ihr Schlimmstes versuchen. Dreißig oder mehr mussten mich genommen haben, bevor ich in Ohnmacht fiel, doch als ich wieder zu mir kam, habe ich mehr verlangt. Sie sagten, dass sie mich in Dung und Abfall begraben würden und mich ersticken ließen, wenn ich dem Glauben nicht abschwören würde. Das war grausam.“

„Was ist geschehen?“, fragte Thomazina.

„Er ist gekommen“, antwortete sie.

Kapitel Sieben

„Ein verdammtes, verrücktes Miststück!“, verkündete Jeff Perkins und nahm einen Schluck von seinem Bier.

„Lustig ist es aber doch“, entgegnete Ed. „Wie auch immer, du wirst sie schon kriegen. Wie viele Mädchen kann es schon geben, die dieser Beschreibung entsprechen?“

„Eins“, antwortete Perkins. „Ohhh ja, ich werd’ sie erwischen, und dann wird sie ja sehen, was so verdammt lustig ist.“

„Du denkst, es ist eine Bande?“

„Ja, zwei, vielleicht mehr, junge Mädchen, die auf unschuldig machen. Ich hab’ das alles schon erlebt – Ladendiebstahl, Diebstahl, Taschendiebstahl, und immer sehen sie aus, als könnten sie kein Wässerchen trüben. Es wird noch viele Vorfälle geben, wirst es sehen, sobald die Sache bekannt wird. Bisher konnten wird nur einen weiteren ausmachen, bei diesem alten Kerl, Hobbers, ihm gehört der Antiquitätenladen gegenüber. Er sagt, dass ein Mädchen versucht hat, ihm eine alte Münze anzudrehen, eine offensichtlich gestohlene Münze. Das ist die mit dem riesigen Vorbau, noch so eine gibt es nicht.“

„Also, was hast du vor?“

„Die kommen wieder. Das machen diese großspurigen, kleinen Miststücke immer, bis sie erwischt werden.“

„Gut. Jedenfalls, ich habe Neuigkeiten für dich. Ich werde Lily heiraten.“

„Gott, das ging ja ziemlich schnell, nicht wahr? Ich meine, nimm’s mir nicht übel, aber…“

„Tu’ ich nicht, Jeff. Tu’ ich nicht. Sie ist ein Juwel, zu gut, sie auskommen zu lassen. Ich war schon mit dreckigen Miststücken aus, und ich war aus mit Mädchen, die tun, was man ihnen sagt, ohne dass man ihnen eine herunterhauen muss. Lily ist beides.“

„Nett. Nun, Glückwünsche und alles.“

„Prost. Dennoch, nach neulich Nacht wirst du mir sicher zustimmen, dass sie zu gut ist, um sie entkommen zu lassen.“

„Verdammt richtig, die beste kleine Schwanzlutscherin, die ich in Jahren getroffen habe. Eine echte Schande, dass du so auf sie abfährst, wirklich. Davon hätte ich schon gern etwas mehr."

„Sehr witzig, Jeff. Aber ernsthaft, man weiß ja nie. Du kennst mich, ich bin niemand, der seine Kumpel im Regen stehen lässt, und solange es klar ist, dass ich das Sagen habe, wer weiß, vielleicht gibt es ja mehr. Sie wird tun, was ich ihr sage, das ist sicher, und sie hat das letzte Mal echt genossen."

„Oh Gott, ja, das war eine Nacht, die ich nicht so schnell vergessen werde."

„Es kommt noch besser. Letzte Nacht habe ich sie in den Arsch gefickt."

„Was? Direkt ins Scheißhaus?"

„Ja, direkt rein. Sie hat 'nen ziemlichen Aufstand gemacht, doch das hab' ich mir nicht bieten lassen. Ich hab' sie hinknien lassen und zuerst gefickt, dann hab' ich in ihren Arsch geschoben, ganz rein, bis meine Eier gegen ihre Fotze klatschten."

„Nett."

„Darauf kannst du wetten, Junge. Natürlich hat sie sich wie immer angestellt, geweint und so, aber es kam ihr, als ich in ihr drin war, darum weiß ich, dass das alles großer Quatsch ist."

„Typisch Frau. Nein, nein, nein, und die ganze Zeit brauchen sie's so dringend."

„Du hast recht, Jeff, es ist immer das Gleiche. Hinterher habe ich ihr gesagt, dass ich sie heiraten werde. Ich habe noch nie ein Mädchen gesehen, das so dankbar war."

„Du bist ein Glückspilz, Ed."

„Hat nichts mit Glück zu tun, Jeff. Behandle sie grob und sie essen dir aus der Hand. Noch ein Bier?"

Hobbers saß an seinem Schreibtisch, um ihn herum waren die örtlichen Telefonbücher ausgebreitet, dazwischen Spanking-Zeitschriften. Die Fotos von nackten Hintern und ausschlagenden Beinen glänzten im schwachen Licht einer einzelnen Glühbirne. Seit Sergeant Perkins ihm einen Besuch abgestattet hatte, war er mehr denn je entschlossen, das Mädchen aufzuspüren, das sich Thomazina genannt hatte. Sie war eine

Diebin, und sie war nicht allein, das wusste er jetzt, dennoch hatte er dem Sergeant nur ein Minimum an Informationen gegeben, da er wusste, dass er selbst sie viel besser würde einsetzen können.

Es schien nun unmöglich, dass sie sich irgendwie aus einem ordentlichen Spanking würde herauswinden können, wenn er sie nur finden würde. So viele der Geschichten in seinen Zeitschriften erzählten dieselbe Geschichte: Ein Mädchen wurde beim Ladendiebstahl erwischt und bekam die Wahl entweder verhaftet zu werden oder sich einer altmodischen Tracht Prügel zu unterwerfen. Sie wählten ausnahmslos die Prügel, und dann hieß es, runter mit ihren Schlüpfern, über den Schoß des Ladenbesitzers, ihre nackten Hintern erhoben als sie ihre gerechte Bestrafung erhielten. Obwohl er die Geschichten sehr genoss, wurden sie ihm doch von einem bohrenden Zweifel an ihrer Plausibilität immer etwas verdorben. Seine begrenzte Erfahrung sagte ihm, dass den meisten Mädchen die logischen Fähigkeiten fehlten, eine Tracht Prügel gegen die Konsequenzen einer Verhaftung aufzuwiegen. Es war wahrscheinlicher, dass sie instinktiv reagieren, die Prügel wütend verweigern und ein Vorstrafenregister als geringen Preis für die Bewahrung ihrer Würde ansehen würden.

In Thomazinas Fall wäre das anders, dessen war er sicher. Zum einen war sie ein bisschen beschränkt, zum anderen war sie es von zu Hause gewohnt, übers Knie gelegt zu werden, und damit würde die Idee keine solche Empörung auslösen wie bei modernen Mädchen. Außerdem hatte sie ja schon sexuellen Kontakt mit ihm gehabt und schien sich nicht daran zu stören. Sie hatte eine Dankbarkeit gezeigt, die er bei einem Mädchen für absolut ungewöhnlich hielt, waren Eitelkeit und Selbstsucht doch weiter verbreitete Züge. Man könnte sie dazu bringen, dessen war er sich sicher, könnte sie zwingen, eine Bestrafung für ihre Diebstähle zu akzeptieren und dafür, dass sie ihm die Münze verkauft hatte. Er könnte sie vielleicht überzeugen, die Prügel mit Dankbarkeit zu empfangen, als Gegenleistung dafür, dass er der Polizei nicht erzählte, was er wusste. Und sollte das nicht wirken, gab es immer noch Erpressung.

Das Problem war, sie zu finden. Seine Nachforschungen waren interessant gewesen, sogar faszinierend, hatten ihm aber kaum Hinweise auf ihre wahre Identität geliefert. Nur Eines fiel auf. Die echte Thomazina war eine Träumerin gewesen – ihre Zeitgenossen, auch ihre Schwestern, hatten sie für hellseherisch begabt gehalten und als nicht ganz von dieser Welt. Es schien durchaus möglich, dass sie von einem jungen, rebellischen Mädchen als Rollenvorbild angesehen werden konnte. Dennoch erschien es unwahrscheinlich, dass irgendein junges Mädchen von Thomazina Keeley gehört haben könnte. Schließlich waren Ausreißer und Diebe für gewöhnlich keine großen Historiker oder lasen Grabinschriften auf einem abgelegenen Dorfkirchhof. Es war klar, dass das Mädchen die Gräber gesehen hatte, und die wahrscheinlichste Erklärung wäre, dass sie eine Nachfahrin einer Keeley war, vermutlich von einer der Schwestern.

Da er sonst keine Hinweise hatte, begann er, nach Keeleys, Pardues und Draycotts zu suchen. Keeleys gab es erst in Exeter. Draycott war in Newton Abbot weit verbreitet, aber in Tawmouth gab es keine. Tawmouth führte allerdings einen einzelnen Pardue, John Pardue in der Exhibition Road. Es gab noch andere Zugangsweisen, die Ehenamen weiblicher Nachkommen vor allem, doch irgendwie klang John Pardue richtig. Die Exhibition Road kannte er, eine Häuserreihe, die von den Docks hoch zu den Eisenbahnschienen führte, eine der ärmlichsten Straßen der Stadt. Die Umgebung schien perfekt, um diese kleine Diebin hervorgebracht haben zu können, eine Diebin, die, davon war er inzwischen überzeugt, bald zu wund wäre, um sich hinzusetzen.

Lily saß an ihrem Schreibtisch und war völlig auf das Blatt Papier vor ihr konzentriert. Reverend Wilmots Diagramm des Wythman nahm darauf allmählich Form an. Jedes Detail wurde sorgfältig von ihr mit Anmerkungen versehen. Sie hatte den ganzen Tag gearbeitet und so versucht, die Erinnerungen daran, wie Ed sie benutzt hatte, aus dem Kopf zu bekommen, ebenso wie ihren übermächtigen Zwang, Sex zu haben. Sie war überzeugt, dass dies davon kam, dass sie Ed so sehr brauchte; eine Selbsterkenntnis, die sie mit Scham und Abscheu erfüllte, gegen die sie aber nichts tun konnte. Sie hatte sich bereits vier Mal selbst befriedigt, nackt auf ihrem Bett, egal wie sehr sie versuchte, ihre Gedanken der Arbeit zuzuwenden.

Der einzige Hauch von Trost, gegen die Art, wie sie von Ed angezogen wurde, waren ihre Träume, obwohl die seltsame Verbindung von Sex und dem riesigen Kraken, die sie brachten, sie mit Verwirrung und Schuld erfüllten. Ihre Schuld speiste sich außerdem aus der sicheren Einsicht, dass sie, um Ed zu entkommen, auf die Religion würde verzichten müssen, mit der sie aufgewachsen war, und das verwirrte sie mehr denn je. Nun, bekleidet mit einem Seidenhöschen und einem weiten Hemd, hatte sie sich einmal mehr der Arbeit zugewendet. Sie zwang sich, sich zu konzentrieren, obwohl das Bedürfnis, sich zum Orgasmus zu bringen, wieder wuchs.

Die Türklingel drang in ihre Gedanken. Sie stand auf und ging schnell zum Fenster. Sie hoffte, wegrennende Kinder zu sehen oder einen Betrunkenen, der auf die falsche Klingel gedrückt hatte. Es war nichts davon, sondern, wie sie befürchtet hatte, Ed, und noch schlimmer, der Polizeisergeant, Perkins.

„Komm schon, Baby, lass' deinen Geliebten rein", rief Ed. Seine undeutliche Aussprache zeigte mehr als deutlich, dass er betrunken war.

Lily zögerte, sie wollte sich dazu bringen, ihm zu sagen, dass er weggehen solle und erst wiederkommen, wenn er nüchtern war. Sein bereits aggressiver Gesichtsausdruck wurde zu Ärger, und sie zog schnell einen Morgenrock über und eilte zur Treppe. Er schob sich hinein, küsste sie und kniff ihr in den Hintern, dann verlangte er nach Bier. In der Wohnung warf er sich in einen Sessel, Perkins nahm den anderen. Lily beeilte sich, das Bier zu holen, um sich dann anzuziehen. Sie entschuldigte sich für ihre Erscheinung und war darauf versessen, die Verletzlichkeit, die sie in ihrem Bademantel fühlte, zu reduzieren.

„Mach' dir keine Mühe, Baby, wir mögen dich so", rief Ed. „Komm her und gib' mir einen Kuss."

Lily gehorchte. Sie war sicher, zu wissen, was bald geschehen würde, aber machtlos, es zu verhindern. Er zog sie zu sich heran, sein Atem schmeckte nach Bier und Zigaretten. Seine Hand schloss sich um ihren Hintern; er knetete eine Backe, genau vor den Augen von Perkins. Dies allein ließ ihr Blut ins Gesicht steigen, trotz allem, was Ed sie schon früher hatte tun lassen. Endlich ließ er sie los; ein harter Klatscher auf ihren

Hintern ließ sie stolpern, als sie aufstand.

„In Wahrheit“, sagte er langsam, „weiß ich, was ich gern hätte. Etwas Oben-ohne-Bedienung, das hätte ich gern. Was meinst du, Jeff?“

„Nett“, entgegnete Jeff. Seine Augen waren schon auf die Stelle fixiert, wo ihr Bademantel etwas aufgegangen war und die mit Spitzen besetzte Vorderseite ihres Seidenhöschens offenbarte.

„Hast deine sexy französischen Höschen an, hm, Liebes?“, bemerkte Ed. „Das ist prima, oben ohne in diesem nuttigen französischen Schlüpfer, das ist es.“

„Nett“, wiederholte Jeff.

„Komm schon, Lil, zieh’ dich aus“, befahl Ed. „Dürfen unseren Gast doch nicht warten lassen, nicht wahr?“

Lily drehte sich zu ihm um, und ihr Selbstwertgefühl sackte noch ein bisschen weiter ab bei diesem Missbrauch ihres Namens. Sie war Lily, sie war immer Lily gewesen; es war ein hübscher Name, den sie immer geliebt hatte und der ihrer Meinung nach zu ihr passte. Lil genannt zu werden, war furchtbar, ein vulgärer Name, der sie an Zigarettenstummel und übertriebenes Make-up denken ließ. Sie wusste allerdings, dass es sinnlos war zu protestieren, selbst wenn sie den Mut dazu aufgebracht hätte.

Ihre Hände lagen bereits auf ihrem Bademantelgürtel. Sie zog daran und er öffnete sich weit. Sie schob die Schultern hinunter und er fiel zu Boden. Sie nahm den Saum ihres Hemds und zog es über den Kopf aus. Jetzt war sie oben-ohne, nackt bis auf ihr Höschen, ihre Brüste waren zu sehen und ein beachtlicher Teil Hinterbacke. Sie war jetzt nichts weiter, als eine Oben-ohne-Bedienung, die nur dazu taugte, gaffende Männer zu bedienen – und sie wurde noch nicht einmal dafür bezahlt.

„Das ist mein Mädchen“, sagte Ed gedehnt. „Zum Teufel, du machst mich heiß, du geile, kleine Schlampe. Gut, bring’ mehr Bier und mach’ dir auch was, wenn du schon dabei bist.“

Lily ging eilig in die Küche. Sie war sich der Augen in ihrem Rücken nur allzu bewusst. Sich zum Kühlschrank herunterzubeugen, war noch schlimmer. Sie wusste genau, wie viel von ihrem Hintern zu sehen war und wie eng das Höschen über ihrem Geschlecht saß. Und es würde noch schlimmer werden, dessen war sie sich sicher: Man würde sie vermutlich zwingen, zu lutschen und zu schlucken, sicher würde es nicht mehr lange dauern, bis sie auch ihr letztes Kleidungsstück würde aufgeben müssen.

Sie wusste, dass sie es tun würde, dass sie jedem dreckigen Befehl gehorchen würde, den Ed ihr geben würde, und am Ende würde sie in hilfloser Hingabe kommen, es sei denn jemand würde sie stoppen. In gewisser Hinsicht war die Scham darüber, dass sie genau wusste, wie sie reagieren würde, schlimmer als der Umstand, nackt zu sein, ja sogar schlimmer, als zu deren Sexobjekt gemacht zu werden. Nachdem sie die Biere auf den Kühlschrank gestellt hatte, goss sie sich ein Glas Weißwein ein, dann trat sie rasch einen Schritt zurück, außer Sichtweite des Wohnzimmers und setzte die Flasche an den Mund. Kalter, beißender Muscadet floss ihre Kehle hinunter; und sie hörte erst auf, als sie Atemholen musste und stellte überrascht fest, dass sie fast die halbe Flasche getrunken hatte.

„Komm schon!", rief Ed. „Wir haben nicht den ganzen Tag oder legst du's drauf an, eine geschmiert zu bekommen?"

„Ich denk', das tut sie", lachte Perkins. „Auf ihren dicken Arsch!"

Ed antwortete mit einem Lachen, und Lily errötete stark, als sie die Getränke in die Hand nahm.

„Auf die Knie, kriech' mit ihnen her!", krähte Ed. „Komm schon, runter mit dir, zeig' etwas Respekt, du kleines Flittchen!"

Lily ging schnell nach unten, kroch auf ihren Knien ins Wohnzimmer und hielt den Männern ihre Dosen hin. Ed kniff in ihren Hintern und seine Finger schlüpften kurz unter ihr Seidenhöschen und zwischen ihre Schenkel.

„Sie ist patschnass, die dreckige Schlampe!", rief er. „Sie liebt das einfach, je grober, desto besser."

„Lass' deinen Gürtel auf ihrem Arsch tanzen, Ed, zeig' ihr, was mit Huren geschieht", entgegnete Perkins. „Komm schon, ich liebe es, einen vertrimmten Arsch zu sehen."

„Okay, ich mach's", antwortete Ed. „Komm schon, Lil, hoch mit dem Arsch. Wir wollen ihn sehen."

Lily sah ihn an; sie war unfähig zu sprechen und versuchte, mit ihren

Augen zu betteln. Er schnipste lediglich mit seinen Fingern und zeigte auf den Boden vor seinen Füßen, dann begann er, seinen Gürtel zu lösen. Sie beugte sich zitternd vornüber, hob ihren Hintern und fühlte, wie ihr Höschen zwischen ihre Backen rutschte und sie dadurch bis auf einen Spitzenstreifen entblößte.

„Verdammt prächtig, was für ein Arsch!", sagte Perkins gedehnt. „Schlag sie, Ed, lass' sie kreischen."

„Verdammt richtig", entgegnete Ed, und Lily hörte wie Leder über Baumwolle glitt, als er seinen Gürtel aus der Hose zog.

Sie verkrampfte sich, biss sich auf die Zähne und kniff die Augen zusammen. Es passierte, der Gürtel pfiff durch die Luft und landete mit einem Knall auf ihrem Hintern, eine Explosion von Schmerz, und dann hörte sie ihren eigenen Schrei. Er tat es noch einmal, und wieder. Er lachte, während er sie schlug. Bier schwappte aus seiner vollen Dose und spritzte auf ihren nackten Rücken und in ihr Haar. Perkins sah zu und massierte seinen Schwanz, dann lachte er und schlug sich vor Heiterkeit auf die Oberschenkel, als sie begann, die Kontrolle zu verlieren.

Ihre Füße trommelten auf den Teppichboden und ihre eigenen Schreie und Proteste drangen nur von fern an ihre Ohren. Der Schmerz war schrecklich, ihr Hintern sprang zu den Schlägen, das Geräusch von Leder auf Fleisch vermischte sich mit dem Gelächter der Männer. Ihr Geist hatte sich verabschiedet, alle Versuche, Würde zu bewahren, waren vergessen in ihrer verzweifelten Anstrengung, den Schmerz zu mildern. Sie kickte und kreischte, warf sich hin und her und wand sich. Sie brach auf dem Teppich zusammen unter einem Schauer von Tränen und mit Fäusten, die auf den Boden hämmerten.

Dann hörte es auf, genauso abrupt, wie es begonnen hatte. Sie langte zurück und umklammerte ihren brennenden Hintern, die Zähne vor Schmerz zusammengebissen, als sie ihre Backen drückte. Tränen von Scham und Elend liefen ihr Gesicht herab, verstärkt durch das heiße Pochen ihres Hinterns und ihres geschwollenen, erregten Geschlecht. Sie wusste, was die Prügel mit ihr gemacht hatten; andere Männer hatten es zuvor getan: eine sexuelle Reaktion hervorgerufen, indem sie ihre Arschbacken versohlten und sie dadurch geil machten, genau wie sie es nun war.

„Oh, das sieht echt lustig aus!", lachte Perkins. „Es ist Ewigkeiten her, seit ich gesehen habe, wie eine Frau eine ordentliche Tracht Prügel bekam, aber es bringt mich immer zum Lachen. Hier, Lil, zeig' uns deinen Arsch, die ganze Pracht."

„Mach' es", befahl Ed.

Lily drehte sich um und hob ihren Arsch; sie präsentierte ihn Perkins, der amüsiert grunzte.

„Da ein nasser Fleck, wusste ich's doch", sagte er. „Sie lieben eine gute Tracht Prügel, Miststücke, macht sie immer heiß."

„Dreh' dich um, Schlampe", verlangte Ed.

Lily beeilte sich zu gehorchen; sie rollte herum, um ihm den gleichen, unanständigen Anblick von geröteten Arschbacken und einem nassen Schritt zu bieten.

„Gott, das ist ein geiler Anblick", schnaufte er. „Zeit für deine Fotze, Lil, und du kannst Jeff einen blasen."

Sie nickte und akzeptierte starr ihr Schicksal. Sie erwartete, dass er ihr Höschen herunterziehen würde, hob ihren Hintern und spreizte ihre Schenkel. Dann stützte sie sich auf ihre Arme und öffnete ihren Mund für den Polizisten.

„Du bist zu verdammt eifrig, weißt du das?", knirschte Ed. „Vielleicht sollte ich dich wieder in den Arsch ficken, nur um dich zu lehren, was Schlampen passiert."

„Ohhh ja, mach' es", stimmte Ed zu. „Direkt ins Scheißhaus."

„Das werd' ich machen", entgegnete Ed, „und nur um dir zu zeigen, was für ein guter Kumpel ich bin, kannst du sie haben, wenn ich fertig bin."

„Nein, nicht das, bitte", bettelte Lily. „Das ist etwas Besonderes, nur für dich."

„Nein, Baby, du kapierst es wohl nicht, oder? Du bist mein Mädchen, du wirst meine Frau werden. Sicher, dein Körper ist etwas Besonderes, und lass' dir das bloß nicht zu Kopf steigen. Ich werde es sein, der dich fickt, ich und niemand sonst, für den Rest deines Lebens. Dennoch, du gehörst mir, und ich bin ein großzügiger Kerl. Ich teile gern mit meinen Freunden."

„Aber nicht das“, sagte sie bettelnd. „Nicht in meinen Hintern.“

„Hey, hey, Baby, nun komm schon. Wem gehörst du?“

„Dir“, antwortete Lily schwach.

„Ich kann dich nicht hören, lauter.“

„Dir“, wiederholte sie.

„Richtig, mir, darum machst du, was ich sage.“

„Aber ich bin immer noch wund!“

„Da kommst du bald drüber hinweg. Komm schon, du kleine Schlampe, du weißt, dass du es liebst. Jetzt zieh’ sie runter und zeig uns dieses süße, kleine Arschloch.“

Lily stand auf, langsam. Sie fühlte eine Welle absoluten Elends, als ihre Hände sich zum Bund ihres Seidenhöschens bewegten. Ed starrte sie an, die Hand in seinem Hosenschlitz, seinen Schwanz befummelnd. Auch Perkins starrte, seine kleinen Schweineäuglein taten sich an ihren nackte Brüsten gütlich.

„Dreh’ dich um, zeig’ uns, was du zu bieten hast“, trieb Ed sie an. „Gott, Jeff, sie ist so heiß, aber sie lernt nur langsam. Komm schon, Baby, mach’ es wie die Stripperinnen, schön langsam, mit raus gestrecktem Po, damit wir deine Fotze sehen können, wenn du dein Höschen herunterziehst.“

Lily drehte sich gehorsam um; Tränen stiegen in ihren Augen auf, als sie ihren Hintern herausdrückte. Sie wappnete sich und begann, ihren Schlüpfer herunterzuziehen. Sie fühlte jeden Zentimeter ihrer Entblößung, während die Seide über ihren Hintern glitt. Ed grunzte, Perkins leckte sich die Lippen, und dann war er nackt; ihr rundlicher Hintern war den Männern dargeboten. Sie wusste, dass es stimmte. Ihre Schamlippen waren von hinten zu sehen, öffneten sich in einem Nest von goldenen Locken. Ihre intimsten Geheimnisse waren entblößt, nackt der Aufmerksamkeit von zwei betrunkenen, lüsternen Männern preisgegeben. Sie konnte ihr Schluchzen nicht länger zurückhalten, fuhr aber fort, ihr Höschen nach unten zu schieben, ganz runter bis zu ihren Knöcheln und dann ganz weg.

„Nett“, sagte Ed langsam. „Bleib’ so, Baby. Hat sie nicht die süßeste, kleine Fotze, Jeff?“

Perkins grunzte zustimmend. Lily hielt still. Ihr Gesicht brannte vor

Schamröte, doch sie hielt ihre unanständige Pose und sah die Männer zwischen ihren Beinen durch an. Ed hatte seinen Schwanz herausgenommen und wichste ihn, eine lässige, dreckige Geste als Reaktion auf ihre Show. Perkins war nur andeutungsweise weniger obszön; seine Hosen waren offen und zeigten graue Unterhosen, aus denen sein steifer Schwanz wie eine solide Stange hervorstand.

„Zieh' sie auseinander", befahl Ed, „ lass' uns dein Arschloch sehen."

Lily langte nach hinten und spreizte ihre Arschbacken und spannte ihren Anus zu deren Prüfung. Sie zitterte. Sie war kurz davor, in Panik auszubrechen bei dem Gedanken daran, wie sie aussehen musste; nackt dazustehen, mit herausgestrecktem Hintern und auseinander gehaltenen Backen, ihr Arschloch ein dreckiger, brauner Kringel dazwischen, der vor Erwartung pulsierte.

„Jetzt, öl dein Loch ein", sagte Ed langsam. „Schmier' es, während wir zusehen."

„Womit denn?", fragte sie.

„Woher zum Teufel soll ich das wissen?", entgegnete Ed. „Was du normalerweise auch nimmst, wenn du dein Arschloch einschmierst, du kleine Wichserin."

„Sorg' dafür, dass es gut schmeckt!", lachte Perkins. „Ed will seinen Schwanz vielleicht in deinen Mund stecken, wenn ich an der Reihe bin!"

Beide Männer brachen in betrunkenes Gelächter aus, als Lily in die Küche rannte.

Juliana nahm einen letzten Bissen von ihrem Rochen und warf die zerquetschen Überreste des Knorpels in einen Mülleimer am Fuß einer Straßenlaterne. Sie blickte auf und beobachtete das hell erleuchtete Fenster aus dem so interessante Geräusche kamen. Die Straße war verlassen, die letzten Nachzügler auf ihrem Heimweg vom Pub waren schon durch, der Fish-und-Chips-Shop war dabei, zu schließen. Schon zwei Mal hatten Männer sie für eine Prostituierte gehalten, trotz ihrer ausgebeulten, meerwasserfleckigen schwarzen Kleidung, die weit an ihrem schlanken Körper hing. Als sie ihre Augen sahen, hatten beide schnell ihre Meinung geändert.

Sie war von einer Art Mitgefühl hierher gezogen worden und hatte den Rochen mehr zum Zeitvertreib gekauft als aus Hunger. Jetzt, da die letzten Menschen die Straße verlassen hatten, hatte sie angefangen, sich zu konzentrieren. Die Geräusche, die aus dem Zimmer drangen, ließen auf Grausamkeit schließen. Sie hatte die Schlaggeräusche gehört und das herzlose, männliche Lachen, vermischt mit den Schreien einer Frau, und nahm an, dass ein Mädchen geschlagen wurde. Dass es dabei auch ein Element des Vergnügens gab, daran hatte sie keinen Zweifel, und sie wollte es sehen.

Sie stützte sich ab, schloss ihre Beine um den Laternenpfosten und fing an, sich hochzuziehen. Sie kam schnell auf die Höhe des Fensters. Sie konnte das Mitleiden spüren, jetzt war es stark, und sie erwartete halbwegs Aileve zu sehen, die sich ein Paar betrunkener Dockarbeiter gönnte. Stattdessen sah sie eine junge, blonde Frau, nackt, auf allen Vieren, mit einem pfirsichförmigen Hintern, der zum Fenster zeigte. Ein Mann war zu sehen, auf einen Stuhl gefläzt, mit einer Bierdose in der einen Hand und seinen steifen Penis in der anderen. Ein anderer war näher am Fenster, doch von ihm war über der Rückenlehne eines Sessels nur der Kopf zu sehen.

Juliana lächelte. Sie konnte die Angst und die Erregung des Mädchens spüren. Sie war schön, und auch ängstlich, doch was sie tat, ließ auf einen köstlichen Zug Lüsternheit schließen. Sie hielt eine Büchse in der Hand, der Deckel war abgeschraubt. Die Finger des Mädchens griffen tief hinein und schöpften dickflüssigen, dunklen Honig heraus. Juliana leckte sich die Lippen bei dem Gedanken an den süßen, vollen Geschmack, und dann erneut, als das Mädchen nach hinten griff und ihn zwischen ihre reifen Hinterbacken schmierte. Ein Finger verschwand in ihrem engen Anus, wurde wieder herausgezogen, klebrig mit Honig, nur um wieder hineingestoßen zu werden; ein zweiter Finger folgte schnell.

Die Männer redeten; während das Mädchen ihren Hintern befingerte, machten sie lüsterne Bemerkungen, Bemerkungen, die ihr Gesicht in Schamesröte feuerrot hatten anlaufen lassen. Ihr Hintern war genauso rot, die schweren, sich teilenden Backen zeigten dunkle Striemen von den Prügeln, die sie erhalten hatte, ja, der ganze runde Pfirsich war von der

Bestrafung tief rot. Wieder leckte Juliana sich die Lippen und dachte an die Erregung, ein so schönes Mädchen zu schlagen, und an den Geschmack von süßem Honig zwischen den Schenkeln einer anderen Frau.

Das Mädchen hatte jetzt drei Finger in sich, ihr Anus war ein Ring gedehnten, rosafarbenen Fleischs, mit einem winzigen schwarzen Loch in der Mitte. Der Honig lief über ihr Geschlecht nach unten. Er fing sich dickflüssig und golden in ihren Schamhaaren und tropfte von ihrer Klitoris. Juliana ließ ihre eigenen Finger zu ihrem Schritt rutschen. Während sie ihre Beine noch fester um den Laternenpfahl wickelte, knetete sie bereits ihre Schamlippen. Innen ging einer der Männer auf das Mädchen zu und stieß seinen Schwanz in ihr Gesicht. Sie schien etwas zögerlich, nahm ihn aber, ihre Backen zogen sich zusammen, als ihr Mund gefüllt wurde. Der andere Mann bellte einen scharfen Befahl und die Finger des Mädchen lösten sich von ihrem Arschloch und ließen es weit offen, eine schwarze Öffnung in ihren Körper, aus der goldener Honig lief.

Juliana schob ihre Hand in ihre Hose an ihr nacktes Geschlecht. Sich gut festhaltend sah sie zu, wie der zweite Mann sich hinkniete und ihr so den Blick auf den Hintern des blonden Mädchens versperrte. Er grunzte, und sie bemerkte, wie ihre eigenen Muskeln darauf reagierten, und bei dem Gedanken, wie sein Schwanz sich in ihr honiggefülltes Rektum hineinzwingen würde, kam sie, ihre Zähne zusammengebissen von der Anstrengung, auf ihrem Höhepunkt nicht herunterzufallen.

Lily kniete auf dem Boden; ihr Mund war um Jeff Perkins' Schwanz geschlossen, ihr Hintern hoch rausgestreckt, die Öffnung vollgestopft mit Eds Penis, während er ihren Hintern fickte. Es brannte, genau wie vorher, der stechende Schmerz mischte sich mit einem dumpfen, weit ausstrahlenden. Doch das Vergnügen war zu groß, geleugnet werden zu können – die atemlose Ekstase, dass sich ein Penis in ihrem Rektum bewegte, die schmutzige Unterwerfung, die darin lag, einem anderen Mann einen zu blasen, während sie in den Arsch gefickt wurde, ja selbst die furchtbare Scham, nackt zu sein und an beiden Enden benutzt zu werden, während sie zusahen. Eds Hände lagen auf ihren Arschbacken und spreizten sie mit den Daumen, während er sie fickte. Perkins hielt ihren Kopf fest; er fickte ihren Mund und murmelte Obszönitäten, während sie seinen Schwanz lutschte. Es war zu viel, und sie wusste, dass ihre Entschlossenheit sie bald verlassen würde, dass sie nach unten langen würde und schamlos vor ihnen masturbieren würde, zumindest wenn Eds Eier, die gegen ihre leere Vulva klatschten, sie nicht vorher so weit bringen würden.

„Sie ist so eng!“, grunzte Ed. „Du wirst es lieben, Jeff. Komm schon, Lil, du kleine Hure, lutsch ihn und denk daran, wo sein Schwanz bald hingehen wird, direkt in deinen dreckigen, kleinen Arsch!“

„Ich muss es machen, Ed, oder ich komme gleich jetzt“, grunzte Perkins. „Komm schon, lass’ mich ihr Scheißhaus stopfen. Du kannst sie dich ja währenddessen lutschen lassen.“

„Halt’ durch,“ keuchte Ed.

„Komm schon, Ed, mach’ es schon,“ knurrte Perkins. „Lass’ die kleine Schlampe lecken! Steck’ ihn in ihren Mund, nachdem er in ihrem Arsch war!“

Ed stoppe abrupt, und Lily war plötzlich mit einer schrecklichen Gewissheit erfüllt: Er würde es tun, er würde es wirklich tun. Perkins hatte sie an den Haaren und mit seinem Steifen in ihrem Mund hatte sie keine Chance zu protestieren. Ed zog sich aus ihr zurück, ihr Ring wurde umgestülpt und brannte, als sein Steifer ihr Arschloch verließ. Es war frei, und sie ließ einen fahren. Sie zuckte mit neuer Scham zusammen, als beide Männer lachten.

Perkins ließ ihren Kopf los und bewegte sich zur Seite; sein Schwanz rutschte heraus, er glänzte von ihrem Speichel. Ed kam näher, sein erigiertes Glied stupste ihren Arm. Sie drehte sich herum, blickte hoch und flehte mit ihren Augen, war aber nicht in der Lage zu sprechen, unfähig, den versauten Akt, dem sie bald unterworfen werden würde, zu verweigern. Er grinste lediglich und schob seinen Schwanz an ihr Gesicht; die straffe, rote Haut glänzte vor Honig und Schleim. Sie schluckte, sie versuchte, sich selbst zu stoppen, wusste aber, dass sie es tun würde. Sie würde an dem Steifen lutschen, der gerade in ihrem Hintern gewesen war, einem geschwollenen, dreckigen Penis, der feucht war von ihrem eigenen Schleim.

Ihr Kopf bewegte sich nach vorne, als ihr Körper auf das antwortete, was ihr Kopf nicht akzeptieren konnte. Sie machte den Mund auf, vorsichtig, widerwillig und kämpfte mit ihren überkochenden Emotionen. Doch Ed verlor die Geduld, packte sie bei den Haaren und stieß seinen dreckigen Steifen tief in ihren Mund. Lily brachte ein gedämpftes Keuchen hervor und schon lutschte sie. Ihre Augen waren geschlossen, während sie sich selbst und ihn schmeckte – und auch den Honig. Sie schluckte wieder und wieder, ungläubig, dass sie derart verdorben sein konnte.

„Sie liebt es, das schwanzlutschende, kleine Flittchen", grunzte Ed. „Oh, das ist gut. Komm schon, Jeff, schieb' ihn in ihren Arsch."

Hände ergriffen Lilys Arschbacken und spreizten sie auseinander. Ihr Anus brannte, doch sie wusste auch, dass er nass und weit war – und dass er bald in ihr sein würde, nicht ihr Liebhaber, sondern ein Mann, dem ihr Liebhaber gestattet hatte, sie zu benutzen. Die runde, feste Spitze seines Schwanzes stieß an ihr Arschloch, drückte dagegen und glitt in der schleimigen Sauerei, die aus ihr heraussickerte, glatt vorbei. Er drückte erneut, dieses Mal hielt er seinen Schwanz an die Öffnung. Sie fühlte einen schmerzhaften Stich, ihr Schließmuskel gab nach und drei Viertel seines harten Glieds wurden in ihr Inneres gerammt. Sie schnappte nach Luft und erstickte fast an dem Penis in ihrem Mund. Ed gab ein erfreutes Grunzen von sich und stieß seinen Schwanz tiefer hinein, bis in ihren Hals. Gleichzeitig schob sich Perkins weiter vor und zwang den Rest seines Schwanzes in ihr Rektum, bis seine Eier auf ihre leere, aber triefende Vagina trafen.

Sie begannen, sie zu benutzen, schaukelten vor und zurück, ihre Schwänze in ihr gleitend, im Mund und im Rektum, beides Orte, von denen man ihr beigebracht hatte, dass sie es niemals erlauben dürfe, dass der Penis eines Mannes dort eindrang. Ihr Kopf drehte sich in völliger, totaler Demütigung, doch eigentlich weniger über das, was sie tat, sondern darüber, dass sie nicht wollte, dass es aufhörte. Die Eier des Polizisten klatschten gegen ihre Vulva, während er sie in den Arsch fickte; es war dasselbe obszöne Gefühl, das sie schon das erste Mal zum Orgasmus gebracht hatte. Nun brauchte sie es wieder. Sie langte zurück, griff nach seinem Hodensack und drückte ihn gegen ihr Geschlecht.

„Gott!“, keuchte Perkins. „Die kleine Hure reibt sich an meinen Nüssen.“

„Dreckiges Stück“, brachte Ed heraus und kam in Lilys Mund.

Sie fühlte wie es geschah, wie sein Samen ihren Hals hinabgespritzt wurde, als er seinen Penis tief in ihre Speiseröhre zwängte. Während sie zu ersticken drohte, ächzte er, besonders als ihre Muskeln sich verzweifelt krampfartig zusammenzogen und dabei den Kopf seines Penis massierten. Er stöhnte weiterhin und ignorierte ihre Versuche, sich zu befreien, nur um sich plötzlich aus ihrem Mund zurückzuziehen und einen letzten Klecks auf ihrer Nasenspitze abzusetzen.

„Nett“, grunzte Perkins. Dann keuchte er, als sie einmal mehr seine Eier gegen ihr Geschlecht zu reiben begann.

Ed hatte sich zurückfallen lassen und Lilys Kopf in seinen Schoß gezogen. Sie fing an, seine Eier zu lecken, nahm sie in ihren Mund, lutschte an ihnen und rollte sie über ihre Zunge. Sein Schwanz wurde allmählich schlaff, doch das kümmerte sie nicht. Sie kam, sie kam mit dem harten Schwanz des Polizisten in ihrem Rektum, die raue Haut seines Hodensacks rieb immer wieder über ihre Klitoris, und dann waren da noch die zwei Eier in ihrem Mund, die nach Ed schmeckten und nach Honig und nach ihrem eigenen Saft.

Ihr Schließmuskel krampfte sich wieder um Perkins’ Schwanz zusammen, und begann zusammen mit dem Eingang ihrer Vagina zu pulsieren. Nun explodierte der Orgasmus auch in ihrem Kopf; die ganze, schmutzige Erfahrung wiederholte sich wieder und wieder: strippen, lutschen, in den Arsch gefickt werden und das Beste von allem, Eds Schwanz zu lutschen, nachdem er ihn in ihrem Arsch gehabt hatte. Einen langen Augenblick lang war alles vollkommen, selbst Perkins’ Wampe, die hart gegen ihre Arschbacken klatschte, als auch er anfing zu kommen. Und dann war es vorbei. Als der Polizist ein letztes, schweres Grunzen von sich gab und seine ganze Ladung in ihr Rektum abspritzte, füllte sich ihr Kopf mit Scham und Schuldgefühlen.

Lily sank zusammen, sie schluchzte und beachtete den Schmerz überhaupt nicht, als der Polizist seinen Schwanz aus ihrem Anus zog. Das Loch blieb offen, eine brennende, entzündete Masse, aus der Samen und

Honig und ihre eigenen Säfte rannen. Sie ließ es einfach laufen, fühlte, wie der heiße Schleim ihr Geschlecht hinunter und in ihre Schamhaare sickerte. Verschmutzt und erschöpft, wie sie war, interessierte es sie nicht länger, dass sie ein offenes, obszönes Bild abgab, oder dass ihr Mund noch voll von Samen war.

„Einen hinten rein, eh, Lil?", sagte Ed betont langsam. „Gibt nichts Besseres."

„Danke, Ed, das war klasse", fügte Perkins hinzu. „Sie ist eine echt heiße Mieze, deine Lil."

„Ich geh' mich besser waschen", sagte Lily, getroffen von Perkins offener und völliger Missachtung ihrer Person, aber unfähig, die notwendigen Worte zu finden, ihm zu antworten.

„Geh' erst nachsehen, ob noch Bier im Kühlschrank ist, Baby", sagte Ed.

Lily war bereits aufgestanden und kehrte bei seinen Worten um. Sie ging schnell in die Küche und holte den letzten Viererpack Bier, den sie auf Eds Befehl hin eingekauft hatte. Im Wohnzimmer waren die beiden Männer zu ihren Sitzen zurückgekehrt, ihre schlaffen Schwänze hingen noch immer aus ihren Hosenschlitzen.

Ed sah, wo ihre Augen hinwanderten, und scherzte, „Das ist für später. Wenn du ein braves Mädchen bist, werd' ich vielleicht deine Fotze ficken, während du Jeff noch einen bläst."

Lily sagte nichts dazu, sondern gab ihnen das Bier und ging ins Badezimmer. Sie wusch sich langsam und dachte darüber nach, was sie getan hatte. Scham und Schuld brannten in ihrem Kopf, doch es war ihr auch unmöglich, das Vergnügen zu leugnen, das sie sich genommen hatte, oder wie gut sich ihr Orgasmus angefühlt hatte. Sie fühlte sich auch beschützter als je zuvor, als Eds uneingeschränkter Besitz, obwohl eine schwache, wütende Stimme im Hintergrund ihr sagte, dass sie pathetisch war und dass jede Frau mit auch nur ein bisschen Mut sich auflehnen würde.

Nach ihrer Dusche trug sie beruhigende Salbe auf ihren Hintern auf; sie schloss ihre Augen in Seligkeit, als sie sie in ihre blau geschlagenen Backen massierte. Die Prügel mit dem Gürtel hatten geschmerzt, doch wieder konnte sie die Erregung dabei nicht leugnen oder das Gefühl, dass es einfach nur war, was sie verdiente. Ihr Anus kam als Letztes an die Reihe, der wunde, kleine Ring wurde eingecremt und ein Finger glitt in das heiße Innere ihres Hinterns. Es war unmöglich zu vergessen, dass die Schwänze von zwei Männern vor kurzem genau da gewesen waren, wo jetzt ihr Finger war, und während sie ihn rein und raus gleiten ließ, fragte sie sich, ob sie sie vielleicht heute Nacht noch einmal in den Arsch ficken würden.

Sie puderte sich und bürstete sich die Haare. Sie dachte sich, dass sie wenigstens hübsch aussehen wollte, wenn sie schon gebraucht werden würde. Ed würde ihr vielleicht sogar ein Kompliment machen, obwohl es wahrscheinlicher war, dass er verlangen würde, dass sie seinen Schwanz gleich wieder in den Mund nehmen solle. Ihr Gesicht verzog sich zu einer süßsauren Grimasse angesichts ihrer Erwartungen, was noch mit ihr geschehen würde. Sie kehrte ins Wohnzimmer zurück und fand beide Männer bewusstlos in ihren Stühlen zusammengesunken. Ed hielt sogar noch eine Bierdose in seinen schlaffen Fingern.

Violet lag ruhig da, ihr Kopf war in Nichs Armbeuge gebettet. Er hatte sein Bestes getan, ihre Ängste zu beruhigen, aber keinen großen Erfolg gehabt. Die zeitliche Übereinstimmung von Thomazina Keeleys Verschwinden und der Öffnung des Hügels war kein reiner Zufall, dessen war sie sich sicher. Was einfach nur ein scherzhaftes Spiel gewesen war, war zur furchterregenden Realität geworden, und sie fürchtete sich einzuschlafen aus Angst davor, was der Schlaf bringen würde. Dennoch war sie müde. Sie hatte sich noch nicht völlig von der Nacht davor erholt, und die zwei Flaschen schweren Rotweins, die sie mit Nich und Yasmin getrunken hatte, machten sie auch schläfrig. Ihre Gedanken kehrten immer wieder zu diesem Ort oben am Wythman zurück, zu der warmen, dunklen Nacht, dem Geruch nach Weihrauch und sommerlichem Gras…

Wieder war sie oben auf der Klippe und blickte auf das funkelnde Meer hinaus. Sie war nicht nackt, sondern trug das kurze, weite Oberteil, in dem sie zu Bett gegangen war. Es war schwarz, die Vorderseite war mit okkulten Symbolen in Gold und Silber bestickt. Und es war kurz, unterhalb der Taille war sie völlig entblößt, und sie war sich ihres nackten Hinterns und

Schamhügels nur allzu bewusst. Sie drehte sich um, sie wusste genau, was sie zu sehen erwartete. Und wirklich, Reverend Wilmot stand vor dem geöffneten Wythman, seine Arbeiter waren um ihn versammelt, alle starrten sie an. Unfähig, sich zurückzuhalten, trat sie vor.

„Eine Hexe, ich wusste es!“, zischte Wilmot. „Und eine Dirne! Seht, wie sie sich zur Schau stellt.“

Ihr Mund öffnete sich in der Absicht, sich zu entschuldigen, dann schloss er sich wieder. Sie war verwirrt und nicht in der Lage, ihren Kopf oder ihren Körper zu kontrollieren.

„Schnappt sie euch, schlagt sie!“, brüllte Wilmot, und die Arbeiter bewegten sich auf sie zu.

Sie wurde festgehalten; sie drückten sie vornüber und pressten ihr Gesicht auf die Erde; ihre nackten Arschbacken standen hoch hinaus. Ihr Top wurde hochgezogen und ihre Brüste entblößt. Ihre Knie wurden auseinander gekickt und so ihr Geschlecht leicht geöffnet. Hände waren auf ihr und hielten sie unbeweglich. Wilmot fing an, aus seiner Bibel zu lesen, als der Größte der Arbeiter hinter sie trat; in seiner riesigen, roten Hand hielt er seinen Spaten. Ihr Hintern zuckte, als der Spaten niederfuhr, doch sie fühlte keinen Schmerz, sondern nur Scham darüber, geschlagen zu werden, und Angst vor dem, was geschehen würde, sobald ihr Hintern rot und ihr Geschlecht feucht war.

Sie erhielt zehn harte Schläge unter der Begleitung ihrer eigenen Schreie und der dröhnenden Stimme des Priesters. Danach lag sie flennend auf dem Boden, in Tränen gebadet, und bettelte um Gnade. Wilmot nickte lediglich, drehte ihnen den Rücken zu und ging Richtung Meer. Der größte Arbeiter legte seine Hände an seinen Gürtel, und da erst dachte sie daran, den Gott anzurufen.

Sie brüllte, doch von allen Seiten sprangen Schwänze aus Hosenschlitzen, riesige, rote Schwänze, so groß und grob wie die Arbeiter selbst, jeder von ihnen steif und bereit für ihren Körper, bereit, sie zu vergewaltigen. Violet schrie, sie flehte den Gott an, stammelte Entschuldigungen für ihre Angst, für ihren Mangel an Glauben. Sie hob ihren Kopf, ihre Augen fixierten den dunklen Eingang, der in die Erde führte. Tränen flossen in Strömen aus ihren Augen, während dreckige, große Daumen ihre

Arschbacken ergriffen und auseinander stemmten. Der riesige, runde Kopf eines Schwanzes stieß gegen ihre Muschi, und in der Dunkelheit bewegte sich etwas Grünes.

Die Männer schrieen und verschwanden. Sie wurde fallengelassen, auf dem Boden ausgestreckt, krümmte sich in einer Haltung absoluter Erniedrigung, als Sigodin-Yth aus der Erde kam. Kein einziger Muskel ihres Körpers gehorchte ihr. Als der Gott kam, starrte sie ihn wie hypnotisiert an. Er sah fast aus wie ein Mann, mit Nichs Körper, schlank und muskulös, doch der Kopf war das Gegenteil, ein fetter, grüner Krake, riesige grüne Augen, die geradeaus blickten, Fangarme, die sich auf sie zu wanden. Und er war steif, ein riesiger Penis stand von seinem Körper weg. Er hatte dieselbe blassgrüne Farbe wie der Körper, sah aus wie der Schwanz eines Mannes, allerdings mit acht sich windenden, kleinen Tentakeln, die um den knolligen Kopf herum herauswuchsen.

Er nahm sie; seine Tentakel umfingen ihren Kopf, seine Hände ergriffen ihre Arme. Sie blickte hoch, in sein Gesicht, sah, wie die Fangarme sich teilten und einen nassen Mund mit dicken Lippen offenbarten. In ihrem Kopf kämpfte Erleichterung mit Abscheu, doch ihr Körper wollte ihr noch immer nicht gehorchen, und sie ließ sich vorwärtsziehen. Ihr Mund öffnete sich von ganz allein, um den blubbernden Krakenmund zu küssen.

Die Fangarme nahmen sie, sie legten sich um ihre Brüste, die Saugnäpfe machten ihre Nippel steif. Andere nahmen ihren Hintern, sie öffneten ihre Backen, stupsten gegen ihren Anus, teilten die Lippen ihrer Vagina. Der Kuss hörte auf und ihr Kopf wurde nach unten gedrückt, zu dem grotesken, mit Tentakeln umrahmten Schwanz. Sie konnte nicht anders als den Mund zu öffnen und schmeckte Fisch, als der dicke Kopf an ihren Lippen vorbeigedrückt wurde und die Tentakel sich in ihrem Mund wanden, während sie seinen Schwanz lutschte. Ihr Körper wurde vorwärtsgezogen, hinunter in den Hügel, während ihre Beine und ihr Hintern festgehalten wurden. Seine Fangarme umfassten sie, während sie an ihm lutschte, und beugten ihren Körper, bis seine Knie die ihren berührten und er sie weit auseinander drückte.

Sie zog den Kopf zurück und der Penis rutschte aus ihrem Mund. Ihre

Schenkel öffneten sich für den Gott, als er sie bestieg, und seine Tentakel wanden sich über ihren Körper und ihren Kopf. Sein Schwanz fand ihre Öffnung; der Tentakelring bewegte sich auf ihrem Fleisch, wand sich in ihrer Vulva, saugte an ihrer Klitoris. Sein Mund fand den ihren, ihr Kopf wurde fast von den acht Fangarmen erstickt. Sein Schwanz war jetzt in ihr, die Schwanz-Tentakel noch immer über ihr Geschlecht gebreitet. Sie konnte fühlen, wie seine Saugnäpfe zu küssen begannen, auf ihrem ganzen Körper, wie sie sie umwickelten und ganz umschlossen hielten. Sein Fleisch pulsierte, der Penis schwoll an in ihrer Vagina, der Fangarm in ihrem Hintern dehnte sich aus und füllte sie zum Bersten. An ihren Brüsten wurde gesaugt, ihr Bauch und ihr Nacken gekitzelt, ihre Klitoris geneckt, und sie kam, wand sich in seiner Umarmung, von einem Gott gefickt, ausgestreckt und von seinem Körper umfangen, wie auch sie ihn umfing. Sie zappelte und schrie in Ekstase wie noch nie in ihrem Leben…

Violet erwachte schreiend, ihre Schenkel hatten sich um ihre Hand geschlossen, ihre Bettsachen hatten sich eng um sie gewickelt und waren von Schweiß durchnässt. Ihr Geschlecht war klatschnass, und sie wusste, dass sie wirklich gekommen war, dass sie einen Orgasmus gehabt hatte, trotz des Schreckens und des Abscheus, die sich mit der Verzückung ihres Traums vermischt hatten. Nich war wach. Er stützte sich auf einen Ellenbogen und seine Augen leuchteten in dem schwachen Licht grün.

„Er ist für mich gekommen“, brachte sie heraus. „Sigodin-Yth, er ist für mich gekommen und er hat mich genommen, im Wythman, und er hatte deinen Körper und deine Augen.“

Lily erwachte zitternd. Es war derselbe Traum gewesen wie zuvor, nur lebendiger und detaillierter. Sie war in der Kathedrale gewesen und den Mittelgang hinaufgegangen, um Eds Braut zu werden. Erneut hatte diese winzige, koboldhafte Frau Schock und Empörung ausgelöst, hatte wieder den Taufstein geschändet, indem sie darauf uriniert hatte, ihr Geschlecht offen und für alle zu sehen, die Pisse aus der Mitte schießend. Wieder hatten die großen Tentakel die hohen Buntglasfenster von außen zerschlagen.

Dieses Mal hatten sie nicht Ed genommen, sondern sie, hatten sich um sich geschlungen in einer Umarmung, die große Kraft zeigte und doch außergewöhnlich sanft war. Sie war hochgehoben worden, vor ihrem Schicksal gerettet, und damit überkam sie eine wundervolle Sicherheit, die viel, viel stärker war als das Gefühl des Beschütztwerdens, das sie bei Ed hatte oder jemals bei einem anderen Mann erlebt hatte. Es war einfach gewesen zu kapitulieren, das Einfachste überhaupt, und sie hatte weder Angst noch Schrecken gefühlt, als sie von Ed weggetragen wurde.

Sie war aufgewacht, aber sie hatte genau gewusst, was geschehen würde. Die Arme würden sie herangezogen und sanft ihre Schenkel geöffnet haben, ihr Geschlecht gespreizt haben. Er wäre in sie eingedrungen, sie hätte sich bereitwillig selbst angeboten, während ihr Hochzeitskleid ihr Stück für Stück ausgezogen worden wäre. Sie hätte die Penetration willig akzeptiert und damit alle Verbindungen zu Ed gekappt und sich ganz dem Gott gegeben.

Und es war ein Gott, dessen war sie sich sicher, der Gott, dessen Bild unter dem Wythman eingezeichnet war, die vorkeltische Gottheit, von der Nich Mordaunt gesprochen hatte, der Achtarmige, Sigodin-Yth. Im Hintergrund ermahnte sie die Stimme der Vernunft, nicht absurd zu sein und dass eine solche Gottheit nicht existierte, doch diese Stimme zu akzeptieren, brachte ihr nur Unbehagen und Leid.

Nun, da sie wach lag, war es ihr unmöglich, nicht darüber nachzudenken, wie Kraken sich paarten. Sie würde von acht starken Armen genommen werden; eingewickelt, tief hinein, gefüllt mit kühlem, festem Tentakel. Der fette Spermienarm würde sich in ihr winden, ihre Vagina blähen, die Saugnäpfe auf ihrem Körper würden an ihrer Haut ziehen, ihre Nippel sich aufrichten lassen, ihre Klitoris zum Orgasmus kitz…

Sie hielt inne und schüttelte sich. Ihre Hand hatte sich nach unten zu ihrem Geschlecht bewegt und befühlte den sanften Hügel unter ihrem Höschen. Die andere zog das alte T-Shirt, das sie anhatte, über ihren Bauch und hoch zu ihren Brüsten. Sie war kurz davor gewesen, zu masturbieren, über einen Kraken. So etwas war eine unvorstellbar dreckige Sache, um Vieles schlimmer als ihre Fantasien, von Ed kontrolliert und gedemütigt zu werden. Dennoch war das der Weg, den ihre Gedanken sie führten, die wie üblich Pfade fanden, die sie nicht bewusst kontrollieren konnte. Jede willensstarke Frau hätte diese dreckigen Gedanken von sich gewiesen, hätte sie sich mit leichter Selbstermahnung aus dem Kopf geschlagen. Sie aber nicht, sie war zu schwach, zu schwach, ihrem eigenen dunklen Verlangen zu widerstehen. Dennoch war es manchmal gar nicht so schlecht, schwach zu sein.

Mit einem verzweifelten Stöhnen ließ Lily ihre Hand zu ihrem Schritt zurückrutschen. Sie glitt in ihr Höschen, wo ihr Geschlecht schon feucht und vor Begierde geschwollen war. Sie schloss die Augen und schüttelte in einer letzten, hoffnungslosen Anstrengung, sich zu befreien, den Kopf und fing an, sich selbst zu streicheln; sie massierte sanft ihre Muschi und einen Nippel, während sie ihren Geist wandern ließ.

Sie war an dem Strand auf der anderen Seite der Flussmündung, wo nur wenige Leute hinkamen, direkt unter den hoch aufragenden Klippen, die sich in Aldon Hill eingegraben hatten. Es war ein heißer Tag, die Sonne glitzerte in den Wasserpfützen auf den Simsen und Überhängen unter Aldon Head. Sie war allein, und sie war nackt, nur um des unanständigen Vergnügens willen, die Luft auf ihrer nackten Haut zu spüren, die prickelnde Verdorbenheit, zu zeigen, was eigentlich bedeckt sein sollte, ihre Brüste, ihr Hintern, das Gewirr blasser Haare, das ihr Geschlecht verbarg.

Sie hielt Ausschau nach Tieren in den größeren Wasserlachen, wie sie es so oft tat, nur dieses Mal würde sie mehr finden, als sie erwartet hatte. Der Krake würde in einem der größten Löcher sein. Er wäre ein Monster, von einem Sturm aus den Tiefen heraufgezogen, mit einer Haut im gleichen Rot wie der Sandstein, den er als Versteck benutzte. Sie wäre neugierig und würde in den Pool waten, um ihn besser sehen zu können. Sie würde sich langsam bewegen, sein Vertrauen gewinnen, bis er auftauchen würde und sie mit seinen großen, hellen Augen ansehen würde. Er würde sie berühren, seine Tentakel würden über die nackte Haut ihrer Beine gleiten, so sanft wie ihre eigenen Liebkosungen und so stark wie Seile.

Seine Berührung würde kitzeln. Sie würde kichern und zittern, und sie würde mehr wollen, an intimeren Stellen. Sie würde versuchen zu widerstehen, doch ihr Widerstand würde, wie üblich, schnell brechen, und sie würde ins Wasser hineinrutschen, auf dem glatten Felsen sitzen und ihre Schenkel spreizen. Er würde auf sie zukommen, seine Arme würden sich um ihre Beine schlingen, sie festhalten, ihren Hintern umfangen und ihren Rücken. Alle acht Tentakel würden sie ergreifen, sanft, aber fest. Sie würden sie nie verletzen, aber völlig hilflos machen. Er würde sie erforschen, wie bei einem Weibchen seiner Art, würde ihre Haut streicheln, ihren Bauch und ihre Brüste, die Backen ihres Hinterns drücken und ihren Nacken berühren.

Sie wäre hilflos, völlig unter seiner Kontrolle, während sein Spermienarm beginnen würde, sich einen Pfad nach vorne zu bahnen, zu ihrem Geschlecht. Ihr Atmen würde schneller werden, wenn der Arm ihren Bauch herunter und in ihre Schamhaare gleiten würde. Ihr Kopf würde sich auflehnen, würde sie eine Schlampe nennen und ein Flittchen, doch verloren in dem grässlichen Vergnügen seines Griffs wäre sie unfähig und auch nicht willens, aufzuhören. Der Samenarm würde ihr Geschlecht berühren, sich an ihrer Klitoris winden. Er würde ihre Vagina finden und sie ausfüllen, sich in sie hineinpressen, während sie in Ekstase und Bestürzung aufschrie. Ihre Vagina würde sich aufblasen, wenn er mehr und mehr von dem Arm in sie hineinpresste, sie ausdehnte und besser ausfüllte als irgendein Mann je in der Lage sein könnte. Währenddessen würde sich sein festes, kühles Fleisch gegen ihre offene Vulva pressen, gegen ihre Klitoris, würde sie necken und plagen, bis sie endlich käme, ihre Lust herausschreiend…

Lily kam mit einem erstickten Schluchzer, Elend und Seligkeit mischten sich zu einem Orgasmus, weit intensiver als jene, die sie sich über Ed und die Art, wie er sie für Sex benutzte, geholt hatte. Sie ließ es geschehen; ihr Mund war geöffnet und ihr Kreuz herausgedrückt, während sie sich rieb und Welle nach Welle des Vergnügens ritt, bis sie schließlich nicht mehr konnte und gezwungen war, ihre Finger von ihrer nassen Vulva zu nehmen. Sie schluchzte und zitterte, Tränen strömten aus ihren Augen, und sie fiel zurück auf das Bett, völlig erschöpft, während einen Riesenwelle von Schuld und Scham in ihr aufstieg, genau wie sie es vorausgesehen hatte, von dem Moment an, in dem sie ihr Geschlecht mit den Fingern berührt hatte.

Kapitel Acht

Joe saß an seinem üblichen Platz, nippte an einer Cola und beobachtete die Flussfähre. In der Schlange standen zwei Mädchen, die es wert zu sein schienen, ausspioniert zu werden. Eine davon war die zurückhaltende Blondine, die er beim Masturbieren gesehen hatte. Es schien durchaus möglich, dass sie erneut tun würde, was sie schon einmal getan hatte. Ihre Anwesenheit allein ließ seinen Puls rasen. Die andere Möglichkeit war nicht ganz so offensichtlich, ein schlankes Mädchen mit rabenschwarzem Haar, das schmutzige schwarze Jeans und ein Top trug, die beide ausgebeult und formlos an ihrem Körper hingen, außer über ihren Brüsten, die vergleichsweise voll waren. Sie wären garantiert einen Blick wert, war er überzeugt, selbst in einem Bikinioberteil. Der wahre Reiz aber lag in ihrem Gesicht, das nicht nur schön war, sondern Haltung und Selbstbewusstsein ausdrückte. Zu sehen, wie sie sich auszog, wäre wirklich extrem ansprechend.

Als die Blondine die Fähre bestieg, folgte er ihr, in seiner normalen Vorgehensweise, sich weit entfernt von seinen Zielobjekten hinzusetzen und die Aussicht auf die Flussmündung zu genießen. Die Flut war hoch und zog sich Richtung Hafeneinfahrt, was dazu führte, das sie erst dicht bei Aldon Head anlandete. Joe stieg als Letzter aus, um zu sehen, wo die Mädchen hingehen würden. Die Dunkelhaarige hatte eine schwere Tasche dabei, und er erwartete fast, dass sie zu einem der Hotels oder zur Snack-Bar beim Minigolfplatz gehen würde. Beides hätte er als Verlust angesehen, doch sie wendete sich in Richtung der Strandunterführung, genau wie die Blondine.

Joe wog ab, ob es besser wäre, ihnen zu folgen, oder sie vom Kliff aus zu beobachten. Am Strand könnte er näher heran kommen, doch das Kliff bot ihm die ruhigeren Beobachtungsposten. Außerdem taten die Mädchen mit größerer Wahrscheinlichkeit etwas Unanständiges, wenn sie das Gefühl hatten, sicher zu sein – und es war schwer, an Ness Beach unentdeckt zu bleiben. Er war gerade dabei, den Pfad zum Hügel zu nehmen, als er sich erinnerte, wie es mit Tammy gewesen war. Sie hatte genauso distanziert gewirkt wie jedes der Mädchen, die er beobachtet hatte, doch nachdem er einmal seinen Antrag gemacht hatte, war sie aus ihrem Bikini gewesen sobald sie allein waren. Vielleicht war es die Mühe wert, es mit dem blonden Mädchen zu versuchen, da sie eine so sanftmütige Ausstrahlung hatte. Das dunkelhaarige Mädchen würde wahrscheinlich weniger positiv reagieren. Er folgte ihnen zum Tunnel, dachte dabei an Tammys üppige Kurven und fragte sich, ob sie ihr Versprechen halten würde, zu Sonnwendparty am Abend zu kommen.

Lily ging langsam, innerlich suchte sie nach einer Entschuldigung, nicht zu tun, was sie vorhatte, fand aber keine. Sie wollte sich selbst befriedigen, und sie wollte es im Freien tun, wie sie es auf Aldon Hill gemacht hatte. Es war ein Zwang, der über ihre Widerstandskraft hinausging: das tiefe Bedürfnis, nackt zu sein und unanständig zu sein, im Freien zu kommen, den Kopf gefüllt mit dreckigen Gedanken. Sie war schon früher am anderen Ende von Ness Beach gewesen und hatte in den Felsenpools nach Seetieren gesucht. Es war ein einsamer Ort, und zudem der, den sie sich letzte Nacht für ihre Fantasien ausgesucht hatte. Manchmal waren Leute dort, mehr mit fortschreitender Saison, doch hinter den Pools gab es eine Reihe von Felsüberhängen, die ins Meer hinausreichten, direkt unter Aldon Head. Im Osten war der Felsen fast vertikal, eine schwierige Kletterei, selbst für jemanden, der fit war. Der alte Mann, der unveränderlich auf einem Felsen saß und die Mädchen vorbeigehen sah, würde ihr dorthin sicher nicht folgen können. Auf der westlichen Seite aber gab es flache rote Felsabhänge, glattgescheuert vom Wind und den Wellen, perfekt zum Sonnenbaden.

Sie wusste genau, was sie tun würde, obwohl sie sich sagte, dass es unangemessen war und dass Ed es missbilligen würde. Sie würde so weit wie möglich die steile Felswand hinaufklettern, sich einen geschützten Platz suchen und sich ausziehen. Gut mit Sunblocker eingeschmiert würde sie sich entspannen und ihren schmutzigen Gedanken langsam erlauben, sich weiter aufzubauen, bis sie es schließlich nicht mehr abwarten konnte und dazu getrieben wurde, zu masturbieren.

Als sie das Ende der Unterführung erreichte, blickte sie zurück. Schritte waren zu hören, sie hallten in dem Tunnel wider, dann erschien jemand, ein schlankes, dunkelhaariges Mädchen, das mit ihr auf der Fähre gewesen war. Ihr Mund verzog sich zu einem genervten Schmollen, entspannte sich dann aber wieder, als sie sich sagte, dass es doch eher unwahrscheinlich wäre, dass das Mädchen auch bis zum Ende der Landspitze gehen würde. Sie ging die Treppen hinunter und lief am Strand entlang. Der alte Mann war da und rauchte wie immer seine Pfeife. Er grüßte sie mit einem Nicken und sie lächelte zurück.

Bei den Felsenpools drehte sie sich noch einmal um und stellte zu ihrem Ärger fest, dass ihr nicht nur das dunkelhaarige Mädchen noch immer folgte, sondern auch noch eine andere Person zu sehen war, männlich, dürr und unterentwickelt, kaum mehr als ein Junge. Sie runzelte die Stirn und fragte sich, ob es der gleiche Junge war, den sie an dem Tag, als sie masturbiert hatte, oben am Wythman gesehen hatte. Ihr kam der schreckliche Gedanke, dass er sie vielleicht beobachtet hatte und ihr nun bewusst folgte, tat dies aber als Paranoia ab.

Sie erkletterte den ersten Überhang und blickte von oben zurück. Der Junge hatte sich auf einen Felsen gesetzt und sah durch ein großes Fernglas Richtung St. David's Island. Das Mädchen war zwischen den Felsenpools und lächelte sie an, als sie näher kam. Lily gab das Lächeln nervös zurück, denn das Gesicht des Mädchens hatte irgendwie etwas Eigenartiges. Sie war hübsch, schön sogar, doch ihre Augen erschienen unnatürlich strahlend und sie waren grün.

Als sie zum nächsten Überhang kam, erinnerte sie sich an die Augen von Nich Mordaunt. Sie waren heller als die des Mädchens, hatten aber dieselbe verstörende Intensität. Sie nahm an, dass sie gut seine Schwester sein könnte, sagte sich dann aber selbst, sie solle nicht albern sein und ging weiter. Sie hatte vorgehabt, drei oder vier Überhänge hinter sich zu bringen, doch das Wissen, dass hinter ihr andere Leute hochkamen, ließ sie weiterklettern, obwohl die nächsten beiden noch schwieriger zu ersteigen waren. Der siebte Überhang war größer als die anderen, ein sanft abfallender Felsen, von der heißen Sonne gewärmt, aber etwas vom Meer abgewendet. Es war perfekt, die Form des Kliffs bot absoluten Sichtschutz, außer jemand schaute über den Rand nach unten. Das erschien ihr unwahrscheinlich. Außerdem sah der achte Überhang aus, als könne man ihn unmöglich erklettern, ein bloßer Felsen, drei Mal so hoch wie sie selbst, sichtlich ohne Haltemöglichkeiten.

Sie blickte zurück, es gab aber keine Spur von dem schwarzhaarigen Mädchen. Das letzte Stück war schwierig gewesen, mehr als dreieinhalb Meter fast glatten Felsens, das sollte genug sein, um andere Leute abzuschrecken. Und wirklich erschienen weder das Mädchen noch der Junge, und nach einiger Zeit fühlte sie sich mutig genug, ihr Kleid auszuziehen. Eine Weile lang lag sie ruhig da, fühlte die Sonne und die leichte, kühle Briese auf ihrer Haut. Sie genoss es, nur in ihrem Höschen und ihrem BH dazuliegen. Stück für Stück stieg ihr sexuelles Vergnügen und die Angst, erwischt zu werden, nahm ab. Mit einem wundervoll unanständigen Entzücken langte sie nach hinten, öffnete ihren BH und ließ ihn von ihren Brüsten gleiten.

Oben ohne zu sein fühlte sich großartig an, so köstlich entblößt, und eine Weile lang saß sie still und genoss das Gefühl, es zu wagen, oben ohne herumzulaufen und das Wissen, dass sie bald ganz nackt sein würde. Ihr Atem kam nun schneller, ihr Geschlecht war bereit. Unterschwellig wusste sie, dass das, was sie vorhatte, allgemein als höchstens etwas gewagt angesehen wurde, doch für sie war es mehr, viel mehr, besonders da sie noch immer plante, sich im Anschluss an ihr nacktes Sonnenbad selbst zu befriedigen.

Einem plötzlichen Impuls gehorchend, hob sie ihren Hintern und zog ihr Höschen nach unten, ließ es ihre Beine hinunter gleiten und warf es lässig zur Seite, wie sie sich dachte, dass eine Stripperin es tun würde. Sie war nun fast völlig nackt, und es fühlte sich großartig an; ihre Schuhe betonten ihre Nacktheit nur noch. Das Gefühl ganz entblößt zu sein, war exquisit, sogar ihr Geschlecht war zu sehen; es war offen in der warmen Luft, da sie bewusst ihre Beine gespreizt hatte. Sie war sicher, dass Ed wütend darüber wäre, da er der Ansicht war, dass sie sein Besitz war und ernst und zurückhaltend sein sollte, außer es galt seinem Vergnügen. Sie lächelte, als sie daran dachte, wie er jetzt bei der Arbeit war und sich vorstellte, dass sie in ihrer Wohnung sitzen oder das Steak einkaufen würde, das er ihr befohlen hatte, am Abend zuzubereiten. Stattdessen war sie draußen auf den Felsen, völlig nackt, ihr Körper der Luft preisgegeben.

Sie lächelte die ganze Zeit, während sie ihr Handtuch ausbreitete und anfing, ihre helle Haut großzügig mit Sunblocker einzuölen. Er war kühl und fühlte sich gut an, Ihr Körper war hypersensibel, während sie sich streichelte und sich fragte, warum sie sich dabei so wunderbar unanständig fühlte, doch sie genoss es viel zu sehr, um sich Sorgen zu machen oder mehr als einen kleinen Stich der Schuld zu fühlen, die sie sonst eigentlich immer plagte. Sie hatte ihre Hände auf ihren glatten und öligen Brüsten, die Nippel waren steif und erregt. Sie spielte mit ihnen, drückte sie und hob sie an; sie wünschte sich, dass sie größer wären, war aber extrem glücklich darüber, wie sie auf ihre Berührung reagierten.

Sobald sie eingecremt war, legte sie sich hin. Sie war entschlossen, es langsam angehen zu lassen. Ihr Handtuch lag am Rand des Überhangs und sie konnte nach unten zum nächsten sehen und sich so bedecken, sollte jemand kommen. Sie öffnete ihre Beine, stellte ganz bewusst ihr Geschlecht zur Schau und schloss ihre Augen. Ihre Gedanken trieben dahin, mit dem Klang der Seemöven und dem sanften Schlag der Wellen im Hintergrund. Ohne wirklich zu wissen, was sie tat, streckte sie eine Hand nach unten und schlich sich an ihre Vulva heran, ihre Finger streichelten sie und spreizten ihre Schamlippen. Sie fanden ihre Klitoris und begannen, sie zu kitzeln.

Sie wusste, dass sie sich gerade selbst befriedigte, dass sie draußen war, dass man sie erwischen könnte. Nichts davon war von Bedeutung, es lieferte ihrem unanständigen Verhalten nur einen weiteren erregenden Kick, besonders da sie überzeugt war, dass Eds Wut keine Grenzen kennen würde, sollte er es herausfinden. Die Prügel mit dem Gürtel, die sie letzte Nacht bekommen hatte, waren schließlich nur zum Spaß gewesen, obwohl ihr Hintern immer noch von blauen Flecken gezeichnet war und selbst jetzt noch schmerzte, wenn sie ihre Backen auf dem Handtuch bewegte. Sollte Ed erfahren, dass sie gerne in der Quasi-Öffentlichkeit masturbierte, würde ihr etwas Schlimmeres drohen, etwas viel Schlimmeres, doch Ed brauchte das ja nicht zu wissen. Es würde ihr Geheimnis sein, ihre ganz eigene Sache, der Beweis, dass egal wie sehr er ihren Körper auch beherrschen mochte, er doch nie ihren Geist besitzen würde.

Lily warf ihre Beine weiter auseinander, viel zu erregt, sich Sorgen zu machen. Ihre Vulva spreizte sich zum Himmel. Sie bog ihren Rücken und drückte so ihr Geschlecht hervor, und ihre Finger rieben kräftig ihre straffe Knospe. Ed würde es nie erfahren, genauso wie er nie wissen würde, was in ihrem Kopf vorging, die eigenartigen, obszönen Fantasien, die sie hatte, seit sie Nich Mordaunts Buch gelesen hatte, Fantasien über Tentakel und Saugnäpfe, über acht starke, biegsame Arme, die ihren Körper festhielten, über Sex mit einem Kraken.

Sie schrie auf, stellte sich vor, wie es sein würde, wenn eine große, schwere Kreatur sich den Abhang hinaufziehen würde. Die Tentakel würden sie nehmen, sie halten, sie streicheln. Sie würde ihre Arme heben und ihre Schenkel so weit wie möglich spreizen; sie würde sich selbst ihrer Umarmung anbieten, uneingeschränkt, weit und offen, während die Kreatur sie in sich hineinzog. Sein Spermienarm würde in ihre Vagina eindringen und sie füllen, weit mehr als alles, was Ed mit seinen schwachen Penis fertig bringen konnte. Der Krake würde auch in ihr Arschloch gehen, die Spitze eines Tentakel sich in ihr winden, um das Fleisch ihres Rektum zu kitzeln. Ein Fangarm würde in ihren Mund gleiten, Saugnäpfe ihre Brüste umfassen, der große, knollige, schwere Körper wäre auf ihrer Brust und würde sie sanft herunterdrücken, wie ein Liebhaber das tun sollte, ohne sie zu verletzen, sondern sie halten und schützen.

Lily schrie auf, als sie kam; sie wand ihre Finger in dem öligen Schmalz ihres Geschlechts, ihr Rücken war extrem gekrümmt, ihre steifen Nippel zeigten zum Himmel und ihr Mund war in Ekstase weit geöffnet. Ihr Orgasmus wurde auch nicht wie sonst von Schuld und Scham unterbrochen, sondern ging weiter, ließ sie weiter stöhnen und ihre Klitoris drücken, bis das Gefühl endlich anfing nachzulassen und sie sich zurüklegte und leise stöhnte. Eine Weile lang blieb sie so, völlig zufrieden, nur um, sobald sie die Augen geöffnet hatte, drei nackte, schwarzhaarige Mädchen zu sehen, die sie beobachteten.

Joe ging Lässigkeit vortäuschend weiter. Beide Mädchen waren die Felsüberhänge hochgeklettert. Er hatte jetzt lange genug gewartet; beide waren jetzt sicher schon beim Sonnenbaden, nackt oder fast nackt, und das war ein Leckerbissen, den er keinesfalls verpassen wollte. Vielleicht würde die Blondine sich ja wieder selbst befriedigen. Dieser Gedanke ließ seinen Schwanz hart werden und machte ihn schwindlig vor Lust. Er war etwas ängstlich, aber auch entschlossen zu handeln und zumindest nach Sex zu fragen. Das blonde Mädchen schien ängstlich zu sein, so ängstlich, dass er sicher war, mit ein wenig Druck zumindest einen Blow-Job für sich herausholen zu können, vielleicht sogar mehr. Sollte sie wirklich masturbieren, war er überzeugt, mehr zu bekommen. Es war alles eine Frage des Timings: wenn er sie in dem Moment erwischte, in dem sie kam, würde sie wollen, dass er mitmachte, ganz bestimmt.

Sein Plan war fertig. Er würde lässig die Überhänge hinaufklettern. Immerhin hatte er ein genauso gutes Recht, dort zu sein, wie sie, und es konnte nicht von ihm erwartet werden, sein Verhalten zu ändern, nur weil sie beschlossen hatte, in der Öffentlichkeit ihre Kleider auszuziehen. Er würde sich auf dem Weg genau umsehen und alles in sich aufnehmen, was sich so anbot. Das dunkelhaarige Mädchen würde hoffentlich ihre Brüste zeigen, vielleicht sogar alles, doch er hatte beschlossen, sie nicht anzusprechen. Ihre Art ließ vermuten, dass sie ihn nur kurz abfertigen würde.

Bei der Blondine war das etwas anderes; sie war sein eigentliches Ziel. Er würde offen sein, seine Bewunderung für ihren Körpers verkünden und ihr Sex vorschlagen. Hoffentlich würde sie antworten, wie Tammy es getan hatte. Wenn nicht, dann hatte der wenigstens den Mut bewiesen, es zu versuchen, und hoffentlich bekäme er als Entschädigung im Austausch einiges zu sehen.

Er fing an zu klettern. Bisher waren alle Überhänge verlassen gewesen. Und seine Hoffnung wuchs, als ihm klar wurde, welche Mühen die Mädchen auf sich genommen hatten, um allein zu sein. Der vierte war schwierig und der fünfte sogar Angst einflößend gewesen, doch die Mädchen waren auf keinem der Abhänge. Der sechste Hang war einfacher, der siebte am schlimmsten, doch wieder war der Platz leer. Verwirrt hielt er an und begutachtete die viereinhalb Meter Felswand, die ihn von der achten Felsstufe trennten. Beide Mädchen waren vor ihm gewesen, und er war an keiner vorbeigekommen. Das Kliff selbst war unmöglich zu besteigen, also blieb nur das Meer.

Genau, das war die Antwort. Sie hatten sich vermutlich bis auf den Bikini ausgezogen, ihre Kleider nach oben geworfen und waren um die Landspitze geschwommen. Das Meer war ruhig genug dafür und damit waren sie ganz sicher gegangen, ihre Privatsphäre zu bewahren. Einen Moment lang fühlte er Zorn. Er fühlte sich um seine Beute betrogen, denn so sehr er es auch liebte, Mädchenkörper zu beobachten, so sehr hasste er es, seinen eigenen zu zeigen. Sich auszuziehen und zum nächsten Abhang zu schwimmen, war absolut ausgeschlossen, außerdem konnte er wohl kaum sein Fernglas den Felsen hinauf werfen oder gar damit schwimmen.

Er betrachtete den Felsen und dachte an die schönen Körper, die dahinter ausgestreckt waren, aller Wahrscheinlichkeit nach nackt in der heißen Sonne – völlig nackt. Die Mädchen hatten sich vermutlich getroffen und unterhalten. Vielleicht cremten sie sich sogar gegenseitig mit Sonnenlotion ein, und das konnte zu so ziemlich allem führen. Der Gedanke, die Mädchen vielleicht bei lesbischem Sex zu sehen, war zu viel für ihn. Es mochte unwahrscheinlich sein, aber es bestand die Möglichkeit, und es war eine Möglichkeit, die er auf keinen Fall missen wollte.

Als er Überhang zurückging, bemerkte er einen öligen Fleck auf dem trockenen Felsen, der seine Vermutungen bestätigte. Jemand war hier gewesen, vor kurzem. Es muss eins der Mädchen gewesen sein, und von der Form des Flecks her zu schließen, hatte sie auf dem Felsen gesessen, wahrscheinlich mit nacktem Hintern. Es muss die Blondine gewesen sein, entschied er, denn sie war die erste gewesen. Sie muss schon ausgezogen gewesen sein und sich eingeölt haben, als das dunkelhaarige Mädchen sie einholte. Sie mussten sich unterhalten haben, darüber wie nett es war, nackt in der Sonne zu baden, und ihren Ärger darüber ausgedrückt haben, dass er überhaupt am Strand war. Das dunkelhaarige Mädchen würde vorgeschlagen haben, bis zum nächsten Überhang zu schwimmen, und dabei darauf hingewiesen haben, dass er bekleidet war und ein teures Fernrohr dabei gehabt hatte. Die Blondine hätte dem zugestimmt und bei dem Gedanken an seine Frustration gelacht, sobald er herausfand, dass er ihnen nicht folgen konnte.

Joes Mund zeigte Entschlossenheit. Die Felswand des Kliffs war rau, zackige Simse aus hartem Fels, die den gleichen Verwerfungslinien folgten, die die Überhänge einst geformt hatten. Weiter oben war sie glatter und nicht zu erklettern, doch er musste ja nicht ganz nach oben. Knapp zehn Meter weiter oben war ein weiterer Überhang, mit einigen Grasbüscheln und einem einzelnen Busch, der sich mühsam dort hielt. Er war sicher, dass er ihn erreichen konnte, und von dort aus wäre er in der Lage, auf ihr Versteck hinunter zu blicken.

Er schob sein Fernglas auf den Rücken und ging zur Felswand hinüber. Er fing an zu klettern, bevor sein gesunder Menschenverstand ihn davon abhalten konnte. Es war schwierig; der Sandstein war rau, bot aber nur wenig Halt. Zweimal rutschte er fast ab und hing mit wild schlagendem Herzen an der Steilwand, doch endlich schaffte er es. Er zog sich selbst auf den Überhang und in den Schutz des Busches. Sein Gesicht verzog sich sofort zu einem weiten Grinsen. Dort drüben waren Mädchen, und nicht nur zwei, sondern vier; drei von ihnen waren völlig nackt, eine wahre Goldmine gut entwickelten Fleischs, von Titten, Pos und Muschis, alles zu seinem Vergnügen zur Schau gestellt. Die Vierte war die Blondine; sie trug ihr Kleid, hielt aber ihr nasses Höschen und ihren BH in der Hand. Zwei aßen, sie löffelten Eiscreme oder etwas Ähnliches aus einer großen Packung. Einen Augenblick später wurde ihm klar, dass er eine von ihnen schon einmal gesehen hatte; es war Tammy.

„Wir werden beobachtet", sagte das kleinste der Mädchen, so nebenbei, dass Lily es sogar fertig brachte, nicht sofort erschreckt herumzuwirbeln.

Als sie bemerkt hatte, dass die Drei sie beim Masturbieren beobachtet hatten, war ihre erste Reaktion gewesen, in blinder, errötender Panik davonzulaufen. Doch sie konnte nicht rennen, außer vielleicht, indem sie vom Überhang sprang, und sie hatten auch sofort angefangen, mit ihr zu reden, hatten heruntergespielt, was sie getan hatte, ihr Komplimente gemacht, betont, dass der Wunsch nach Selbstbefriedigung nichts Ungewöhnliches sei. Sie sagten ihr sogar, wie schön sie in ihrem Orgasmus ausgesehen hatte. Sie hatten keine Scham gezeigt, keine Verlegenheit, ihr keine Vorwürfe gemacht, sondern nur ihr Entzücken an ihr gezeigt und an der Freude, die sie an ihrem eigenen Körper gehabt hatte. Am Ende hatte sie nachgegeben und zugestimmt, mit ihnen zu sitzen, zu reden und ihr Mahl zu teilen.

Da hatte sie schon wieder ihren BH und ihr Höschen angehabt. Sie hatten sie überredet, zu ihnen auf den nächsten Überhang zu kommen, und sie war ihrem Ratschlag gefolgt, ihr Kleid hochzuwerfen und außen herum zu schwimmen, dann ihre Unterwäsche aus- und ihr Kleid wieder anzuziehen. Sie selbst blieben nackt, die Kleinste hatte sie sogar dafür geneckt, dass sie sich wieder bedeckte. Dieser Abhang war größer als der, auf dem sie ihr Sonnenbad genommen hatte, eine breite Fläche sanft abfallenden Felsens, die bis zurück zum Kliff reichte und nicht in nacktem Gestein, sondern einer Meereshöhle endete. Er hörte auch nicht einfach an der nächsten Felswand auf, sondern lief unter Wasser weiter und verschwand in der Schwärze des Höhleneingangs.

Das Mädchen, das Lily am Strand gefolgt war, hatte das Essen mitgebracht, Eiscreme, Honig und Pfirsiche. Sie hatte einen Pfirsich angenommen, und beim Anblick des Honigs war ihr Anus zusammengezuckt. Während des Essens hatten sie sich selbst vorgestellt; sie hatte entsprechend geantwortet und festgestellt, dass sie sich, obwohl sie sie so gesehen hatten, allmählich entspannte.

„Von wem?“, fragte sie in Reaktion auf Linnets Feststellung.

„Ein Spanner“, antwortete Tammy. „Ich habe ihn früher schon getroffen. Er heißt Joe.“

„Er ist mir den Strand entlang gefolgt“, fügte Juliana hinzu.

„Der!“, entgegnete Lily. „Der dreckige Mistkerl! Ich wusste, dass das so einer ist. Solltet ihr euch nicht anziehen?“

„Warum?“, entgegnete Linnet.

„Er hat sowieso schon alles gesehen“, fügte Tammy hinzu.

„Wir könnten ihn einfangen“, fuhr Juliana fort, „könnten ihn zwingen, sich für uns auszuziehen. Sie hassen es immer, wenn man den Spieß umdreht.“

„Das würdest du nicht!“, rief Lily.

„Sie würde“, antwortete Tammy, „aber du darfst ihm nicht wehtun, Juliana. Er ist kein schlechter Kerl, wirklich. Er hat mir ein Eis gekauft.“

„Typisch“, sagte Juliana. „Früher waren es Honigwaben. Die Männer haben mir einiges davon gefüttert und es dann zum Lutschen auf ihre Schwänze geschmiert."

Lily fühlte, wie sie anfing zu erröten; sie dachte an Eds Penis, süß verklebt vom Honig, doch kaum frischem Honig. Linnet kicherte, als sie Lilys errötetes Gesicht durch ihre eiscremeverschmierten Finger sah.

„Was, wenn wir ihn nehmen, und er erzählt es?", fragte Tammy.

„Ein Spanner?", entgegnete Juliana. „Er wird es lieben, unterschwellig zumindest. Das ist vermutlich, worüber er im Moment gerade nachdenkt."

„Würdet ihr das wirklich tun?", fragte Lily. „Ich meine… Nicht, dass er es nicht verdient, aber wäre es nicht besser, ihn einfach bei der Polizei zu melden?"

„Oh, mir macht es nichts aus, dass er mich anstarrt", entgegnete Juliana. „Ich will einfach nur meinen Spaß mit ihm. Tammy, dich hat er gehabt, du musst ihn dazu bringen, herunterzukommen."

Tammy stand auf, wischte ihre Finger an ihrem Bauch ab und ging zum Wasser hinunter. Sie rutschte hinein und schwamm mit Neid erregender Leichtigkeit. Lily fragte sich währenddessen, ob sie sich wirklich dem Spanner gegeben hatte oder ob Juliana sie nur neckte. In jedem Fall waren die pure Leichtigkeit und das Selbstvertrauen der Mädchen wundervoll, faszinierend, und etwas, das sie selbst auch gerne gehabt hätte. Es war schwer, sich vorstellen, dass eine von ihnen sich so tyrannisieren ließ, wie Ed es mit ihr tat, im Fall von Juliana sogar unmöglich.

„Lass' uns zusehen", schlug Linnet vor und stand mit dem Eis in der Hand auf.

Lily drehte sich um. Joe, dem klar geworden war, dass man ihn entdeckt hatte, kam aus seinem halben Versteck hinter dem Busch hervor. Er saß auf dem Überhang und sah schüchtern aus, während er zusah, wie Tammy aus dem Wasser stieg. Sie lächelte und hielt ihm in einer offensichtlich als Einladung gemeinten Geste ihre Brüste entgegen.

„Hi, Joe!", rief sie. „Warum kommst du nicht runter?"

Joe zögerte, und er sah aus, als sei er seiner selbst gar nicht sicher.

„Komm runter", drängte Tammy. „Ich hätte gern ein bisschen Spaß, meine Freundinnen auch."

Juliana winkte ihm freundlich zu. Linnet drehte sich um und ließ ihren

Hintern wackeln.

„Was ist mit dem großen, schwarzen Kerl?“, fragte Joe und blickte sich um, als erwarte er, dass ein halbes Dutzend wütender Liebhaber aus dem Meer erstehen würden.

„Er war nur eine Laune, ein One-Night-Stand“, antwortete Tammy. „Du hast mir mehr Spaß gemacht. Komm schon, ich habe meinen Freundinnen alles über deinen reizenden, großen Schwanz erzählt. Du darfst ihn in uns reinstecken, in uns alle.“

„Versprochen?“, fragte Joe.

„Versprochen“, erwiderte Tammy.

Lily stellte fest, dass sie lächelte, erstaunt von der Begierde und der Dummheit des Jungen. Er hatte sie heimlich beobachtet, und dennoch glaubte er Tammys Worten.

„Kommt schon, Mädels, schwimmt rum!“, rief Tammy, nachdem Joe angefangen hatte, herunterzuklettern. Ihre Stimme klang fröhlich und spielerisch, aber keineswegs bedrohlich.

Juliana lachte in sich hinein, Linnet kicherte erfreut, und beide Mädchen drehten sich um und rannten den Fels hinunter. Lily folgte ihnen, als ihr aber klar wurde, dass sie ihr Kleid vor Joe würde ausziehen müssen, wenn sie den anderen wirklich folgen wollte, blieb sie stehen. Also entschied sie, dass es besser wäre, zu bleiben, wo sie war.

Sie setzte sich an den Rand der Felswand und beobachtete, wie die Mädchen rüberschwammen und sich zu Tammy gesellten, bevor Joe den Boden erreicht hatte. Als er dann unten war, standen die Drei zusammen; Tammy hatte ihren Arm um Linnet gelegt und Juliana stand mit den Händen in den Hüften dicht daneben. Er sah sie an und zuckte mit den Schultern, eine Geste, die sowohl Unsicherheit als auch eine Entschuldigung ausdrückte.

„Na, Komm schon, zieh’ dich aus“, drängte Juliana. „Lass’ uns sehen, ob er wirklich so groß ist, wie Tammy behauptet.“

Joe fing an, sich auszuziehen, und er hasste es ganz offensichtlich. Lily sah etwas verlegen zu, war aber nicht in der Lage, das befriedigende Gefühl zu ignorieren, zu sehen, wie ein Spanner seine eigene Medizin zu schlucken bekam. Die Mädchen beobachteten ihn auch; Linnet kicherte,

Tammy und Juliana sahen mit ruhigem Lächeln zu und trieben ihn gelegentlich an, als er erst seine Socken und dann seine Unterhosen behalten wollte. Beim letzten Kleidungsstück scheute er.

„Was ist los, Joe?“, fragte Tammy. Ihre Stimme war zugleich süß und spottend. „Komm schon, ich habe dich schon gesehen. Warum willst du dich meinen Freundinnen nicht zeigen?“

Joe stotterte etwas Unverständliches in Lilys Richtung.

„Aber, aber, Joe“, drängte Juliana. „Du hast uns gesehen, und du hast nicht einmal gefragt, also, runter damit, jetzt gleich.“

Lily hörte den harten Unterton in Julianas Stimme und wusste, dass, wäre der Befehl an sie gerichtet gewesen, sie jetzt schon eifrig dabei wäre, ihr Höschen herunterzuziehen. Nicht so Joe, der seine Hände schützend über seinen Schritt legte und kurz Richtung Strand und Sicherheit blickte.

„Müssen wir das für dich tun?“, fragte Tammy.

„Ich glaube, das müssen wir“, stimmte Juliana zu. „Ich denke, das ist es, was er will.“

„Sicher ist es das“, sagte Linnet. „Welcher geile, kleine Junge würde es nicht genießen, heruntergedrückt und von drei netten Mädchen ausgezogen zu werden? Du wirst es lieben, Joe, nicht wahr?“

Lilys Lächeln wurde trotz ihres Schocks breiter. Was Linnet gesagt hatte, ähnelte so sehr der Art, in der Ed zu ihr redete, ihr sagte, was sie mochte und nicht mochte, was sie tun sollte und nicht tun sollte. Da tauchte plötzlich ein Bild vor ihr auf, ein Bild von Ed in derselben Position wie der vom Pech verfolgte Joe, und sie kicherte.

„Kommt schon, Mädels“, brachte Joe heraus, als sie langsam auf ihn zugingen. „Ich nehme euch eine nach der anderen, unten, hinter den Felsen.“

Tammy schüttelte ihren Kopf, lächelte und streckte ihre Arme aus, als wolle sie nach seinen Unterhosen greifen. Er legte seine Hände auf die ihren und wollte zurücktreten; Linnet aber schoss schnell nach vorne, quetschte eines ihrer winzigen Beine zwischen seine Knöchel und trat aus. Joe fiel mit wedelnden Armen nach hinten, und seine Unterhosen wurden dabei nach unten gerissen. Lily fühlte einen plötzlichen, nicht unangenehmen Schock, als sein Schwanz sichtbar wurde. Er war länger als Eds, allerdings dünner und sehr blass, und sein Kopf drückte sich schon aus seiner Vorhaut heraus.

Joe fiel hin. Juliana hielt ihn sofort an den Armen nieder, Tammy an den Beinen, während Linnet nach hinten hüpfte und lachte. Er wehrte sich, doch Lily konnte sehen, dass es nur halbherzig war, und als Julianas Mund seinen Penis fand und verschlang, gab er sich ganz hin. Er legte sich zurück, der Ausdruck auf seinem Gesicht wurde zur Ekstase, als Juliana anfing, ihn zu lutschen, doch das stoppte, als Tammy nach oben ging und sich über sein Gesicht kniete.

Lilys Mund war in Erstaunen geöffnet, als Joes Gesicht unter den fleischigen, weißen Backen von Tammy beachtlichem Hintern verschwand. Seine Arme trommelten auf den Boden, doch nur kurz, dann hatte Juliana seine Eier genommen und er entspannte sich, hatte sich offensichtlich damit abgefunden eine Muschi zu lecken, während er gelutscht wurde. Tammy wackelte auf Joes Gesicht mit ihrem Hintern und presste ihr Geschlecht gegen seinen Mund. Lily beobachtete, wie Tammys Gesichtsausdruck sich von fröhlichem Übermut zu Vergnügen wandelte und sie wusste, dass der hilflose Junge sie leckte.

Joes Schwanz in Julianas Mund war hart. Sie wichste ihn und knabberte an dem aufgedunsenen Ende seines Schwanzes, während sie seinen Stab streichelte, eine Technik, die sich Lily schnell für weitere Verwendung merkte. Juliana selbst war auch in einer extrem unanständigen Position, auf den Knien mit herausgestrecktem Hintern. Jedes Detail ihres Geschlechts war zu sehen, nicht nur die leicht geöffneten Schamlippen und das nasse, rosafarbene Fleisch ihrer Vulva, sondern auch der gekräuselte Stern ihres Anus, graubraun zwischen olivfarbenen Arschbacken. Lily schluckte bei dem Anblick und stellte sich vor, wie sie selbst in einer so schockierenden Position aussehen würde. Es war schwer, zuzusehen. Ihr Schuldgefühl, einer derart unanständigen Szene beizuwohnen, wuchs stetig, und noch dazu einer Szene, bei der der Spanner nur wenig Wahl hatte. Dennoch war es ihr unmöglich, ihre Augen abzuwenden, und außerdem fühlte sie, wie ihre Säfte die Innenseite ihre Schenkel herunterliefen.

Joes letzter Widerstand brach. Seine Hände griffen nach Tammys Hintern; er fühlte die großen Backen, während er sie leckte. Sie wand sich in

Vergnügen und rieb sich in sein Gesicht. Seine Erektion war nun voll ausgebildet, sie deutete zum Himmel, als Juliana ihn losließ. Lily beobachtete, wie er bestiegen wurde. Juliana ließ sich über ihm nieder, nahm seinen Schwanz und rieb ihn an ihrer Vulva, dann ging sie hoch und ließ ihren Körper nach unten gleiten, bis sie auf ihm saß und ihr Geschlecht mit Penis gefüllt war.

Tammy bewegte sich nach vorne, als Juliana anfing, Joe zu reiten. Lily schnappte erfreut nach Luft, als ihr klar wurde, dass der Junge dazu gezwungen werden würde, Tammys Hintern zu lecken. Nicht, dass es ihm etwas ausmachen würde. Während sie ihn ritt, umklammerten seine Hände noch immer ihre rundlichen Arschbacken. Anstand war für ihn offensichtlich nicht mehr von Belang, genau wie es ihr gegangen war, nachdem sie in den Arsch gefickt worden war – und diese Einsicht ließ sie sich noch unanständiger fühlen. Sie biss auf ihre Unterlippe, zog den Saum ihres Kleids nach oben und ließ eine Hand daruntergleiten. Ihr Geschlecht war feucht und warm und musste einfach nur berührt werden. Sie redete sich darauf hinaus, dass es, angesichts der Tatsache, dass die anderen sich so offen unanständig gaben, kaum etwas ausmachen würde, wenn sie sich selbst berührte.

Linnet hatte zugesehen; sie hielt niemals still, hüpfte auf ihren Zehen, ihre Fäuste waren vor Fröhlichkeit geballt. Jetzt hüpfte sie zum Meer hinunter und verschwand mit einer fließenden Bewegung unter der Wasseroberfläche. Einen Augenblick lang war Lily verwirrt, dann sah sie den dunklen Wirbel ihrer Haare und kurz danach Linnets Kopf. Sie grinste und hielt einen dicken Strang mit Seetang hoch, und außerdem eine Masse purpurgrünen Gelees. Sie rannte leichtfüßig zu ihren Freundinnen, ging auf die Knie, drückte ihr Gesicht zwischen Julianas hüpfenden Hintern und den Felsen und küsste Joes Eier, dann presste sie das Ding in ihrer Hand auf seinen Hodensack.

Dann wurde Lily klar, was dieses Ding war, eine riesige Wachsrose, eine Seeanemone. Linnet grinste wie wahnsinnig. Ihr Gesicht war noch immer dicht bei Julianas Hintern. Joe stand kurz vor seinem Orgasmus; er stieß seine Hüften nach oben und drückte seinen Schwanz in die Vagina seiner Reiterin. Tammy kam auch gerade; sie hatte eine Hand an ihrem

Geschlecht, die andere hielt ihre großen Brüste, während er ihr Arschloch leckte. Juliana ging auch nach vorne, rieb sich an ihm, und schrie auf, als Linnets Lippen ihren Hintern fanden. Die zwei Mädchen kamen zusammen, sie ritten den hilflosen Joe und schrieen und lachten in ihrer Ekstase. Er pumpte hektisch, seine Hüften zuckten, sein Schwanz rammte sich in Julianas gedehnte Vagina, direkt vor Lilys Augen. Linnet drückte die Anemone gegen seine Eier, doch er schien es nicht zu bemerken; er zuckte erst, als der dicke Strang von Seetang gegen seinen Anus gepresst wurde. Die Öffnung war noch schlüpfrig von Julianas Säften, und Lily beobachtete, wie der Seetangstrang in Joes widerständiges Arschloch eindrang, während seine Füße hektisch gegen den Felsen hämmerten. Es war klasse, das konnte sie nicht verleugnen: einen Mann zu sehen, dem dieselbe dreckige und entwürdigende Behandlung zuteil wurde, die Ed ihr angetan hatte, ein dickes, hartes Objekt, das in seinen Anus gerammt wurde. Linnet lachte, es war ein schrilles, manisches Gegacker, als sie begann, den hilflosen Joe in den Arsch zu ficken. Ihre Augen waren auf den offenen Anus gerichtet, während sie den Strang vor und zurück bewegte. Er hatte sich gewehrt, doch seine Bemühungen ließen nach, als Linnet den Stängel in ihm bewegte. Plötzlich verkrampfte sich jeder Muskel in seinem Körper, und Lily wusste, dass er in Juliana gekommen war. Auch sie kam, schnell. Sie wollte nicht, dass die anderen es bemerkten, blickte aber weiterhin auf die unanständige Szene. Tammys großer Hintern saß direkt auf Joes Gesicht, Julianas kleinerer, festerer Arsch war gespreizt, ihr Anus deutlich zu sehen und ihre Vagina mit einem Schwanz gefüllt. Und dann war da Joe mit der dicken, grünen Seeanemone, die gegen seine Eier gepresst war, und dem Stängel, der aus seinem Anus hervorstand…

Als Lily kam, tänzelte Linnet zurück, zog die Seeanemone zur Seite und warf sie zurück ins Meer, dann drehte sie sich wieder um und sah völlig unschuldig aus. Juliana und Tammy stiegen langsam ab, und Joe konnte sich aufsetzen, sein Gesicht noch immer weiß von ihren Säften. Er zog mit einem Ausdruck des Missfallens den Seetang aus seinem Anus, dann aber brach sein Gesicht in ein glückliches Grinsen aus.

„Klasse“, brachte er heraus. „Wow, echt klasse. Ihr Mädchen seid echt heiß.“

„Jederzeit“, entgegnet Linnet fröhlich.

„Sicher“, sagte Joe. „Was habt ihr da mit meinen Eiern angestellt?“

„Nur ein Streich“, antwortete Linnet. „Es hat nicht wirklich funktioniert.“

Joe blickte nach unten und sein Gesichtsausdruck änderte sich von glücklicher Befriedigung über Überraschung zu Angst und schließlich Schock.

„Gott, meine Eier!“, schrie er. „Sie brennen!“

„Das ist deine Bestrafung!“, sagte Linnet mit einem Lächeln. „Der Rest war nur Spaß, selbst der Stängel in deinem Po. Sag' deinen Freunden, was dreckige kleine Jungs fürs Spannen bekommen.“

Hobbers hielt an der Tür zu John Pardues Haus inne und übte erneut, was er zu sagen gedachte. Einfach hineinzumarschieren und zu verlangen, die Tochter des Hauses übers Knie zu legen, war wohl kaum machbar. Er konnte auch nicht zugeben, die Münze gekauft zu haben, ja, selbst sie gesehen zu haben, da es unwahrscheinlich war, dass die Eltern von ihrem gesetzlosen Treiben wussten. Stattdessen hatte er vor, die offensichtliche Armut der Familie auszunutzen. Er würde vorgeben, nur zufällig vorbeigekommen zu sein, und um sich Eingang zu verschaffen, anbieten, für alles in ihrem Besitz, das auch nur den geringsten antiquarischen Wert hatte, weit über dem Marktwert zu bezahlen. Sollte seine Schlussfolgerung falsch sein, wäre es immerhin einfach, würdevoll den Rückzug anzutreten.

Er blickte vorsichtig hinein und begann zu lächeln. Das Zimmer war für Tawmouth typisch, ein schicker Empfangsraum, der nur selten benutzt wurde. Es gab dort mehrere Bilder, vom Land oder der See, nur Drucke, aber alt genug für seine Zwecke. Noch besser waren die drei Flaschenschiffe; so etwas verkaufte sich immer gut an die Touristen. Zwei davon erkannte er nicht, aber das dritte Schiff ließ ihn breit lächeln. Es war die Redoubtable.

Er kehrte zur Tür zurück und drückte mit neuem Selbstbewusstsein die Klingel. Die Antwort ließ auf sich warten; es war ein Mann, der älter war, als er erwartet hatte, aber nur wenig. Er war kahl und ging gebückt.

„Es tut mir leid, sie zu stören, Sir“, begann Hobbers. „Hobbers, Frank Hobbers. Ich nehme an, sie sind John Pardue?“

„Jan Pardue, ja, das bin ich“, antwortete der Mann. „Wie kann ich ihnen helfen?“

„Ich bin Antiquitätenhändler“, fuhr Hobbers fort. „Sie kennen meinen Laden vielleicht, High Street. Ich habe gehört, dass sie ein Modell der Redoubtable besitzen.“

„Das tue ich“, entgegnete Pardue, „aber es steht nicht zum Verkauf.“

„Wie schade. Ich würde ihnen ein großzügiges Angebot machen. Zweihundert Pfund, vielleicht?“

„Tut mit leid, das geht nicht. Überhaupt, woher wussten sie von dem Modell?“

„Ei… eine junge Frau hat mir davon erzählt. Ihre Tochter? Vielleicht ihre Enkelin?“

„Ich hab' keine Tochter, nur drei Söhne. Könnte meine Enkelin Jasmine gewesen sein. Sie war vor einer Weile hier.“

„Durchaus möglich. Sie kam in meinen Laden und sah ein Gemälde der Redoubtable, das in meinen Besitz ist. Ich wäre sehr daran interessiert, auch das Modell zu besitzen.“

„Das kann ich verstehen, aber es steht nicht zum Verkauf. Sehen sie, ein Vorfahre von mir hat auf ihr gedient, unter Kapitän Warrender, ein Verwandter sogar, James Keeley. Ich habe das Modell von meiner Urgroßmutter. Sie wurde einhundertundvier, wenn sie das glauben können. Also werde ich es nicht verkaufen, Sie verstehen?“

„Ich verstehe sehr gut, obwohl es eine Schande ist. Unter diesen Bedingungen wäre ich sogar bereit, ihnen einen Nachlass auf das Bild zu gewähren, sollten sie interessiert sein.“

„Das bin ich. Dennoch, ich war schon in Ihrem Laden, und ich bezweifle, dass ich mir ihre übertriebenen Preise leisten kann. Außerdem habe ich noch jede Menge anderer Modelle. Wären sie vielleicht an einem Tausch interessiert?“

„Durchaus möglich. Könnte ich sie sehen, wenn sie gerade Zeit haben? Vielleicht kommen wir ja auf jeden Fall ins Geschäft.“

„Ich habe alle Zeit in der Welt, wenn sie mir ehrliches Geld anbieten.

Kommen sie herein."

Hobbers lächelte, als er über die Schwelle trat.

Thomazina zog sich auf die Treppen am Strand und spürte die prüfenden Blicke der anderen ob ihres winzigen Bikinis. Ein älteres Paar sah sie an, als sie den Weg erreichte, die Frau mit Missbilligung, der Mann mit einem Lächeln. Sie ignorierte sie, blickte nach rechts und links und eilte über die Straße. Das laute Hämmern kam von den Docks, wo das Kaolin gerade in den Laderaum eines Schiffes gefüllt wurde. Weißer Staub stieg in der heißen Sonne auf und als er wieder niedersank, beschmutzte er ihre nackten Füße. Kurz hinter den Docks hielt sie inne; sie suchte die Häuser und Läden ab, einmal, zweimal, dann stoppte sie unentschieden. Wo einst der Tätowierladen gewesen war, war nun ein Geschäft mit Badezimmerausstattung. Sie biss auf ihre Unterlippe und blickte noch einmal nervös zur Straße. Ihr Herz hüpfte bei der Stimme, die sie hinter sich hörte. Sie drehte sich herum und erwartete die blaue Uniform eines Polizisten zu sehen. Ein Mann sah sie an, doch es war kein Polizist.

„Bist du in Ordnung, Liebes?", fragte er wieder und starrte in ihr Gesicht.

„Tut mir leid", stotterte sie. „Ich habe mich wohl verlaufen. Es gab einen Tätowierladen hier in der Nähe. Es war neben einem Süßigkeitenladen."

„Nicht neben einem Süßigkeitenladen, Liebes. Sie meinen wahrscheinlich den alten Pardue, am Ende der Exhibition Road, auf der linken Seite."

„Exhibition Road?"

„Gleich rechts, da drüben."

Sie dankte ihm, obwohl sie seine lüsternen Augen auf ihrem wabbelnden, fast nackten Hintern spürte, und rannte. Als sie zur Exhibition Road kam, wurde sie langsamer. Jetzt war nur eine Person zu sehen, ein Mann, der seinen Wagen wusch, ihr aber nicht mehr als einen flüchtigen Blick schenkte. Endlich erkannte sie das Schild, das für einen Tätowierladen stand. Sie betätigte die Klingel und wartete nervös. Die Tür öffnete sich nach scheinbar unendlicher Zeit. Ein älterer, kahler Mann sah sie mit einem

Lächeln an, das sich langsam über sein ganzes Gesicht verbreitete.

„Mister Pardue?", fragte sie.

„Das bin ich, nenn' mich Jan."

„Ich habe mich gefragt, ob sie ein Tattoo für mich neu einfärben könnten, sollten sie gerade Zeit haben. Es geht darum. – Übrigens, ich bin Tammy."

Sie drehte sich um und drückte ihren Hintern heraus, um ihr Tattoo zu zeigen. Das ließ sein Grinsen nur breiter werden.

„Sicher kann ich das", verkündete er und bat sie nach innen. „Du musst also die Freundin der jungen Yasmin sein. Sie hat von dir gesprochen. Ich geh' mal davon aus, dass du in diesem Bikini wohl kein Geld verbirgst, und nehme daher an, dass du genauso bezahlen willst wie die anderen."

„Ich habe Geld, obwohl es leider ein bisschen nass ist. Wie…"

Thomazina verstummte. Der lüsterne Blick des Mannes machte es mehr als deutlich, was er wollte. Sie zuckte mit den Schultern, lächelte schüchtern und folgte ihm ins Haus. Die Tür am Ende des Durchgangs war offen, ein Mann war zu sehen. Er saß an einem Tisch auf dem zwei Flaschenschiffe standen. Pardue drängte sie hinein und bot ihr Tee an.

„Hallo, Mister Hobbers" begrüßte Thomazina den Mann. „Kein Tee, danke, Mister Pardue. Ich bin etwas in Eile."

„Hallo Jasmine", entgegnete ihr Hobbers.

„Das ist nicht meine Jasmine", sagte Pardue. „Nur eine Kundin, die ein Tattoo haben wollte. Würden sie uns bitte einen Moment entschuldigen."

Hobbers nickte und warf Thomazina einen fragenden Blick zu. Sie antwortete mit einem Lächeln und folgte Pardue, als er die Stufen hinaufging.

„War Yasmin also hier?", fragte sie, als sie sein Arbeitszimmer betraten.

„Ja, ihre Freundin Violet wollte ein Tattoo, das aussieht wie deins, ein Krake, aber in Purpur."

„Ein Krake wie meiner?"

„Genau, wie deiner, so sagte sie zumindest. Ich habe hier irgendwo die Zeichnung."

„Ihre Freundin Violet hat es machen lassen, sagtet ihr, nicht Yasmin."

„Ja, Violet, hübsches Mädchen mit purpurnen Haaren. Sie hat es auf ihrer linken Backe machen lassen, genau wie du."

„Könnten sie mir sagen, wie sie aussieht?"

„Groß, purpurne Haare, Nase und Bauchnabel gepierced. Kennst du sie etwa nicht?"

„Oh doch, sicher", log Thomazina. „Es gibt zwei Violets, wissen sie."

„Und bist du auch so wie deine Freundinnen?"

Thomazina wusste nicht genau, was er meinte. „Ich schätze, ja."

„Gut", entgegnete Pardue. „Nun, dann, leg' dich aufs Bett und zieh' die Hosen runter, bitte."

Thomazina tat, was ihr gesagt wurde. Sie quetschte sich aus ihrer Bikinihose und legte das Geld, das sie dort drin versteckt hatte, auf den Tisch. Pardue hatte die Tür geschlossen und wendete sich nun ihr zu; seine Augen wanderten langsam über ihren Körper.

„Wie wär's mit einem kurzen Blick auf deine Titten, bevor wir anfangen?", fragte er. „Sie werden ja sowieso nackt sein, wenn es fertig ist."

Mit leichtem Schulterzucken legte Thomazina auch ihr letztes Kleidungsstück ab und legte sich nackt hin. Pardues Augen folgten ihrem Oberkörper; er sah zu, wie ihre Brüste auf dem Bett flachgedrückt wurden. Sie wiederum beobachtete ihn und lächelte angesichts seines offensichtlichen Enthusiasmus. Er antwortete mit einem letzten dreckigen Grinsen und wendete sich dann zu seinem Arbeitstisch – nun ganz der Fachmann, als er begann, Nadeln und Farbe auszuwählen. Thomazina versuchte, sich zu entspannen. Sie erinnerte sich daran, wie die Nadel damals geschmerzt hatte und auch an das warme Glühen, das sie gefühlt hatte, nachdem es vorbei war.

„Schon ziemlich alt, nicht wahr?", fragte Pardue, als seine Hand ihren Hintern ergriff. „So verblasst, wie das ist, kannst du kaum mehr als ein Stepke gewesen sein."

„Ich war zu viel in der Sonne", antwortete Thomazina schläfrig, „aber es war nie wirklich dunkel. Ich hätte es dieses Mal gern in strahlendem Grün und Rot für die Augen."

„Schlechte Qualität, nehme ich an", fuhr er fort. „Das machen wir besser. Ich werde die neue Tinte nehmen. Hab' sie in London gekauft, als ich das letzte Mal dort war. Jetzt stillhalten."

Thomazina zuckte etwas zusammen, als die Maschine zu summen begann. Sie zwang sich, sich zu entspannen, und schluckte, als die Spitze der Nadel in ihren Hintern biss.

„Ruhig, Mädel, es ist schwierig, bei so viel Fleisch einen guten Griff zu behalten. Nicht dass ich etwas gegen ein bisschen Fleisch einzuwenden hätte, das kann ich dir sagen."

„Dessen bin ich mir sicher. Was hat Yasmin für sie gemacht?"

„Alles mit der Ruhe, Mädel, darüber kann ich jetzt nicht reden, nicht während ich arbeite."

Thomazina lachte in sich hinein und wurde ruhig. Sie dachte an Yasmins glatte dunkle Haut. Der Sex mit ihr war angenehm gewesen, leidenschaftlich und unanständig, und so bedauerte sie, dass es nicht Yasmin gewesen war, die sich dazu bewegen ließ, sich das Tattoo machen zu lassen. Der Anfangsschmerz der Tätowiernadel hatte angefangen nachzulassen, nun war es nur noch ein dumpfes, warmes Pochen, das direkt zu ihrem Geschlecht wanderte. Sie war sicher, dass Pardue einen geblasen bekommen wollte, vielleicht wollte er sie auch begrapschen, doch er würde ihr vermutlich keinen Orgasmus geben können, zumindest keinen wirklich befriedigenden.

Er pausierte, wechselte die Nadel und arbeitete dann weiter an ihrem Hintern. Sie wusste, dass sie feucht war, dass er ihre Erregung würde riechen können und sich zweifellos schon darauf freute, ihren Körper bald genießen zu können. In seinem Alter würde es vermutlich eine ganze Weile dauern, und sie fragte sich, ob sie ihn überzeugen könnte, sich aufs Bett zu legen und sie ihr eigenes Vergnügen auf seinem Schwanz reitend haben zu lassen. Sicher, es wäre im eigentlichen Sinn keine Bezahlung, doch es versprach den bestmöglichen Orgasmus. Und da er ein unanständiger alter Mann war, war es unwahrscheinlich, dass er ihr eine solche Bitte abschlagen würde.

„Erledigt", verkündete er, und das tiefe Summen der Tätowiermaschine stoppte.

„Danke. Sie sind sehr gütig", entgegnete Thomazina. „Nun sie haben angedeutet, dass sie als Bezahlung etwas ganz Bestimmtes im Sinn haben."

Er nickte und seine Hände gingen direkt an seinen Hosenschlitz.

„Was hat Yasmin gemacht?"

„Sie haben für mich posiert", sagte er. „Beide, Violet hat ihren hübschen Hintern für mich rausgestreckt und Yasmin hat mir ihre Titten gezeigt. Du bist hübscher als sie, mit diesen großen Tittchen und dem fleischigen Hintern, so, wie wäre es mit etwas in der Art?"

„Oh, ich habe eine bessere Idee", versicherte sie ihm, als sie aufstand. „Ich werde Ihnen einen blasen, oder sie können sogar ihren kleinen Mann in mich hineinstecken. Ich bin ganz feucht."

„Ich weiß, du hast einen nassen Fleck aufs Bett gemacht."

Thomazina kicherte und griff nach seinem Schwanz. Er fühlte sich gummiartig in ihrer Hand an und schwer, und er hatte schon angefangen, steif zu werden.

„Wir beeilen uns besser", hauchte er. „Dieser Hobbers wartet noch unten.

„Nur keine Sorge um den alten Mister Hobbers. Ich will sie lutschen, ich will mich reiben, während sie in mir sind."

„Du bist vielleicht verdorben, kein Zweifel", sagte er mit einem Grunzen.

Thomazina hatte sich hingekniet und seinen Schwanz in den Mund genommen. Er wurde größer, füllte sich mit Blut. Er schmeckte intensiv nach Mann und Tätowiertinte, was ihre Erregung förderte und sie daran erinnerte, wie sie gezeichnet war. Eifrig lutschend, streckte sie ihre Hand zwischen ihre Schenkel und begann zu kneten; sie fühlte das sanfte Fleisch ihres Geschlechts und ihres nassen, offenen Zentrums. Pardue lehnte sich gegen die Bettkante.

„Reib' ihn zwischen deinen Titten, Liebes", stöhnte er. „Das mag ich."

Thomazina stimmte zu, sie kam hoch, um seinen jetzt steifen Penis in das fleischige Tal zwischen ihren Brüsten zu wickeln. Er begann zu stoßen, in kurzen, zuckenden Bewegungen; mit jedem Stoß tauchte der Kopf seines Schwanzes zwischen den dicken Kissen ihrer Brust auf und verschwand wieder. Seine Vorderseite rieb an ihren Nippeln und ließ sie vor Freude kichern, als er schneller wurde und schneller. Er grunzte, als er ejakulierte. Sie schnappte geschockt nach Luft, als der unerwartete Ausbruch in ihren Mund spritzte und über ihr Kinn. Er hatte ein Auge erwischt und es zugeklebt. Ihre Nase hatte er auch erwischt, ein langer Samenstrang hing davon herunter. Auf ihren Brüsten war noch mehr, in die Furche geschmiert, die er gefickt hatte, und auf Das Übrige verspritzt.

„Mister Pardue!“, rief sie aus, als sein Schwanz aus ihrem verschmierten Dekolletee rutschte.

„Tut mir leid, Liebes, konnte mich nicht zurückhalten“ entgegnete er.

„Ich wollte kommen“, protestierte sie. „Helfen sie mir zu kommen, bitte.“

„Tut mir leid, Liebes, keine Zeit für diesen Unsinn“, fuhr er fort. „Übrigens, wer bezahlt hier wen?“

Er lachte in sich hinein und sie setzte sich auf. Sie bemühte sich sehr, wütend auszusehen. Einen Moment lang erwog sie, sich dennoch selbst zu befriedigen, doch dann dachte sie an Hobbers.

Hobbers saß steif in seinem Stuhl; sein Schwanz in der Hose war stocksteif. Es war schlimm genug gewesen, zu wissen, dass Pardue seine Hände auf Tammys nacktem Hintern hatte, aber das Gekicher und Gestöhne, das dem Tätowieren gefolgt war, konnte nur eins bedeuten: dass Tammy ihn mit Sex bezahlte.

Offensichtlich war sie nicht wirklich seine Enkelin, zumindest hoffte er das, doch dieses Rätsel war von seinem überwältigenden Verlangen nach ihr in den Hintergrund gedrängt worden. Als die Tür jetzt oben zufiel und er ihr gekichertes ‚Danke schön’ hörte, wurde seine Entschlossenheit nur noch stärker.

„Entschuldigen sie, dass ich sie habe warten lassen, Mister Hobbers“, verkündete Pardue, als er in den Raum zurückkehrte. „Ich begleite die junge Dame nur nach draußen, und wir können uns wieder dem Geschäft zuwenden.“

„Es trifft sich, dass ich selbst jetzt leider gehen muss“, entgegnete Hobbers schnell. „Ich hatte leider die Zeit vergessen. Die Modelle sind wundervoll, einfach wundervoll. Wenn sie erlauben, werde ich beide nehmen. Vielleicht, wenn ich das Bild vorbeibringe, nächste Woche?“

„Das ginge in Ordnung…“

„Perfekt, perfekt. Jetzt muss ich aber gehen."

Er stand auf und bot Pardue seine Hand. Sie schüttelten die Hände und verließen das Zimmer. Tammy stand im Gang und starrte auf ein Bild; ihr Mund spiegelte Traurigkeit. Für einen Augenblick fing sich das Licht in ihren Augenwinkeln, und Hobbers sah, dass sie voller Tränen waren. Er fühlte eine Spur von Schuld, als ihm klar wurde, dass sie vermutlich darauf zurückzuführen waren, dass sie Pardues Penis hatte lutschen müssen, und er war sich sicher, dass das geschehen war. Dann hatte sie sich umgedreht und strahlte wieder über das ganze Gesicht.

„Das ist auch ein altes", bemerkte Pardue. „1850 etwa. Die Jüngste ist Jane Pardue, die, die ich vorhin erwähnt habe; damals war sie noch ein kleines Mädchen. Die anderen sind ihre Schwestern, Emily und Thomazina."

Hobbers betrachtete das Bild, eine Zeichnung von drei jungen Mädchen mit Schürzen, die neben einer Wand auf einer Bank saßen. Alle waren drall, besonders die Älteste. Ihre reifen Kurven waren selbst in dem weiten Kleid offensichtlich – und auf einem Bild, das niemals als erotisch gedacht war. Er blickte zu Tammy, die ihm ein nervöses Lächeln zurückgab.

„Oh, du siehst aus wie die kleine Thomazina", bemerkte Pardue. „Ich hatte doch das Gefühl, dass ich das Gesicht von irgendwoher kenne. Kommst du aus Tawmouth?"

„Newton Abbot", antwortete Thomazina schnell. „Ja, sie ähnelt mir ein wenig. Vielleicht sind wir ja verwandt."

Sie lächelte und ging zur Tür; der Gang füllte sich mit Tageslicht, als sie die Tür öffnete. Wieder sah sich Hobbers das Bild an und blickte dann zurück zu Tammy. Die Ähnlichkeit war auffallend, nur eine Sache verdarb es. Thomazina Keeley hatte eine Menge gelbbrauner Locken, die unter ihrer Haube hervorschauten, ganz anders als Tammys gerade, rabenschwarze Haare.

„Ich muss dann gehen", sagte er schnell und folgte Tammy zur Tür.

Die Tür schloss sich hinter ihnen und er nahm ihren Arm. Er war entschlossen, diese Chance nicht verstreichen zu lassen.

„Ich denke, wir sollten meinem Laden einen Besuch abstatten, nicht wahr?", sagte er und dirigierte sie zu seinem Auto.

„Ihrem Laden?", entgegnete sie offensichtlich geschockt. „Nein, nein, das kann ich wirklich nicht. Sehen sie…"

„Ah, aber du solltest", fuhr er fort. „Siehst du, ich weiß alles."

„Was meinen sie, Mister Hobbers?"

„Oh, du musst dich nicht verstellen. Ich weiß, dass du nicht beschränkt bist. Ich weiß alles, über den Grabstein, alles."

„Der Grabstein?"

„Thomazina Keeleys Grabstein, die, von der du den Namen für deine kleine Diebesserie genommen hast."

„Ich weiß wirklich nicht, was…"

„Komm schon, du musst dich mir gegenüber nicht schüchtern stellen. Ich war in Abbotscombe und habe den Stein gesehen. Erinnere dich an die kleine Geschichte, die du mir erzählt hast, wie du und deine Schwestern übers Knie gelegt wurden. Deine Schwestern Emily und Jane. Nur sind das nicht deine Schwestern, richtig? Das waren Thomazina Keeleys Schwestern. Du bist eine Diebin, junge Dame, zusammen mit deiner kleinen Freundin, die die Kleider gestohlen hat, und ich weiß, was man mit kleinen Dieben tun muss, besonders mit unanständigen, kleinen Dieben."

„Nein, nein, Mister Hobbers, bitte nicht die Polizei. War ich denn nicht nett zu ihnen?"

„Ja, das warst du, und wenn du noch einmal nett zu mir wärst, könnten wir die ganze Angelegenheit vielleicht vergessen."

„Aber natürlich! Lieber Mister Hobbers, Sie hätten doch nur fragen müssen! Es macht mir gar nichts aus. Ich nehme an, sie haben gehört, was ich für den alten Mister Pardue getan habe."

„Nun, ja…"

„Dann werde ich dasselbe für sie tun, und mehr. Oh, sie sind albern, zu denken, dass es mir etwas ausmachen würde!"

„Das tut es nicht?"

„Gar nicht. Ich verstehe, was sie fühlen. Es muss schrecklich einsam sein. Doch nicht in Ihrem Laden: ich könnte gesehen werden. Ich sage Ihnen etwas: Ich muss hoch nach Aldon Hill, doch wenn Sie mich um die Flussmündung fahren, werde ich tun, was immer sie wollen, was auch immer."

„Was du wirklich brauchst, ist eine ordentliche Tracht Prügel", entgegnete Hobbers und versuchte so, die Kontrolle wiederzugewinnen.

Tammy antwortete mit einem Kichern. Sein Herz schlug wild in seiner Brust, als er für sie die Wagentür öffnete. Sie stieg mit einem fröhlichen, schelmischen Lächeln ein. Es wäre ihm lieber gewesen, wenn sie etwas beunruhigter ausgesehen hätte, zerknirscht vielleicht oder verdrossen oder elend; so, wie die Mädchen in seinen Zeitschriften immer aussahen. Dennoch, ein paar harte Schläge auf ihren nackten Hintern würden ihr bestimmt das Lächeln aus dem Gesicht wischen.

Er fuhr so schnell wie möglich die Flussmündung hinauf, auf der Umgehungsstraße über den Taw, auf die Abbotscombe Road und dann in eine Seitenstraße. Er wusste genau, wo er hinwollte. Rocombe Woods, ein flaches, baumbewachsenes Tal, das zu den Klippen hinter Aldon Hill führte. Er war dort oft spazieren gewesen, und eine seiner Lieblingsfantasien war es, dort ein junges Mädchen zu fangen und sie dazu zu bringen, sich den Hintern versohlen zu lassen. Und nun war es Wirklichkeit geworden. Das Mädchen neben ihm war noch reizender als die beste seiner Fantasievorstellungen – sie war in seiner Gewalt, erwartete ihre gerechte Bestrafung, eine Bestrafung, aus der er entschlossen war, das Beste zu machen.

„So, warum Thomazina Keeley?“, fragte er, als er den Wagen anhielt. „Stammst du von ihr ab?“

„Gewissermaßen.“

„Dachte ich doch. Du warst wirklich sehr böse, weißt du, vorzugeben, jemand anderer zu sein und Sachen zu stehlen, gar nicht von dieser Münze zu reden, die du mir verkauft hast. Ich werde dich tüchtig dafür bestrafen müssen, weißt du, das ist nicht nur zum Spaß.“

„Oh je, nun, ich denke, wenn es denn sein muss.“

„Es muss. Nun Komm schon, etwas tiefer im Wald werden wir ungestört sein. Wenn du mit Thomazina Keeley verwandt bist, musst du auch mit dem alten Pardue verwandt sein. Wusstest du das nicht?“

„Nein, aber ich sehe aus wie sie, nicht wahr?“

„Ja, doch das gilt auch für viele andere gut ausgestattete Mädchen aus Devon.“

Sie antwortete nicht, nickte aber und warf ihm dann einen Blick zu, der Zweifel gewesen sein könnte, oder sogar Angst. Ihre Stimme hatte einen spöttischen Unterton, ganz als wäre sie unfähig, ihre bevorstehende Bestrafung ernst zu nehmen. Es war eine Haltung, von der er gelesen hatte. Das Mädchen, das bestraft werden sollte, spielte es herunter und wurde dann immer ängstlicher, als ihr klar wurde, dass sie nicht davonkommen würde.

Sie kamen zu einem Bereich mit aufgewühlter Erde, die verhedderten, mit Erde verstopften Wurzeln eines umgefallenen Baumes versperrten den Blick von der Straße. Ein kleinerer Baum war mitgerissen worden und bot eine ideale Sitzmöglichkeit. Er hatte dort schon früher ein Picknick gemacht und sich dabei oft vorgestellt, wie gut es geeignet war, fehlgeleitete Mädchen über sein Knie zu legen. Tammy war barfuß und hatte sich vorsichtig ihren Weg gebahnt. Nun blieb sie stehen und sah ihn mit im Schoß verschränkten Händen an, während er sich setzte.

„Nun gut, meine Liebe, es ist Zeit für deine Bestrafung“, verkündete er und tätschelte sein Knie.

Sie verzog das Gesicht leicht und kam nach vorne; sie beugte sich über seine Beine und stützte sich mit ihren Händen und Füßen ab. Dabei rutschte ihr winziges Bikinihöschen zwischen ihre Arschbacken und offenbarten ihren ausladenden Hintern. Sie drehte sich um, und ihre großen, grünen Augen blickten ihn durch eine Wolke ihrer Haare an.

„Seien Sie bitte nicht zu hart, Mister Hobbers“, sagte sie leise. „Mein Tattoo ist ein bisschen wund.“

„Darauf würde ich wetten“, entgegnete er. „Es entzieht sich mir völlig, warum du einen Kraken auf deinem Hintern haben willst, oder sonst irgendwas. Es ruiniert die Unschuld eines Mädchens.“

„Das ist eine persönliche Angelegenheit.“

„Der reine Eigensinn, nehme ich an, wenn man es genau betrachtet. Auf jeden Fall denke ich, es verdient einige Extraschläge, wenn auch nicht direkt darauf.“

„Dann tun sie es. Ist mir egal.“

„Das wird es nicht lange sein. Nun, lass’ uns dieses lächerliche, kleine Bikinihöschen herunterziehen. Es versteckt ja sowieso nicht viel, nicht wahr?“

Sie gab ein seltsames Geräusch von sich, als er ihr Bikiniunterteil ergriff, irgendwo zwischen einem Seufzen und einem Stöhnen. Er hoffte, dass es Scham ausdrückte; es könnte aber auch einfach Resignation gewesen sein. Es war ihm unmöglich, ein Grinsen zu unterdrücken, als er das Stoffstück von ihrem Hintern zog. Sie war wirklich glorreich; ihre Arschbacken waren groß und fest, fleischige Halbkugeln, beidseits ihrer Spalte. Er stellte sein Bein auf und verstärkte seinen Griff an ihrem Arm. Er zwang sie, ihren Arsch zu heben, und spreizte ihre Backen, um das enge Grübchen ihres Anus und die Lippen ihres Geschlechts zu offenbaren. Sie war nass; ihre Vagina war ein feuchtes, rosafarbenes Oval mit Perlen weißer Flüssigkeit am Eingang.

Er hielt sie fest um die Taille, hob seine Hand, wartete einen entzückenden Moment und ließ sie hart auf ihren Hintern fallen. Sie kreischte. Ihre großen Backen trennten sich und hüpften, nur um beim zweiten Schlag wieder zu hüpfen. Sie kreischte wieder, und er begann, ernsthaft zu arbeiten, und grinste dabei. Seine Augen taten sich an ihrem wabbelnden Hintern gütlich, er lauschte erfreut ihren Schreien. Sie fing an, auszutreten, die Kontrolle über ihre Beine zu verlieren; dann keuchte sie zwischen ihren Schreien und ihrem Keuchen. Jeder Schlag hinterließ einen Abdruck auf ihrem Hintern, eine rosafarbene Röte, die sich schnell ausbreitete, während er sie schlug. Er schlug zu, wieder und wieder, im Rhythmus ihrer Schreie. Sie wand sich in seinem Griff, kickte aus, offenbar überrascht über die Intensität ihrer Bestrafung. Seine Hand brannte, aber er machte weiter, im Bewusstsein, dass dies vielleicht seine einzige Chance war, ein Mädchen übers Knie zu legen, besonders eine solche Schönheit, die noch dazu nackt war.

Als ihr Hintern ein rotglänzender Ball war, fing sie an zu weinen; sie verschluckte ihre Schluchzer und einen lauten Aufschrei, unterbrochen von ihren Schmerzensschreien bei jedem Schlag. Er hatte einen Rhythmus gefunden, der ihre fetten Backen mit seinen Schlägen hüpfen ließ; sie gingen mit jedem Schlag auseinander, so wurde ihr Anus und ihre Möse sichtbar, schlossen sich wieder, nur um sich wieder zu öffnen. Ihre zappelnden Beine waren gespreizt, ihre Fäuste trommelten auf den Boden, und sie lag mit ihrem ganzen Gewicht auf seinen Knien, doch er machte weiter, schlug und schlug, klatschte jede fette, rosige Backe, bis der brennende Schmerz in seiner Hand zu viel wurde und er gezwungen war, aufzuhören.

Er keuchte, war erschöpft. Sein Schwanz presste sich gegen sie, steinhart selbst durch seine Hosen. Sie wehrte sich nicht, versuchte nicht, aufzustehen, sondern lag schlaff und gebrochen über seinem Schoß, genau wie er sich immer vorgestellt hatte, dass ein bestraftes Mädchen reagieren würde. Ihre Zustimmung schien vollkommen zu sein, und er fragte sich, ob er seinen Vorteil nicht noch weiter forcieren sollte. Er freute sich jetzt schon darauf, seinen Schwanz gelutscht zu bekommen oder zumindest gewichst zu werden, doch war es weit wahrscheinlicher, dass jetzt da sie ihre Prügel hatte, sie sogar dazu überredet werden konnte, weiterzugehen. Außerdem hatte sie ja gesagt, dass er alles tun könne, auch wenn sie den ganzen Umfang ihres Angebots nicht wirklich erfasst hatte.

Sie schluchzte und atmete schwer, während ein winziges Rinnsal ihrer Säfte aus ihrer Möse herauslief. Die Innenseite ihrer Schenkel war auch nass, verschmiert von den Säften, die während ihrer Bestrafung aus ihr heraus geflossen waren. Hobbers streckte einen Finger aus; er berührte ihren Schenkel, ihre Schamlippen und glitt dann in die enge Umarmung ihrer Öffnung. Sie tat nichts, um sich dagegen zu wehren, sondern schluchzte nur lauter. Davon ermutigt, stützte er seine Beine besser ab, um sie in Position zu halten. Er ließ seine Hand zu ihrer Brust gleiten und griff erst nach der einen und dann nach der anderen ihrer großen Brüste. Sie wimmerte, versuchte aber wieder nicht, ihn zu stoppen. Mit einem schnellen Zerren befreite er sie von ihrem Bikinioberteil, und ihre Brüste flossen fast in seine Hände. Wieder wimmerte sie.

„Genau, mein Mädchen“, verkündete er, und nun war er sicher, dass sie tun würde, was ihr gesagt wurde. „Deine Bestrafung ist vorbei. Jetzt ist es an der Zeit, dass ich ein bisschen Spaß mit dir habe.“

Als er sie losließ, stand sie auf, wendete sich ab und blickte über ihre Schulter, während sie ihren roten Hintern rieb. Sie war ordentlich verhauen worden, ihre roten Backen glühten in einem dunklen Rosa, gekrönt von roter Gänsehaut. Wenn sie auch bisher nicht angemessen ausgesehen hatte, nun tat sie es. Ihr Gesicht zeigte sowohl Ärger als auch Reue.

„So, was wollen sie jetzt?“, fragte sie. „Ich nehme an, ich soll ihren kleinen Mann blasen.“

„In der Tat“, antwortete er. „Geh’ auf die Knie und drück’ deinen Hintern raus, damit ich ihn sehen kann.“

Ihr ärgerlicher Gesichtsausdruck verstärkte sich, als sie sich zwischen den vermodernden Blättern und Zweigen hinkniete, doch sie widersprach nicht. Er befreite seinen Penis, der so steif war, dass es wehtat – und das war etwas, das er seit seinen Teenagertagen nicht mehr erlebt hatte. Sie beugte sich nach vorne, ihr schöner Mund öffnete sich, ihre großen, grünen Augen sahen zu ihm auf, und dann war er in ihrem Mund. Sein Penis steckte im Mund eines hübschen Mädchens, ein Mädchen, das er verhauen hatte und dessen roter, nackter Hintern deutlich zu sehen war.

Es wäre einfach gewesen, jetzt zu kommen, so einfach. Sein Schwanz zuckte, als das Vergnügen zu intensiv wurde, und er würde seinen Samen auf ihr schönes, schmollendes Gesicht spritzen. Ja, es wäre eine echte Verschwendung gewesen. Er hatte sie verhauen, und jetzt würde er sie ficken. Er kämpfte gegen das Bedürfnis, sie einfach lutschen zu lassen, dennoch nahm er sie sanft bei den Ohren und zog ihren Kopf zurück. In dem gefilterten Sonnenlicht glänzte sein Penis mit ihrem Speichel.

„Ich werde dich nehmen, mein Mädchen“, brachte er heraus. „Wie es sich gehört, und ich werde keinen Unsinn zulassen.“

„Soll ich mich vorbeugen?“, fragte sie leise.

„Nein“, antwortete er, „ich bin kein junger Mann mehr. Ich werde mich hinlegen, und du kannst auf mich steigen.“

„Ja, Sir“, entgegnete sie und rutschte zurück, um ihn aufstehen zu lassen.

Er genoss die Macht, die er über sie hatte, sowie ihren absoluten Gehorsam, als er sich hinlegte. Er legte sich zurück, und für einen Moment wünschte er sich, dass er die Stärke hätte, sie so, auf allen Vieren, zu nehmen. Wie sie es angeboten hatte, war ihr Hintern weit nach oben ausgestreckt. Die Versuchung war da, doch er wusste, dass er nie die Energie haben würde, in einer so anstrengenden Position zum Orgasmus zu kommen. Tammy sagte nichts dazu, beobachtete aber, wie er seinen Schwanz bereit hielt, damit sie sich darauf setzen konnte.

„Dreh' dich rum", befahl er. „Ich will diesen netten, roten Hintern sehen, den ich dir verpasst habe. Und du wirst die ganze Arbeit für mich machen."

Tammy drehte sich um, und er beobachtete sie. Er war unfähig, seine Augen abzuwenden, als sie ihren riesigen, geröteten Hintern auf seinen Schritt senkte. Die Spitze seines Penis berührte ihre Öffnung und versank darin, die ganze Länge seines Stabs folgte, bis ihre Backen sich auf seinen Beinen niedergelassen hatten. Sie waren weit gespreizt und zeigten ihren Anus und den gespannten rosafarbenen Ring ihrer Vagina, wo sie seinen Schwanz verschlang.

Sie fing an, sich zu bewegen, zuerst ganz langsam, dann mit mehr Begeisterung, bis sie auf seinem Schwanz auf und ab hüpfte. Dabei klatschten ihre großen Brüste zusammen und ihre Arschbacken wabbelten im Rhythmus ihrer Bewegungen. Er ließ sie machen; seine Augen labten sich am Anblick ihres rundlichen, festen, jungen Körpers, verschlangen es, wie sich ihr Fleisch bewegte und sein Schwanz in ihre Vagina glitt. Sie hatte sich etwas vorgebeugt. Das ließ ihren Anus als ein dunkles, ins Auge springendes Loch zwischen ihren großen roten Backen erscheinen, die nass waren von Schweiß und ihren eigenen Säften. Er stöhnte und dachte daran, wie viele Bilder von verhauenen Mädchen mit gespreizten Arschbacken er schon gesehen hatte und wie oft er sich dabei vorgestellt hatte, seinen Schwanz in die enge Rosenknospe ihrer Arschlöcher zu stecken. Es war der ultimative Streich, den er ihnen in seiner Fantasie spielte, der dreckigste und der befriedigendste, ein bestraftes Mädchen dazu zu bringen, sich in den Arsch ficken zu lassen.

„Wir wollen doch nicht, dass du schwanger wirst", grunzte er. „Und das würde geschehen, wenn du so weitermachst. Hoch damit, und ich zeige dir einen Trick, den deine Liebhaber, jede Wette, nicht kennen."

Tammy hob gehorsam ihren Hintern und ließ seinen Schwanz herausrutschen, der von ihren Säften weiß und schleimig war. Er nahm ihn und rieb die Spitze in den Brei ihres Geschlechts, stieß den Kopf an ihre Klitoris. Und wirklich, sie seufzte und wand sich auf ihm, drückte ihren Rücken heraus und nahm eine Brust in jede Hand.

„Oh, Mister Hobbers, das ist nett", sagte sie. „Oh, machen Sie weiter."

Er lachte in sich hinein und veränderte die Art seiner Bewegungen;

nun rieb er von der Klitoris zur Vagina und weiter nach hinten, dabei schmierte er ihre eigenen Säfte auf ihren Anus. Als sein Schwanz ihre winzige Öffnung berührte, erwartete er, dass sie protestieren würde, doch sie tat es nicht, sondern fuhr fort, zu stöhnen und mit ihren Brüsten zu spielen. Er machte weiter. Innerlich war er darauf vorbereitet, auch Drohungen zu gebrauchen, sollte es notwendig werden, und er war sicher, das würde es, wenn er soweit war, ihren zweifellos jungfräulichen Anus zu penetrieren.

Ihr Anus war nass, ein schleimiger, brauner Ring, rosa in der Mitte, und vielleicht schon offen genug, um gefickt zu werden. Er rieb weiter, lauschte ihren immer erregteren Lauten, und als sie dann anfing zu keuchen, presste er seinen Schwanz gegen ihren Ring. Sie stöhnte, es klang nach Vergnügen und auch Verzweiflung, und er erwischte sich dabei, dass er übers ganze Gesicht grinste, als er beobachtete, wie der Kopf seines Schwanzes sich in ihre Analöffnung drückte.

„Oh, nein, Mister Hobbers, nicht das", keuchte sie, machte aber keine Anstalten, aufzustehen.

„Tut mir leid, meine Liebe", entgegnete er, „wenn du nicht in den Arsch gefickt werden wolltest, hättest du dir keinen so großen, fetten Hintern zulegen sollen."

Er hatte ihre Hüften gepackt und zog sie nach unten, während er sprach. Sie jaulte auf, als sein Schwanz durch die eng zusammengezogene Öffnung stach. Der Kopf war jetzt drin, umgeben von warmem Rektalfleisch; ihr Schließmuskel lag eng gleich darunter.

„Entspann' dich, meine Liebe", befahl er. „Er geht rein, auf die eine oder die andere Art. Es ist am Besten, wenn du es dir leicht machst."

Wieder antwortete sie mit ihrem leisen, verzweifelten Stöhnen, fing aber an, ihr Gewicht nach unten sinken zu lassen, gerade als er fühlte, wie ihre Analöffnung nachgab. Er beobachtete mit weit aufgerissenen Augen, wie sein schmieriger, rosafarbener Penis in seiner ganzen Länge in ihr Arschloch glitt. Sein Schwanz war im Arschloch eines Mädchens, eines Mädchens, dem man den Hintern versohlt hatte. Ihr Hintern ließ sich auf seinen Hüften nieder, ihre Backen waren noch immer knallrot von den Prügeln. Er war jetzt ganz drin; ihr nasses Geschlecht presste gegen seine

Eier und den letzten Zentimeter seines Schwanzes, der nicht in dem angespannten Ring ihres Anus verschwunden war. Sie stöhnte erneut, drückte Elend, Demütigung und hilfloses Vergnügen aus – all die Empfindungen, die er von einem Mädchen, das den Penis eines alten Mannes in ihrem hinteren Eingang hatte, erwarten würde.

„Reit' ihn, schön langsam", befahl er, „und berühr' dich dabei. – Das sehe ich gern."

Sie gehorchte; wieder fing sie an, auf seinem Schwanz zu hüpfen, nur dieses Mal war er fest in ihren üppigen Hintern gepresst. Er beobachtete, wie ihr Ring sich auf seinem Stab bewegte, ganz der Ekstase hingegeben, dem Gefühl, wie die Innenseite ihres Rektums an seiner Eichel rieb. Sie fing an, sich zu befriedigen; eine Hand lag auf ihrem Geschlecht, die andere hob eine Brust an und streichelte den Nippel. Er stöhnte, als sie anfing, sich schneller zu bewegen. Ihr langes, schwarzes Haar wogte im Rhythmus ihrer Bewegungen, was auch köstliche, kleine Schauder durch ihre fleischigen Backen und ihre Seiten sandte. Er lehnte sich zurück und ließ sie die Arbeit machen, ließ sie sich selbst in den Arsch ficken, seinen Schwanz in ihr dreckiges, kleines Loch ein- und wieder ausführen, bis sie ihn dazu brachte, zu kommen, was, wie er wusste, nicht mehr lange dauern würde, auch für sie nicht. Ihr Ring begann, sich zusammenzuziehen, und sie schrie auf, nicht vor Kummer, sondern in reinem Vergnügen. Sie kam auf seinem Schwanz. Ihr Anus krampfte sich um seinen Stab, ihre Arschbacken hüpften und wabbelten, sein Schwanz rieb sich in der heißen, schleimigen Röhre ihres Rektums. Er fühlte das Zucken, als er die ganze Masse seines Samens in ihr Inneres schoss. Sie schrie auf und stand halb auf, löste sich für einen Moment ganz und rammte ihren offenen Anus dann wieder auf seinen Schwanz. Das presste den Samen heraus; er spritzte auf seine Eier, als sie hart auf ihm landete. Er sah vor Ekstase rot, und sein letzter Blick galt ihrem samenverschmierten Ring, der seinen Stab hinunter glitt.

Kapitel Neun

Violet sprang von der Laufplanke der Flussfähre, ihre Schuhe knirschten in dem groben, roten Sand. Nich folgte ihr; er machte lange Schritte in dem vergeblichen Versuch, seine Blockabsätze zu schonen. Yasmin kam als Letzte, nachdem sie ihre Taschen herausgereicht hatte.

Das Ufer war extrem bevölkert und der winzige Parkplatz des Minigolfplatzes war mit Transportern und Autos überfüllt. Eine Gruppe Straßenarbeiter entlud gerade einen Generator von einem, Topher Knight stand bei einem anderen und blätterte durch eine Kiste mit CDs und Platten. Yasmin winkte und rief ihn, konnte seine Aufmerksamkeit aber nicht erregen, da ihre Stimme sich in dem allgemeinen Lärm verlor.

„Heb' ihn dir für später auf", schlug Violet vor. „Außerdem hat Nich schon alles mit ihm besprochen."

„Richtig", entgegnete Yasmin zweifelnd. „Hey, schau', da ist Tammy, die in dem blauen Bikini, mit diesem alten Kerl."

Violet drehte sich in die Richtung, in die Yasmin zeigte, und sah, wie ein gut entwickeltes junges Mädchen aus einem Auto stieg. Ein Mann stand bei der anderen Tür.

„Wie beschämend", lachte sie, „vom Vater zur Party gebracht zu werden."

„Nein, nein", mischte sich Nich ein. „Das ist Mister Hobbers, der Mann, den ich in der Bibliothek getroffen habe."

Er sprang über die niedere Mauer, die den Strand begrenzte, und ging schnell auf das Paar zu. Hobbers war dabei gewesen, wieder einzusteigen, zögerte aber beim Anblick Nichs. Violet und Yasmin folgten ihm. Tammy lächelte Yasmin an und warf dann einen unmissverständlichen, erregten Blick auf Violets Haare.

„Guten Tag", begrüßte Nich sie und nickte Hobbers förmlich zu. „Du bist Tammy, nehme ich an."

„Ja", entgegnete das Mädchen. „Hallo, Yasmin."

„Ihr seid Freunde?", fragte Hobbers; er fühlte sich sichtlich unsicher.

„Ja", antwortete Yasmin. „Hi, Tammy."

„Ich muss jetzt wirklich gehen", sagte Hobbers schnell. „Also dann, auf

Wiedersehen, Thomazina Keeley. Viel Spaß bei der Party."

Er bückte sich zurück ins Auto, startete schnell den Motor und fuhr weg.

„Was ist denn in den gefahren?", fragte Yasmin.

„Oh, keine Sorge", lachte Tammy. „Er denkt, dass ich eine Diebin bin, und ich nehme an, er vermutet, dass ihr zu meiner Bande gehört. Außerdem hat er mich übers Knie gelegt und denkt vielleicht, dass ich es ihm heimzahlen will."

„Er hat was getan?"

„Mich übers Knie gelegt. Er ist da eigenartig. Er wünscht sich verzweifelt, meinen Hintern zu verhauen, hat aber nicht den Mut, mich einfach zu fragen. Am Ende hat er doch gefragt, aber nur, als er dachte, dass ich gar nicht ablehnen konnte. Ich habe ihm eine gute Show geliefert."

„Der dreckige alte Bastard!"

„Oh, es war nicht so schlimm. Ich habe einen ziemlichen Aufstand gemacht, das ist immer das Beste, dann werden sie so erregt, dass sie es gar nicht richtig machen können. Bist du Violet?"

„Ja", antwortete Violet, „und das ist Nich."

„Hi", sagte Tammy, nickte in Nichs Richtung und wendete sich dann wieder Violet zu. „Bist du diejenige, die sich ein Kraken-Tattoo hat machen lassen, wie ich eins habe?"

Während sie sprach, drehte sie sich um und zeigte ihren Hintern. Violet schluckte, als sie die gerötete, rosafarbene Haut sah und ihr klar wurde, dass der alte Mann sie nicht nur übers Knie gelegt hatte, sondern dass er es vor Kurzem getan hatte. Das Tattoo sah auch roh und frisch aus, wahrscheinlich war es gerade erst nachgezogen worden.

„Ja, meins ist Purpur. Im Moment ist es ein bisschen verschorft, aber ich zeige es dir später. Du kommst doch hoch zum Wythman, nicht wahr?"

„Um zu tanzen?", fragte Nich.

„Ja", antwortete Tammy. „Sag mal, warum hast du dir das Tattoo machen lassen?"

„Yasmin hat deins gesehen", entgegnete Violet. „Es klang echt cool, also habe ich mir auch eins machen lassen, von dem alten Kerl unten bei den Docks."

„Ich habe meins dort nachmalen lassen. Da habe ich auch Mister Hobbers getroffen."

„Und du hast dich von ihm über Knie legen lassen, einem verdorbenen alten Mann wie ihm? Warum?"

„Ich denke, ich weiß es", sagte Nich.

Juliana stand am höchsten Punkt des Erdhügels und blickte hinüber, wo im Westen gerade die Sonne unterging. Elune stand neben ihr, genauso gedankenverloren und der wachsenden Menge gegenüber gleichgültig. Innerlich wuchs ihre Erregung, und gelegentlich schnellte ihr Blick zu Lily, die nachdenklich und offensichtlich verlegen unter der fröhlichen Schar von Heiden und Partygästen dastand.

Sie hatten sich unterhalten, und Lily hatte zugegeben, zu träumen. Zunächst war sie schüchtern gewesen und hatte keine Details erzählt, als dann aber sowohl sie als auch Elune zugegeben hatten, die gleiche Erfahrung gemacht zu haben, ging sie etwas mehr ins Detail. Lily war fasziniert, und bis sie den Gipfel von Aldon Hill erreicht hatten, hatte sie ganz offen gesprochen, über die Träume, über ihre Gefühle und über den Mann, der sie beherrschte, Ed Gardner. Sie hatte sogar überzeugt werden können, zur Party zu bleiben, und Julianas Hoffnung war in einem Maß gestiegen, dass ihre Kehle sich verkrampfte und ihr Magen sich schwach fühlte. Nur eine Sache verdarb ihr das Vergnügen: die Abwesenheit von Aileve – doch das wiederum stärkte ihre Entschlossenheit.

Sie drehte sich von der grellen Sonne weg und ließ ihre Augen über die Menge gleiten, die sich noch immer versammelte. Die Meisten trugen helle, freizügige Kleider, viele hatten Körperschmuck, eine farbenfrohe Zurschaustellung, die auf eine Leichtigkeit des Geistes schließen ließ, die weit entfernt war von christlicher Strenge. Außerdem gab es jede Menge Symbole zu sehen; sie erkannte nur wenige davon, doch sie hatten deutlich nichts mit dem Kreuz oder dem Fisch zu tun.

Eine Stimme rief ihren Namen, dann den von Linnet, und sie sah, wie Thomazina zusammen mit anderen über den Zauntritt kletterte, einem Mann und zwei Frauen. Als die Gruppe sich näherte, entdeckte sie die Ohrringe des Mannes, rotes Email mit acht Ecken, jede Ecke mit winzigen goldenen Klecksen versehen. Eines der Mädchen war dunkelhäutig, die andere blass, doch mit purpurnen Haaren und Amethysten in ihren Ohren, ihrer Nase und ihrem Bauch. Um ihren Nabel waren purpurne Symbole eintätowiert worden, in griechischen Lettern.

Mit rasendem Puls sah sie, wie sie näher kamen, dann warf sie Thomazina einen fragenden Blick zu, der mit einem Lächeln beantwortet wurde. Die anderen drei trennten sich von ihr und gingen hinüber, wo gerade die Technik für die Party aufgebaut wurde. Thomazina ging allein weiter und kletterte den Erdhügel zu ihnen hoch.

„Wer sind sie?“, fragte Elune und Juliana schloss sich an.

„Sie hat Träume, die mit den purpurnen Haaren“, antwortete Thomazina mit vor Aufregung überschlagender Stimme. „Sie hat ein Tattoo, wie meins, nur in Purpur, so mag sie es lieber.“

„Was hast du ihr gesagt?“

„Nur wenig. Sie ist schon neugierig. Ich denke, sie ist schon gefangen. Heute Nacht, nachdem wir getanzt haben, werden sie ein Ritual durchführen. Der Mann ist ein Ketzer, eine Art Priester.“

„Ein Heide, Thomazina“, korrigierte Elune. „Was für ein Ritual?“

„Das wollte er nicht sagen. Es ist heidnisch, kann also nur etwas Gutes tun.“

Elune nickte. Juliana sah sich um, um das Mädchen mit den purpurfarbenen Haaren zu finden. Sie war bei den anderen, an der Frontseite des Hügels, und redete mit Lily. Von hinten näherte sich eine Gruppe von Menschen: ein kleiner Mann mit leicht ergrautem Haar, andere, jüngere Männer und eine Frau. Die Frau war groß und elegant, ihr Gesicht ein feines Oval eingerahmt von rabenschwarzen Haaren. Ihr Ausdruck war distanziert, fast ätherisch, und sehr vertraut. Sie blickte auf, ihre Augen trafen Julianas, und ihr letzter Zweifel schwand: es war Aileve. Juliana stupste Elune an, die erfreut kreischte. Thomazina winkte, und als die Leute, die bei ihr waren, stehen blieben, ging sie weiter und erkletterte den Erdhügel.

„Wo warst du?“, fragte Elune. „Wir glaubten dich verloren, oder Schlimmeres.“

„Ich war in Exeter“, antwortete Aileve und beugte sich vor, um sie nacheinander zu küssen, „und im Moment bin ich Doktor Alice Chaswell, eine hoch angesehene Expertin für mittelalterliche Archäologie. Die mich begleitet haben, sind meine Kollegen, Professor Cobb und andere. Wir werden morgen den Wythman öffnen."

„Den Tempel öffnen!"

„In der Tat, und warum auch nicht? Es ist sicher ein besserer Plan als unser letzter Versuch."

„Ja, nehme ich an, aber wie hast du das angestellt? Zu den Leuten zu stoßen, die den Tempel öffnen werden?"

„Wie ich das angestellt habe?", entgegnete Aileve. „Ich habe es veranlasst. Während ihr euch quer durch die halbe Welt gefotzt habt, habe ich für unseren Herrn gearbeitet."

„Für derartige Dinge hat er gar kein Verständnis", erwiderte Elune scharf. „Außerdem bin ich sicher, dass das Wort gefotzt weder aktuell noch höflich ist."

„Nein, aber es beschreibt euer Verhalten gut", fuhr Aileve fort, „und sein Verständnis ist irrelevant: Lehnspflicht ist Lehnspflicht."

„Nun, ich denke, du hast das ganz prima gemacht", mischte sich Thomazina ein, „aber wir waren auch nicht untätig, zumindest ich nicht. Wir haben die Erlaubnis, heute Nacht zu tanzen, nackt. Das wird sicher etwas bringen."

„Selbst wenn der Zugang geschlossen ist?"

„Vielleicht. Er kann geöffnet werden."

„Und ganz zweifellos werden wir wieder geschnappt und ich werde von fetten Polizisten belästigt. Meine Art ist besser."

„Vielleicht", räumte Elune ein. „Auf jeden Fall bin ich froh, dass du bei uns bist. Nun wird die Nacht so sein, wie sie sein sollte."

„Zwei träumen," verkündete Juliana. „Ein wildes, junges Mädchen mit purpurnen Haaren und Juwelen in ihrem Fleisch. Sie hat sich ein Tattoo machen lassen, das ihn zeigt, eine Kopie von dem Thomazinas."

„Sie heißt Violet", fügte Thomazina hinzu, „und sie ist schon eine Ketzerin. Sie hat den Namen Ianthe als Göttin angenommen. Sie sagt, das sei eine Meeresnymphe gewesen."

„Wundervoll, und die andere?"

„Die andere ist schüchtern und süß, und ist zweifellos von ihm angezogen. Das Mädchen, das neben deinen Freunden steht, das mit den hellen Haaren."

„Lily Thompkins?"

„Ja, Lily. Sie ist heute Morgen zu uns gekommen. Kennst du sie?"

„Sie ist eine Studentin, erforscht antike Stätten. Sie wird morgen dabei sein. Wenn sie träumt, ist sie sicher gefangen."

Lily reagierte mit einem erfreuten Lächeln, als Professor Cobb sie vorstellte. Es war unmöglich, sich nicht privilegiert zu fühlen, wenn so viele Menschen, deren Arbeiten sie studiert hatte, sie als ebenbürtig behandelten. Nicht nur Cobb, auch Alice Chaswell, deren Begabung, verlorene prähistorische Stätten zu finden, schon legendär war, und die zu Lilys Überraschung die Mädchen zu kennen schien, die sie heute Morgen getroffen hatte.

„…irgendwann vor 3000 vor Christus", sagte Cobb eine Frage beantwortend. „Meine Schätzung ist so etwa fünfhundert Jahre früher. Alice schätzt, sogar noch früher. Vermutlich werden wir das bald genauer datieren können."

„Wenn uns der alte Wilmot überhaupt irgend etwas übrig gelassen hat", fügte ein anderer hinzu.

„Seine Ausgrabung war ziemlich oberflächlich", antwortete Cobb, „so versichert Alice mir. Er erwartete eine Grabkammer, eine typische Kistvaen, und als er in der Hauptkammer nichts fand, hat er angenommen, dass bereits alles von Wert gestohlen worden sei, und hat aufgegeben. Ich denke, wir können auf so einiges hoffen."

„Und wie waren die Menschen damals so?", fragte Lily und wies auf den Hügel.

„Darüber wissen wir nur wenig", entgegnete Cobb. „Es gibt keine schriftlichen Überlieferungen, wir haben eigentlich nur ihre Steinartefakte. Sie scheinen polytheistisch gewesen zu sein und große Tempelbauer, wie der Wythman beweist. Wir wissen, dass sie recht klein waren, das sagen uns die Ausmaße ihrer Hütten und die wenigen Skelette, die wir gefunden haben, außerdem hatten sie dunkle Haare und waren feingliedrig. Sehen sie das kleine Mädchen, mit dem Alice gerade redet, die in dem gelben Kleid? Sie wäre groß für einen von ihnen, aber nicht ungewöhnlich groß."

„Ich kenne sie", trug Lily bei. „Sie ist eine ausgewachsene Frau."

„In der Tat?", entgegnete Cobb. „Dann könnte sie durchaus eine ungewöhnlich hohe Anzahl von vorkeltischen Genen haben. Sie könnte gut in dem Dorf in Grimspound herumgelaufen sein und man hätte sie lediglich für eine gut aussehende Fremde gehalten."

„Also haben sie sich mit den Kelten vermischt?"

„Bis zu einem gewissen Grad. Genetische Studien der Bevölkerung in Südwestengland und Irland verweisen zumindest darauf. Wir wissen nichts Genaues, obwohl es eine sehr amüsante Vermutung gibt."

„Was denn?"

„Reine Spekulation, sonst nichts, doch es wurde unterstellt, das die keltischen Legenden über Elfen und Feen und so weiter eigentlich von deren Kontakt mit ihren Vorläufern kommen. Die vorkeltischen Menschen waren klein und scheinen friedliche Landwirte gewesen zu sein. Sie können sich ihren Schock vorstellen, als die Kelten ankamen, weit größer, kriegerisch und temperamentvoll. Man hatte sie wohl ziemlich schnell von den fruchtbareren Landstrichen verdrängt, etwa nach Dartmoor oder anderen Anhöhen. Den einwandernden Kelten erschienen sie sicher als schüchternes, schwer fassbares Volk, winzig und mit einer ganz anderen Sprache. Da ist es doch leicht zu verstehen, dass sie sie für übernatürlich hielten."

„Ich verstehe, und als sie ausstarben, blieben die Legenden."

„Genau. Natürlich ist es reine Spekulation, doch die Sagen könnten sogar einen Hinweis auf ihren Charakter geben. Elfen werden als ungewöhnlich flink dargestellt und voll von Übermut, Wesen, die Menschen in den Sumpf führten, die Milch sauer werden ließen und sogar Babys stahlen. Wer weiß? Es könnte etwas Wahres daran sein, aber einen wissenschaftlichen Beweis gibt es nicht."

„Es ist jedenfalls eine nette Geschichte", erwiderte Lily. „Hmm, Professor Cobb, ich habe mich gefragt, ob ich Sie vielleicht um einen Gefallen bitten könnte. Der Mann dort drüben, der mit dem Pferdeschwanz und den roten Haaren. Er heißt Nich Mordaunt, er ist ein begeisterter Amateur, der sich besonders für den Wythman-Hügel interessiert. Ich habe versprochen, dass ich fragen würde, ob er sich nicht zu uns gesellen dürfte, um die Ausgrabung zu beobachten."

„Sicher", antwortete Cobb. „Wir können immer ein Extrapaar Hände gebrauchen, so lange er sich auskennt und nichts mitgehen lässt."

„Ich bin sicher, er wird keine Schwierigkeiten machen", entgegnete sie. „Soll ich Sie vorstellen?"

Cobb nickte und sie gingen zu Nich hinüber, der die Vorstellung herbeigesehnt hatte. Er wurde schnell akzeptiert, nachdem er seinen ganzen Charme und sein ganzes Wissen für Professor Cobb bemüht hatte. Alice Chaswell kehrte zu der Gruppe zurück und fing an, sich mit Lily zu unterhalten. Sie verglichen Lilys Karte des Hügels damit, wie sie sich vorstellte, dass es ausgesehen hatte. Sie hatte ziemliche Ehrfurcht vor dem Ruf der jungen Frau, und darum erfüllte es sie mit kindlichem Stolz, so herausgegriffen worden zu sein. Das Gefühl wurde aber schnell von Bangigkeit ersetzt, als Ed erschien und auf sie zukam. Sie blickte auf ihre Uhr und bemerkte, dass sie eigentlich in seinem Haus sein sollte, um seinen Tee zuzubereiten.

„Da bist du ja", verkündete er. „Dachte ich mir doch, dass ich dich hier finden würde. Willst du mich deinen Kollegen denn nicht vorstellen?"

„Ja, sicher", stotterte Lily. „Doktor Chaswell, dies ist Edward Gardner."

„Ihr Verlobter", fügte Ed hinzu. „Nennen Sie mich Ed. Lil sagte, dass Sie heute kommen würden. Buddeln ein paar alte Knochen aus, eh?"

„Den Hügel ausgraben", sagte Lily eilig. „Knochen interessieren uns eigentlich nicht so sehr, eher Dinge wie Pfostenlöcher. Aber hier ist Professor Cobb, Nich Mordaunt, ich denke, ihr habt euch schon getroffen..."

Sie stellte auch noch die Übrigen vor. Ed blickte Nich finster an, der den Blick mit kaltem Starren erwiderte. Obwohl sie sich jetzt unbehaglich und verlegen fühlte, versuchte sie, ihre Unterhaltung mit Alice Chaswell wieder aufzunehmen, doch dann legte Ed auch noch besitzergreifend einen Arm um ihre Schultern.

„Sie müssen Lil und mich entschuldigen", sagte er. „Wir müssen wirklich in die Stadt zurück."

Lily ließ sich wegführen; sie wollte sich beschweren, wusste aber genau, wie Ed darauf reagieren würde. Er zog sie zum Zauntritt und sein Griff um ihren Arm verstärkte sich, als sie immer weiter von der Gruppe weg und um den Hügel herum gingen.

„Aua, Ed, ich komme ja," brachte sie heraus, als seine Finger sich in das weiche Fleisch ihres Arms gruben.

„Darauf kannst du wetten", entgegnete er. „Gott, ich habe noch nie einen solchen Haufen von Asozialen und Verrückten gesehen, und die intellektuellen Eierköpfe sind genauso schlimm. Was für eine Verschwendung von Steuergeldern!"

„Diese Forschung ist wichtig."

„Wichtig? Eher Quatsch mit Soße. Du hast Glück, dass du mich gefunden hast, oder du hättest auch so geendet. Ich kann dich förmlich sehen, du würdest einen richtigen kleinen Eierkopf abgeben!"

„Aber das ist, was ich sein möchte, eine Archäologin, wie Doktor Chaswell. Sie ist brillant."

„Meine Frau wird auf keinen Fall die Hälfte ihres Lebens bis zur Möse im Dreck verbringen. Lass' es sein – und ich will kein Wort mehr davon hören."

„Aber Ed…"

„Soll ich dir eine runterhauen?"

„Nein, Ed, es tut mir leid."

„So ist es schon besser, Lil. Sieh' es ist so: Für eine Frau ist es ein Privileg, mit mir zusammen zu sein, aber dafür muss sie ihren Platz kennen, und das ist, wie man so schön sagt, barfuß, schwanger und in der Küche. Nun komm!"

„Was ist mit der Party? Dort gibt es auch etwas zu essen. Warum bleiben wir nicht eine Weile?"

„Mit diesem Haufen von verrückten Typen? Willst du mich etwa verarschen?! Nein, mein Mädchen, du kommst nach Hause, machst mir das Essen, und dann heißt es, nach oben und runter mit dem Höschen, und so bleibst du auch. Ein Widerwort und du fängst eine Ohrfeige. Mit mir ist wirklich leicht auszukommen, Lil, aber ich meine es ernst: Ich lass' mir nichts gefallen. Abgesehen davon werden Jeff und seine Jungs später eine

Razzia machen und ich will nicht, dass du mit einem Haufen bekiffter Irrer in der Zelle landest."

Joe schob sich den Pfad hinauf; seine Augen hingen etwas schuldbewusst an dem in Jeans gekleideten Hintern einer Frau, die ein Stück vor ihm ging. Seine Eier schmerzten, und er hatte den größten Teil des Tages damit verbracht, seinen Hodensack entweder in Eis zu baden oder entzündungshemmende Salbe aufzutragen. Es hatte kaum etwas genützt; sie waren noch immer geschwollen und wund, doch er war auch sicher, dass das, was sie mit ihm getan hatten, mehr ein Scherz als eine echte Bestrafung gewesen war, und sei es auch nur, weil sie hinterher so gelacht hatten. Die Kleine war brutal gewesen. Er war überzeugt, dass die anderen vor allem Sex gewollt hatten, und obwohl Tammy ihn nur ihr Arschloch hatte lecken lassen, war es doch die aufregendste sexuelle Erfahrung seines Lebens gewesen.

Er wollte mehr und war entschlossen, Tammy und ihre Freundin auf der Party aufzuspüren. Mit etwas Glück würde ja die Blondine, die die anderen Lily genannt hatten, sich zur Verfügung stellen. Vielleicht würden es ja alle drei tun, und das wäre etwas ganz Besonderes, zumindest solange es ihm gelingen würde, sich von der wahnsinnigen Kleinen fernzuhalten. Auf jeden Fall war er entschlossen, es zu versuchen, und er war sicher, dass er zumindest einen Fick von Tammy erwarten konnte, besonders da er nicht nur einen Achter-Pack Bier, sondern auch eine ordentliche Menge Schwarzen Afghanen mitgebracht hatte.

Von weiter vorne konnte er das Donnern der Musik hören, durch die Bäume war es etwas undeutlich, doch es war wild und schnell und verstärkte seine Begierde und Erregung. Es würde gut werden. Er würde bekommen, was er wollte, zumindest solange er genug Mut aufbringen würde, und vielleicht bekäme er sogar den Jackpot: Tammy und ihre beiden Freundinnen.

Als er den Zauntritt erreicht hatte, kletterte er hinüber. Der unebene Boden um den Hügel war mit Menschen geradezu vollgestopft. Einige davon kannte er, die meisten nicht, dennoch ging er nach allen Seiten grüßend weiter, und als er den Gipfel von Aldon Hill erreichte, zog er das erste Bier aus seiner Tasche. Es wurde allmählich dunkel, doch die Scheinwerfer leuchteten bereits und bewegten sich über die Menge und warfen schwarze Schatten; es sah aus, als würden die zahllosen Köpfe sich wild hin und bewegen. Ein Stroboskop wurde angeschaltet und schuf ein Netz von zuckenden, schwarz-weißen Schatten.

Joe ging auf den Hügel zu; er hatte vor, raufzuklettern und auf die anderen hinunterzublicken, um die zu finden, die er suchte. Einige andere Leute waren schon dort oben, und seine Begierde steigerte sich, als er erst Tammy und dann Juliana erkannte. Da waren auch noch andere: ein Mädchen mit purpurnen Haaren, das er am Strand gesehen hatte, ihre dunkelhäutige Freundin mit den großen Brüsten und dem fleischigen Hintern, und eine anderes, größeres, schwarzhaariges Mädchen, schlank und elegant. Er beschleunigte seine Schritte, zögerte aber, als das kleine Mädchen in sein Blickfeld kam, die von der anderen Seite des Hügels herangehüpft kam. Seine Eier schmerzten stechend, doch er schüttelte das Gefühl ab. Er zog es vor, zu riskieren, sich erneut ihrem sadistischen Humor auszusetzen statt einfach aufzugeben. Er erreichte den Hügel, eilte schnell hinauf und begrüßte die Mädchen mit einem wissenden Grinsen.

„Hi", rief er. „Bier? Oder etwas Stärkeres?"

„Wir sind gerade beschäftigt", antwortete das Mädchen mit den purpurnen Haaren.

„Das ist mein kleiner Spanner", schaltete sich Juliana ein. „Er ist in Ordnung, Violet. Er ist der, von dem ich dir erzählt habe."

„Ist er das?", fragte Yasmin. „Nun, lass' uns reden."

„Sicher", entgegnete Joe.

„Hast du meine Klamotten gestohlen?", fragte sie.

„Nein, ehrlich nicht", antwortete er erstaunt. „Nein, ich schwöre es."

„Setz' dich auf sein Gesicht, Yasmin", lachte Juliana. „Dann wird er dir die Wahrheit sagen."

„Ich hab' es nicht getan; ich schwöre es", stammelte Joe. „Warum sollte ich deine Sachen wollen?"

„Weil du ein dreckiger kleiner Perversling bist?"

„Ich war es nicht, wirklich nicht. Seht, es tut mir leid, dass ich gespannt habe, doch das haben sie mir schon heimgezahlt. Ich hab' deine Klamotten nicht gemopst. Echt nicht. Wie wär's? Ich hab' echt cooles Zeug dabei. Willst du was?"

„Was denn?"

„Das gute schwarze Zeug."

Yasmins aggressiver Gesichtsausdruck wurde milder, und sie deutete zur anderen Seite des Hügels, wo die Schatten besser verbergen würden, was sie tun wollten. Joe empfand eine neue Welle von Lust und Befriedigung und folgte ihr.

Violet atmete tief durch und fragte sich, warum ihr Kopf sich so sehr drehte und warum sie sich so ausgesprochen unanständig fühlte. Sie wusste, es war ein normaler Effekt von Sonnwendfeiern, nun aber war es stärker denn je. Sie fragte sich, ob das Gefühl etwas mit ihren Träumen zu tun hatte, aber sie war damit eindeutig nicht allein. Überall um sie herum tanzten Leute mit frenetischer Energie, und in ihren Bewegungen war mehr Leidenschaft, mehr offenkundige Erotik, als sie je zuvor erlebt hatte. Mehrere Mädchen hatten ihre Oberteile ausgezogen, einige hatten nur noch ihre Höschen an; ein oder zwei waren nackt, genau wie einige der Männer. Unten, am Fuß des Hügels, hatte Yasmin dem Spanner Joe erlaubt, ihr Top hochzuheben, und zwischen Zügen an dem Joint, den sie sich teilten, schmiegte er sich gegen ihre Brüste. Etwas weiter weg saß ein Mädchen auf Tophers Schoß und schien im Schutz seiner Plattenteller seinen Schritt zu streicheln. Und dahinter, in den zuckenden, halb erleuchteten Schatten, konnte sie mehr als ein Pärchen sehen, ineinander verschlungen, mit zwischen gespreizten Schenkeln hüpfenden Arschbacken.

Sie ließ sich auf dem Boden nieder und drehte sich um, um die vier Mädchen zu sehen, die als Einzige ruhig erschienen und sich gemütlich unterhielten oder in die Dunkelheit hinter den Lichtern starrten. Linnets Gesicht sah überirdisch aus, kaum menschlich, mit ihren winzigen Gesichtszügen und ihren riesigen Augen, die bei jedem Aufblitzen des Stroboskops glänzend grün leuchteten. Die anderen hatten sich hinter ihr versammelt, und Violet beobachtete, wie sie sich auszogen.

Bei Tammy ging das schnell; sie zog ihr Bikinioberteil von ihren üppigen Brüsten und warf es zur Seite. Ihr Höschen folgte; es wurde heruntergezogen und zur Seite gekickt. Nun war sie nackt. Linnet hatte ihr gelbes Kleid hochgehoben; sie entblößte ihren winzigen nackten Körper, und wie Tammy warf sie es achtlos zur Seite. Alice und Juliana brauchten länger, schälten sich aus Jeans und Oberteilen, BHs und Slips, bis alle vier nackt waren. Tammy gab Topher ein Zeichen, und als die neue Musik ertönte, fingen sie an zu tanzen.

Violet beobachtete sie verzaubert. Jede von ihnen war anders, jede auf ihre Art faszinierend. Tammy war fröhlich und hingegeben, und doch unanständig. Sie tanzte wie ein Mädchen, das sich ausgezogen hatte, und das wusste, dass es verdorben war, aber dennoch ihre reichlichen Reize in dem sicheren Wissen zur Schau stellte, dass die Schwänze der Männer daraufhin hart werden würden. Alice ließ es langsamer angehen, schüchtern und neckend zugleich. Sie tanzte wie ein Mädchen, das es nicht gewohnt ist, nackt zu sein und sich doch zum Vergnügen der Männer ausgezogen hatte und sich bewusst war, dass alle Augen sich an ihrem nackten Fleisch weideten. Juliana war sinnlich; ihre Bewegungen waren geschmeidig, manchmal schnell, manchmal langsam, doch darauf ausgerichtet, mit ihrem Körper zu reizen. In einem Moment zeigte sie wenig und im nächsten selbst die intimsten Details ihres Geschlechts, zurückhaltend und zugleich alles anbietend. Und als Letztes war da Linnet, die sich in rasendem, erotischem Zucken bewegte; ihre Glieder verschwammen, ihre Arschbacken und Brüste zitterten bei jeder Bewegung. Sie stellte ihren Körper in einer aufreizenden Pose nach der anderen offen zur Schau.

Sie starrte, absolut unfähig, ihren Blick abzuwenden. Violets Hände bewegten sich fast unabsichtlich zu ihrem Kleid. Sie fing an, es aufzuknöpfen. Sie fühlte, wie es sich vorne öffnete, fühlte die kühle Luft auf ihren unbekleideten Brüsten. Sie hob ihre Beine, schob das Kleid zur Seite und warf es achtlos aufs Gras. Ihre Finger fanden ihren Bund, griffen ihr Höschen und zogen es nach unten und aus. Sie stand nun nackt da. Tammys Hand streckte sich nach ihr, lockte sie, lud sie ein, sich ihnen anzuschließen. Sie machte einen Schritt und ihr Körper begann sich zu bewegen, ihre Glieder bewegten sich quasi von allein im Rhythmus, ihre

Hüften wiegten sich, und ihre Erregung steigerte sich dabei bis zu einem wahnsinnigen Höhepunkt.

Die Mädchen fingen an, sich zu berühren; Finger fanden Violets Körper in neckenden, aufreizenden Bewegungen. Sie berührten ihren Bauch oder ihre Brüste, ihren Rücken oder ihre Arschbacken, und dann waren sie plötzlich verschwunden und wandten ihre Aufmerksamkeit einer anderen zu. Sie reagierte darauf; sie war begierig, zu berühren und zu erforschen – völlig gleichgültig gegenüber den Tausenden von Augen, die sie beobachteten. Tammy zog sie zu sich heran und erstickte ihr Gesicht fast zwischen ihren schweren Brüsten. Ein Fingernagel berührte ihren Rücken und wurde ihr Rückgrat entlang gezogen, während eine Hand eine ihrer Brüste anhob. Ihre Körper kamen zusammen, noch immer in Bewegung, Finger glitten über schweißnasse Haut, Lippen berührten sich im Kuss, lange Haare verwickelten sich und kitzelten. Violet ließ es geschehen; sie erlaubte ihnen, sie in ihre Mitte zu ziehen und sich um sie zu gruppieren. Tammy küsste sie, ihre Zungen trafen sich und wanden sich umeinander, nass und dringlich. Juliana war an einer Seite, Linnet auf der anderen, beide hatten ihre Arme um sie gelegt. Eine Hand glitt über ihren Schamhügel, umfasste ihr Geschlecht, ein Finger glitt in den nassen, offenen Raum ihrer Vagina. Haare berührten ihren Hintern und sie drückte ihn heraus, in Alices Schoß, und fühlte die warme Rundung ihres Schamhügels, der sich zwischen ihre Arschbacken presste.

Sie ging zu Boden; sie wurde langsam nach unten geleitet, direkt auf Tammy. Hände griffen nach ihr, drehten sie sanft aber bestimmt um, bis ihr Gesicht sich über der heißen, nach Moschus riechenden Öffnung von Tammys Geschlecht befand. Ihre Beine waren gespreizt, eine Zunge fand ihr Geschlecht und sie leckte selbst. Ihr Gesicht war zwischen Tammys Schenkeln vergraben. Sie leckte weibliches Fleisch, das nach Meer schmeckte. Linnet spreizte ein Bein über ihren Körper, ließ ihren nackten Hintern auf Violets Rücken nieder und fing an, ihr geöffnetes Geschlecht auf ihrem Rückgrat hin und her zu bewegen. Etwas drückte sich gegen ihren Hintern, ein Gesicht, und sie fühlte, wie eine Zunge begann, ihren Anus zu lecken und dann die Öffnung zu sondieren. Noch mehr Gewicht ließ sich auf ihr nieder. Juliana setzte sich rittlings auf sie zu Linnet, beide

Mädchen rieben sich auf Violets Rücken, während sie sich küssten und streichelten.

Violet war sich nur undeutlich der Musik bewusst, dem Klatschen und dem Schreien, den Pfiffen und den Ermutigungen, undeutlich und verschwommen, jenseits des Wirrwarrs von begierigen, nassen, weiblichen Körpern, die sie umfingen. Tammys Beine hatten sich gehoben und verkreuzten sich hinter ihrem Kopf, sie drückten Violets Kopf härter in Tammys Geschlecht. Tammys Zunge war auf ihrer Klitoris, die von Alice in ihrem Hintern. Ihr Rücken war nass von all den Säften, die Linnet und Juliana produzierten, während sie sich auf ihr rieben. Ihre Hände lagen auf Tammys Hintern, tasteten die großen Backen ab und zogen sie auseinander.

Sie fühlte, wie ihre Reiterinnen abrutschten und jede auf eine Seite glitt, doch ihre Hände bewegten sich weiter, fanden ihre und Tammys Brüste. Linnets Beine schlossen sich um eines ihrer Beine und fingen an zu reiben, etwa so, wie es ein Hund tun würde, nasses Fleisch gegen glatte Haut. Sie antwortete, indem sie das Bein ausstreckte und Linnet besseren Halt ermöglichte. Finger fanden ihre Vagina, pressten sich in sie, und plötzlich kam sie. Sie schrie ihr Vergnügen in Tammys Geschlecht, ihre Klitoris brannte, ihre Vagina und ihr Anus zogen sich wieder und wieder bei ihren Ergüssen zusammen.

Und es ging weiter; ihr Orgasmus erreichte einen unerträglichen Höhepunkt, doch es hörte nicht auf. Die Mädchen rieben und leckten und rubbelten sie und sich an ihr. Heiße Mösen waren auf ihrer Haut gespreizt und Beine hielten sie umschlungen, als sie kam, in Tammys Gesicht kam. Ihre Sinne waren überlastet, sie verschmolzen zu einem blendenden Blitz der Ekstase, als auch Tammy zum Orgasmus kam und Violets Hintern immer und immer wieder umklammerte. Alices Zunge stieß tief hinein, fast unvorstellbar tief stieß sie in ihr Arschloch, als auch sie kam. Linnet schrie auf, quetschte ihre tropfende Vulva auf Violets Bein, und das alles war zu viel. Von Violets geschwollenem Geschlecht fast erstickt, geleckt, sondiert und befummelt, fühlte sie, wie es Rot vor ihren Augen wurde und schließlich verlor sie das Bewusstsein; sie brach zusammen unter einem Haufen sich windender Frauenkörper, als Juliana sich an ihrem

Schenkel zum Orgasmus brachte.

Violet lag ausgestreckt im Gras, als sie wieder zu Bewusstsein kam. Sie war nass mit Schweiß und Säften, sowohl ihrer eigenen als die der anderen Mädchen. Juliana kniete neben ihr und liebkoste noch immer ihre Brüste mit langsamen, ruhigen Bewegungen. Tammy lag erschöpft auf dem Boden, doch Linnet saß auf ihrem Bauch und rieb ihre Vulva auf dem festen, rundlichen Fleisch. Alice war bei ihren Füßen, ihre Knie waren gespreizt und sie blickte in einer Mischung aus Triumph und Befriedigung auf sie nieder.

Violet stemmte sich auf einen Ellenbogen, als sie sich erinnerte, was sie eigentlich tun sollte. Ihr Körper war wund, ihr Anus und ihre Vagina waren nass und offen und mehr als bereit. Sie stand langsam auf, streckte sich und blinzelte, als sie auf die Menge blickte. Nur wenige Menschen waren noch bekleidet, vor allem die Mädchen tanzten nackt oder nur in ihren Höschen. Viele hatten Sex; steife Schwänze in ihren Mündern, gehalten von Mädchenhänden, Gesichter, die in nassen Muschis vergraben waren. Weiter unten war auch Yasmin, nackt und auf ihren Knien. Joes Schwanz stieß von hinten in ihre Vagina, und der harte Penis eines anderen Jungen war in ihrem Mund. Topher hatte ein Mädchen über die Plattenteller gelegt und sein Schwanz ruhte zwischen ihren schlanken, weißen Arschbacken, während er sich in ihrer Spalte rieb.

Sie stolperte etwas und hob ihre Hände. Für einen Augenblick schien Topher nichts davon zu bemerken, sondern nahm stattdessen seinen Schwanz und ließ ihn in das Mädchen vor ihm gleiten. Als er anfing, sie zu ficken, winkte er Violet, langte nach einem Schalter und kippte ihn. Die Musik stoppte, und nun war alles vergleichsweise still. Der Scheinwerfer bewegte sich in ihre Richtung und plötzlich war sie im Licht und die Menge verschwand dahinter. Sie richtete sich auf, fing das Mikrofon, das ihr zugeworfen wurde, und rief aus:

„Ihr alle, ihr Heiden, ihr Freien, ihr, die ihr gekommen seid, um die Sommersonnenwende zu feiern, ihr, die ihr nur zum Vergnügen hier seid, wisst, dass ich hier auf einem Tempel stehe, keinem Tempel der Christen, der Monotheisten, sondern einem Tempel einer älteren Gottheit, einem Gott von hier, dem Ungeheuren, dem Beschützer. Ihr alle, verbindet euch mit mir in meiner Anbetung, nehmt teil und erblickt den Gott, erblickt Sigodin-Yth!“

Ihre Worte hatten sich am Ende zu einem Schreien gesteigert, und sie trat einen Schritt zurück, erhob erneut ihre Hände und ließ das Mikrofon fallen. Das Gras vor ihr bewegte sich, langsam, dann schneller; es wurde zur Seite gedrückt, als sich eine Spalte in der Erde öffnete. Eine grüne Masse erschien, sie hatte einen kugelförmigen Kopf, große, glühende Augen, besetzt mit einem Rand mit Tentakeln. Rufe kamen aus der Dunkelheit und auch einige Schreie.

Nich erhob sich; Erde fiel von seinem grünen Körper, ein großer Kopf wiegte sich auf seinen Schultern, die Tentakel wanden sich, als er sich bewegte. Hinter Violet ertönte Linnets schrilles Gelächter in schallendem Vergnügen. Er stand auf, ein grüner Körper im vollen Licht der Scheinwerfer. Sein Schwanz war angespannt und stand steif von seinem Schoß ab. Violet ging auf die Knie, küsste sein Füße und drückte ihren Hintern weit heraus. Er bewegte sich; nach zwei kurzen Schritten bestieg er sie. Sein Steifer glitt in einem einzigen Zug in ihre willige Vagina. Die Mädchen lachten und kamen näher, als die Musik wieder einsetzte. Nich bewegte sich in ihr und stieß immer schneller.

Die Scheinwerfer schwangen zur Seite und das Stroboskop startete wieder. Die Menge war nun eine rasende, zuckende Masse, alle waren nackt oder zumindest fast nackt, viele lagen zusammen auf dem Boden. Sie hörte Linnets Stimme hinter sich; sie wechselte zwischen Gelächter und dem Verlangen mitzumachen. Einen Moment lang stieß er in Violet, doch als er stoppte, fühlte sie keine Eifersucht, sondern nur Stolz und Begierde. Ihre Vagina war wieder leer und sie rollte zu seinen Füßen zurück. Er stand hoch aufgerichtet da, als Linnet auf ihn zukam, an ihm hochkletterte, ihre Beine um ihn schloss und sich auf seinen dicken grünen Penis sinken ließ. Ihr Kopf beugte sich in Ekstase zurück, als ihre Vagina gefüllt wurde, kam wieder nach vorne, und dann grub sie ihr Gesicht in die Tentakel. Ihre winzigen Hüften rieben sich gegen ihn, ihr Hintern wand sich und zuckte. Sie fing an, sich zu reiben, während sie keuchte und Worte schrie, die Violet nicht verstehen konnte.

Beim Zusehen ließ Violet ihre Hand zu ihrem Geschlecht wandern und streichelte sich langsam. Ihre Augen verfolgten, wie Linnets winziger, kleiner Hintern auf Nichs meergrünem Schwanz auf und ab hüpfte. Ihre Erregung war nun vollkommen, eine Ebene der Ekstase, von der sie nie herunterkommen wollte. Sie legte einen Finger auf ihre Klitoris und begann, die kleine Knospe zu reiben, noch immer gefangen von dem Anblick und dem Klang von Sex.

Nich legte sich hin und erlaubte Linnet, ihn zu reiten. Ihr Gesicht war noch immer in die Tentakel gepresst und ihr kleiner Hintern hüpfte im hektischen Rhythmus seines Schwanzes. Violet erwartete, dass er jeden Augenblick kommen würde, sah stattdessen aber, wie Juliana nach vorne kam und sich Nich langsam näherte.

Sergeant Perkins schob das Unterholz zur Seite und die Spannung in seinem Gesicht wandelte sich in Schock, als er sah, was vor ihm geschah. Der Boden um den Hügel war mit Menschen überfüllt, Hunderte von Körpern, die in dem blitzenden Licht zuckten. Die Meisten waren nackt, die anderen halbnackt. Viele Paare hatten sich hingelegt, einige streichelten, küssten und liebkosten sich, andere gingen weiter, und unter den flackernden Lichtern wurde ihre Vereinigung zu rasendem Zucken. Eifersucht und blinde Wut stieg in ihm auf, da ihm dieses Vergnügen verweigert wurde. Er hob sein Funkgerät an den Mund und gab schnell eine Reihe von Befehlen, dann wendete er seine Aufmerksamkeit wieder der Party zu und suchte nach den schlimmsten Übeltätern.

Auf der einen Seite, bei den aufeinander gestapelten Lautsprechern, war dieser Schwarze, Topher Knight, den er bereits zur Verhaftung vorgesehen hatte. Er steckte von hinten in einem Mädchen; seine dunkle Haut kontrastierte mit ihrer, seine Rastalocken wackelten, während er sie fickte, und die Arroganz, dass ausgerechnet er ein weißes Mädchen zu besteigen wagte, ließ den Zorn des Sergeanten noch wachsen. In seinem Mund steckte zudem ein dicker, weißer Joint, was Perkins Lippen in ein bösartiges Lächeln verzog. Andere waren in der Nähe, die Organisatoren, und wieder benutzte er sein Sprechgerät und ordnete Männer ab, hinter den Lautsprechern in Stellung zu gehen.

Sein Blick wanderte zum Fuß des Erdhügels weiter; er machte einen pickelgesichtigen Jungen aus, dessen dünne Arschbacken sich hektisch zwischen den offenen Schenkeln eines asiatischen Mädchens auf und ab bewegten. Beide waren nackt und die Brüste des Mädchens hüpften im Rhythmus ihrer Bewegungen. Dahinter war der Hügel selbst, dessen oberer Teil allerdings schwer zu erkennen war. Es waren mehrere Mädchen dort, alle waren nackt und tanzten um etwas herum, das auf dem Boden lag. Drei von ihnen waren schlank, eine war deutlich kurvenreicher und ihr rundlicher Hintern wackelte, als wolle sie ihn verhöhnen. Sie drehte sich um und ihm wurde klar, dass es eine der Ladendiebinnen war. Wieder verzog sich sein Gesicht zu einem Grinsen.

Das vollbusigste der schlanken Mädchen war in der Mitte. Ihre Bewegungen waren sinnlich, wie sie die Knie beugte und ihren Schamhügel herausdrückte. Sie schien sich über etwas zu befinden, und wie er so hinsah, erschien ein Kopf, ein kleiner Kopf, der drehte sich und offenbarte die lachenden elfenhaften Züge des Mädchens, das ihn in den Matsch gestoßen hatte. Er knirschte mit den Zähnen, als das kleine Mädchen sich erhob und offensichtlich von einem Mann abstieg. Kochend vor Eifersucht, Abscheu, aber auch Triumph beobachtete Perkins, wie das sinnliche Mädchen ihre Hand einladend ausstreckte. Jemand stand auf; es war ein Mann, doch er war grün und hatte einen Kraken an Stelle eines Kopfes, die Fangarme bewegten sich im Rhythmus seiner Bewegungen und eine deutliche Erektion stand von seinem Schoß ab.

„Verdammte Irre“, grollte Perkins, als das Mädchen den Mann bei den Schultern nahm und ihn bestieg, ihre Beine hinter seinem Rücken verkreuzte und ihr Gesicht und ihre Brüste in seine Tentakel rieb.

Die Hände des grünen Mannes umfassten die Arschbacken des Mädchens. Er hob sie hoch und spreizte sie auseinander, scheinbar um allen den dunklen Fleck ihres Anus und das rosafarbene Fleisch zu zeigen, in dem sein Schwanz steckte. Perkins schluckte und wünschte sich, dass seine Kollegen antworten würden, damit er endlich den Zugriff anordnen könnte. Doch sie antworteten nicht, und er beobachtete mit ständig wachsender Wut und Eifersucht, wie die beiden fickten und die vier nackten Mädchen um sie herumtanzten. Es ließ seinen Schwanz in der Hose hart werden, was ihn auch noch Verlegenheit empfinden ließ. Er fühlte Erleichterung, als das schlanke Mädchen abstieg, doch seine Gefühle kamen verstärkt zurück, als ein weiteres in die Mitte tänzelte. Sie war größer und noch schlanker, doch ohne die beachtlichen Brüste ihrer Freundinnen. Sie trat mit einer ruhigen, eleganten Bewegung in den Kreis, küsste den grotesken Krakenkopf und drehte sich dann schnell herum, hielt ihre Knöchel fest und bot dem erregten Mann ihr winziges Arschloch an. Perkins grunzte empört, als ihm klar wurde, dass der Mann in der Maske alle fünf Mädchen ficken würde, eine nach der anderen, und dass sie, statt sich daran zu stören, offenbar begeistert zusahen.

„Dreckskerl!“, knurrte er zwischen den Zähnen. „Du wart nur ab, bis ich dich im Knast habe, du verdammter Perversling!“

Der grüne Mann drang in das schlanke Mädchen ein. Er nahm sie bei den Hüften und schob seinen Steifen zwischen ihre festen Arschbacken. Als er eindrang, warf sie ihren Kopf zurück, und er fing an, sie zu ficken, sein Zucken ließ seine Tentakel fliegen und gegen ihren nackten Hintern knallen. Die anderen wurden frenetisch und berührten sich gegenseitig. Das kleine Mädchen war zu dem mit den purpurnen Haaren gegangen und küsste sie, auf ihre Brüste, den Bauch und dann direkt auf ihr Geschlecht. Die letzten beiden Mädchen umarmten sich, Hände hielten Hintern fest, Münder trafen sich in einem hungrigen Kuss, und Perkins' Funkgerät knisterte.

Er hob es ans Ohr; seine Spannung stieg, als erst einer und dann die anderen seiner Polizisten signalisierten, dass sie bereit waren. Nach einem letzten Befehl, als erstes die Beleuchtung zu übernehmen, trat er aus dem Unterholz hervor und hob ein Megafon an seinen Mund. Die Musik hörte mit einem Knirschen auf und er brüllte, dass keiner sich bewegen solle.

Irgendjemand schrie auf, ein anderer fluchte und plötzlich gingen alle Lichter aus. Perkins brüllte noch einmal; er verlangte nach Licht und rannte vorwärts, als von allen Seiten Rufe und Schreie ausbrachen. Der Hügel war vor ihm, seine Masse hob sich gegen den Himmel ab. Umrisse waren zu sehen, der groteske Krakenkopf, eine winzige Form, kaum größer als ein Kind. Es blieb dunkel, stattdessen hörte er, wie Ausrüstung zerschlagen wurde, eine tiefe Stimme verfluchte die Polizei und lachte dann. Perkins fluchte, schob einen nackten Körper zur Seite, wild entschlossen, dass er, was auch immer sonst geschehen würde, das Mädchen, das ihn schon einmal hereingelegt hatte, fangen würde.

Aileve hatte gefühlt, wie sie bei dem Schmettern von Perkins' Stimme eine Welle von Panik überrollte. Während Nich noch fluchte und sich schnell aus ihr zurückzog, kamen die Erinnerungen zurück, daran wie der fette Bauch von Officer Weekes gewabbelt hatte, als er sich über ihrem Haferbrei einen heruntergeholt hatte, an den Geschmack seinen Schwanzes in ihrem Mund und den seines Samens, als sie essen musste, was er angerichtet hatte.

Sie rannte; sie stolperte, als die Lichter ausfielen, fiel quer über einen nackten Körper, stand auf und stolperte wieder. Von allen Seiten kamen Rufe, Schreie und Flüche, das Licht der Polizeitaschenlampen schnitt durch die Dunkelheit. Wieder und wieder stieß sie gegen andere Leute, bis sie jeglichen Orientierungssinn verloren hatte. Sie zwang sich, stehen zu bleiben, kauerte sich zusammen und versuchte, ihre Panik niederzukämpfen. Der Mond war zu sehen, eine glänzende, dicke Sichel. Sie benutzte die Strahlen der Taschenlampen, um sich zu orientieren. Sie rannte nach vorne, duckte sich, den Abhang hinunter und nach rechts, Richtung Aldon Head. Jemand stieß mit ihr zusammen und sie fühlte nacktes Fleisch, hart und muskulös. Sie griff nach ihm, fand seinen Arm und dann eine Hand, die sie ergriff.

Sie flohen zusammen weiter, durch das Unterholz und den Ginster, dessen scharfe Spitzen ihren Körper kratzten. Der Lärm hinter ihr und das Flackern der Lampen verloren sich allmählich, und ihr Herzschlag kehrte langsam zu seinem normalen Rhythmus zurück. Dennoch eilte sie weiter, ließ sich von ihrem Begleiter führen. Ihre Augen gewöhnten sich allmählich an das Mondlicht, bis sie seinen schwach reflektierten Schimmer auf der Wasseroberfläche sehen konnte, weit unter ihr, jenseits der Kante des Kliffs.

„Scheiße!", fluchte ihr Begleiter plötzlich. „Wir sind auf der falschen Seite gelandet. Wer bist du überhaupt?"

„Alice, und du?"

„Topher. Du bist Alice Chaswell, die Wissenschaftlerin, die den Hügel öffnen wird, nicht wahr?"

„Ja."
„Du bist eine heiße Braut. Ich habe dich auf dem Hügel gesehen, mit Tammy, richtig? Netter Groove."
„Danke. Denkst du, dass sie uns hier suchen werden?"
„Vielleicht, vielleicht auch nicht. Verdammte Mistkerle!"
„Wie wahr."
Die Lichter gingen wieder an, und Aileve warf sich flach aufs Gras. Topher fluchte und legte seinen Arm um ihren Rücken. Er drückte sie nach unten und zog sie an seinen Körper. Sie beobachtete zitternd, wie die Scheinwerfer auf den Hügel gerichtet und voll aufgedreht wurden. Sie badeten das ganze Gebiet in strahlendes Weiß. Die Polizei strömte auf die Wiese und kümmerte sich um die Partygäste, die zu benommen oder zu betrunken waren, um wenigstens zu versuchen zu entkommen. Sie selbst waren in Dunkelheit gehüllt; der kräftige, männliche Geruch seines Körpers füllte ihre Nase, sein Arm lag fest und beschützend über ihren Schultern. Als die Razzia begann, war er in einem Mädchen gewesen, einem schlanken, weißen Mädchen, das sich für ihn vorgebeugt hatte, um seinen Schwanz von hinten in sich aufzunehmen. Zu der Zeit war Nich in ihr gewesen, auf die gleiche Art, so wie sie es am Liebsten hatte, hartes Männerfleisch, das sich gegen ihren weichen Hintern presste.
„Steig' auf mich drauf", sagte sie leise. „Nimm mich, wie du deine Freundin genommen hast."
„Hier? Jetzt?", entgegnete er.
„Ja, jetzt, bevor sie uns erwischen, wenn sie es tun. Bedecke mich, beschütze mich."
Er grunzte, vielleicht aus Skepsis, vielleicht war es auch eine Herausforderung an die Polizei, dann ließ er ein schweres Bein über ihren Körper gleiten. Das andere folgte, und er lag auf ihr; sein Schwanz lag dick und fest auf ihrem Hintern und dann, als er sich weiter bewegte, zwischen ihren Arschbacken. Aileve seufzte und drückte sich nach oben. Sie fühlte, wie das feste Fleisch in ihre Spalte rutschte. Er fing an zu rammeln. Sein Schwanz wuchs, als er ihn in ihrer Spalte rieb, bis seine ganze Länge zwischen ihre kessen Arschbacken gequetscht war.
„Hoch damit", flüsterte er und verlagerte sein Gewicht.

Sie gehorchte, hob ihren Hintern, während sein Steifer zwischen ihren Beinen herumtastete. Seine Hand schloss sich um ihn und führte ihn, und dann hatte er den Eingang ihrer Vagina gefunden und glitt hinein; er füllte sie, während sein Gewicht einmal mehr auf ihrem Hintern lastete. Er machte einen Buckel und stieß mit kurzem, schrillem Grunzen in sie hinein; sein Unterleib klatschte mit jedem Stoß gegen ihren Hintern. Sie stöhnte und wand ihren Hintern gegen ihn. Ihre Erregung stieg und füllte sie ganz aus, genau wie vorhin, als sie getanzt und geliebt hatte, erst Violet und dann Nich.

Sie presste sich weiter nach oben, zwang eine Hand unter ihren Bauch und fand ihr Geschlecht. Seine Eier rieben sich zwischen ihren Schenkeln und klatschten gegen ihre Hand, als sie die Beine spreizte und er sich zwischen sie presste. Sie fing an zu masturbieren, massierte abwechselnd seinen großen, rauen Hodensack und ihre Klitoris. Er bewegte sich weiter; ihr Kopf drehte sich vor Vergnügen, bis sie anfing, ihren kommenden Höhepunkt zu spüren.

„Rein, ganz rein", bettelte sie. „Stoß' ihn rein."

„Du bist eine echt heiße Nummer", keuchte er und stieß seinen Steifen in ganzer Länge in sie hinein.

Die feste Härte seines Bauchs war gegen ihren Hintern gepresst. Sein Schwanz füllte sie bis zum Anschlag. Sie griff nach seinen Eiern und fing an, sie zu reiben, drückte den großen Sack gegen ihre Vulva und bewegte ihn über ihre Klitoris. Er grunzte, stieß härter in sie hinein und rieb schneller, fand ihren Rhythmus, ein großer Hoden stupste gegen ihre Klitoris, wieder und wieder. Ihr Mund öffnete sich, ihre Nippel kribbelten im Gras, und sie kam; sie biss in die Erde und keuchte, drückte ihren Hintern dem eindringenden Penis entgegen, wieder und wieder, als er einmal mehr begann, sich in ihr zu bewegen.

Sie kam noch immer; ritt ihren Orgasmus ganz aus und rieb sich, während er grunzte, seinen Schwanz aus ihr herausriss und über ihrem Rücken kam. Sie fühlte, wie sein Samen zwischen ihre Arschbacken spritzte und in die Öffnung ihrer Vagina, und dann war da der feste Stab seines Penis, den er in ihre Arschspalte schob und es zu Ende brachte. Er rieb sich zwischen ihren Arschbacken in seinem eigenen Samen. Aileve entspannte sich und ließ ihn in aller Ruhe fertig werden.

Er rollte sich von ihr herunter und sie hob wieder ihre Augen. Der Hügel sah aus wie zuvor, hell beleuchtet, aber mit wesentlich weniger Menschen. Sie saßen nun in Gruppen zusammen auf dem Boden, jede wurde von einem Polizisten bewacht. Einige waren angezogen, andere umklammerten schlecht passende Sachen. Die Strahlen der Polizeitaschenlampen waren auf der Seite zu sehen; sie suchten den Abhang ab, der runter zur Flussmündung führte.

„Sie werden die Straßen überwachen", sagte Topher. „Eigentlich wollten sie nur die Organisatoren und alle, die gedealt haben. Zuviel Aufwand, alle einzusperren, nur weil sie sich ausgezogen haben, nehme ich an. Sie behalten aber die Klamotten, weil sie elende Mistkerle sind."

„Es gibt einen Weg runter", entgegnete Aileve, „nach Westen und durch Rocombe Woods, runter zum Meer. Bei Flut kann man springen."

„Springen? Wie tief?"

„Knapp zehn Meter."

„Sicher. Nun, vielleicht, aber wir wären immer noch nackt und nass. Außerdem kennen sie mich, und sie wissen, dass ich da war. – Mach' es, wenn du verrückt genug bist. Ich bleibe hier, und je länger sie nach mir suchen, desto besser."

Aileve küsste ihn, duckte sich und verließ ihn. Sie nutzte dabei die schwarzen Schatten, die die Ginsterbüsche warfen.

Perkins suchte mit seiner Taschenlampe den Rand einer Hecke ab. Sie war da drin, dessen war er sich sicher, sie kauerte zwischen den Blättern und hatte von ihrer Flucht über die Felder zweifellos Kratzer und blaue Flecken. Er hatte sie per Zufall gesehen, als die Lampe eines anderen Polizisten sie erwischte, wie sie nach Norden rannte, den Abhang von Aldon Hill hinunter in Richtung Abbotscombe. Er war ihr gefolgt; er hielt seine Lampe auf ihren blassen Körper gerichtet und achtete darauf, dass sie keinen zu großen Vorsprung bekam, versuchte aber auch nicht, den Abstand zwischen ihnen zu verringern.

Aldon Hill war inzwischen nur noch ein schwarzer Schatten im Süden und die Geräusche der noch immer andauernden Verfolgungsjagd nicht mehr als ein leises Wispern im leichten Wind. Er war sich sicher, dass er sie hatte. Linnet, eine winzige Frau, weit unter ein Meter fünfzig groß und nackt, konnte unmöglich schneller rennen als er. Außerdem hatte er die Taschenlampe; ihr Strahl beleuchtete seinen Weg und konnte sie blenden, sollte sie sich umdrehen. Sie mochte ruhig rennen, das würde die Verfolgung nur aufregender machen. Er würde sie fangen, und sobald er sie hatte, würde er sich rächen.

Es würde gut werden. Er würde sie erst mit seinem Gürtel bearbeiten, direkt auf ihren engen, kleinen Arsch, ihre Beine und ihren Rücken, während er sie bei den Haaren festhielt. So würde er ihr die Lektion erteilen, die sie lernen musste, nämlich dass niemand, absolut niemand ihn verarschen konnte. Sobald er davon genug hatte und sie sich jammernd auf dem Boden winden würde, würde er seinen Schwanz herausholen. Er würde sie herumwerfen, damit sie sehen konnte, was kommen würde. Sie wäre ausgestreckt, nackt und mit Prellungen übersät – eine perfekte Wichsvorlage. Er würde ihr ins Gesicht spritzen, genau wie er es bei Eds Lil getan hatte, und nachdem er gekommen war, würde er es ihr ins Gesicht reiben.

Wieder schwenkte er seine Taschenlampe, und dieses Mal sah er sie. Ihre Augen leuchteten grün, wie die Augen einer Katze. Er machte einen Schritt vorwärts und hörte das Geraschel der Hecke, als sie davonsprintete. Er folgte ihr, krachte durch eine Öffnung in der Hecke und übersprang den Zaun in der Mitte. Das Feld dahinter leuchtete im Mondlicht wie ein Laken in flüssigem Eisengrau. Linnet erschien davor wie ein blasser Geist. Sie rannte so schnell sie konnte und war schon halb auf der anderen Seite.

Perkins folgte ihr mit einem sadistischen Grinsen im Gesicht und dann mit aufeinander gebissenen Zähnen. Es zwang sich, schneller über die flache Wiese zu laufen. Sie war voll in seinem Blick; ihre Beine rasten, als sie rannte, ihr Haar wehte ihr nach, ihre winzigen Arschbacken bewegten sich im Rhythmus. Seine Muskeln hatten angefangen zu brennen, doch er holte auf. Sie blickte zurück und schrie verzweifelt auf, als sie sah, wie nahe er schon war. Der schwankende Strahl der Lampe traf für einen Augenblick ihr Gesicht, und Perkins fühlte neue Erregung, als er ihre

Angst sah. Er forderte noch mehr von sich, in der Hoffnung, sie mit einer letzten Anstrengung bei der anderen Hecke festzunageln.

Eine Öffnung in der Hecke wurde sichtbar. Sie war mit einem Tor verschlossen. Vor ihm änderte Linnet plötzlich die Richtung, flitzte zu dem Tor und warf sich darüber. Perkins folgte nur Augenblicke später, blieb aber an der oberen Stange hängen und stellte fest, dass sie mit Stacheldraht besetzt war.

Er schüttelte fluchend seine verletzte Hand und kletterte ihr hinterher. Sie hatte inzwischen wieder einen ordentlichen Vorsprung und lief auf die zackigen Umrisse eines Wäldchens zu, den Abhang hinunter. Während er sich zwang, noch schneller zu laufen, entschied er, dass eine Tracht Prügel und seine Ladung in ihrem Gesicht nicht genug wären. Er würde sie schlagen, und wie, und nicht nur ihre Rückseite, sondern auch vorne, ihre Schenkel und ihren Bauch, ihre winzigen Brüste, bis ihr ganzer Körper mit roten Striemen übersät wäre. Und wenn er dann fertig wäre, würde er ihren ganzen Körper befummeln, ihren niedlichen Hintern und ihre kessen Titten befummeln, seine Finger in ihre Fotze stecken, und erst dann würde er ihr ins Gesicht spritzen und sie unter Androhung weiterer Prügel zwingen, alles zu schlucken.

Er holte wieder auf, und sie wurde langsamer. Ihr winziger Körper war unfähig, mit seiner Kondition und seiner männlichen Ausdauer Schritt zu halten. Das Ende war nahe, soviel war sicher, und er würde sie vermutlich erwischen, bevor sie den Wald erreichte. Dort würde er sie dann hineinschleppen, um sie zu prügeln und zu erniedrigen. Er keuchte, das Blut rauschte in seinen Ohren, aber sie war kaum mehr als zehn Meter vor ihm. Perkins wusste, dass es ihr letztes Aufbegehren war, und rannte weiter hinter ihr her, so schnell er konnte.

Sie erreichte den Wald und kletterte über eine niedrige Mauer. Er folgte ihr und seine Taschenlampe fing abwechselnd das Grün und Braun der Bäume und Blätter ein und das Rosa ihrer Haut, nur wenige Schritte vor ihm. Er warf sich vorwärts und fühlte, wie seine Finger glatte Haut streiften, gerade als er stolperte und ein Ast ihm quer ins Gesicht schlug. Er fluchte; die zu Boden fallende Lampe zeigte gerade noch, wie sie davonhüpfte, bot ihm einen Blick auf ihren nackten Bauch und das schwarze

Gewirr ihrer Schamhaare, bevor sie verschwunden war.

Er stand auf, fluchte erneut und rieb sich das Gesicht. Es war Blut an seiner Wange, und das machte ihn erneut wütend. Als er sich wieder an die Verfolgung machte, war ihm klar, dass er bis zum Ende gehen würde. Er würde sie schlagen, jeden Teil ihres Körper betatschen, sie zwingen, seinen Schwanz zu lutschen, und sie dann ficken, im Gras oder in den vermodernden Blättern. Ihre kleinen Schenkel wären weit gespreizt und sein Schwanz würde ihre winzige Fotze pumpen, während sie elend und besiegt nur noch würde wimmern können.

Da vorne war sie; sie schoss förmlich zwischen den Bäumen hindurch und ihre Größe war nun ein Vorteil. Er rannte verbissen weiter, war entschlossen, dass sie ihn niemals unterkriegen würde. Er verlor sie wieder und wieder aus den Augen, nur um einen Moment später einen kurzen Blick auf ihr blasses Fleisch oder ihre glänzenden grünen Augen zu erhaschen. Sie war dumm oder hatte zu viel Angst, um nachzudenken, und versteckte sich nicht, sondern flüchtete weiter, wohl in blinder Panik. Zweimal hätte er sie um Haaresbreite gehabt, doch beide Male entglitt sie ihm, immer nur ganz knapp, bis sie endlich die andere Seite des Wäldchens erreichten.

Dahinter war ein weiteres Feld. Linnet stand keine zwanzig Meter entfernt. Ihr Körper war gebeugt und ihre Hände hatte sie auf die Knie gestützt. Sie schnappte sichtlich nach Luft. Als sie ihn sah, rannte sie wieder, und er folgte ihr. Er hatte seine Mütze verloren, sein Gesicht und seine Hände waren blutig, seine Muskeln brannten vor Anstrengung. Doch nichts davon war wichtig, für ihn zählte nur, sie einzufangen und ihr eine Lektion zu erteilen, sie zu verdreschen und zu ficken, sie fertig zu machen und zu vergewaltigen.

Inzwischen humpelte sie, trat mit ihrem rechten Fuß immer wieder daneben und wurde langsamer. Sie hatte sich nach rechts gewendet und bewegte sich auf eine undeutliche Linie zu, hinter der der Turm der Kirche von Abbotscombe schwarz gegen den Nachthimmel aufragte. Perkins strengte sich noch mehr an, als ihm klar wurde, dass sie offenbar ein Haus finden wollte, in dem man ihr Zuflucht gewähren würde. Sie hatte zweifellos erraten, was er vorhatte, und wusste, dass sie so zwar nicht der Verhaftung, aber einer Vergewaltigung entgehen könnte.

Sie war nur wenige Meter vor ihm und rannte noch immer. Ja, es schien, als würde sie jedes Mal schneller, wenn auch er sich mehr anstrengte. Die andere Seite des Felds kam näher, eine niedere Mauer, hinter der nur die Schwärze der Nacht lag, sowie, in der Ferne, einige Bäume und die Kirche. Er griff nach ihr und verfehlte sie. Beim nächsten Schritt traf sein Fuß auf etwas Weiches und Schlüpfriges. Für einen Augenblick verlor er sein Gleichgewicht, gewann es aber genau in dem Moment wieder, als der beißende Geruch von Kuhdung seine Nase erreichte. Er konnte den Dung auf seinem Bein fühlen und verfluchte sie. Er sagte sich, dass nur ein Schwanz in ihrer Fotze nicht genug wäre. Nein, er würde sie ficken und sie lutschen lassen, doch sobald sie glaubte, dass ihre Erniedrigung ihren Höhepunkt erreicht hatte, würde er sie in den Arsch ficken. Er würde sie zwingen, sich hinzuknien, und ihre kleinen Arschbacken auseinander zu halten. Er würde sie zwingen, ihren Anus einzufetten, wie Ed es bei Lil getan hatte, doch bei Linnet würde es der Saft aus ihrer eigenen Fotze sein. Er würde sie in den Arsch ficken, er würde seinen Steifen in die enge Röhre ihres Rektums rammen. Es würde eng sein, so eng, enger noch als Lils. Es würde sie vielleicht zerreißen, doch das würde ihn nicht interessieren; er würde in ihrem Arsch kommen und sie dann zwingen, seinen Samen und ihre Sauerei von seinem Schwanz zu lecken…

Er erreichte die Mauer nur Augenblicke nach ihr. Sie war schon darüber hinweg, verschwunden, und er folgte ihr, sprang hoch hinüber und in die leere Luft. Schrecken erfüllte ihn, kurz bevor er auf dem Boden aufkam. Sein Knöchel traf auf etwas Hartes, knackste ab und schickte eine Welle der Agonie durch sein ganzes Bein. Er schrie erneut vor Schmerz auf, als erst seine Schulter mit dem harten Boden kollidierte, danach sein Kopf – und der Schmerz in seinem ganzen Körper widerhallte. Er rollte sich auf den Rücken und umklammerte sein Bein, der brennende Schmerz ließ ihn die Zähne zusammenbeißen. Der Geruch von Kuhdung und saurer Milch füllte seine Nase, und sein Körper sank mit jeder Bewegung tiefer in den schmutzigen Matsch ein. Über ihm war der Himmel und die Mauer, gute sechs Meter über ihm, und auf der Mauer war Linnet, ein schwarzer Umriss gegen den Mond. Und sie lachte.

„Miststück!“, zischte Perkins und tastete nach der Taschenlampe.

Er richtete ihren Strahl nach oben, auf ihren Körper. Sie stand breitbeinig da. Das Rosa ihrer Fotze war in dem Licht gut zu sehen. Sie hatte ihre Hände in die Hüften gestemmt und ihr koboldartiges Gesicht zeigte einen Ausdruck grausamer Heiterkeit. Er fluchte, versuchte, aufzustehen, doch der quälende Schmerz in seinem Bein ließ ihn wieder zusammenbrechen. Sie lachte wieder, ein grelles, schrilles Gelächter. Er legte sich keuchend zurück und dachte verzweifelt darüber nach, was er tun könnte. Noch einmal wendete er den Strahl der Taschenlampe nach oben und beleuchtete Linnet.

„Sieh'…“, begann er, verstummte dann aber sofort wieder.

Ihr Gesicht zeigte kein Mitgefühl, keine Angst, keine Unsicherheit, nur eine irrsinnige, bösartige Fröhlichkeit. Entschlossen, keine Schwäche zu zeigen, versuchte er, seinen Schmerz zu unterdrücken, doch darauf reagierte sie nur mit offensichtlichem Hohn.

„Ist das, was Sie wollten, Sergeant?“, fragte sie. Ihre Hand bewegte sich zu ihrem Geschlecht, spreizte die feuchten rosafarbenen Lippen, um ihr Zentrum zur Schau zu stellen, ihre nasse Öffnung, die glänzende Knospe ihrer Klitoris, genau da, wo ihre winzigen inneren Schamlippen sich vereinigten. Sie ging in die Hocke. Ihr gespreiztes Geschlecht war direkt über ihm, und er beobachtete mit entsetztem Zorn, wie ein Strahl goldener Flüssigkeit sich von ihrer Vulva ergoss, in einem großen Bogen herausspritzte und ihn traf, während sie wieder und wieder in schallendes, wahnsinniges Gelächter ausbrach.

Thomazina sank erschöpft auf alle Viere auf den Sand. Nich stoppte neben ihr und ließ sich flach hinfallen.

„Wir sollten jetzt in Sicherheit sein, nehme ich an“, keuchte er.

Sie nickte nur und träumte einen Moment lang davon, sich in die sichere Umarmung des Meeres zu flüchten, entschied sich dann aber dagegen. In der Dunkelheit und dem Chaos der Razzia hatte sie sich zielstrebig zum Kliffpfad aufgemacht, ermutigt durch ihre Ortskenntnis und das Mondlicht. Sie hatte es geschafft, aber bemerkt, dass jemand ihr gefolgt war. Zuerst war sie ängstlich gewesen, dann aber erleichtert, als sie Nichs nackten Körper erkannte. Sie hatten sich schnell bewegt, so schnell wie möglich, hinunter in das flache Tal, das Aldon Head von Ness Head trennte, und von dort zur Überführung und dann zum Strand. Langsam ließ ihre Anspannung nach, die Lichter und Geräusche, die noch immer von Aldon Hill kamen, erschienen weit entfernt.

„Was meinst du, wer es sonst geschafft hat?“, fragte Nich.

„Ich weiß nicht, es war zu dunkel, zu verwirrend.“

„Ich habe Violet verloren. Sie hat meine Hand gehalten, doch irgendjemand hat uns angerempelt.“

„Tut mir leid. Sie war so gut, so wundervoll, wie du.“

„Danke.“

„Ich… Wir hatten gehofft, mit ihr reden zu können, weil sie eine der Träumerinnen ist, doch sag' mir, warum hat sie diesen Namen gerufen?“

„Sigodin-Yth? Es ist nicht einfach zu erklären, doch im Grunde will ich nur den Glauben an andere Götter als den christlichen Gott fördern. Das ist meine Lebensaufgabe.“

„Du weißt also von ihm?“

„Ich habe von ihm gelesen, genug, um zu glauben, und genug, um zu hoffen, dass seine Essenz noch nicht ganz aufgebraucht wurde. Er ist der Gott des Hügels, eine vorkeltische Gottheit des Schutzes und der Fruchtbarkeit. Ich habe gehofft, seine Anbetung so wieder zu beleben und ihm neue Kraft zu geben. Und wären die verdammten Bullen nicht gewesen, hätte es vielleicht sogar geklappt. Außerdem haben sie zweifellos meinen Krakenkopf genommen.“

„Es ist selten, dass ein Mann gerufen wird. Hast du geträumt?“

„Nein. Mein Glaube kommt von einer angeborenen Sicherheit. Doch was ist mit dir? Bist du eine Gläubige oder eine Dienerin von Sigodin-Yth?“

„Das ist sein keltischer Name. Sein wahrer Name ist Txcalin.“

„Wirklich? Und woher weißt du das?“

„Wie du gesagt hast, ich bin eine Gläubige.“

„Gibt es eine Gemeinde? Ist das, wie er all die Jahrhundert überlebt hat?“

„Ja, gewissermaßen.“

„Und die Gemeinde ruft die Träumer als Gläubige?“

„Ja, aber nur wenige. Es gibt nur vier von uns.“

„Also habt ihr versucht, das Interesse während der Party neu zu entfachen und Träumer zur Initiation anzuziehen?“

„Ja. War es nicht wundervoll? Jede einzelne Frau dort fühlte seinen Ruf, und die Männer reagierten auf die Begierde der Frauen.“

„Die Begierde kam also von Sigodin-Yth, von Txcalin?“

„Ja, aber es war stärker als je zuvor und hat auch besser gewirkt. Die Menschen schienen offener zu sein, empfänglicher. Ich denke, vielleicht, dass das Christentum schwächer wird, vielleicht sogar stirbt.“

„Das ist es. Komm, lass uns weitergehen. Man weiß ja nie, sie könnten auch den Strand absuchen.“

Thomazina stand auf und nahm seine Hand. Erinnerungen überwältigten sie, daran wie sie diesen Strand Hand in Hand mit einem anderen jungen Mann entlang gegangen war, doch es war nie jemand gewesen, von dem sie das Gefühl hatte, dass sie ihm so sehr vertrauen konnte.

„Das letzte Mal war es nicht so gewesen“, sagte sie ihm. „Wir haben es versucht, doch die Mädchen waren gereizt, in sich verschlossen, und die Männer waren nur wenig besser. Es gab eine, die geträumt hat, ein hübsches Mädchen namens Rose, aber die Polizei kam, hat sie mitgenommen und verdorben.“

„Rose? Rosemary Evans?“

„Das war ihr Name. Danach ist sie weggegangen. Du weißt ziemlich viel.“

„Ich weiß, dass Rosemary Evans nach einer Feier auf dem Wythman 1957 verhaftet wurde.“

„Das stimmt. Sie war in Ordnung, weitgehend zumindest, aber wir konnten niemals wirklich zu ihr durchdringen. Nicht einmal Juliana konnte sie verführen.“

„Juliana war dort, aber… Dieser Typ, Hobbers, als er ging, nannte er dich Thomazina Keeley. Ich habe von ihr gehört. Sie war eine der Träumerinnen, so scheint es zumindest, und dass sie in der Nacht den Erdhügel aufgesucht hatte. Gehörte sie zu eurer Gemeinde? Hast du ihren Namen in ihrem Gedenken angenommen? Werden dieselben Namen unter den Mitgliedern weitergegeben?“

Thomazina zuckte mit den Schultern; sie war sich nicht sicher, ob er die Geste wahrgenommen hatte, und sie war sich auch nicht sicher, wie sie seine Frage beantworten sollte.

Nich fuhr fort. „Sie ist in der Nacht der Sommersonnenwende 1853 verschwunden, als der Tempel geöffnet war. Reverend Wilmot hatte ihn geöffnet.“

„Wilmot? Reverend Clerebold Wilmot? Nun, das war ein Mann, der dem guten Mister Hobbers beigebracht hätte, wie er seine dreckigen Bedürfnisse befriedigen kann.“

„Du hast also von ihm gehört, und zweifellos mehr. Erzähl' es mir bitte, ich bin für alles offen.“

„Ich werde es dir sagen. Du wirst mir glauben oder nicht.“

„Ich werde glauben.“

„Das sagst du jetzt. Also, wo soll ich anfangen? Es gibt viele Anfänge, für mich war es eine ruhige Nacht im Sommer. Ich wurde von einem Alptraum geweckt. Der Mond stand hoch am Himmel, und von meinem Bett konnte ich durch die Bäume nach Aldon Hill sehen, wo der Erdhügel silbern schimmerte. Ich war in meinem Traum dort, und ich hatte Angst, doch ich war auch verwirrt. Wovon ich geträumt hatte, war furchtbar gewesen, zumindest kam es mir damals so vor, aber ich fühlte mich auch beschützt, und damals brauchte ich das mehr als alles andere.“

„Vor wem?“

„Wilmot, dem wundervollen, göttli…“

„Wilmot? Er ist schon seit über einhundert Jahren tot!“

„Ich sagte dir, dass du mir nicht glauben würdest.“

„Nein, fahr' fort. Ich gebe zu, dass ich gelegentlich etwas skeptisch bin, aber mein Geist ist offen. Hat Wilmot dich belästigt?“

„Er hat es versucht. Reverend Clerebold Wilmot, genau der, von dem alle dachten, dass er so freundlich und so… so väterlich war. Für mich war er der Teufel. Jeden Sonntag hielt er Unterricht ab, brachte den Mädchen und Jungen bei zu lesen und lehrte ihnen die Bibel. Er hat behauptet, dass ich langsam und dumm wäre, und auch stur, und er hat angeboten zu helfen, indem er mir Zusatzstunden gab, nachdem die anderen gegangen waren. Meine Eltern hielten das für großartig, dass ein so gebildeter Gentleman wie er ihrer törichten Tochter etwas von seiner kostbaren Zeit schenken würde."

„Der Missbrauch der Macht eines Priesters; das ist ein verbreitetes Phänomen."

„Die Männer der Kirche waren für uns etwas ganz Besonderes, sie waren unantastbar."

„Das ist das Wesen der Unschuld, und ohne Unschuld gäbe es auch kaum Missbrauch."

„Oh, auf meine Art war ich damals unschuldig, doch nicht auf jene Art. Es gab nichts, das ich mehr liebte, als mit einem Jungen in die Wälder zu gehen und einen Blow-Job gegen das Lecken meiner Möse zu tauschen. Hätte Wilmot von mir verlangt, meine Titten zu betatschen oder seinen Kleinen zu wichsen, dann hätte ich ein bisschen Geld verlangt, gelacht und wäre nach Hause gegangen. Nein, er war weit schlimmer. Er war ein Monster, ein Folterer."

„Wie?"

„Er stand auf Schmerz. Nicht den Schmerz, der vom Vergnügen kommt, sondern einfach nur Schmerz, im Kopf und im Körper. Er sagte von Anfang an, dass ich bestraft werden würde, wenn ich nichts lernen würde. Ich habe angenommen, dass er mir einfach den Arsch verhauen würde, und dann hätte ich mich nur schlecht gefühlt, weil ich eine nasse Möse haben würde und sicher war, dass er es wüsste. Doch das war nicht das, was er gemeint hatte."

„Nein?"

„Nein. Es gefiel ihm, mir zu sagen, dass ich bestraft werden würde, aber erst nächste Woche. Er hatte diese furchtbare Maschine; sie hatte eine Kurbel, die er drehen konnte, und Kabelstücke, die daraus hervorstanden. Er befahl mir, sie zu berühren, und sie stachen mich, und dann sagte er mir, dass er nächsten Sonntag meine Hand daran festbinden würde."

„Irgendeine elektrische Maschine?"

„Das nehme ich an. Damals kannte ich das Wort Elektrizität nicht einmal. Die ganze Woche über hatte ich Angst, und als es dann soweit war, sagte er, dass es nicht genug sein würde. Die Bestrafung würde verschoben werden, und dieses Mal würde es schlimmer sein; mit beiden Händen gefesselt."

„Hast du denn deinen Eltern nichts gesagt?"

„Wie hätte ich das tun können? Es wäre mein Wort gegen sein Wort gewesen, und er war der Priester. Das habe ich nicht gewagt."

„Ich verstehe, denke ich."

„Es war furchtbar, und ich wusste, dass er es am Ende doch tun würde. Ich fing an, von ihm und seiner Maschine zu träumen. Zunächst ging es nur darum. Dann habe ich davon geträumt, gerettet zu werden, von etwas, das ich nie sehen konnte, und damit kam der Zwang, zum Hügel hinauf zu gehen. Doch das machte mir auch Angst. Mutter hatte uns gesagt, dass der Erdhügel ein übler Platz sei und dass dort Elfen lebten. Sie sagte mir, dass sie mich unter die Erde zerren würden, wenn ich nachts dorthin ginge. Sie sagte, dass es schon früher geschehen sei, vor langer Zeit, und dass es einem Mädchen passiert wäre, das in unserem Haus gelebt hatte. Als ich ihr davon erzählte, hatte sie Angst um mich, und natürlich ist sie gleich zu Wilmot gegangen, um seinen Rat einzuholen.

„Er sagte, dass es ein Beweis für meine Eigensinnigkeit wäre und dass er mir von nun an am Sonntag mehr Zeit widmen würde. Ich ging hin, und er sagte mir, dass er die Kabel nächste Woche über meinem Bauch anbringen würde und dass ich dann meinen Darm nicht mehr würde kontrollieren können. In dieser Nacht kam der Traum wieder, und er war stärker, und als ich um Hilfe schrie, wurde er von einem riesigen Fangarm weggezerrt. Dann bin ich aufgewacht und sah, dass jemand auf dem Erdhügel stand, mit dem Mond im Hintergrund."

„Und als du zu ihr gegangen bist?"

„Sie ist zu mir gekommen. Sie war das hübscheste kleine Ding, so lustig und verspielt. Es war unmöglich, sich vorzustellen, dass sie jemandem schaden könnte. Sie sagte, dass ich mit ihr gehen sollte, zum Erdhügel, und dass ich dann sicher sein würde. Doch das war mir nicht wichtig. Der Hügel war damals offen, und ich hatte das Loch gesehen, eine weite, schwarze Öffnung tief hinunter in die Erde. Ich hatte furchtbare Angst, doch sie kam jede Nacht wieder, und sie war süß und nett, und Sonntag kam immer näher.

„Ich fing an, mit ihr zu gehen; ich schlüpfte nachts aus dem Haus und ging den Hügel hinauf. Sie berührte mich und streichelte meine Haare, und es erregte mich, wie nichts zuvor. Am Freitag haben wir uns geliebt, auf dem Erdhügel im Mondlicht. Und als sich zurückkam, hat Mutter mich erwischt.

„Meine Eltern hatten sich Sorgen gemacht, und ich sagte ihnen, dass ich geschlafwandelt hätte; also schickten sie mich wieder zu Wilmot. Er hatte ihnen von der Maschine erzählt. Er sagte, dass ich etwas brauchen würde, was er Elektrotherapie nannte. Sie waren einverstanden. Sie wussten es einfach nicht besser. Es sollte nächste Woche passieren und sobald ich wieder mit ihm allein war, sagte er mir wieder, was geschehen würde, und dass es dieses Mal keinen Aufschub geben würde. Er sagte, dass meine Hände, meine Füße und mein Bauch mit Lederstreifen auf einem Tisch festgebunden werden würden. Ich würde nackt sein. Er würde Kabel an meinem Kopf, meinem Bauch, meinen Armen und Beinen befestigen. Und wenn er die Kurbel drehen würde, würde es meine Seele und meinen Körper reinigen. Ich würde durch den Schmerz die Kontrolle über meine Verdauungsorgane verlieren, doch es wäre zu meinem eigenen Besten, und die Träume würden aufhören. Während er sprach, versuchte er seriös zu wirken, doch ich konnte seine Begierde hören, und seine Freude an meinem Schmerz."

„Also bist du mit dem Mädchen mitgegangen?"

„Ja, zur Sommersonnenwende."

„Was ist geschehen?"

„Das kann ich dir nicht sagen."

„Ich verstehe. Das Mädchen war Linnet?"

„Ihr wirklicher Name ist Elune. Weißt du, wie Wilmot gestorben ist?"

„Er war ziemlich alt. Ich habe eine Fotografie von ihm aus dem Jahre 1879."

„Alt und rüstig, und er lehrte noch immer an der Sonntagsschule. 1881 entschied er, dass die älteste Tochter meiner Schwester Emily Zusatzunterricht benötigte. Sie fanden ihn an eine Elektrotherapie-Maschine angeschlossen, doch ich werde nicht sagen wie."

„Du hast das getan?"

„Oh nein, dazu hätte ich niemals den Mut gehabt. Es war Juliana."

„Die, mit der ich vorhin Sex hatte?"

„Genau die. Glaubst du mir?"

„Das tue ich. Zumindest werde ich es versuchen. Was ist mit Linnet… Elune also, und mit den anderen?"

„Elune ist alt, älter, als selbst sie sagen kann. Als die Kelten kamen, war sie hier die Priesterin. Am Anfang ließen sie den Tempel in Ruhe und behandelten ihn wie einen geheiligten Ort. Später wurden sie mutiger und zerstörten ihn. Sie setzen ihn in Brand, als sie noch darin war. Und dann ging sie unter die Erde.

„Alice eigentlicher Name ist Aileve. Sie war das Mädchen, von dem meine Mutter gehört hatte, obwohl sie nichts über das Wann und Warum wusste. Damals war die Sache schon fast sechshundert Jahre her und selbst die eigentlichen Namen waren vergessen. Aileve war die Tochter des Ortsvorstehers, der Abbotscombe für die Abtei in Buckfast verwaltete. Sie war schlau und empfindsam, und sie hatte von Kindestagen an geträumt. Die Mönche kamen, um den Tempelhügel zu öffnen. Es ging ihnen nur um irgendwelche Schätze, und sie versuchte, sie aufzuhalten. Sie behaupteten, dass sie eine Hexe wäre, und sie hätten sie verbrannt, doch sie ist davongelaufen und Elune hat sie nach unten geführt."

„Und Juliana ist älter?"

„Sie ist die Tochter eines römischen Siedlers. Ihr Landhaus war unten in der Nähe der Flussmündung. Damals war der Hügel noch immer ein geheiligter Ort, und die Steinplatte konnte leicht entfernt werden. Als die Männer sie zur Seite zogen, fing sie an zu träumen und ihn anzubeten. Das Christentum war damals noch dabei, sich zu entfalten, doch sie weigerte sich, sich bekehren zu lassen. Sie versuchten, sie zu zwingen, doch ihre Grausamkeiten ließen sie nur lachen. Schlussendlich warfen einige der Soldaten sie auf einen Komposthaufen und drohten, sie darunter zu begraben, sollte sie ihrem Glauben nicht abschwören. Er ist zu ihr gekommen und nahm die Soldaten mit sich unters Wasser."

„Der Gott, er hat also körperliche Form?"

„Wie sollte es sonst sein?"

Kapitel Zehn

Lily erwachte in strahlendem Sonnenlicht und der angenehmen Kühle eines frühen Sommermorgens. Sie war etwas steif und fühlte sich nach einer Nacht voller erregender Träume noch müde, Träume über die Party auf dem Hügel, darüber, Ed zu heiraten, und darüber, von Krakenfangarmen umarmt zu werden – und mehr. Ihr Anus schmerzte und ihre Vulva war wund. Ed hatte sie in den Arsch gefickt, sie geschlagen, sie erneut in den Arsch gefickt. Die Prügel waren die Strafe dafür gewesen, dass sie auf die Sonnwendparty hatte gehen wollen, so hatte er zumindest gesagt. Sie hatte auf seinen Befehl einen BH mit Nippellöchern und ein im Schritt offenes Höschen angezogen, beide grell rot, unanständige, nuttige Sachen, die sie mit Scham erfüllten. Er hatte ihre Hände ans Bettgestell gefesselt und ihre Beine mit einer Spreizstange auseinander gehalten, die er in einem Sex-Shop gekauft hatte. Danach war sie völlig hilflos gewesen. Er hatte sie mit seinem breiten Ledergürtel geschlagen, wieder und wieder, bis ihr Hintern nur noch eine Masse von roten und purpurnen Striemen war und ihre Säfte ihr die Schenkel hinunterliefen. Er hatte auf ihren Anus gespuckt und sie mit einem Finger geöffnet und dann ihre eigenen Säfte in die schleimige Öffnung geschmiert. Er hatte sie in den Arsch gefickt, hatte seinen Schwanz bis zum Anschlag in ihren Anus gerammt und sie masturbiert, damit ihr Loch sich um seinen Steifen zusammenziehen würde. Er war in ihrem Rektum gekommen und hatte sie dann gezwungen, seinen Penis hinterher zu lecken.

Sie kletterte aus dem Bett und ging zum Fenster. Ed bewegte sich nicht, sondern schlief leise schnarchend weiter. Der Himmel war blau und das Meer ruhig. Mit schnellen Bewegungen zog sie die geschmacklosen Dessous aus und hüllte sich in seinen Bademantel. Sie beugte sich vor und sah Ness Head und weiter hinten Aldon Hill; der Erdhügel darauf hob sich deutlich gegen den Himmel ab. Darauf waren ein paar Umrisse zu sehen und eine einzelne Figur ragte hinaus. Sie bedauerte erneut, nicht dabei gewesen zu sein. Die Mädchen hätten sie so gern dabei gehabt, besonders Alice Chaswell. Und sie hatte auch gehen wollen, doch wie üblich hatte sie sich von Ed herumkommandieren lassen, hatte ihm erlaubt, ihren Willen zu brechen.

Er hatte sogar ihren zukünftigen Beruf beleidigt, und als sie sich an seine Worte erinnerte, fragte sie sich, ob er ihr überhaupt gestatten würde, bei der Öffnung des Hügels dabei zu sein. Die Antwort würde sicher ‚nein' lauten. Es war Samstag und er hatte dienstfrei. Er würde sie wahrscheinlich für sich haben wollen, um sein Essen zu machen und sein Haus zu reinigen – Dinge, die er, war sie überzeugt, für weit wichtiger halten würde, als mit den Archäologen zusammen zu sein. Das war zu viel verlangt, dennoch zitterte sie, als sie auf Zehenspitzen durch den Raum ging. Sie dachte an seine Drohungen, sie zu schlagen, und daran, wie er seinen Zorn zweifellos an ihrem Hintern abreagierten würde.

Sie zwang sich, sich anzuziehen, trotz ihrer Angst und des Gefühls, dass sie ihren Mann dadurch hinters Licht führte. Er würde sie besitzen, das wusste sie, doch die Öffnung des Hügels bedeutete zu viel für sie, und Minuten später schlich sie sich leise aus dem Haus. Sie fühlte sich schlecht und ungehorsam, aber auch voller Triumph. Tawmouth war noch ruhig, die Straßen verlassen bis auf ein Polizeiauto und zwei Milchwagen. Erst am Strand wurde ihr klar, dass die Flussfähre ihren Betrieb erst in einigen Stunden aufnehmen würde, und sie setzte sich mit gemischten Gefühlen auf den Sand.

Violet streckte sich und gähnte glücklich. Sie winkte dem diensthabenden Sergeant fröhlich zu, als sie durch die Glastüren des Polizeireviers nach draußen trat. Sie war verwarnt worden, genau wie Juliana, die in ein schlecht sitzendes buntes Kleid gehüllt am Fuß der Treppe auf sie wartete. Yasmin und Joe waren noch drin, denn die beiden hatte man buchstäblich mitten im Verkehr erwischt und Haschisch hatten sie auch dabei gehabt.

Nachdem sie Nich verloren hatte, war sie nicht mehr weiter gerannt, weil ihr klar geworden war, dass ihre purpurnen Haare und ihr Körperschmuck sie zu einem leichten Ziel machten. Außerdem hatte sie, so betrunken und berauscht wie sie war, nicht blindlings auf der dunklen Klippe herumstolpern wollen. Stattdessen hatte sie sich angezogen und getan, was man ihr sagte, und sich so lieb wie möglich verhalten, in der

Hoffnung nicht wegen Nacktheit und Sex in der Öffentlichkeit angeklagt zu werden. Es hatte funktioniert, da die Polizei mit so vielen Nackten offenbar nicht mehr als Verwarnungen aussprechen wollte. Sollten sie sie auch beim Sex gesehen haben, erwähnte es zumindest niemand. Juliana hatte Pech gehabt; sie war blindlings davongelaufen und dabei direkt in einen Polizisten gerannt. Sie war hingefallen und hatte sich den Kopf an einer Flasche angeschlagen. Sie hatten sie verhaftet, bevor sie wieder richtig zu sich kommen konnte, und war dann im gleichen Polizeitransporter gelandet wie Violet. Yasmin und Joe hatte man hoffnungslos ineinander verwickelt verhaftet. Topher Knight war zunächst verschwunden, wurde bei Sonnenaufgang dann aber doch entdeckt; er hatte am Rand des Kliffs lässig im Gras gesessen. Es gab keine Spur von Nich, Tammy, Alice oder Linnet, und sie hoffte, dass sie alle entwischt waren.

„Auch verwarnt worden?“, fragte Violet.

Juliana nickte und streckte ihre Hand aus. Violet ergriff sie.

„Du kannst dir eine paar ordentliche Klamotten von mir leihen, wenn du magst“, bot sie an, „und dann hätte ich noch einen anständigen Kaffee. Das Zeug hier schmeckt beschissen. Vielleicht ist Nich ja zurück, wenn er sich irgendwo ein paar Klamotten besorgen konnte.“

„Danke schön. Ist Nich dein Liebhaber?“

„Ja, sozusagen. Er versteht mich. Er lässt mich ich selbst sein.“

„Du bist sehr ruhig für eine Träumerin. Was bedroht dich?“

„Nichts, jetzt nicht. Ich habe die Kirche immer gehasst, weil mein Eltern wollten, dass ich ein gutes, kleines, christliches Mädchen werde, mit einer weißen Hochzeit und all dem. Davon habe ich mich jetzt befreit, doch in meinen Träumen gibt es immer ein paar Arbeiter und einen alten Priester, Wilmot, der Typ, der den Hügel im 19. Jahrhundert geöffnet hat.“

„Wilmot ist tot.“

„Ich weiß. Ich vermute, er steht für mich einfach für die christliche Kirche, während die Arbeiter für meine Angst stehen, vergewaltigt zu werden.“

„Ja, so wird es wohl sein. Und dann kommt er zu dir?“

„Der Gott? Ja.“

„Hast du ihn gesehen?“

„Ja. Nich hat seine Performance von letzter Nacht auf der Basis meiner Träume entwickelt, ein grüner Mann mit einem Kraken als Kopf."

„Das ist die keltische Vorstellung, und du hast seinen keltischen Namen gerufen. Das ist eigenartig. Stammst du vielleicht von Kelten ab?"

„Nein, ich glaube nicht. Meine Eltern sind beide aus Colchester. Ich weiß nichts von irgendwelchen keltischen Vorfahren. Nich hat mir das Bild erklärt. Es ist die gleiche Vorstellung, die auch die Cthulhu-Geschichten inspiriert hat. Und er sagt, dass der Gott auch in Ägypten angebetet wurde, unter einem anderen Namen, aber mit demselben Bild."

„Das Bild kommt also nicht aus deinen Träumen?

„Ja, nein, nicht wirklich; wenn überhaupt, dann eher umgekehrt."

„Wir werden mit Linnet sprechen. Doch zunächst erst mal Kleider und Kaffee, und wenn du besonders großzügig bist, Honig und Eiscreme auf diesen süßen Weizenstückchen."

Der Hügel war offen, ein ungleichmäßiges Rechteck voller Schwärze, das in die Erde führte, drinnen war noch das ergraute Holz von Wilmots Konstruktion zu sehen. Professor Cobb stand auf einer Seite und sah zu, wie Fotos und Zeichnungen gemacht wurden. Hinter ihm warteten andere Forscher darauf, die Decke mit neuen Stützbalken abzustützen, sobald es an der Zeit war. Sie waren ganz früh gekommen, nachdem sie von der Polizeirazzia gehört hatten, fest entschlossen ihre Grabungserlaubnis voll auszunutzen, bevor den Polizeibeamten noch einfiel, dass sie den Hügel für ihre Untersuchungen absperren sollten.

„Die alte Stützkonstruktion sieht noch ziemlich stabil aus", bemerkte Cobb. „Dennoch, es ist besser, kein Risiko einzugehen."

„Da scheint ein leichter Luftzug aus der Öffnung zu kommen", sagte Lily und lehnte sich vor. „Fühlen Sie die kühle Luft?"

„Alice Chaswell hat spekuliert, dass es einen unterirdischen Durchgang geben könnte", antwortete Cobb. „Wilmot erwähnt nichts davon, aber er merkte an, dass die Luft innen frischer war, als er erwartet hatte."

„Wie tief hinein geht dieser Durchgang denn?"

„Bis fast zum anderen Ende. Er endet bei einer Steinplatte, in die ein Symbol eingraviert wurde, das dem in Brittany ähnelt. Ein sternförmiges, achtseitiges Emblem, es soll angeblich einen Kraken darstellen, obwohl das natürlich nicht sicher ist."

„Ich habe Zeichnungen davon gesehen. Soll es nicht einen Gott darstellen, Sigodin-Yth?"

„Wieder vor allem Spekulation. Ohne schriftliche Überlieferungen ist es schwierig, sich sicher zu sein. Alice ist da zuversichtlicher, sie denkt, dass es noch mehr Gravuren oder Felsbilder geben könnte. Überhaupt, Alice, es ist gar nicht ihre Art, zu spät zu kommen, gar nicht ihre Art."

Er drehte sich zu der Zeichnung zurück und machte einige Bemerkungen über den symmetrischen Aufbau des Hügels. Lily trat zurück und blickte nervös auf den Weg; sie erwartete halbwegs, einen wütenden Ed Gardner auf sich zustürmen zu sehen. Doch es war niemand da, und sie drehte sich wieder um, um zuzusehen, wie die ersten Stützbalken aufgestellt wurden. Die Archäologen arbeiteten schnell, mit einer aus Erfahrung geborenen Leichtigkeit. Sie passten ihre Ausrüstung ein und suchten dabei den Boden und die Wände nach interessanten Objekten ab. Lily blieb zunächst zurück; sie war fasziniert, aber auch verstört von Gedanken an Ed und einer sexuellen Erregung, die sich nicht beiseite schieben ließ. Ihre Nippel waren peinlich hart und der Schritt ihres Höschens war nass, während die wilden Fantasien über Sex mit einem Kraken, denen sie sich hingegeben hatte, sich immer wieder in ihre Gedanken schoben.

Es waren noch zwei weitere Frauen im Team. Eine war mit den Stützbalken beschäftigt und drehte ihr den Rücken zu. Die andere stand in ihrer Nähe und zeichnete, und obwohl sie tief in ihre Arbeit versunken zu sein schien, waren die harten Spitzen ihrer Nippel durch ihr dünnes Sommerkleid unmöglich zu übersehen.

Eine Stimme rief ihren Namen, die Stimme eines Mannes, und Lilys Herz hüpfte. Sie drehte sich um und erwartete, Ed zu sehen. Erleichterung durchströmte sie, als sie sah, dass es Nich war, der schnell auf sie zukam. Violet war neben ihm, Tammy und Juliana folgten dicht auf. Nich war wie immer in Schwarz gekleidet, genau wie Violet und Juliana. Tammy bildete dazu einen eigenartigen Kontrast in ihren bunten Strandshorts, einem zu engen Trägershirt und Sandalen.

„Ich habe nicht gewusst, dass Sie so früh anfangen würden", verkündete Nich, als er sich zu ihnen gesellte. „Wie geht die Arbeit voran?"

„Wie Sie sehen können, haben wir den Zugang geöffnet", antwortete Professor Cobb. „Im Moment stützen wir es ordentlich ab und machen vorläufige Notizen. Sie haben nicht viel verpasst."

„Das ist gut", entgegnete Nich und stellte sich neben Lily. Die anderen gingen etwas weiter weg und setzten sich ins Gras.

Die Arbeit ging zügig weiter; das Team drang tiefer ins Innere des Erdhügels vor und brachte Lampen an, die einen langen Gang aus rotbrauner Erde beleuchteten, aus dessen Wänden und Decke Graswurzeln hervorragten. Lily stellte fest, dass sie immer aufgeregter wurde und auch immer erregter. Allein schon der Anblick des feuchten Tunnels gab ihr das gleiche Gefühl von Zuflucht und Schutz, das sie in ihren Träumen erfahren hatte. Sie blickte zurück und sah, dass Violet, Tammy und Juliana fröhlich plapperten, lebhaft, vielleicht etwas erregt, aber nicht zu offensichtlich.

Linnet gesellte sich zu den anderen, doch sie kam nicht vom Hauptweg, sondern von einem Pfad, der den Hügel hinunter nach Norden führte. Sie trug ein Sommerkleid, einen weiten, weißen Baumwollkittel, der die Formen ihres darunter offensichtlich nackten Körpers durchscheinen ließ. Als sie sich näherte, machte sie ein Rad, ihr Schamhaar und kesser Hintern blitzten kurz auf und bestätigten, dass sie wirklich darunter nackt war. Sie lachte, als sie wieder auf die Füße kam, und führte dann eine Hand zu ihrem Mund, als sei ihr eben erst klar geworden, was sie gezeigt hatte. Lily lächelte und erwiderte ihre Begrüßung mit einem Grinsen; sie wünschte sich, dass sie in der Lage wäre, die einfache, unbeschränkte Fröhlichkeit der kleinen Frau ebenso empfinden zu können.

Als Linnet sich hinsetzte, erschien einer aus dem Sicherungsteam am Eingang und verkündete, dass sie die Steinplatte erreicht hatten und die letzten Stützbalken bald platziert sein würden. Er verschwand wieder, und Lily blickte kurz zum Zauntritt. Sie betete, dass Ed nicht auftauchen würde, bevor sie die Chance gehabt hatte, sich die Steinplatte wenigstens anzusehen. Es war ein wirkliches Bedürfnis und weit stärker als ihre normale Neugier auf antike Stätten. Sie wusste, dass sie gehen würde, sollte Ed kommen, und dass die anderen ihr nicht helfen würden, weil sie ja seine Verlobte war. Ed tauchte nicht auf, dafür aber Alice Chaswell. Sie eilte zu den anderen hinüber und entschuldigte sich für ihre Verspätung.

„Ihr Timing ist in der Tat ausgesprochen gut", entgegnete Cobb. „Wir können bald hineingehen."

„Hervorragend", sagte Nich. „Ich hoffe, dass ich Sie werde begleiten dürfen?"

„Ja, sicher", antwortete Cobb, „zu gegebener Zeit, der Weg ist ziemlich eng. Alice und ich sollten die Ersten sein, denke ich."

Das Sicherungsteam kam heraus, und Lily beobachtete mit wachsender Ungeduld, wie die erste Untersuchung der Platte abgeschlossen war. Endlich war sie an der Reihe; Nich war neben ihr und bückte sich tief, als er den Durchgang betrat. Er war gut beleuchtet und erstreckte sich weit durch die rote Erde. Der Boden bestand zuerst aus Erde, dann aus zerbröselten Felsstücken und schließlich aus hartem Sandstein. Trotz der kühlen, frischen Luft und dem eindeutigen Zug schwitzte sie. Sie bekam einen Knoten im Hals, als sie sich auf die Steinplatte konzentrierte, eine große, in einem Winkel angebrachte Granitplatte, etwa so hoch und auch fast so breit wie sie. Da waren Markierungen auf der Oberfläche, weiche, fließende Kurven, acht Arme, die ausgestreckt waren um etwas, das wie Augen aussah.

„Wunderschön", flüsterte Nich und streckte die Hand aus, um die glatte Oberfläche des Steins zu streicheln.

Lily zitterte, ihr Herz hämmerte in ihrer Brust, ihre Nippel waren geradezu qualvoll hart, ihr Höschen und ihre Schenkel nass von ihren Säften.

„Da ist ein Luftzug", fuhr Nich fort. „Ich kann ihn fühlen. Darunter ist ein Hohlraum. Wir müssen sie überzeugen, die Platte zu entfernen, unbedingt."

Er ging zurück, nachdem er zuvor das Bild auf der Steinplatte höflich gegrüßt hatte. Lily nickte und folgte ihm; es fiel ihr aber schwer, sich von der Zeichnung zu lösen. Draußen stellte sich heraus, dass Nich sich gar nicht bemühen musste. Alice hatte Cobb schon davon überzeugt, dass es wesentlich und entscheidend sei, die Steinplatte umgehend zu entfernen. Wieder blickte sie nervös zum Zauntritt, dann zu den Mädchen, und sah, wie Linnet ihren Blick mit einem wissenden Grinsen erwiderte.

Schweres Gerät wurde herbeigebracht, das Sicherungsteam ging wieder hinein, und erst nach einer unglaublich frustrierenden Wartezeit kehrten sie zurück und berichteten, dass die Platte entfernt worden sei und darunter eine Öffnung im Fels zum Vorschein gekommen war, die natürlich und nicht von Menschenhand gemacht zu sein schien.

„Sie haben es von Anfang an gesagt", wendete sich Cobb an Alice. „Ich gebe zu, dass ich ihrer berühmten Intuition etwas skeptisch gegenüberstand, doch ich nehme es zurück. Jetzt lassen sie uns sehen, was wir gefunden haben."

Er ging hinunter, Alice auch, und Lily blieb nervös und frustriert zurück. Alice kam allein wieder heraus; sie war sehr aufgeregt und forderte die anderen auf, ihr zu folgen. Lily ging wieder in den Durchgang. Ihre Gefühle waren stärker denn je und ließen sie sich schwach in den Knien fühlen, als sie endlich das Ende erreichte und in die breite Spalte hinunterblickte, von der die Steinplatte entfernt worden war. Zwei strahlende Bogenlampen erhellten die Öffnung, eine klaffende Höhle, die sich auf der unteren Ebene der Verwerfungsschicht erstreckte und von der Öffnung aus erweiterte. Die Decke trug Markierungen; Figuren waren in den Sandstein graviert worden, sich windende, fließende Kurven von Tentakeln und die weichen Umrisse von weiblichen Körpern, ineinander verschlungen, sich streichelnd, sich liebend.

Lily versuchte, ihren Schrei zu unterdrücken, als sie unbeabsichtigt kam, ohne dass ihre Klitoris auch nur berührt worden wäre. Verlegenheit stieg in ihr auf – doch sollten Nich oder die anderen etwas bemerkt haben, zeigten sie es nicht. Er starrte die Gravuren mit offenem Mund an, dann drückte er sich durch die Öffnung und schob sich seitlich den Abhang hinunter, um zu Alice und Cobb zu gelangen.

Nich nickte ihnen zu und machte sich wieder daran, die Felszeichnungen mit vor Erstaunen und Freude geweiteten Augen genau zu betrachten. Lily blieb dicht bei ihm, in seinem Schatten. Sie war überzeugt, dass ihre sexuelle Erregung nur zu offensichtlich war. Es war ihr unmöglich, sich die Zeichnungen nicht genau anzusehen – und sie anzusehen, brachte sie schnell an den Rand eines weiteren Orgasmus. Alle waren in demselben glatten, fließenden Stil gehalten, ganz anderes als alle Kunst, die sie je zuvor gesehen hatte. Die menschlichen Figuren waren unzweifelhaft weiblich, einige waren zierlich, doch die meisten hatten die üppigeren Kurven, die sie von alten Darstellungen der Mutter Erde kannte. Eine ganz in ihrer Nähe zeigte, wie ein Mädchen den knolligen Kopf eines Kraken küsste. Eine andere zeigte eine rundliche, kniende Frau, die die Kreatur auf dem Rücken trug, einer der dicken Fangarme verschwand zwischen ihren Schenkeln und in ihrer Vagina. Mehrere zeigten Frauen, die förmlich in Tentakel eingewickelt waren, während der Krake auf ihrem Bauch saß und der Spermienarm ihre Vaginas erforschte. Einige der Frauen hatten sich hingekniet, um die Körper der Bestien zu lecken, andere waren in der Hocke, umgeben von Tentakeln oder mit dem Spermienarm in ihren Mündern, zwischen ihren Brüsten und selbst in ihren Hintern.

Es verlangte sie danach, sich nackt auszuziehen, die Bilder anzustarren und ihren schmutzigen Fantasien freie Bahn zu lassen – Wunschvorstellungen davon, sich mit einem riesigen Kraken zu paaren, die gleichen Dinge zu tun wie die Mädchen auf den Felsbildern, in acht festen Armen gehalten zu werden, genommen zu werden. Sie träumte davon, wie ihre Vagina erst mit einem Spermienarm und dann mit dem Samen selbst gefüllt werden würde, wie ihre Nippel von den Saugnäpfen langgezogen werden würden. Sie träumte vom Geschmack der Tentakel in ihrem Mund, davon, wie sie ihre Brüste umhüllen würden, wie ihr Anus von einer Tentakelspitze geöffnet würde, und davon, zu kommen, während ein Saugnapf ihre Klitoris berührte…

Sie war wieder gekommen. Sie schrie auf und rutschte auf dem abfallenden Felsen aus.

Violet saß im Schneidersitz. Ihre Augen waren auf die schwarze Öffnung in der Vorderseite des Wythman gerichtet. Linnet (oder vielmehr Elune) hatte aufgehört zu sprechen. Sie war ganz überwältigt von dem, was sie gerade gehört hatte. Was ihr gesagt worden war, hatte etwas Zwingendes, doch es war auch beängstigend und schwer zu akzeptieren. Es war leicht gewesen, mit Nichs Vorstellung des Gottes Sigodin-Yth oder Txcalin zurechtzukommen. Es war vorwiegend metaphysisch, etwas, das sie verstehen konnte, ein Wesen, das man fühlen konnte, das die Menschheit beeinflussen konnte, doch nicht zu sehen war und auch nicht berührt werden konnte. Elune hatte ihr erklärt, dass diese Vorstellung nur ein Echo ihrer christlichen Erziehung war, und dass ein Gott durchaus solide Form annehmen konnte, doch das war schwer zu akzeptieren.

Genau wie der Gedanke, in die Erde einzutreten und sich dem Gott zu widmen, besonders da die Mädchen sich geweigert hatten, ihr irgendwelche Details über den Vorgang zu liefern. Die Freiheiten des Paganismus zu genießen war das eine, in ein schwarzes Loch zu kriechen, hinunter zu was auch immer sie erwarten würde, war etwas ganz anderes. Sie war sich nun auch sicher, dass ihre Träume nicht von dem Gott gekommen waren, sondern von Nich, dass Nich sie ihr unbewusst suggeriert hatte. Immerhin unterschieden sie sich von denen der Mädchen, und obwohl sie bei der Sonnwendfeier das gleiche überwältigende sexuelle Verlangen empfunden hatte, traf das auch für alle anderen Frauen dort zu. Schließlich und vielleicht am Wichtigsten, fühlte sie, dass sie Nich ihre Liebe schuldete, weil er es war, der sie zu dieser neuen Ebene des Glaubens und Bewusstseins geführt hatte. Ihre Gedankengänge wurden unterbrochen, als sich am Eingang des Erdhügels plötzlich etwas bewegte. Aileve tauchte auf, sie stützte Lily und Nich folgte ihnen.

„Sie wurde überwältigt“, verkündete Aileve, als sie Lily auf den Boden half.

Thomazina nickte, Juliana rückte etwas näher, um einen Arm um Lilys Schultern zu legen. Nich ging neben Violet in die Hocke, küsste sie und legte einen Arm um ihre Taille.

„Es ist großartig“, sagte er, „prächtiger als alles, was ich mir vorgestellt hatte. Es gibt dort Felszeichnungen und etwas, das Professor Cobb für eine Art Schrift hält. Die Details der Zeichnungen gehen weit über alles hinaus, was Laverack sich je vorzustellen wagte....“

„Laverack?“, fragte Aileve.

„Ja,“ entgegnete Nich. „Er hat eine Abhandlung über den Kraken in der erotischen Kunst geschrieben. Er wusste von Sigodin-Yth.“

„Ich kannte ihn“, fuhr sie fort. „Theo Laverack, er war ’57 mein Geliebter. Wir sind zusammen nach Brittany gegangen, und ich habe ihm einige meiner Träume erzählt.“

„Du hast ihn stark beeinflusst“, entgegnete Nich. „Thomazina hat es mir erklärt. Du kannst ganz offen reden.“

„Du bist ein Mann“, stellte Juliana fest. „Dennoch, du hast ein seltenes Einfühlungsvermögen. Du scheinst bei Violet Träume ausgelöst zu haben, da ihre nicht von dem Gott kamen, oder zumindest nicht gänzlich.“

„Nein?“, erwiderte Nich. „Aber sie hat ihn angerufen und er ist gekommen.“

„Du bist gekommen“, fuhr Juliana fort. „Ein grüner Mann mit dem Kopf eines Kraken, genau wie die Kelten Txcalin dargestellt haben, doch mit deinem Bild vermischt. Ich bin beeindruckt. Ich frage mich, ob sie nicht doch eine echte Träumerin ist.“

„Es war reine Suggestion“, fügte Violet hinzu.

„Du kannst immer noch runter gehen, wenn du willst“, sagte Elune.

Violet schüttelte den Kopf; sie war unfähig, zu antworten oder den Mädchen in die Augen zu sehen.

„Ich werde gehen“, sagte Lily leise.

Elune stand auf, ging zu Lily hinüber und nahm ihre Hand. Violet fühlte, dass sie zitterte und lehnte sich dichter an Nich. Für einen Augenblick herrschte Stille, nur unterbrochen von dem Klang der Stimmen, die aus der Richtung des Erdhügels kamen. Aileve stand auf und ging hinüber, wo Professor Cobb gerade aus der Öffnung kam und sich aufgeregt mit seinen Kollegen unterhielt. Er grinste, sein ganzer Körper wirkte lebendiger, und er grüßte Aileve mit einem herzhaften Händeschütteln. Sie unterhielten sich eine Weile, bevor Aileve zu der Gruppe zurückkehrte.

„Sie gehen zum Mittagessen runter zur Fähre“, verkündete sie. „Ich habe gesagt, dass ich hier bleiben und die Dinge im Auge behalten werde. Jetzt ist unsere Zeit.“

Violet stand auf, nachdem Nich sie sanft am Arm gezogen hatte. Lily erhob sich mit Elune und Juliana. Sie wirkte wie betäubt, ihre Augen waren geweitet und feucht. Thomazina und Aileve hakten sich links und rechts von ihnen unter. Violet und Nich folgten ihnen. Am Tunneleingang blieben sie stehen. Elune sagte etwas; ein Sturzbach von Worten in der gleichen, schnellen, zischenden Sprache, die sie benutzt hatte, als sie Nich geritten hatte. Gegen Ende hörte Violet ein Wort, das wie Txcalin klang.

Elune hielt Lilys Hand und ging mit ihr in den Tunnel, das Weiß ihrer Kleider verschwand allmählich in der dunklen Schwärze, dann waren sie ganz weg.

„Wir müssen feiern!“, entschied Thomazina. „Lasst uns runter nach Abbotscombe gehen; wir betrinken uns mit Apfelwein und haben dann Sex im Wald.“

„Eine neue Dienerin“, entgegnete Juliana, „und eine, die so wunderschön ist. Dann kommt, ich glaube es gibt Nesseln in Rocombe Woods, hoffe ich zumindest.“

„Wir müssen feiern, ja, aber nicht in Abbotscombe“, sagte Aileve. „Elune und ich waren heute Morgen dort. Es würde vermutlich einen ziemlichen Aufstand geben.“

„Warum?“, fragte Violet.

„Sie hat für uns ein paar Sachen von einer Wäscheleine gestohlen“, erklärte Aileve. „Ihr Kleid und irgendein großes ausgebeultes Ding, damit ich zu meinem Hotel zurückkonnte, um mich umzuziehen. Eine Frau hat sie gesehen und ist hinter ihr her. Ich glaube, sie hat auch mich gesehen. Und dann ist da noch dein Polizist, Thomazina, du musst dir keine Gedanken machen, ihm in der Stadt zu begegnen.“

„Was hat sie denn mit ihm gemacht?“

„Sie hat ihn am Abhang über eine Mauer gelockt, einen Meter hoch auf der einen Seite und sechs Meter auf der anderen. Sie hat immer noch darüber gelacht, als ich sie in Rocombe getroffen habe. Wir können nach Tawmouth gehen. Die Bar in meinem Hotel serviert einen Apfelwein, wie dein Vater ihn gemacht hat.“

„Einverstanden, ich brauche was zu trinken“, sagte Violet. „Doch was ist mit Elune und Lily?“

„Sie werden für eine ganze Weile nicht zurückkommen“, antwortete Juliana. „Inzwischen können Nich und du sich uns anschließen.“

„Ihr ehrt uns“, antwortete Nich. „Gibt es irgendein Ritual, das wir beenden sollten, irgendein demütiges Gebet oder so?“

„Selbst du denkst wie ein Christ“, lachte Juliana. „So etwas gibt es bei ihm nicht. Er nährt sich von Freude und Sex, nicht von Angst oder Unterordnung. Elunes Volk trank und hatte Sex, bis sie in Ohnmacht fielen, selbst die Kelten haben das so gemacht. Ich habe mich ihnen oft angeschlossen, und mich über die prüden Christen auf der Straße lustig gemacht."

Sie sprang über den Zauntritt und fing an, den Pfad entlang zu rennen. Die anderen folgten ihr, runter ans Ufer, wo die Fähre gerade dabei war, abzulegen. Thomazina stieg als Letzte ein, ließ Nich ihre Überfahrt bezahlen und ihre Hand im Wasser baumeln, als sie die Flussmündung überquerten. Sie fühlte sich glücklich, selig geradezu, freute sich an ihrem Erfolg und ihrem Anteil daran, besonders, da sie wusste, dass ihre Bemühungen ihr von Aileve und Juliana mehr Liebe und Respekt einbringen würden.

Im Hotel wählten sie Plätze im Garten, die den Blick auf das tiefblaue Meer hinaus öffneten, das im reflektierten Sonnenlicht glänzte. Aileve hatte sich wie immer für das Royal entschieden, da es einen Blick aufs Meer und die Menge an der Strandpromenade ermöglichte. Thomazina und Aileve hatten starken Apfelwein bestellt, Juliana und Nich schweren Rotwein aus Süditalien und Violet einen Gin-Punsch. Sie waren schnell besonders gut drauf, tranken und stießen auf ihren Erfolg an.

Ein Ober kam, verbeugte sich salbungsvoll und empfahl ihnen einen Salat von Baby-Oktopus und Fisch. Thomazina lachte über Julianas entrüstete Ablehnung, und dabei wurde ihr klar, dass sie schon betrunken war. Aileve besänftigte den Ober mit einem Trinkgeld und bestellte Scholle auf Dover Art, Makrele und Lachs, danach Schokoladenkuchen, Eiscreme und eine Honigwabe. Sie aßen, wurden immer betrunkener und immer besser gelaunt, sogar Violets düstere Stimmung löste sich auf.

Als Thomazina anfing, ihre zweite Portion Schokoladenkuchen zu essen, liefen ihr bereits geschmolzene Eiscreme und Honig das Kinn hinunter. Juliana stupste sie an und zeigte auf die Strandpromenade. Ein Mann kam auf sie zu; sein grauer Anzug und sein wütender Gesichtsausdruck passten überhaupt nicht zu der allgemein fröhlichen Atmosphäre.

„Lilys Liebhaber", sagte Juliana, „der, der sie zum Gott getrieben hat."

„Ed Gardner", fügte Nich hinzu, „ein Zollbeamter und echter Drecks-

kerl. Ich wünschte wirklich, wir könnten es ihm sagen."
„Kannst du", entgegnete Aileve. „Er wird dir sowieso nicht glauben."

Eds Wut verstärkte sich noch, als er die betrunkene Gruppe sah. Nich Mordaunt war da und protzte mit seiner Abartigkeit, zusammen mit seiner ausgeflippten Freundin mit den purpurnen Haaren; dann war da noch ein fettes Mädchen, deren Strandshorts ihren Hintern kaum zu halten vermochten, ein bösartig aussehendes Miststück mit einem beachtlichen Vorbau und eine der Archäologinnen. Das zeigte ihm, dass sie doch alle gleich waren: Abartige und Parasiten. Schlimmer noch war es, wie Mordaunt ihn ansah, unverschämt und spöttisch.

Ganz darauf konzentriert, Lily zu finden, ging er weiter. Sie war am Morgen nicht da gewesen und hatte auch keine Nachricht hinterlassen. Er war in ihrer Wohnung gewesen und hatte auch an anderen Orten nach ihr gesucht, dann war ihm eingefallen, dass sie zum Erdhügel hochgegangen sein musste. Er war zu seinem Haus zurückgekehrt und hatte gewartet. Er war fest entschlossen ihr ein für alle Mal beizubringen, wer das Sagen hatte, wenn sie zurückkäme, um sein Mittagessen zu machen. Doch sie war nicht gekommen, und seine Pläne, sie zu ohrfeigen und vielleicht seinen Gürtel auf ihrem Hintern und ihren Beinen tanzen zu lassen, waren zu dem Entschluss gereift, sie gründlich zu verprügeln.

„Ah, Officer Gardner, suchen Sie nach Ihrer Verlobten?"

„Ja", schnauzte er. „War sie mit Ihnen zusammen?"

„Das war sie", antwortete er kühl und verbarg ein plötzliches Grinsen hinter seinem Weinglas.

„Nun, und wo ist sie jetzt?", fragte Ed.

„Weg", antwortete Nich. „Außerhalb Ihrer Reichweite, Mister Gardner, bei ihrem Gott."

„Was, zum Teufel, soll das denn heißen?"

„Die Wahrheit, Ed, auch wenn Sie sie nicht akzeptieren können. Sie hat Sie verlassen und sich stattdessen ganz Txcalin geweiht."

„Okay, Sie Asozialer, ich hab' keine Ahnung, was Sie da sagen. Wo ist meine Lil?"

„Lily hat Sie verlassen, wie ich schon gesagt habe."

„Wo ist sie, du kleiner Scheißkerl?"

Mordaunt lachte und nahm einen Schluck Wein. Ed ballte seine Fäuste vor Zorn und war versucht, eine davon in sein grinsendes Gesicht zu rammen. Er hielt sich mühsam zurück und wendete sich dann an die Archäologin, an deren Namen er sich zu erinnern versuchte.

„Also gut. Doktor Cashwell, oder wie immer Sie heißen, vielleicht haben Sie ja ein bisschen mehr Grips als Ihre ausgeflippten Freunde. Ist Lil heute Morgen nach Aldon Hill hoch gegangen?"

„Ja, und der Name ist Chaswell, Doktor Alice Chaswell."

„Wie auch immer. Was ich wissen will, ist: Wo ist sie jetzt?"

„Wie Nich gesagt hat, sie hat ihre Meinung geändert, und ihre Religion. Sie können ihr nicht folgen."

„Quatsch mit Soße!", tobte er. „Sie ist mein Mädchen. Ich will wissen, wo sie ist, jetzt gleich."

„Was für ein Temperament", sagte das rundliche Mädchen und kicherte.

Ed schloss seine Augen und versuchte, seine wachsende Wut niederzukämpfen.

„Ich werde es Ihnen sagen", hörte er. Er blickte sich um und stellte fest, dass das Mädchen mit dem großen Vorbau gesprochen hatte.

„Die Ebbe hat gerade eingesetzt", fuhr sie fort. „Wenn Sie sich beeilen, kommen Sie vielleicht noch rechtzeitig."

„Juliana", zischte das rundliche Mädchen.

„Nein", fuhr Juliana fort. „Keine Sorge, Thomazina; er will es wissen, also werde ich es ihm sagen."

„Raus' damit", knurrte Ed.

Juliana streckte den Arm aus, nahm die Weinflasche und goss sich einen Schluck in ihr Glas. Das rundliche Mädchen starrte sie mit runden, ängstlichen Augen an. Doktor Chaswell sah besorgt aus, und dann plötzlich ganz ruhig, als sei sie gerade zu einer Entscheidung gekommen.

„Setzen Sie mit der Fähre über und gehen Sie durch den Tunnel nach Ness Beach. Gehen Sie nach Aldon Head hinaus und um die Felsüberhänge herum, bis Sie zu einer Höhle kommen, wenn Sie das schaffen. Betreten Sie die Höhle, dann waten und klettern Sie weiter, bis es sich zu einer großen Höhle mit Sandboden öffnet. Dort werden Sie Lily finden, mit ihrem neuen Liebhaber."

„Ich werde den Mistkerl umbringen!", zischte Ed. „Und Sie, Mordaunt, können mich mal mit Ihrem Geschwätz über Götter. Ich sollte Ihnen die Arme brechen!"

„Ich habe nur die Wahrheit gesagt", antwortete Nich. „Lilys Liebhaber ist kein gewöhnlicher Mann. Sie werden Txcalin dort finden, in Form eines großen Kraken, und Lily in seinen Tentakeln."

„Was?", schnauzte Ed. „Du verarschender kleiner Irrer!"

Nich sagte nichts, sondern schüttelte nur den Kopf und nippte an seinem Wein. Ed hatte die Mauer des Hotelgartens umklammert; seine Nägel hinterließen Spuren.

„Es ist wahr", sagte Alice Chaswell ruhig. „Glauben Sie, was Sie wollen. Sie war Ihre brutale, kontrollierende Art einfach leid. Sie hat Sie für Txcalin verlassen."

„Ein Krake! Sie hat mich für einen verdammten Kraken verlassen!", schrie Ed, dann kontrollierte er sich wieder, da ihm klar wurde, dass einige Gäste von Nachbartischen ihn anstarrten.

„Es ist wahr", sagte das rundliche Mädchen. „Sehen Sie selbst."

„Das werde ich auch", knirschte Ed, „und wenn es wahr ist, woran ich keine Minute lang glaube, dann komme ich wieder her und esse Oktopus zum Abendessen, und ich werde Lil zwingen, es auch zu essen, und euch alle auch, wenn ihr den Mut habt, hier zu bleiben."

Er ging weg, mit vor Zorn gerötetem Gesicht und geballten Fäusten. Die verarschten ihn, das musste es sein, doch da war auch eine solche Gewissheit und Überzeugung in ihren Worten gewesen, die es ihm unmöglich machte, dessen wirklich sicher zu sein. Er ging schnell und begab sich zur Strandhütte eines Freundes, wo er sich eine Taschenlampe und eine Harpune auslieh. Obwohl er annahm, dass Lily vermutlich nur mit einem anderen Mann zusammen war, war es doch sicher kein Schade, sich zu bewaffnen. Zur Not konnte er den Mistkerl ins Bein schießen und vorgeben, dass es ein Unfall gewesen sei.

Die Fähre war noch auf halbem Weg, und er war gezwungen, frustrierende zehn Minuten zu warten, bevor er übersetzen konnte. Auf der anderen Seite eilte er durch den Tunnel und auf den Strand. Der Strand war verlassen, aber es gab Spuren im Sand, Abdrücke von zwei Personen, die in Richtung Landspitze führten. Sein Gesicht verzog sich zu einem wilden Grinsen und er umfasste die Harpune fester. Juliana dachte zweifellos, dass, wer auch immer mit Lily zusammen war, ihm durchaus würde das Wasser reichen können und dass sie ihm gesagt hatten, wo er war, weil sie hofften, dass er sich eine blutige Nase holen würde. Sie lagen falsch: Es war nicht sein Blut, das heute vergossen werden würde.

Er kam zu den Überhängen und sein Zorn und seine Entschlossenheit wuchsen, als er hinaufkletterte. Zwei Mädchen ließen sich auf dem vierten Überhang sonnen, die eine war nackt, die andere oben ohne, doch er ignorierte sie und kletterte schnell den nächsten Überhang hinauf. Der siebte war etwas heikel und bei dem achten war er gezwungen, erst ein bisschen ins Meer hinauszuwaten. Seine Füße rutschten etwas auf dem moosbewachsenen Felsen, bevor er eine Stelle fand, bei der er sich hochziehen konnte.

Etwas bewegte sich auf dem Abhang; es war ein kleiner Seehund, der ins Wasser glitt und schnell in einem Wirbel schwarzgrünen Unkrauts abtauchte. Ed zielte mit der Harpune darauf, begierig, etwas zu töten, irgendetwas, und fluchte, als es plötzlich verschwand. Für einen Moment tauchte sein Kopf an der Oberfläche auf und leuchtete seltsam weiß, und dann tauchte er wieder unter. Ed drehte sich um und vergaß den Seehund. Der Höhleneingang war vor ihm, ein großer Einschnitt in der Wand des Kliffs. Er hielt einen Moment inne, um die Harpune zu laden, und ging dann vorsichtig, mit entsicherter Waffe, in den düsteren Innenraum der Höhle. Vor ihm war nur Dunkelheit, und das einzige Geräusch, das zu hören war, war das sanfte Klatschen der Wellen zwischen dem Unkraut und den Felsen auf dem Höhlenboden. Er ging weiter, über rutschige Felsen und dann auf Sand, bis zu der Stelle, wo der Überhang mit der Felswand verschmolz. Seine Augen hatten angefangen, sich anzupassen, und er ließ die Taschenlampe aus und erkletterte einen nassen Felsabhang. Dahinter gab es nur Dunkelheit und Stille, doch wenn er sich anstrengte, konnte er ein Geräusch hören, eine Art nasses Klatschen und dann ein tiefes Stöhnen. Sein Daumen legte sich auf den Schalter der Taschenlampe; er zielte mit der Harpune in die Dunkelheit und knipste dann die Lampe an.

Licht erhellte die große Höhle, und Ed erstarrte schockiert und mit offenem Mund. Auf dem breiten sandigen Boden war Lily. Sie war nackt; ihr Körper wurde von den Tentakeln eines riesigen Kraken umschlungen. Er war gelblich grün mit riesigen Augen, zinnoberroten Scheiben in einem großen, knollenförmigen Körper, etwa von der Größe eines Lasters. Seine gigantischen Tentakel waren ausgestreckt, jede einzelne so dick wie sein Körper, mit dreien stützte er sich am Boden ab und fünf waren mit seiner zukünftigen Frau beschäftigt.

Zwei davon waren um ihren Körper gewickelt und hielten sie fest, der Dritte war nach hinten gezogen, der Vierte genauso, und nur die Spitze berührte ihren Körper. Einer streichelte ihre Brüste und ihren Bauch, der andere ihren Rücken und Hintern. Der Letzte war anders, länger und geschwollen, mit einer blassen Spitze, und es sah aus, als sei ein beachtlicher Teil in Lilys Vagina geschoben worden, und ein anderer Teil davon hatte sich über ihrem Geschlecht zusammengerollt. Sie hatte ihn nicht gesehen. Ihre Augen waren geschlossen, und ihr Gesichtsausdruck zeigte reine, intensive Seligkeit. Ihr Körper zuckte, Schauer rannen über ihr Fleisch. Es waren dieselben Zuckungen, die sie während des Orgasmus hatte, doch es ging weiter und weiter, als sie in der Umarmung ihres Geliebten wieder und wieder kam.

Er konnte nichts tun, nur mit vor Entsetzen verzerrtem Gesicht zusehen, wie dieses Monster seine Freundin streichelte. Und während er hilflos starrte, wurde ihm klar, dass es sie hineinzog, unter die knollige Kuppel seines Körpers. Ihre Füße waren schon außer Sicht, und der fleischige Vorhang, der Mantel, der die Fangarme der Kreatur trennte, bewegte sich langsam ihre Beine hinauf, zog sie weiter herunter. Sie wehrte sich nicht, sondern verharrte in ihrem seligen Traumzustand, als sie weiter in seinen Schutz gezogen wurde.

Ihre Oberschenkel verschwanden, und als er sich ihrem Geschlecht näherte, barst der Spermienarm und spritzte weiße Flüssigkeit über die goldenen Daunen ihres Schamhaars, über ihren Bauch und ihre Brüste. Lily stöhnte in Ekstase, als der Samen um ihre Vagina rann, und dann war ihr Geschlecht unter den Mantel gezogen worden.

Die Arme des Biests fingen an, sich auch unter seinen Körper zu schieben, während die Mitte von Lilys Leib verschlungen wurde. Grünes, elastisches Krakenfleisch kroch über ihren Bauch und ihren Oberkörper. Ihre Brüste verschwanden aus dem Blick, und halb umschlungen, kam sie noch immer. Sie hatte einen Orgasmus nach dem anderen, während das groteske Ding sie verzehrte. Schließlich war auch ihr Kopf verschwunden und ihr Haar wurde nachgezogen, als ein massiver Arm sie unter den Mantel drückte.

Ed kam endlich wieder zu Sinnen, richtete die Harpune aus und drückte mit einem unartikulierten Schrei den Abzug. Der Speer schoss heraus, traf das Monster zwischen die Augen und sank tief in das geschwollene Fleisch. Er zog an dem Seil und wollte die Widerhaken durch den Kopf der schrecklichen Kreatur herausreißen. Stattdessen kam der Speer ohne Widerstand frei und brachte ihn fast zu Fall, und die Wunde schloss sich direkt über dem Loch, das er erzeugt hatte.

Er ergriff den Speer und versuchte, neu zu laden. Das Biest drehte sich um; seine großen Augen richteten sich auf ihn und ein Tentakel schlängelte sich auf ihn zu. Er drückte wieder ab und traf ein Auge, jedoch ohne Erfolg. Das Seil war schlaff, als er es zurückzog, das Auge unverletzt. Er bewegte sich nach hinten und rutschte auf dem Felsen aus. Ein Fangarm schoss heraus, fing ihn, schlang sich um ihn und presste seine Arme an seine Seiten. Er wehrte sich mit der Kraft der Verzweiflung, doch es nützte nichts. Ein weiterer Tentakel ergriff ihn, und dann ein dritter um seine Beine, und auch damit wurde er herangezogen, unaufhaltsam zu der Masse des Monsters gezerrt.

Er schrie und das Geräusch hallte von den Wänden der Kammer ab. Das Biest streckte sich und entblößte seine Unterseite, die Öffnung zu dem Mantel, aus dem Lilys Haare noch immer heraushingen. Die Mundöffnung mit ihrem papageienartigen Schnabel öffnete sich und klappte dann wieder mit einem furchtbaren Klacken zusammen. Erneut schrie er und krallte sich vergeblich in den Sand. Die Taschenlampe flog aus seiner Hand. Der Strahl fiel nach oben, wo kurz eine hohe, rote Decke sichtbar wurde, die mit Symbolen und Bildern graviert war. Dunkelheit verschlang ihn, als die Lampe an einem Felsen zerbarst. Das Monster ließ sich mit seinem gesamten Gewicht auf ihm nieder und zerquetschte ihn, während der Schnabel sich in seine Bauchmuskeln bohrte und das sich windende Fleisch zerriss.

Epilog

Joe trank seinen letzten Schluck Kaffee und stand auf. Das Hämmern der Motoren drang hoch bis zu seinem Deck und ließ die Fähre erzittern, als sie sich von der Landestelle wegbewegte. Aus dem Fenster konnte er den Roscoff-Terminal im Licht eines sonnigen Junitages strahlen sehen. Es war eine lange Fahrt gewesen, mit spanischen Traktorteilen aus Barcelona. Er brauchte Schlaf, doch er war entschlossen, wenigstens einen flüchtigen Blick auf gut entwickeltes Mädchenfleisch am Strand zu werfen, während die Fähre den Hafen verließ.

Er griff nach seinem Fernglas und machte sich auf den Weg zum obersten Deck. Es war heiß dort und überfüllt, einschließlich einiger Gruppen französischer Schulmädchen von etwa siebzehn oder achtzehn Jahren in engen, den Hintern betonenden Jeans. Einige trugen auch Shorts, die rechts und links kleine Stückchen weichen Fleisches zeigten. Er lächelte in sich hinein und wünschte sich, dass er noch mehr Haare hätte und weniger Bauch.

Er ging zum Geländer und richtete sein Fernglas aus. Und während er sich auf den Strand konzentrierte, war es ihm gleichgültig, ob ihn jemand beobachten würde. Er konnte einige Mädchen sehen. Sie lagen in der Sonne, in Bikinis oder oben ohne. Eine lag auf dem Rücken und präsentierte ihre schönen, jungen Brüste der Sonne. Von da an blockierte ein Boot seinen Blick und er änderte den Winkel und konzentrierte sich auf die Ile de Batz. Ein Paar erregte seine Aufmerksamkeit; das Mädchen lief neben ihrem Mann. Sie war schamlos entblößt, ohne das geringste Anzeichen von Befangenheit. Er verfolgte sie eifersüchtig, beobachtete das sanfte Schwingen der Hüften des Mädchens und den Rhythmus ihrer Brüste. Ein vorstehender Felsen schnitt ihm den Blick ab, und er schnalzte frustriert mit der Zunge, bewegte sein Fernglas und kehrte dann schnell zurück.

Auf dem Felsen waren zwei Mädchen. Mädchen. Sie standen einfach da, nicht nur oben-ohne, sondern völlig und total nackt. Beide hatten schwarze Haare und waren etwa zwanzig Jahre alt. Die eine war voll entwickelt, die andere hatte kleine Brüste, aber einen wunderschönen, rundlichen Hintern. Seine Augen hatten sich auf die Brüste des größeren Mädchens fixiert, auf ihre riesigen Fleischkugeln, die dennoch außergewöhnlich fest schienen, Brüste, die er früher schon einmal gesehen hatte. Ihm wurde überrascht klar, dass das Mädchen Tammy war, nur Tammy sein konnte, das wundervolle Mädchen, das er Jahre zuvor in Tawmouth getroffen hatte, während ihre Begleiterin, trotz ihres langen, schwarzen Haars, eindeutig Lily Thompkins war.